让爱国主义旗帜高高飘扬

——东京奥运会媒体精彩报道选集（下）

★中国体育报业总社有限公司 编

北京体育大学出版社

策划编辑：曾　莉
责任编辑：张志富　吴海燕
责任校对：王泓滢
版式设计：张程凯

图书在版编目（CIP）数据

让爱国主义旗帜高高飘扬：东京奥运会媒体精彩报道选集 / 中国体育报业总社有限公司编. -- 北京：北京体育大学出版社，2023.12
ISBN 978-7-5644-3812-8

I. ①让… II. ①中… III. ①新闻报道—作品集—中国—当代 IV. ①I253.4

中国国家版本馆CIP数据核字(2023)第000615号

让爱国主义旗帜高高飘扬——东京奥运会媒体精彩报道选集
RANG AIGUO ZHUYI QIZHI GAOGAO PIAOYANG——DONGJING AOYUNHUI MEITI JINGCAI BAODAO XUANJI

中国体育报业总社有限公司　编

出版发行：北京体育大学出版社
址　　址：北京市海淀区农大南路1号院2号楼2层办公B-212
邮　　编：100084
网　　址：http://cbs.bsu.edu.cn
发 行 部：010-62989320
邮 购 部：北京体育大学出版社读者服务部 010-62989432
印　　刷：河北盛世彩捷印刷有限公司
开　　本：787mm × 1092mm　　1/16
成品尺寸：185mm × 260mm
印　　张：69
字　　数：880千字
版　　次：2023年12月第1版
印　　次：2023年12月第1次印刷
定　　价：298.00元（全三册）

（本书如有印刷质量问题，请与出版社联系调换）

前　言

在党中央、国务院的坚强领导和习近平总书记的亲切关怀下，中国体育代表团高举爱国主义伟大旗帜，克服疫情挑战，圆满完成东京奥运会参赛任务，实现了运动成绩和精神文明双丰收。东京奥运会期间，中央及地方新闻单位充分发挥各自优势，推出了大量精彩的报道，全方位、全过程展现了中国体育健儿在奥运赛场上团结协作、顽强拼搏、勇于挑战、超越自我的良好精神风貌。

《让爱国主义旗帜高高飘扬——东京奥运会媒体精彩报道选集一书，经过向多家中央主流媒体、各省区市新闻单位征集后，精选各单位报送的东京奥运会赛前、赛中、赛后的重点报道，结集成书，并在收录时根据时间节点等进行了优化与修正，力求讲好中国体育故事，展示中国体育力量，弘扬爱国主义精神。

2022 年 8 月

目 录

人物篇 ······ 1

施廷懋、王涵夺得跳水女子双人三米板金牌——**“让人变强大的，是通往这块金牌的路”** 人民日报 郑轶 ······ 3

张家齐、陈芋汐夺得跳水女子双人10米台金牌 **前辈的接力棒，我们接住了** 人民日报 郑轶 ······ 6

国羽第四位女单奥运冠军陈雨菲 握紧接力棒走上领军之路 人民日报 孙龙飞 范佳元 ······ 9

肖若腾获得体操男子个人全能银牌 **拼到最后，已足够精彩** 人民日报 季芳 ······ 12

东京奥运会首金得主杨倩——**因为热爱 所以坚持** 人民日报 季芳 王亮 ······ 14

北大教授吴飞：奥运乒球赛场的另一种“中国力量” 新华社 张寒 苏斌 ······ 18

真“乘风破浪的姐姐”在风浪中体验人生 新华社 赵焱 公兵 周万鹏 ······ 21

马龙：冠军的心 新华社 张寒 苏斌 ······ 25

水花的精灵——奥运跳水冠军全红婵的成长故事 新华社 吴晶 周欣 屈婷 叶前 王浩明 周自扬 ······ 28

孙一文，美人如玉剑如虹 新华社 王浩宇 张泽伟 ······ 35

孙颖莎，才不只是“人间止藤片” 新华社 张寒 苏斌 ······ 37

“哪吒”终闹海 蝴蝶展翅“霏” 新华社 夏亮 周欣 吴书光 ······ 40

张雨霏开启“蝶后霏时代” 五大因素解码成功秘诀
新华社 周欣 夏亮 吴书光 …… 44
遭外媒刁难提问 张雨霏硬气回答 **“中国运动员兴奋剂检测次数全世界最多”** 新华社 周欣 夏亮 吴书光 …… 47
坠落后的攀登——一个关于“天才”的真相 新华社 林德韧 沈楠 王梦 …… 49
世界之旅才刚刚开始——对话突破历史的田径选手王春雨
新华社安徽分社 周畅 …… 54
全红婵：入水微涟漪 夺冠无波澜 光明日报 王东 …… 57
向前，进攻！为国争光！——听陈梦、孙颖莎讲述奖牌背后的故事
光明日报 王东 …… 59
杨倩：“我是体教融合的受益者” 光明日报 王东 …… 64
将门出虎女！ 昔日跳高名将的外孙女仅用1个多月拿下奥运资格！
中国青年报 慈鑫 …… 68
破茧化蝶 张雨霏扛起中国游泳大旗 中国青年报 慈鑫 …… 71
汪顺：晚到的金牌，分量比我想的更重 中国青年报 慈鑫 …… 76
归来或离去，一个不一样的吴静钰 中新社 邢翀 …… 79
练习射击4年奥运摘银 16岁少年书写传奇 中新社 宋方灿 …… 81
双面杨倩：比赛坚决如铁，生活灵动似水 中新社 宋方灿 …… 83
张雨霏“哪吒闹海”笑对银牌 中新社 张素 …… 86
戴着“阳光面具”的徐嘉余 中新社 张素 …… 88
蹦床双姝，闪耀奥运赛场 中新社 岳川 …… 90
“中国队长”马龙书写乒乓传奇 中新社 王曦 …… 93
巩立姣夺冠时刻：摘金，一种肆意的炽烈 中新社 邢翀 …… 95
再度双冠，有“两个”施廷懋 中新社 张素 …… 98

她的梦，在 16 岁成真　中新社　岳川 …… 101
“雪雁”摘银，她们“美”在哪里　中新社　张素 …… 103
十全十美，“婵娟”怎样练成　中新社　张素 …… 105
刘虹：铜牌谢幕　致敬“不懈挑战”　中新社　高凯 …… 107
苏炳添，站上奥运百米决赛跑道　中新社　邢翀 …… 110
王涵的圆梦时刻：从“高龄”逐梦到大器晚成　中新社河北分社　李晓伟 …… 112
孙颖莎：“小魔王”养成　未来可期　中新社河北分社　李晓伟 …… 114
静待破茧成“蝶”　解放军报　马晶 …… 116
破茧成蝶　“霏”你莫属　解放军报　仇建辉 …… 119
顺水扬帆　解放军报　马晶 …… 123
直挂云帆济沧海　解放军报　仇建辉 …… 126
中国“苏”度惊艳世界　解放军报　仇建辉 …… 129
一骑绝尘　解放军报　马晶 …… 131
征服奥运舞台，我最酷　中国体育报　袁雪婧 …… 134
巩立姣 21 年等待终圆梦　所有的坚持都值得　中国体育报　于帆 …… 138
中国速度　没有极限　中国体育报　于帆 …… 141
陈雨菲用冠军证明女单重新崛起　中国体育报　周圆 …… 146
金牌夫妻庞伟杜丽逐梦东京　中国体育报　扈建华 …… 149
施廷懋王涵诠释坚持的力量　三十而立　三十而已　中国体育报　李雪颖 …… 155
中国游泳迎来新“蝶后”　中国体育报　李雪颖 …… 158
获得滑板女子街式比赛第六名　16 岁曾文蕙要在巴黎升国旗奏国歌　中国体育报　林剑 …… 162
超级董栋的奥运最后一跳　中国体育报　林剑 …… 164

金花绽放海之森　姐妹齐心艇中国　中国体育报　陈思彤 ………… 167
勇敢的追风小妹　中国体育报　陈思彤 ………………………… 170
三战奥运三项摘金！　“全能王”曹缘成跳水历史第一人
体坛周报　宫珂 ………………………………………………… 173
管晨辰大赛首秀便摘金　全能冠军竟是她的“铁粉”　体坛周报　宫珂
…………………………………………………………………… 176
而立之年方迎奥运首秀　“老将新秀”王涵圆梦东京　体坛周报　宫珂
…………………………………………………………………… 179
国羽混双头牌摘银后已准备好重新出发　他给女搭档发了这段话
新浪　董正翔 …………………………………………………… 182
说“遗憾”不说“后悔”　郎平：不往回看，一直往前跑　腾讯体育　张蕾
…………………………………………………………………… 187
一辈子干一件让自己满意的事　中国射击教父常静春用脚踹出三个奥运冠军
腾讯体育　赵宇 ………………………………………………… 196
谌利军靠什么夺得冠军？　力量可不是全部，背后还有看不见的博弈
腾讯网　夏冰 …………………………………………………… 202
四届奥运会拿下五金两银　金牌教练于杰和他弟子的故事　腾讯网　夏冰
…………………………………………………………………… 205
都在夸她美，我只觉得太残酷　网易　界外编辑部 …………… 212
活在世界纪录上的女人，能有多厉害　网易　界外编辑部 ………… 219
奥运冠军“武功全废”之后　网易　界外编辑部 ……………… 224
姜冉馨上海队恩师赛后落泪：　她有一颗强大的心脏　搜狐体育　裴力
…………………………………………………………………… 230
巩立姣：经历过失败的我什么都不怕　若祖国需要我会一直练下去
搜狐体育　郭健 ………………………………………………… 232

石智勇力拔山兮气盖世 北京日报社 袁虹衡 李远飞 陈嘉堃 …… 233

卢云秀 金牌是拼回来的 北京日报社 袁虹衡 李远飞 陈嘉堃 … 235

吴指导您看到我成功了吧 北京日报社 袁虹衡 李远飞 陈嘉堃 … 237

她圆了姥姥的奥运梦 北京日报社 袁虹衡 李远飞 陈嘉堃 ……… 239

张家齐要把金牌赠爸妈 北京日报社 袁虹衡 李远飞 陈嘉堃 …… 242

北京小丫张家齐 战胜"生不逢时" 北京青年报社 刘艾林 …… 245

"遇到合适的队友很难得" 北京青年报社 王帆 ……………… 249

肖若腾：我就是自己的冠军 北京青年报社 宋翔 ……………… 252

继续龙的传奇 好好享受乒乓 北京青年报社 周学帅 ………… 260

专访东京奥运会乒乓球唯一中国裁判吴飞：**我不能给中国乒乓球丢脸**

新京报社 孙海光 …………………………………………… 265

专访"奥运五金王"马龙：**还想再打几年，好好享受乒乓球**

新京报社 孙海光 …………………………………………… 270

北京姑娘张家齐奥运摘金 新京报社 周萧 ……………………… 276

东京夺金不是终点，换块帆板再战巴黎 新京报社 周萧 ………… 280

毕焜：帆板铜牌比出自信，去巴黎给奖牌换个颜色 新京报社 周萧

…………………………………………………………… 285

逐梦四届奥运会，32 岁的巩立姣终于站上最高领奖台——**这块金牌分量足**

河北日报 王伟宏 …………………………………………… 289

首次参加奥运会即获一金一银的孙颖莎瞄准大满贯 **"大心脏"是这样炼出来的** 河北日报 王伟宏 ………………………………… 293

30 岁第一次登上奥运赛场并夺得冠军的王涵 **拼搏数载终于圆梦**

河北日报 王伟宏 …………………………………………… 298

东京奥运会取得突破，李冰洁敞开心扉——**"我对未来充满信心"**

河北日报 王伟宏 …………………………………………… 302

巩立姣　一枚等待了 37 年的金牌　燕赵都市报　宗苗森　田芸菲
…………………………………………………………………… 305
“梦想”背后的故事——孙颖莎奥运夺一金一银有他们的默默付出
体育生活报　张月霞 ………………………………………………… 310
四战奥运　老将庞伟 13 年后再夺冠　体育生活报　冯晶 ………… 315
9 平方米 19 年　“中国蹦床第一人”的坚持
太原广播电视台　药童　晋扬 ………………………………………… 319
汤慕涵：从长春游出来的“飞鱼”　长春日报　李木子 …………… 321
青春出彩　璞玉含金——访奥运会冠军汤慕涵和她的启蒙教练黄健庭
吉林日报　张政　张宽 ……………………………………………… 324
昨夜，这个 22 岁黑龙江姑娘让全国沸腾！　哈尔滨日报　张堃雷 … 327
浙江选手汪顺获男子 200 米个人混合泳金牌　**不只“顺风顺水”，更是“千锤百炼”**　浙江日报　沈听雨　周文丹　李娇俨　王波　竺佳　黄维
…………………………………………………………………… 330
举重“一哥”两届奥运摘金，期待第三次出征　占旭刚、石智勇师徒双双成为“奥运双金王”堪称神话　体坛报　黄维 ……………… 333
汪顺：“顺”是千锤百炼结的果　体坛报　黄维 ………………… 336
听羽毛球新科奥运冠军的父母讲述——**陈雨菲：“羽”毛，是怎么“飞”上天的？**　体坛报　黄维 ………………………………………… 339
总教练孟关良的 188 天　体坛报　黄维 ………………………… 343
中国举重队副主教练邵国强，上得了赛场进得了厨房　两位奥运冠军背后站着一位退休返聘的浙江教练　钱江晚报　杨静 ……………… 345
徐嘉余，辛苦了　钱江晚报　宗倩倩 …………………………… 348
她六岁到了体操学校哭着不肯走，凭擅长的平衡木最后拿下奥运会门票　**爸妈心里的“小棉袄”，教练嘴中的“管小胖”**　钱江晚报　张峰 …… 349

万济圆：奥运梦圆 夺得东京奥运铜牌，创造浙江篮球历史 体坛报 黄维 …… 351

剑客兰明豪、俞乐凡随中国男子重剑队取得奥运入场券 **东京奥运会，安徽重剑出击！** 新安晚报社 陈牧 …… 353

中国第一人！王春雨闯入女子 800 米决赛 **省队教练评价：比赛型选手，有望冲进前三** 新安晚报社 陈牧 …… 358

个人最好成绩！中国最好成绩！ **王春雨女子 800 米拿下第五** 惊雷一声“春雨”来 新安晚报社 陈牧 …… 362

王春雨：我会跑得更快，巴黎见！ 新安晚报社 陈牧 …… 366

百舸争流 奋楫者进——记东京奥运会冠军江西健儿徐诗晓 江西日报社 记者李征 实习生曲佳莉 王媛 …… 369

教练：鲍珊菊是拼出来的 河南日报 黄晖 李悦 …… 373

13 年没回家过春节终圆奥运梦 **吕扬为河南夺得奥运首金 希望家乡人民加油渡过难关** 大河报 王玮皓 李鑫 …… 376

“吕”创佳绩 精彩飞“扬” 郑州日报 陈凯 刘超峰 …… 379

这一天等了 17 年 郑州日报 陈凯 刘超峰 …… 382

喊话河南老乡！来看奥运会亚军尹笑言的隔离生活 河南广播电视台 谢昱炜 …… 384

射落首金 “比心”杨倩圈粉无数 湖北日报 张诗秋 胡革辉 …… 387

飞跃 3 米板——王宗源的这两年 湖北日报 张诗秋 胡革辉 …… 390

从默默无闻到人人喜欢——汪周雨长成记 湖北日报 杨然 …… 392

为了梦想，曾追着摩托车跑！ **第 7 名的他同样是成功者** 楚天都市报 记者徐平 实习生饶雨妍 …… 395

爱美的小公主练举重 生活中喜欢别人叫她“汪哥” 为了奥运增重 20 斤 楚天都市报 林楚晗 …… 397

襄阳小伙王宗源跳水双人3米板夺冠 东京奥运湖北首金
楚天都市报 林楚晗 徐平 胡革辉 …… 399
一掷下班？其实彻夜难眠 长江日报 张琳 …… 403
闫子贝教练郑珊：不要哭，我们要笑！你是最棒的 长江日报 张琳
…… 405
“梦之队”王宗源追梦无止境 湖北体育 刘璐 …… 408
从坐轮椅回到带金牌回 汪周雨满满感恩心 湖北体育 彭青 …… 412
情系湖北游泳奥运情结 **闫子贝绷不住泪洒赛场** 湖北体育 彭青 …… 417
蝶变·追梦·破浪——探寻尹成昕的花游成长之路 湖北体育 刘璐 …… 420
女子八人艇追平奥运史上最好成绩 **王子凤巨蕊加速冲刺陕西全运**
湖北体育 胡迪凯 …… 422
大“利”出奇迹！ 湖南日报 蔡矜宜 …… 424
“猴子”出山，“大圣”归来 湖南日报 蔡矜宜 …… 427
铁骨钢皮的“执桨人”——记云南省皮划艇名将刘浩 云南日报报业集团 娄莹
…… 430
【云南健儿出征奥运】 **龙佳：龙章凤彩 佳人可期** 云南首位出征奥运的摔跤女将 云南日报报业集团 娄莹 …… 434
【云南健儿出征奥运】 **张德顺：从大山里“跑”出的世界冠军**
云南网 张成 …… 437
【云南健儿出征奥运】 **蔡泽林“走”了15年 因热爱而坚持**
云南网 龙彦 …… 440
【云南健儿出征奥运】 **杨绍辉：人生就是一场马拉松** 云南网 张成
…… 443
【云南健儿出征奥运】 **董国建：老骥伏枥志在千里 期待奥运会创造中国选手最好成绩** 云南网 张成 …… 446

大理伙子杨绍辉出战奥运会马拉松比赛　**只有坚持才知道明天会发生什么**

都市时报　陈雯韵 …………………………………………………………… 449

大理姑娘张德顺将出战奥运会马拉松赛　**从大山"跑"向世界的女孩**

都市时报　陈雯韵 …………………………………………………………… 454

80 分钟斩两金　泳坛开启"蝶后霏"时代　新华日报　记者杨琦　姚依依

王梦然　实习生朱思谕 ………………………………………………………… 459

陪练转正登上奥运大舞台，江苏柔道小将徐仕妍不服输

中国江苏网　吕翔 …………………………………………………………… 463

中国"姣"傲！　四朝元老终圆梦，巩立姣摘中国田赛奥运首金

现代快报　王卫 ……………………………………………………………… 466

3 岁下水训练、23 岁斩获金牌！　**"小霏鱼"张雨霏加冕"蝶后"**

现代快报　王卫　李鸣　胡玉梅 ……………………………………………… 469

带伤出战创造历史　**刘洋成为辽宁首位体操奥运冠军**　辽宁日报　李翔

…………………………………………………………………………………… 472

程玉洁　创造江西游泳历史　江西日报社　李征 …………………………… 474

优秀是一种习惯！　**河南本届奥运首金获得者吕扬出道即巅峰**

大河网　莫韶华 ……………………………………………………………… 476

跌倒了站起来，你仍是妈妈的骄傲　中国选手芦玉菲在高低杠项目掉杠，

站起来后坚持做完全套动作　大河报　王玮皓 ……………………………… 479

曲靖竞走小将张俊迎首次奥运　**练体育就要站得更高**　都市时报　陈雯韵

…………………………………………………………………………………… 481

人物篇

施廷懋、王涵夺得跳水女子双人三米板金牌——

“让人变强大的，是通往这块金牌的路”

人民日报　郑轶

站上领奖台时，施廷懋和王涵一直牵着手。这场原本“自助式”的颁奖，因为彼此的存在而变得充满仪式感：她俩从托盘里拿起金牌，认真地为对方挂在胸前，然后是握手、紧紧相拥，口罩也遮不住眼中的笑意。

7 月 25 日，中国组合施廷懋 / 王涵以 326.40 分的总成绩，夺得东京奥运会跳水女子双人 3 米板金牌，帮助中国跳水队实现在这一项目的五连冠。这块看似轻松的金牌背后，却有着不为人所知的心酸与不易。正如施廷懋赛后所言，“让人变强大的，是通往这块金牌的路。”

坚守多年　梦想成真

完成最后一个动作，等分数的时间如此漫长。一个声音在王涵心头回荡：我到底能不能拿到第一块奥运金牌？

对于首次出征奥运会的王涵来说，这一天等得太久了。1991 年出生的她，12 岁入选国家队，如今队里最小的队员还不及她年龄的一半。在更新换代极快的跳水队，王涵依然翻腾跳跃着。

等待的岁月里，不是没有机会。伦敦和里约两个奥运周期，王涵的身份都是替补队员，但最终都只能在电视机前做观众。“可能我会带着遗憾离开吧。”王涵偶尔也会彷徨，但心底那簇梦想的火苗，一直支撑她坚持下去。

2018 年底，中国跳水队决定将王涵和“金满贯”得主施廷懋配对双人

3 米板。两个队里年龄最大的队员，各自有着 20 多年的训练经历，也有着难以改变的动作习惯，搭档起来并不轻松。

压力之下，王涵与施廷懋迅速形成默契，携手征战国内外比赛，从未让金牌旁落。2019 年光州世锦赛，两位老将奉献了一场令人赏心悦目的比赛，这个冠军让王涵对东京奥运周期愈加充满期待。

改进技术细节、提升动作质量，王涵为保持好状态拼尽了全力。有时在训练场情绪低落，没过多久她就能自己调整过来。

虽然“迟到”一年登上东京赛场，但站在施廷懋身边的王涵，心里非常踏实，“只要跟着她的节奏，我就会跳得很好”。专注把握每一个动作，这对组合如同镜像般同步，分数一路领先。当奥运冠军真的降临，一向爱笑的王涵喜极而泣，“努力了这么多年，终于轮到我上场了。”

走出困境　找回自我

比起王涵梦想成真的激动，同是1991年出生的施廷懋一如既往的淡定。但走过混采区，她不经意说出的一句“人要相信自己，无论顺境还是逆境”，道出了隐藏在成功背后的艰辛。

在群星闪耀的中国跳水队，20岁才拿世界冠军的施廷懋也算大器晚成。但从21岁进入国家队后，她在世界大赛3米板单人和双人项目上连创佳绩，包揽世界三大赛、亚运会和全运会这两个项目“金满贯”的壮举，更让她成为开创历史第一人。

自律的施廷懋，一直保持着良好的竞技状态。不承想，向第二次奥运之行全力冲刺时，她的状态有所波动。在全队的帮助下，她一点点重新进行心理建设，慢慢恢复状态。

“坚持两个字说来简单，行动上却需要耐心，甚至是勇气。”施廷懋说。

施廷懋顽强的意志品质，也在鼓舞着身边人。在跳水队，大家都喊她

“懋懋姐”。这个大气沉稳的姑娘，坚定扛起了责任。

站在东京赛场的跳板上，施廷懋身边的搭档从吴敏霞变成王涵，不变的依然是用微笑表达胜利的喜悦，用行动来证明选择的坚定。“一路走来不容易，看着五星红旗高高飘扬，一切付出都值得。”施廷懋说。

心怀祖国　敢于拼搏

在很多观众眼中，跳水金牌似乎总是赢得非常轻松。尤其是女子双人 3 米板项目，从 2004 年雅典奥运会至今一直由中国选手蝉联金牌。但吴敏霞却说，只有队员们自己知道，每块金牌并不是稳稳挂在脖子上，而是通过日复一日的训练拼回来的。

东京奥运周期，中国跳水队的备战节奏被彻底打乱，完全进入封闭训练的状态。对于老队员，更是难上加难。“我们不像小队员那样，能每天轻松保持非常饱满的状态和充足的体力，只能让自己每天多付出一些努力。”王涵说。

以往出战时，每一跳之前，她俩总会习惯性击掌，为彼此加油打气。疫情期间没有比赛时，两个人依然用这个习惯彼此鼓励，一刻不曾懈怠。这些积攒的能量，把压力变成动力，终于在东京的舞台彻底释放。

中国跳水队之所以被称为“梦之队”，不只因为在赛场上取得的辉煌成绩，更在于每个运动员身上凝聚的为国争光的追求。施廷懋说：“我们站上奥运赛场，就承载着责任感、使命感和荣誉感，夺金就是对祖国多年培养的回报。”

在施廷懋和王涵为中国代表团摘得本届奥运会第四金后，身在现场的跳水名将郭晶晶、陈若琳给她俩拍照。这令人感慨的一幕，见证着中国跳水队一代又一代的传承。

张家齐、陈芋汐夺得跳水女子双人10米台金牌

前辈的接力棒，我们接住了

人民日报　郑轶

胸前挂上奥运金牌，两个小姑娘忍不住摸了又摸。“真沉啊！”陈芋汐笑着对张家齐说。27日，东京奥运会跳水女子双人10米台决赛中，这对全场年龄最小的中国组合以出色的表现，为中国跳水队摘下这枚蝉联了6届的金牌。

第一次出征奥运会的张家齐和陈芋汐从2019年底开始搭档以来，在国内比赛和队内选拔赛上表现出色。但毕竟没经受过世界大赛的考验，关键时刻能不能顶得住，谁心里也没底。

压力之下，两个小姑娘却没多想。对于十六七岁的她们来说，奥运会就像一颗种了很久的种子。“小时候看前辈站上奥运会的跳台，感觉特别厉害，现在轮到我们了。”张家齐嘱咐陈芋汐，上场不能有一点保留，全力去拼。

起跳、翻腾、入水，这对小将毫不怯阵。第二跳，她们拿到接近满分的成绩，连电视解说员都惊呼“下饺子的水花都比这个大”。透过镜头，清晰可见两人的专注表情。“我们的最大优势就是年轻，没有思想负担。”张家齐赛后干脆地说。

363.78分！最终，张家齐和陈芋汐以领先第二名52.98分的巨大优势将金牌收入囊中。绝对实力压制了对手，但赛后她俩还在挑瑕疵，“同步上差了一点，入水时有点松散”。

如此追求完美，源自中国跳水队多年传承的高标准、严要求。女子跳台项目的不确定性大，队里竞争相当激烈，张家齐和陈芋汐从一轮轮严苛的选拔中脱颖而出，她们的目标是接过前辈的接力棒，在奥运赛场延续辉煌。

即便在人才济济的“梦之队”，她俩的成长速度也称得上“坐上火箭”。2004年出生的张家齐，12岁就拿下全国冠军，而后凭借世界杯的出色发挥进入大众视野。比她小一岁的陈芋汐，从体操转项跳水，早早展示出过人的运动天赋。两人真正扬名国际赛场，同是在2019年的光州世锦赛。那一次，陈芋汐获得女子跳台单人金牌，张家齐则是跳台双人项目冠军。

世锦赛后，她们正式配对跳台双人项目。尽管技术风格有差别，但两个慢性子的世界冠军好像一下子找到了“对的人”。生活里投脾气，训练中有默契，实力在伯仲之间的两个“00 后”，磨合时间不长就开启“常胜将军”模式。

眼看离梦想越来越近，两人却双双遭遇状态的起伏。有困难一起扛，她们彼此陪伴、相互鼓励。“有时我跳不好会钻牛角尖，有时我俩说急了就不理对方，但很快就和好了。”陈芋汐说。

随着奥运临近，她们感觉到了压力，但对跳水的热爱、对冠军的渴望，让这对年轻的组合坚定地扛起责任，一起沿着前辈蹚出的“光荣之路”不停奔跑着。

第一次亮相奥运赛场，两位年轻小将沉着冷静，举手投足间流露出胸有成竹的样子。大赛经验更丰富的张家齐扮演“姐姐”的角色，给身边的搭档以鼓励和信心。曾在世锦赛有些紧张的陈芋汐，这一次非常淡定，“因为她在身边”。

她们的比赛，吴敏霞、陈若琳等跳水名将也在密切关注着。从 2000 年悉尼奥运会首次设置女子双人 10 米台项目至今，这枚金牌在一代代中国运动员手中传递，现在接力棒交到陈芋汐和张家齐手中，她们接住了。

陈芋汐小时候喜欢争当班级里的升旗手，如今站在奥运最高领奖台，看着国旗升起，她感到十分幸福。“平时努力训练、比赛努力拼搏，把自己的水平彻底发挥出来。”随后，她还要继续征战女子10米台单人比赛。“我会为我的好搭档加油鼓劲。”已经结束比赛的张家齐说。

走下领奖台，她们忙不迭找手机向亲人们报喜，“我们是奥运冠军了！”

国羽第四位女单奥运冠军陈雨菲
握紧接力棒走上领军之路

人民日报　孙龙飞　范佳元

经过81分钟的鏖战，陈雨菲拼到了最后。她以2：1击败对手，站上了最高领奖台。

8 月 1 日晚，东京武藏野之森综合体育馆为这场精彩的对决而沸腾。时隔 9 年，陈雨菲为中国羽毛球队重新夺回奥运会女单金牌，并成为继龚智超、张宁、李雪芮之后国羽历史上第四位女单奥运冠军。

陈雨菲夺冠那一刻，两届奥运金牌得主张宁激动得落泪了。这份厚重的情感里，有对国羽女单重回世界巅峰的骄傲，更有对弟子陈雨菲终于证明自己、稳稳接过前辈们手中接力棒的喜悦与欣慰。

张宁是陈雨菲刚进入国家队时的主管教练。直觉和经验告诉她，陈雨菲是个好苗子，值得重点培养。但彼时的陈雨菲性格温和，在赛场上缺少一点霸气，为此张宁没少批评和提醒陈雨菲。

“无论什么时候，都要把自己的目标放在最高标准上。平时多吃苦、多流汗、多付出，她们才能在比赛中少犯错、少流泪、少遗憾。”张宁说。

在 2016 年里约奥运会上痛失奖牌之后，国羽女单开启新老交替进程。陈雨菲、何冰娇等一批“97 后”新人开始崭露头角，在群雄逐鹿的世界羽坛肩负起重现国羽女单荣耀的重任。

女单世界前十当中，中国台北队球员戴资颖曾一度是陈雨菲最难对付的对手。以往双方的十余次交手中，戴资颖占据了绝对上风。

但 2019 赛季见证了陈雨菲的突破，当时她创造了 7 进世界比赛决赛全部夺冠的傲人纪录，积分超过戴资颖，登顶女单世界第一。同时，她还在那年的苏迪曼杯世界羽毛球混合团体锦标赛中成为世界冠军。

来到东京，这是 23 岁的陈雨菲第一次征战奥运赛场。虽然她是本次队伍中年龄最小的一名队员，但早已在千锤百炼中，变得自信而强大，这也让她在与强手的对决中更显淡定从容。

8 月 1 日晚的奥运女单决赛，就是她和老对手戴资颖之间的又一次“硬碰硬”。这一次，带着对胜利的极度渴望，谁都没有手软。

前两局，双方互相拿下一城，在你来我往的交替领先中，很难说哪一方有绝对的优势。陈雨菲就像一只密不可破的“铁桶”，在这场防守反击战中耐心周旋，不断咬住比分，寻求突破。

陈雨菲在场上流着汗拼命的时候，她羸瘦的身体似乎出现重影，影子里有一代代国羽女单名将在球场上奋力厮杀的样子。很多网友看比赛时感叹，在陈雨菲身上看到了那个“打不死”的张宁，国羽女队的那股韧劲儿又回来了。

到了关键的第三局，在胜负囿于毫厘之间的这个赛场，现在到了比拼心理的时候。陈雨菲冷静下来，运用拉吊结合的“控制型”打法与对手耐心周旋。渐渐地，戴资颖的失误开始增多，决胜局一度3：10落后，尽管她努力追至10：12，但无谓失误又不断地出现。

据统计，陈雨菲在决胜局最后得到的 9 分中，至少有 7 分来自戴资颖的失误得分。“第三局一直就失误非常多，后半段想追已经来不及了。”戴资颖说。

虽然整场比赛中，陈雨菲看上去是更为被动的一方，但“不管遇到什么困难，我都告诉自己不要放弃”，陈雨菲说。

随着最后一分入账，陈雨菲如愿夺冠，一切水到渠成。

坚持、坚强、坚韧，这是张宁认为一名伟大运动员必须具备的特质。在她眼中，陈雨菲做到了。

“陈雨菲在奥运争冠之路上一路不畏强手，尤其是在决赛的胶着比分中冷静沉稳、果断出手，与对手在技术和心理的较量中，顽强拼搏到了最后一刻。这一切都让她堪称伟大！”张宁说。

赛后，一个熟悉的身影为陈雨菲颁奖，她是国际奥委会委员、中国羽毛球名宿李玲蔚。20 世纪 80 年代，中国选手在世界羽坛领一时风骚，李玲蔚被誉为“世界第一号女单选手”，是羽毛球“前奥运时代”的代表人物（羽毛球 1992 年被列为奥运会正式项目）。

当李玲蔚把金牌递给陈雨菲，她们完成了一场跨时代的传承。中国羽毛球征战赛场的往事一幕幕涌现，中国羽毛球人流过汗，也拼过命；笑过，也哭过。这一刻，胜利让泪水变得香甜，所有的努力付出都值得。

看着如今跟自己隔了好几代的年轻选手在大赛中快速成长，李玲蔚感到非常欣慰和自豪。她说，希望通过这枚奥运金牌，陈雨菲能够成长成为国羽女单的领军人物，未来带领国羽女将形成集团优势，稳稳地立足世界羽坛！

中国羽毛球，曾站在巅峰，看遍风景；也曾滑落低谷，卧薪尝胆。现在他们重新找回了那个支点，再次攀登顶峰。相信国羽的未来，将在这群年轻人手中再次走向辉煌！

肖若腾获得体操男子个人全能银牌

拼到最后，已足够精彩

人民日报　季芳

尽管在前5项比赛之后处于领先位置，但中国选手肖若腾还是未能得到梦想中的奥运金牌。最后一项进行的单杠比赛成了整场比赛的“分水岭”。

14.066分，难以令人满意的成绩，让肖若腾以0.4分之差无缘冠军。

28日晚，东京奥运会体操男子个人全能决赛场上，肖若腾以88.065分获得一枚银牌，尽管未能登上最高领奖台，但他以近乎完美的发挥，得到了大家的肯定。

“心情挺复杂的。”走下赛场的肖若腾显得有些遗憾。为了这场决赛，中国体操队做了充分准备。肖若腾说，自己在决赛中做到了超水平发挥，已经在奥运赛场展现出了最好的自己。

这是肖若腾第一次参加奥运会。2016年，他因伤缺席了里约奥运会，留下遗憾。5年来的坚守和磨砺，让他成长为中国体操队的领军人物之一。他立志要在东京奥运会上证明自己。

在男子个人全能决赛场上，资格赛排名前六的选手同场竞技，竞争十分激烈。

肖若腾发挥稳定，在前3项结束后处于领先位置。在第五项双杠比赛中，他取得了15.366分的高分，总分暂时领先第二名0.334分。最后的单杠比赛，成了决定选手名次的关键。

这一项，肖若腾只得到了14.066分。据中国体操队副领队叶振南解释，因为赛后没有向裁判举手示意，肖若腾在这一项被扣掉了0.3分，所以分数偏低。

但对于肖若腾在整场比赛中的表现，叶振南给予高度肯定。

“他发挥得非常出色。我们的运动员已经在场上展现出了中国体操的精神面貌和顽强拼搏的体育精神。”叶振南说。

“其实困难挺多的。”肖若腾说，在26日的体操男子团体比赛中，他带着肩伤，坚持比完了6个项目。

“在场上要拼到最后一刻”是肖若腾为自己定下的目标，无论顺境、逆境，他都会积极面对。接下来，他还将出战男子单项决赛，继续全力以赴冲击金牌。

银牌虽有憾，但肖若腾决心未改，他表现出的拼搏精神足以闪耀赛场。

肖若腾

东京奥运会首金得主杨倩——

因为热爱　所以坚持

人民日报　季芳　王亮

从奥运赛场载誉归来，杨倩在网上发布了不少健身视频，激发了许多人的运动热情。这个清秀文静的姑娘，经过奥运赛场扣人心弦的较量，对拼搏与成长、坚守与付出有了更深的感悟。

第一次参加奥运会，有太多瞬间值得记忆。看着五星红旗在奥运赛场升起，杨倩激动不已："金牌是送给祖国的最好礼物。"赛场上，她沉着冷静，凭借稳定发挥屡次扭转局面；领奖台上，她笑意盈盈，一个比心的动作赢得不少人的喜爱。

"不去想结果，全力做好自己。"从走上射击训练这条路，到攀上运动生涯的高峰，杨倩靠的是执着的热爱、坚定的信念和巨大的努力。她的这条成长之路，和众多奥运选手一样，离不开中国体育代代相传的精神激励，离不开新时代为运动员提供的广阔舞台，离不开团队的力量和社会各界的支持。

正是一个日益强大的祖国，成就了奥运辉煌，鼓舞着奋斗豪情。

"比赛是自己和自己的较量"

保持一颗平常心，是杨倩在比赛中对自己的要求；笑对困难与挑战，也是她生活中的气质。东京奥运会首金的争夺，压力可想而知。在打最后一枪的时候，排名领先的对手打出了8.9环，丢掉了原有优势，现场立刻嘈杂起来。杨倩努力屏蔽干扰，打出了9.8环，赢得胜利。

如何在重压之下保持专注和稳定？“尽力控制，稳住情绪，把每一枪打好。”在杨倩看来，“比赛是自己和自己的较量”，要稳住心态，才能笑到最后。

高手众多的奥运赛场，运动员比的是技术，更是心理。丢掉包袱，轻装上阵，是杨倩发挥出色的秘诀。在女子 10 米气步枪和 10 米气步枪混合团体两项比赛中闯入决赛，她都是在最后时刻反超对手，让人看到这个“00后”的沉稳、自信和果决。

“这是一个经验积累的过程。”杨倩说，栽过跟头才会知道如何更快地调整心态、发挥出水平，“对于运动员来说，失败是常态。不断磨炼，人才能成长。”

“射击一直伴随我成长”

从 10 岁开始，杨倩就沉浸于射击这项与自己对话的运动中。

当年，体校教练虞利华到学校遴选射击苗子，在平衡测试、垒弹壳等专业考核外，虞利华被杨倩的眼神“抓住了”。“跟她讲话时，她直直地看着我，不躲闪，这说明她是个专注、自信、有胆量的人。”虞利华说。

进入射击队，要先练基本功，为了稳定性和持久性，身材瘦小的杨倩，需要举着重约 10 斤的步枪坚持很久，难免会感到枯燥。练了一年多，杨倩想过放弃，但是被妈妈劝住：“既然选择了这条路，就要努力坚持下去。”

这句话深深印在了杨倩心里。“虽然一开始我是出于好奇练习射击，但渐渐地，就离不开了。”杨倩说，“射击一直伴随我成长，我与射击相互成就。”

12 岁时，杨倩拿下全国青少年锦标赛亚军，14 岁在浙江省运动会上摘下 3 枚金牌。2019 年，杨倩凭借在第二届全国青年运动会上的出色表现，敲开了国家队的大门。“她打出了 633 环，当时国家队中也只有 3 人打出过这个成绩。”虞利华说。

从第一次走进射击队的大门，到登上奥运冠军领奖台，杨倩最深的感触就是坚持。相比结果，她更重视过程，“这是我想做的事情，就要竭尽全力、不留遗憾”。

举枪、屏息、瞄准、击发……一场场比赛下来，杨倩不断挑战运动生涯的高峰，也连接起梦想拼图。2016 年，她入选清华射击队，进入清华附中学习。杨倩的训练时间一般安排在放学后，有时还要赶回学校上晚自习。紧凑的日程安排，让杨倩养成了高度自律的习惯，射击和学习一项也没落下，“我尽量去平衡，该学习的时间认真学习，该训练的时间认真训练”。

2018 年，杨倩顺利通过高考，进入清华大学经济管理学院学习。

“做好过程，就会有好的结果”

在国家队的 4 场东京奥运选拔赛中，杨倩场场第一，锁定参赛资格。然而之后的一段时间，她却遭遇低潮，抵达东京之后，也没有恢复到选拔赛的状态。

女子10米气步枪资格赛，杨倩的表现起起伏伏，整整60发，她一直面向靶纸，没有回头。“每一枪都在和自己的内心作斗争，不断地安慰自己、鼓励自己。”多年的训练，她学会了自我调节；稳健的心态，是由无数汗水和努力锻造出来的。

对于多年付出，杨倩总是轻描淡写。但在妈妈看来，女儿非常有毅力：“一旦认定目标，便会为之付出十二分的努力。”

“走下领奖台那一刻，成绩就全部归零。”杨倩有着一份令人赞叹的清醒，“每次比赛冠军只有一个，尽己所能就足够了。”正是这种“拿得起、放得下”的性格，让她不怕输，更不服输。

生活中的杨倩，也有着和很多同龄女孩差不多的喜好：她会给自己美甲，制作手工艺品，喜欢拍照片。收获了两枚奥运金牌，她只想着重新出发，投入第十四届全运会的备战，然后返回校园继续学业。

从赛场到校园，不同的场景切换，丰富着杨倩的人生经历。一个开放奋进的时代，为众多中国体育健儿搭建了更为多彩、更加宽广的舞台。“相信自己，做好过程，就会有好的结果。”这是杨倩的人生信条。将个人成长融入社会发展进步，人生的赛场上，就还会有更多精彩等待着这一代年轻人去创造。

人物小传

杨倩，2000年出生，10岁开始练习射击，现就读于清华大学经济管理学院。东京奥运会上，杨倩在女子10米气步枪比赛中为中国体育代表团夺得奥运首金，随后又与队友杨皓然一起获得10米气步枪混合团体金牌。

北大教授吴飞：奥运乒球赛场的另一种“中国力量”

新华社　张寒　苏斌

来自北京大学的乒乓球“蓝牌”裁判吴飞笑称，她在东京奥运会上目前执法过的最高“级别”比赛是混双铜牌赛，也只能到铜牌赛了，因为她是中国裁判。

虽然奥地利裁判长说“很可惜，你很难去做决赛裁判”，她却一点都不遗憾，因为这句话里包含的，是对中国乒乓球实力的肯定。

前有来自广州体育学院的冯政出任雅加达亚运会乒乓球赛裁判长，现有44岁的吴飞两度登上奥运舞台。作为唯一由中国乒协推荐入选“奥运阵容”的裁判，东京体育馆里，这张娟秀的面孔很难被忽视，在她身上，东方气质与青春朝气并存。

吴飞现任北大体育教研部副主任，是博士、副教授、硕导，主攻体育教育与运动训练学。2003年刚进入北大任教那会儿，她就在帮中国乒乓球队做科研。后来北京奥运会乒乓球赛场选在北大，她借调奥组委，成为乒乓球竞赛场地主管。

裁判这一行，她从2003年考取国家级，2005年升到国际级，2007年第一次拿到“蓝牌”资格，就此每年考试保级、每年参加国际大赛接受考核，这才使“蓝牌”资格始终处于“活跃”状态，保持了14年。

“当年为了北京奥运会，中国下力气培养了一批年轻的‘蓝牌’，我是其中之一。”吴飞自称很幸运，也因此格外珍惜每次代表中国裁判执法国际大赛的机会。

作为裁判的第一个世界大赛是2007年萨格勒布世乒赛，她至今仍记得当时和一名印度裁判聊天，从乒乓球聊到对方的“国球”板球，那名裁判连连称赞她是自己遇到的第一个能用英文流利沟通的中国裁判，由此吴飞更加体会到“中国裁判”这四个字的分量。

“就像北大在中国学界的地位，我当时就暗下决心，做裁判也要做到世界级的‘最好’，这样我才有资格站在万里挑一的北大学生面前。”吴飞说。

每届奥运会的裁判选拔，首先由各协会上报名单，再由国际乒联优中选优。从伦敦到东京，吴飞说，能得到两次出任奥运会裁判的机会，既要感谢中国乒协的信任，也要感谢北大的支持，还要感谢家人的理解。

“尤其这届疫情下的奥运会，防护风险不说，一来一回加上隔离就要将近40天，对于我的本职工作和家庭来说都是个不小的压力。”

她该感谢的还有自己。不是每个上报到国际乒联的裁判都能过筛，韩国这次就没人能坐上临场裁判席。“我的考试考核通过率是100%。”吴飞说。

执法奥运赛场也不是份轻松的工作。本届裁判长团队4人，临场裁判只有25人，最忙碌的时候每人每天执法4场，赛时工作之外还有很多赛前检查和场外监督，从早上5点忙到夜里0点是常有的事。

每届大赛的裁判流程都有所区别，像这次，主裁要连“翻分”的活儿一起干，很多人刚开始会有些手忙脚乱，甚至在关注运动员动作上分神。再比如说空场比赛，没有了观众“干扰”，临场裁判的注意力更专注，对擦边擦网之类的细节看得更清晰。

“都是有经验的裁判，我发现大家很快就熟悉了操作。这时我必须有一个预判，于是发消息给何潇（中国乒协副秘书长），请运动员们谨慎比赛，因为裁判们有精力关注你的每一个技术细节了。”

向中国乒乓球队准确传达执法尺度，正是赛事裁判团队里有一个“自己人”的意义所在。疫情下的这届奥运会尤为特殊，正式开赛前谁也不知道国际乒联为疫情防控所设“特殊条款”将被如何执行。

于是几次奥运热身赛吴飞都担任裁判长，最后一次威海赛还亲自执法了一场决赛。“当时并不知道到这儿会是怎样的标准，所以热身赛我们都用最严格的执行尺度。”

吴飞说，奥运会乒乓球赛程过半，她目前为止最深的感受是疫情下办赛不容易，“对我来讲，就希望每天都把任务执行好，场上不出现任何差错，同时保持健康状态，展现中国裁判的精神风貌和业务能力。”

奥运会后，她将以副裁判长的身份出现在 11 月的休斯敦世乒赛上，这是她首次在成年组的世界级大赛上得到裁判长团队的席位。

而她的长远目标是进入奥运会裁判长团队。“希望国际赛场上能出现更多中国的裁判员、裁判长，在更高的舞台上展现中国风采。”吴飞说。

真“乘风破浪的姐姐”在风浪中体验人生

新华社　赵焱　公兵　周万鹏

“我越来越发现帆板是一项神奇的运动，可以教会你人生中很多道理。”在东京奥运会上赢得女子帆板 RS : X 级金牌的卢云秀在接受新华社记者线上采访时说。

卢云秀在赛后回到国内，隔离生活即将结束，虽在隔离期间有点儿忙，要参加各种视频连线、网络直播，接受媒体采访，但还是有时间重新回顾和思考了帆板运动带给自己的不一样的人生。

专注自己　不要有太多杂念

东京奥运赛场上，卢云秀从第一天成绩不理想，到奖牌轮开始前排到第一位，再到最后夺冠，完成了一次自我超越。但她说，其实在奖牌轮之前都不知道自己的排名，直到看到最终成绩，才知道拿了冠军。这个成绩得益于专注自己，没有杂念。

卢云秀表示，第一天比赛成绩不好就是因为自己想法太多。她说：“刚去江之岛时心中有期待，但因为疫情，太久没有国际比赛，又充满了未知，到赛场后也没法与所有人一起训练，心里有些没底，所以第一天处于一种跟对手相互试探的状态。但是没有章法，有点紧张，过度考虑了对手。”

成绩不好，卢云秀心里也很难过。但好在是第一天，教练和心理老师立即对她做了辅导，告诉她已经在赛场上了，如果继续这样紧张，之前的努力就都白费了。

正好那几日江之岛附近受台风影响，要做各种应对预案，卢云秀很快就把第一天的情绪抛下，专注自己的状态。

她说："第二天比赛，在去赛场的车上我就开始按心理老师说的方法冥想，让自己放松下来，进入平静的状态，不去想其他事情。这似乎特别管用，比赛时我就完全回到正常的流程中了。"

在奖牌轮之前卢云秀已排在第一名，但她并没有去看自己的成绩。她说："此前有一次不停看成绩，算分，考虑的东西太多，反而精力、体能消耗很大，没办法专注自己。所以这一次就不去看，奖牌轮全力以赴就好。"

奖牌轮赛后，队里的人告诉她岸上看着很惊险，风摆好像不停在变。但卢云秀说："岸上的人看到的是实时数据，风摆的一点变化都看得清楚，但这个项目是在大自然中，所以我专注在比赛中，一点都没有感到惊险。这次比赛让我学到，做事情的时候专注、冷静，决策才可能是正确的。"

不要钻牛角尖　懂得调整

在赛场上看上去如此自信的卢云秀，其实在备战奥运会前也经历过低谷期，甚至一度看到帆板就产生逆反情绪。

"2019 年是我成绩最好的时候，那时身体、心理状态都做好了参加奥运会的准备，但是疫情来临，增加一年让一切都变得未知，无休止大量的体能训练，再加上长期封闭，心理压力很大。"

她说："最难受的时候我甚至都不想看到帆板，我一直在不停地加强自己弱项的训练，纠细节，但还是觉得不够，感觉都到不了自己想要的完美状态。正是这种太追求完美的心态，让我进入了怪圈，我跟谁都不想说话，有一天还跟教练说，要请假，要独自待几天。"

幸好当时正逢春节假期，节后教练为队员们申请到五指山训练基地调整。卢云秀说："那里没有海，都是山，正好符合了我不想看到帆板的想法。我们骑自行车、爬山、去健身房，经过这段调整，我慢慢静下心来，能够听旁边人的声音，我的心理老师、教练、朋友的各种善意，我也能够理解了。"

卢云秀说她很幸运碰到了调整心态的机会，但之后也明白了，越是钻牛角尖越是无法走出来，以后遇事换一种思路，问题就迎刃而解了。

“在那段时间的调整后，我发现只要我每一项都尽力，不一定每一项都做到最完美，但最终会是好的结果。”

把控方向的人是自己

卢云秀曾说，在大海上把控方向的人是自己。她也成功地把握了自己的方向。

她说，选择练体育就是自己的想法。“小时候在家，爸爸告诉我要好好读书，但读书很一般，看到姐姐们都拿了奖状，我就说我想练体育。当时爸爸反对，说练体育对女孩子来说太辛苦；村里有孩子练体育最终也还是回来打工。但我义无反顾，就是想要去。”

卢云秀最初是练长跑，一个偶然的机缘她被选中练习帆板。“刚开始是被选择，所以前期都不是特别愿意，但之后训练中我落后别人的时候心里有些不甘，我不愿意输。特别是队友拿成绩，我没有，队友成绩好有工资，我只有补助，逛街时我才发现我自己还要花家里的钱。于是我就想我一定要进全国前八，我有了好名次才能有自豪感、喜悦感，才能帮助家人过上好日子。”

卢云秀说最初自己只是设定小目标，然后拼命训练，多做、多问，谁知道不久就真的拿到了全国前八；接着就再定一个进入前六的目标，一步一步前进。“到了全国前三后，有一天有人问我是不是喜欢帆板运动，我发现我竟然已经喜欢上了。”

帆板也让卢云秀学会了决断。她说：“以前我有选择困难，做决定时总会纠结；但在海里每个决策都是瞬间的，风力、水流，根据这些你立刻就可以进行判断，于是我更明确了，有自己的依据，就去选择，不再纠结。只有这样才能自由驰骋在海面上，看到最美的风景。”

每一次成功都是无数人的努力

在采访中，卢云秀多次提到自己是幸运的，有无数人在给予她支持和帮助。

她说："2017 年国家队组建后，队里一起训练的女孩子很多，大家技术差不多，各有特色，所以实际上一直处在不停竞争、相互学习的过程中。我们一起参加了国外三场选拔赛和国内多场测试赛，我感到在中国有这么多优秀选手一起训练是我的幸运。"

问她有没有要感谢的人，她说："要感谢的人太多了，列名字真的列不完。特别是这两天看到阿富汗的局势，那边人的生活，更加感到自己是幸运的，不但生活在和平的国家，还能够得到很多人的帮助，有体育总局、帆船帆板协会各级领导给我支持，让我不是自己一个人练。"

隔离期间，卢云秀也尝试了视频博主、网络主播等新身份，作为奥运冠军，商务活动也不会少。她说："其实是有些不适应的，但慢慢也转变自己的想法，发现可以让更多人认识帆船帆板运动。当然我首先需要安排好，把这些活动安排在自己能够把控的时间里，不影响训练。"

卢云秀很高兴地看到，现在已经有很多青少年加入这项运动，有更多人参与，有更多人感受到它的魅力，才能涌现更多优秀选手。她说："现在有些弱势项目，我们的队友已经在国际赛事上单轮次能够跑不错的成绩；而优势项目我们要传承，所以未来的路虽然漫长，但是值得期待！"

马龙：冠军的心

新华社　张寒　苏斌

当记分牌停在第六局11∶7，场外沸腾，胜利者马龙却只是稳稳站定，双手举过头顶，又乖又萌地比了个心。

这其实不是一场轻描淡写的胜利。30日晚的东京体育馆见证了三项纪录诞生：4∶2击败世界排名第一的队友樊振东，马龙成为奥运会乒乓球史上第一个蝉联金牌的男运动员和拥有冠军荣誉最多的球员（4金），并超越王楠成为乒坛史上拥有世界冠军头衔最多的选手（25冠）。

“比心算是送给家人、孩子和团队的。对手是自己尊敬的队友，没有必要做过激的庆祝。”马龙的解释和五年前里约胸前比心时如出一辙，谦逊也一如既往，他说，“这块金牌属于中国队。”

走下奥运会男单的颁奖台，他告诉记者的第一句话甚至是：“还不到总结和打分的时候，还有更重要的团体赛，更需要我发挥队长的作用，把大家拧成一股绳，从头再出发。”

至于单打，他的评价恰如刘国梁赛后那句，“两个人都是冠军，金牌也有樊振东的一半”。马龙说：“单打只是个人的，我和樊振东都完成了各自的目标，进入决赛是第一任务。”

但回首过去这五年，马龙也承认，和里约奥运会相比，东京奥运会的备战周期对他来说格外漫长。“上个周期自己走得比较顺畅，赢了很多球也拿了很多冠军，里约奥运会更多的是水到渠成。”这位32岁的队长、丈夫和爸爸说，“这个周期，技战术更新，年轻人涌现，我输了很多球，做了手术，恢复期不仅要调理身体，还要调整心态，除了自己的坚持和努力，团队帮助、教练的指点和家人的支持，都和这次赢得的冠军不可分割。”

没人比他更清楚连续赢球和不断受挫的区别了。这个奥运周期里，马龙拿了2017年和2019年两个世锦赛冠军，与2015年的苏州相逢，成就三连冠，尤其2017年杜塞尔多夫世乒赛他苦战7局战胜樊振东，至今仍会在获胜后提及“大赛上赢过他大概是我信心的支点”。

如果说大赛成绩神奇地保持在巅峰，那么伤痛困扰所带来的便是人性的煎熬了。2019 年，马龙经过了漫长的膝伤治疗，世乒赛开赛前两个月才重返赛场，夺冠后钙化愈加严重，一场可能断送职业生涯的手术在所难免。

“当时其实是不得不做手术。”走在奥运会赛后混采区的马龙显然不想给那个选择附加过多悲壮色彩，“好在也是医疗技术预期中可以承受的风险。”

手术后，马龙削发明志，但康复的漫长与煎熬才刚刚开始。天天泡健身房的日子里，他无比想念球台；比康复训练更令他难过的是“赢”这个字的缺失。2019 年男子世界杯、总决赛，2020 年德国和卡塔尔公开赛、全国锦标赛、男子世界杯，马龙都没有冠军入账，甚至有时登上领奖台的机会都没有。

“总不赢，对信心的打击是巨大的，而我这个周期的备战很大一部分就在重建信心。”他说。

2020 年底，马龙终于回到胜利的路上，尽管因为疫情影响，他和他的很多队友这一年都没有太多比赛可打。总决赛和 WTT①澳门赛两个冠军，让马龙的心态和技术都重回了正轨，甚至可以寻求一些突破。

“今天能够赢下来，更多的原因也是像昨天半决赛后我说的，享受比

①世界乒乓球职业大联盟。

赛。”30日夺冠后的马龙说，“对樊振东可能是全世界最没有压力的比赛，因为你只有发挥到最好、在对手犯错误的情况下，才有可能拿到胜利。今天我保持了这种心态。”

当记者问他，马龙的时代是否还在延续，他说：“首先，我还保持着想赢的欲望，这是自己身上最可贵的，也是整个球队给我最大支持的原因。另外，我也觉得自己还可以打，还能够再努力去与世界上最顶尖的选手抗衡。”

这大概就是马龙能不断刷新历史的秘诀：在他身上，冠军的心，永远火热。

马龙

水花的精灵

——奥运跳水冠军全红婵的成长故事

新华社　吴晶　周欣　屈婷　叶前　王浩明　周自扬

10米跳台决赛，五个动作三跳满分！东京奥运会上，14岁少女全红婵一鸣惊人。作为中国奥运代表团最年轻的运动员，以创纪录的成绩夺得10米跳台冠军，让五星红旗高高飘扬在东京水上运动中心上空。

全红婵是幸运的，凭着天赋与努力，绽放青春的光彩。而这成功的背后，有一个团队体系多年不辍的培养，有一家人温暖而坚定的支持，更有一个重视体育、珍惜人才的强大祖国。

冠军之路：从海滨小城走出的天才少女

广东省湛江市，这座南海之滨的小城，素有中国跳水之乡的美誉，诞生过陈丽霞、劳丽诗、何冲、何超等4位世界冠军。

全红婵的家，就在湛江市麻章区麻章镇迈合村。这个只有3.3平方公里的村庄共有339户，不到2000人。

这样的村庄，在中国广袤的大地上，如同沧海一粟。但全红婵这个苗子，却被细心的教练发现了。

2014年5月，麻章镇迈合小学，正在和同学们做游戏的一年级学生全红婵吸引了湛江市体育运动学校跳水教练陈华明的目光。无论是跳皮筋还是跳格子，她的身形轻盈、动作灵活。

对孩子们进行了弹跳和柔韧性方面的测试后，陈华明初选了几个苗子，其中就有全红婵。

4个月后，全红婵到湛江市体校报到，开启了她的体育生涯，离家时她依稀记得爸爸说："要为国争光。"

刚起步时，她还是个"旱鸭子"，不会游泳，但很快，这个活泼开朗的小姑娘喜欢上了跳水。训练只能在露天跳水池进行，完全要看天的"脸色"，夏天打雷下雨不行、冬天太冷不行，全年只能训练7个月。

跳板是铁制的，夏天被晒得滚烫，她只能用毛巾挤水给跳板降温，然后一次次迎着炫目的阳光，一跃入水。

"即便是如此艰苦的环境，全红婵在训练中的刻苦、认真慢慢表现出来了。"陈华明说，"她的成功并不完全靠天赋。"

全红婵是同伴中第一个登上3米板，接着是5米跳台、7米跳台……两年后，她又是第一个站在10米跳台上，毫不犹豫地跳下去。

全红婵说："也没想那么多，眼睛一闭就跳下去了。"教练由此得出全红婵"胆子大"的结论。

教练的赞许和鼓励、同伴羡慕的目光，让这个小姑娘懵懂地意识到自己可能"是这块料"，而梦想的种子，也就这样悄然种下。

"爸爸工作很忙，很少来看我，但是有队友和教练的陪伴，就好像在大家庭里一样。"全红婵说。

2018年2月，位于广州二沙岛的广东省跳水队训练基地迎来了全红婵，她在试训中锋芒初露，教练何威仪至今记忆犹新。

"别看她身形小，身体素质远胜同龄女孩甚至男孩，跑得最快，30米4.5秒，肋木举腿10个用时13秒，身体里蕴藏着与体型不相称的能量。"何威仪说，想家、会哭、畏惧，是每个孩子的必经之路，但全红婵目标明确，经过鼓励后，没有再退缩过。

全红婵承认自己哭过，但次数不多。"我不是爱哭包。学新动作时也挺怕的，但我太喜欢跳水了，鼓励自己坚持。我想拿冠军，像大哥哥大姐姐那样。”

大哥哥是指同样来自广东队的里约奥运会男子 10 米台双料冠军陈艾森和东京奥运会男子 3 米板双金得主谢思埸，大姐姐则是“跳水女皇”郭晶晶。

“教练经常说，大哥哥大姐姐都是榜样，再苦再累也要坚持。”有了心中的榜样，全红婵训练更加投入。练体能、练基本功、上翻腾器训练、一次又一次从高台跳下……

“我遇到的最大困难就是学207C（向后翻腾三周半抱膝）时，用了一年零几个星期的时间。”全红婵说。

2020 年 10 月，在开赛前三周刚刚掌握 5 个全套比赛动作的全红婵首次代表广东队，出战全国跳水冠军赛并一举夺金，力克陈芋汐和张家齐等世界冠军。“爆冷”“黑马”“出乎意料”……此后她的每一次亮相，带来的都是惊叹号：在三站奥运选拔赛中两夺冠军，以总积分第一的成绩获得奥运资格。

2020 年底全红婵进入国家队，由于疫情期间阵容精简，队里特意指派专人在生活中引导她，由经验丰富的广东籍队医负责康复，再加上教练的专业指导，全红婵渐入佳境。

全红婵向记者提起了“感恩”。的确，如果不是陈华明教练长年坚持“一个都不能漏”的搜寻，她的人生必定与10米跳台无缘。在全国星罗棋布的基层体校中，有一批经验丰富、慧眼独具的教练默默无闻、孜孜不倦、为国选材。

在全红婵问鼎奥运冠军的背后，是体校、地方队和国家队环环相扣、层层递进，是多位教练科学训练、悉心呵护，让天赋与努力最终完美结合，成就那一方碧池里惊艳世界的水花。

光环背后：爱和坚持浇灌出的农家女孩

全红婵在东京奥运会夺冠后说“要挣钱给妈妈治病”，感动了很多人。在奥运摘金的高光时刻，她和所有这个年纪的孩子一样，简单而又直白地惦念着家人。

全红婵来自一个七口之家，父母之下，兄弟姐妹五人，她行三。母亲在 2017 年遭遇车祸后失去劳动能力，整个家庭的收入来源几乎全靠父亲。

村干部介绍，2019 年，全红婵家被纳入低保，每月按国家规定领取低保金。当地政府为全红婵的母亲办理了大病救助，每月发放残疾人补助。2020 年全红婵母亲住院 8 次，医疗救助覆盖超过了总金额的 90%。在村干部的带动下，不少村民还帮助她家里干些农活。

得益于这些保障，全红婵家日子虽然算不上富足，却也没有太多后顾之忧。

村里人对全红婵也很关注。赢得第一个全国冠军后她回家休假，大家伙儿见到她都说“全国冠军了不起，下次再拿奥运冠军”。

少小离家，那些常人可以想见的难舍，早已云淡风轻。小姑娘只腼腆地笑着说：“刚开始是有点辛苦，想家，但是我太喜欢跳水了，爸爸鼓励我，让我坚持。”

妈妈叮嘱得更细致：“听教练的，好好训练，小心点，别受伤，多看点书，多学点文化。”

在父母眼中，全红婵“听话懂事”，是个好女儿。难得休息回到家，她跟着爸爸在果园里帮忙干活，给种的橘子树施肥。

“爸爸很辛苦却从不说困难。”全红婵觉得自己的性格“像爸爸”，“冷静、孝顺、永不放弃，他永远是我的榜样。”

虽然不常回家，全红婵却心疼爸爸从早忙到晚、照顾一家老小的辛苦。所以每次接到爸爸的电话，十几分钟的时间，她都会“挑练得好的事情告诉他，练得不好就不说了，不想让他着急担心”。

各自忙碌，并没有阻隔深厚的亲情。寒来暑往，哥哥送给她的一个娃娃始终陪伴她征战南北。

浅蓝色的动物布偶，笑着露出了一口牙齿。全红婵总把它放在床头，训练或比赛结束回到房间第一眼就能看见。

“它是泳池的颜色，样子不太好看，但手感特别好，摸着软绵绵的，特别减压。它有点儿小龇牙，像我自己，每次笑的时候都有点儿龇牙。”说着，小姑娘又咯咯笑了起来，声音清脆得仿佛迸起的水花。

“家里的事情不用操心。”女儿一战成名，父亲全文茂接过了献花，却婉拒了其他馈赠。他说的“女儿靠自己努力获得的成绩”道出了全家人的骄傲，而“都是要靠刻苦训练出来的”又彰显了朴实淳厚的家风。

忙于训练的全红婵没有给家人买过什么礼物。她只在获得奥运冠军后的第一时间，给家里打电话报了喜。她打算像以前一样，把金牌送给家人。

“奖牌是最好的礼物。”全家人一致的心声，就是全红婵继续攀登的动力支撑。

未来可期：不忘初心、追寻梦想的体坛新生代

全红婵红遍神州乃至世界，不仅仅在于她令人惊叹的跳水技术，更是因为她的率真烂漫。

夺冠后怎么庆祝——“吃点好的，辣条！”

你觉得自己性格怎样——“杏哥是谁？”

夺冠后被教练举高高——“感觉有点疼！”

这是在她的年纪该有的样子。能看出，在她的教练和“哥哥姐姐”当中，她受到的宠爱与呵护，一点都不少。

在国家队里年龄最小的全红婵，因为敢拼肯练，被哥哥姐姐们宠溺地称为“红姐”。训练之外的时光，她会跟队里的小伙伴一起学文化课，聊

开心的趣事，还有滑板、跳舞……

全红婵所呈现的，是中国运动健儿更加鲜明的时代面孔。东京奥运会期间，人们记住了戴着“小黄鸭”发卡“比心”的杨倩、“跑得最快的大学教授”苏炳添、“姣傲女孩”巩立姣……他们健康、阳光的形象，正在成为越来越多中国年轻人的偶像。

赛场上，他们拼尽全力百折不挠；赛场外，他们青春洋溢率真爽朗。他们是激情洋溢的体坛先锋，是惊艳世界的中国力量，更是14亿多中国人的自豪与骄傲。

党的十八大以来，竞技体育攀越高峰，全民健身快步前行，体教融合不断加深，体制机制改革深入推进，体育产业向着国民经济支柱性产业的目标稳步发展，我国正在由体育大国向体育强国扎实迈进。

“得益于国家脱贫攻坚、乡村振兴等举措，全民体育正在‘落地开花’。”当年挖掘全红婵的陈华明教练深有感触，遍布全国的基层选拔体系为更多人才搭建成长路径，愈加完善的社会保障体系让广大运动员心无旁骛，科技含量满满的训练体系助力奥运健儿勇往直前。

没有强大的国力支撑，这一切都无从谈起。

以广东省为例，近年来，全省19498个行政村都建设了农民体育健身设施，1139个乡镇建设了农民体育健身设施，投入约2.5亿元购置的全民健身器材均优先安排到贫困地区。全红婵家乡所在的湛江市麻章镇，在打造广东省乡镇企业百强镇的同时，也一直保有广东省体育先进镇的名号。

“教练，你看我家孩子有没有天赋？”奥运比赛结束后，曾经指导过全红婵的湛江市体校跳水教练郭艺，接到了很多家长的咨询电话，国家对体育健儿的关爱重视，掀起一股关注体育的热潮。

全红婵的妹妹和弟弟也先后进入湛江市体校练习跳水。有一次市级比赛，三姐弟罕见地“同框”，只能匆匆向彼此道一句“加油”。闲暇时间，妹妹弟弟会凑在一起给姐姐打电话，向她请教跳水的小窍门。

东京奥运会夺金后，回国隔离期间，全红婵依然一丝不苟地在房间里做着练习，为即将举行的第十四届全运会做准备。

“三年后，我还想代表中国，站在巴黎奥运会的冠军领奖台上。”她说。

然而以巴黎奥运会为目标的全红婵还必须经历多道关卡考验：全运会、2022 年的世锦赛和亚运会、2023 年世锦赛、2024 年跳水世界杯等一系列赛事，和随之而来的“成长烦恼”。

中国第一位女子跳板奥运冠军、共获得过 70 多枚国际赛事金牌的高敏指出：“生长发育期对于女子跳台选手来说是一个挑战，因为长身高、长体重意味着需要增强力量、调整技术结构，一旦力量和技术不匹配，就会状态下滑。期待未来在巴黎赛场看到全红婵，用‘强者’代替‘天才’来称呼她。”

“爸爸提醒我要不忘初心，我的梦想就是拿冠军！”全红婵的话语，透着越来越清晰的坚定。

希望那些奥运带来的光环与喧嚣，在她登上 10 米跳台的一刹那，都会安静退去，只待那发力的一跃，化作水花的精灵。

孙一文，美人如玉剑如虹

新华社　王浩宇　张泽伟

一道剑光闪过东京的夜空，在奥运击剑赛场刻下一段属于中国美女剑客的传奇。

24 日晚的女重个人决赛场上，气氛紧张到令人窒息。距离比赛结束还有 12 秒时，中国选手孙一文拿下领先的关键一分，距离中国击剑队奥运史上的首枚女重个人金牌近在咫尺。可在倒数 3 秒之际，她被对方刺中扳平一剑，比赛进入加时“决一剑”，悲喜一剑之隔。

错过即是永远，奥运史上不乏这样的憾事。孙一文自己也有些许体会，2016年里约奥运会女重个人半决赛，她在第三轮中段还以11：7领先，但却痛失好局被对方将比分追平，最终在“决一剑”中败北。

“当时还剩3秒被追平，我就觉得没关系，还有决一剑。”孙一文说，“我没想太多胜负的问题，今天就是敢做动作，把自己练的技战术运用出来，决一剑自己可能也不知道做了什么动作，打出了节奏，就赢了。”

正如孙一文所说，加时赛中她举重若轻的一击，改写了中国击剑的历史，也实现了自己的一个心愿。之前接受东京奥运会官网专访时，孙一文曾表示自己想成为中国击剑一个里程碑式的、有代表性特点的队员。

如今心愿终了。

里程碑：拿了女重个人首金，成为首位连续两届奥运会赢得个人赛奖牌的中国击剑选手。

代表性：孙一文，决一剑！

“我带着大家所有的希望，我背后承载了很多人的希望。”孙一文说，“我打了这么多世界性的比赛，我获得过金牌，我获得过铜牌，但我没有获得过银牌！”

赛后的社交媒体上，孙一文一剑封喉的话题迅速登上热搜，网友们看完奥运夺冠的新闻，再去她个人微博看一波生活美照，惊喜于中国体育圈有这么一位美貌与实力并存的女剑客。

美貌与实力之外，孙一文还是个爱笑的乐天派女孩。决赛开始前，几个熟悉孙一文的记者一起聊天，其中一人问道“一文夺冠后会哭吗？”听得身边几位乐得直摇头。

果不其然，夺冠后的孙一文一路乐呵呵地接受着中外媒体的采访，兴致上来了，还给中国记者们讲了一个有关“彩票吉祥物”的段子。“我觉得我的运气就没差过，我朋友喜欢去买彩票，两块钱刮一刮那种，带着我就老能赢，她自己去买就赢不了！”

爱笑的女孩有泪不轻弹，只是未到动情处。颁奖典礼上，国歌响起，孙一文湿了眼眶。

美人如玉，剑气长虹。

孙一文

孙颖莎，才不只是“人间止藤片”

新华社 张寒 苏斌

又是正面硬扛伊藤美诚，又是一场“丢掉的局分几乎都是自己失误”的“凡尔赛”式胜利，年仅20岁的“奥运新兵”孙颖莎5日晚如愿站上东京奥运会的最高领奖台，“镀金”年龄直逼传奇前辈邓亚萍。

如果一定要回顾这个长达五年的奥运周期，那么四年前，她还只是人们眼中的“中国版平野美宇”，出现在杜塞尔多夫世乒赛前中国队集训的四人陪练名单中；四年后，她不但以二号种子的身份站上奥运女单赛场，还以一个干脆的4：0将日本头号女单选手伊藤美诚“怼”进铜牌赛。

经此一役，孙颖莎成为国乒女队主教练李隼口中那个“在国乒关键时刻挺身而出的人”，即使29日晚的女单决赛中2：4不敌27岁的队友陈梦，也无人能忽略她身上迸发的青春光芒。

再战团体赛，她打过双打也出战过“一单”，莫说输盘，丢局都只有决赛这一次。

第一次在东京体育馆阻击伊藤美诚时，孙颖莎就在“奶莎”“小魔王”等昵称之外又收获一个新绰号——“人间止藤片”。不过让她自己说起来，两名同龄人之间的关系远不似外界描述的那般火药味十足。

“伊藤依然很优秀。”她当时这样评价刚刚输给自己的对手，“我们是同龄人，她只比我大几天。世锦赛、世界杯、奥运会三个大赛都交过手了，我一直觉得和她比赛很有乐趣。”

“乐趣”这个词出现在这里，就非常“00后”。孙颖莎说她很享受与伊藤的每次对阵，因为——“我俩能互相激起对方的斗志，站在彼此对面，我俩就都很想赢。”

“乐趣”在她嘴里，也不“凡尔赛”——你听得出向上的朝气，带着点无所畏惧的“虎”。

时钟拨回到2017年，孙颖莎和同为二队综合成绩排名前四的另外三个队友与一队大循环产生的四名队员进行了一场带分循环赛，最终孙颖莎和刘曦、顾若辰一起脱颖而出，升入一队。

当年6月的日本公开赛是她第一次参加成年组国际赛事，没有世界排名的孙颖莎从资格赛打起，直至她与陈幸同的组合3：2战胜韩国对手获得女双冠军，次日又4：3逆转陈梦，问鼎女单桂冠。

就在那一次日本公开赛上，日本媒体通过陈梦半决赛淘汰平野美宇、孙颖莎又决赛战胜陈梦而推断出这样一个结论：如果说平野是天才，那么中国新冒出来的这个小丫头，就只能是“怪物”了吧。

这个长相完全不“怪物”，甚至有些奶里奶气的小丫头在2018年稍稍放缓了她飞驰向上的脚步，但她依然在亚运会、全锦赛收获混双冠军，在青奥会赢得单打和团体金牌。

2019年，孙颖莎第一次登上世乒赛舞台，双打夺冠，单打4：1战胜伊藤美诚，让李隼赛后说出了“希望孙颖莎能够真正开始腾飞”的祝语。这一年的后来，她亚锦赛女单夺冠、世界杯团体赛决战再胜伊藤美诚，前进的脚步一刻不停。

2020年，疫情令奥运会推迟，而小半年没比赛的孙颖莎先是在海南奥运模拟赛上获得女单、女团和混双三项冠军，又在女子世界杯上再胜伊藤美诚。

这一路上的“升级打怪”让孙颖莎入选奥运名单显得无比合理又水到渠成，而东京奥运会带给她的显然不止一金一银的收获和“人间止藤片”

的声誉。

7月30日晚男单决赛时，国际奥委会主席巴赫来到乒乓球馆看台，坐在他左右的四名乒球选手里孙颖莎是最年轻、也是成绩最好的那个，中途口渴时她刚微信求水未得，那边巴赫爷爷已经把水瓶递到了她手中。

第二天，孙颖莎的微博头像从自拍换成了自己的国家队队服，还附上了一句英文：One day, I will say “I did it”（总有一天，我会说“我做到了”。）

孙颖莎

“哪吒”终闹海　蝴蝶展翅“霏”

新华社　夏亮　周欣　吴书光

五年等待，一朝梦圆。

触壁、抬头、挥臂，张雨霏灿烂地笑着，朝着看台上为自己加油的教练和队友们不停地挥手。

作为“全村的希望”，这一刻，她做到了！

困扰她五年的阴霾，这一刻，烟消云散。

“对于 200 米蝶，我一直有种害怕的心理”

23 岁的张雨霏年少成名，出生于游泳教练之家的她，14 岁便进入国家队，主项是 200 米蝶泳。

2015 年喀山世锦赛，张雨霏一战成名，200 米蝶泳拿到铜牌，随后在女子 4×200 米自由泳接力比赛中，和队友一起再次站上领奖台。

那年，她只有 17 岁，第一次参加世锦赛。

“一天晚上双铜，两次站上领奖台。感觉一切都太顺利，顺利到我自己都没什么想法，没花什么精力，就轻而易举拿到那些荣誉和成绩。”

事实证明，有时候太过于一帆风顺，并不是一件好事。

首次参加世锦赛便摘得两枚铜牌，这也让张雨霏产生了一种错觉，觉得里约奥运会一样可以站上领奖台。

抵达里约后，她在社交媒体上分享了一组九宫格照片，照片里的她，梳着丸子头，扎着红飘带，并配文道：“我只是告诉你，哪吒该上场了。”

然而，现实是残酷的。里约奥运会，她一败涂地，200米蝶泳仅拿到第六。“我从来没有过，才游了100米，身体就发硬，后面100米我都不知道是怎么游下来的。”

里约的挫败，她刻骨铭心。以至于五年之后，即便是在全国游泳冠军赛预赛中，游出了 2 分 06 秒 11 的好成绩，她仍然会在 200 米蝶泳决赛前心生畏惧。

“对于 200 米蝶泳，我一直有种害怕的心理，觉得自己挺怂的，为什么同一个项目害怕这么多年。”她不解。

“每当我有信心的时候，现实总会给我一巴掌”

从喀山世锦赛到里约奥运会，间隔不过一年，她便已经体会到人生的大起大落。

2017 年布达佩斯世锦赛前，她心想，自己肯定会落选。结果选拔赛上，100 米蝶泳意外涨成绩了，还拿到了人生中首个全国比赛冠军，这也让她重拾信心。

布达佩斯世锦赛稍有起色，随后的雅加达亚运会，张雨霏摘得 200 米蝶金牌、100 米蝶泳银牌，为自己再次正名。

张雨霏憧憬着，在 2019 年光州世锦赛大干一场，但等来的却是史无前例的大溃败。

比赛中，她在 50 米蝶泳、100 米蝶泳和 200 米蝶泳三个项目上全军覆没，没有一项进入决赛。其中主项 200 米蝶泳成绩，相较于四年前喀山世锦赛摘得铜牌时的成绩，倒退了将近 8 秒。

对于有些运动员来说，突如其来的新冠疫情导致东京奥运会被迫延期，备战节奏被打乱。但是对于身处谷底的张雨霏来说，延期一年，未必就是一件坏事。

为了让张雨霏重拾信心，教练崔登荣将她主项由 200 米蝶泳改成 100 米蝶泳。为此，张雨霏没少加练力量和改技术。“很多次夜里感觉肌肉在燃烧，被疼醒。”

改变的过程很难，但效果也立竿见影。2020 年在青岛举行的全国游泳冠军赛，张雨霏接连打破世界纪录、亚洲纪录和全国纪录，她形容自己在比赛时的感觉，“就像在水里飞一样”。

“每当我有信心的时候，现实总会给我一巴掌。”回望这段经历，张雨霏说，“感觉就好像老天爷已经帮我计划好了，先让我一步登天，再让我重重摔下来。然后再给我一个激励，就这样上上下下，起起伏伏。”

“五年前哪吒闹海，结果没闹成，这次成功！”

蝴蝶飞不过沧海，没有人会责怪。但五年前的失利，在张雨霏心里，始终是一道过不去的坎。

出征东京，她将五年前自己那张梳着丸子头、扎着红飘带的照片打印出来，挂在背包上。喜欢在社交媒体上分享生活的她，五年前“哪吒该上场了”的动态，依旧处于置顶状态。

“这是五年前的我，对比一下，五年前哪吒闹海，结果没闹成功，被拍在沙滩上，这次成功！”在东京比赛场地完成首次适应性训练后，她霸气十足地说。

霸气源自底气。在来到东京前，张雨霏手握女子 200 米蝶泳 2021 年世界最好成绩，女子 100 米蝶泳世界第二好成绩。

100 米蝶泳 0.05 秒憾负摘银，很多人都为她感到可惜，她却不以为意，认为“大家都有机会去赢”。赛后，她露出标志性的甜美笑容对着镜头庆祝，并握拳大喊了一声“加油！”

后来的比赛证明，在经历了 100 米蝶泳的淬炼之后，这个被寄予厚望的新一代“蝶后”已经准备好了展翅高飞。

200 米蝶泳半决赛，2 分 04 秒 89，2021 年世界最好成绩！决赛，2 分 03 秒 86，奥运会纪录！

当东京水上运动中心本届奥运会第一次为中国游泳升国旗奏国歌，这一刻，她终于和 200 米蝶泳达成和解。

正如她自己所说：“路途艰难，微笑相待。”

这就是张雨霏。

张雨霏开启“蝶后霏时代”

五大因素解码成功秘诀

新华社　周欣　夏亮　吴书光

从钱红、王晓红、刘黎敏、刘子歌、焦刘洋、陆滢到张雨霏，中国女子蝶泳选手层出不穷，屡屡在奥运会泳池大战中摘金夺银。2021 年 7 月 29 日，“蝶后”接力棒到了张雨霏的手里。上一代“蝶后”焦刘洋在张雨霏夺得女子 200 米蝶泳冠军、并打破自己保持的奥运会纪录后激动万分：“属于张雨霏的蝶后时代来了。”

张雨霏的成功关键是什么？

张雨霏被冠以“蝶后”称号当之无愧，她是自 1988 年奥运会至今，近 33 年来第一位同时获得 100 米和 200 米蝶泳奥运奖牌的女选手，还是一银一金。国家游泳队前总教练陈运鹏表示，因为 100 蝶泳和 200 蝶泳的训练理念与方法、技术和体力分配都不同，对运动员的要求非常高，一般人很难同时兼顾这两个距离，美国游泳的传奇人物菲尔普斯就是个特例，张雨霏如今也在其中。

“身体素质、技术优化、力量耐力储备、优秀教练和钢铁般的精神意志品质是张雨霏的成功关键，这也是她可以走得更远、更久的原因。”陈运鹏这样说。

张雨霏素有“天才少女”之称，父母都是游泳教练，3 岁时就跟着妈妈下水学游泳，5 岁时到徐州市游泳队接受正规训练，天赋、家庭熏陶加上努力刻苦，为张雨霏的起飞奠定了基础。如今 23 岁的张雨霏身高 1 米

76，在 100 米距离选手中毫不起眼，但在 200 米距离中就属于高个子。

2010年参加江苏省运动会时，张雨霏参加6个项目，收获2金3银1铜；进入省队三年后入选国家队，2014年她参加南京青奥会，收获4金2银；2015年喀山世锦赛夺得女子200米蝶泳铜牌，2分06秒51的成绩打破女子青年世界纪录，同时还在4×200米自由泳接力再得一铜。但世锦赛后她成绩有所起伏，直到备战东京奥运会的2019年底冬训才开始慢慢爬坡。

张雨霏很幸运，进入国家队先后经历了三位蝶泳名帅的打磨，包括刘子歌的教练金炜、焦刘洋的教练刘海涛和陆滢的教练崔登荣。从 2018 年后她一直跟随崔登荣，崔登荣虚心好学，善于捕捉世界先进技术和训练信息，对她进行了技术和体能改造，并熬过了阵痛和起伏，终于从 2019 年底冬训开始见到了质变。

在崔登荣“不走寻常路”的训练思路下，张雨霏以 100 米速度刺激 200 米距离，同时发展蝶泳运动员的必修课——50 米和 100 米自由泳，直到新技术巩固后再稳步发展 200 米。张雨霏自己也说，此前几年断断续续跟着外教，直到备战东京奥运会，由于疫情原因需要封闭训练，她认真跟着崔登荣的思路踏实训练，也相信教练，直到 2021 年才重新开始接触 200 米，终于脱胎换骨，破茧成蝶。

在张雨霏妈妈眼里，闺女就像个小男孩一样皮。张雨霏自曝“我从小就爱说话，跟所有人讲话，最经典的是我抱着一棵树也能说半天”。就是这样拿得起放得下的性格，让张雨霏在以 0.05 秒的微弱差距与 100 米蝶泳金牌失之交臂后，还能笑容灿烂说出“比赛可以输，但心里绝不能认输”；在意外得知自己上场 4×200 米自由泳接力决赛后，“不管三七二十一，拼下来再说，游到最后 50 米，中国力量从心底燃起来了，我就不服，跟你拼了！”

就这样，张雨霏29日上午在两个小时之内接连站上200米蝶泳和

4×200米自由泳接力的奥运冠军领奖台。赛后，众多外国媒体围住了中国记者，纷纷打探张雨霏的情况，他们也意识到了，国际泳坛属于张雨霏的“蝶后霏时代”来了。

遭外媒刁难提问　张雨霏硬气回答

“中国运动员兴奋剂检测次数全世界最多”

新华社　周欣　夏亮　吴书光

29 日，当杨浚瑄、汤慕涵、张雨霏和李冰洁联手的女子 4 × 200 米自由泳接力组合，出人意料地打破夺标热门澳大利亚队和美国队的“金牌梦”后，个别外国媒体产生了“酸葡萄心理”，在发布会上提出刁难问题，连夺两金的张雨霏硬气回答让他们无言以对。

一般接力比赛的赛后发布会，各队只需要派出两位选手出席，但是中国队四位功臣全部出现在了发布会上，立刻被中外媒体的问题“淹没”了。

《今日美国》记者提了两个问题，第一个问题很正常，请李冰洁回答“在最后一棒时是否担心会被莱德茨基追上逆转”，第二个问题“暗藏杀机”:“请四位中国选手回答，从 2020 年 3 月新冠肺炎疫情在全球蔓延以来，美国没有停止过兴奋剂检查，你们接受兴奋剂检查了吗？能具体说出你们接受过多少次检查吗？”

由于现场翻译的缘故，运动员在听到这个问题时不太明白。经过记者提示后，张雨霏迅速反应过来，硬气回答：“从 2020 年 3 月到现在，中国一直在进行兴奋剂检查，从来就没有停止过，可以说在奥运会前有越来越多的检查。具体检查数字我真是记不清楚了。我记得网上有数据统计，中国运动员接受兴奋剂检查的次数是全世界最多的！”

在过去六届奥运会女子 4×200 米自由泳接力比赛中，美国获得了 5 届冠军，唯一的例外是在 2008 年北京奥运会上被澳大利亚抢得一金。澳大利亚则在 2019 年韩国光州游泳世锦赛时摘金并打破世界纪录。中国队上一次登上这个项目的奥运领奖台还是在 2008 年，当时获得亚军。

坠落后的攀登

——一个关于“天才”的真相

新华社 林德韧 沈楠 王梦

站在东京奥运会的领奖台上，脖子上挂着金牌，手里捧着鲜花，看见五星红旗高高升起，听到《义勇军进行曲》如约奏响，杨皓然目光坚定。

这一刻，他终于拿到了自己射击生涯的首枚奥运金牌，圆了在东京奥运会升国旗、奏国歌的梦想。

当“天才”已不是少年，这块金牌的背后，拥有了更多的沉淀。

8 年前，一个少年放出豪言

10 米气步枪混合团体是杨皓然在东京奥运会上的第二个参赛项目，在率先进行的男子 10 米气步枪项目上，他拿到一枚铜牌。升了国旗，但没奏成国歌，有点遗憾。而在搭档队友杨倩成功夺得混合团体金牌后，他弥补了这个遗憾。

时光倒回 2013 年，东京申办 2020 年奥运会成功后的一个月，当时仅有 17 岁的杨皓然在亚锦赛上收获了冠军，他在 QQ 空间发了一条动态。“我当时写的大概意思是‘申奥成功了，别太得意，等我在东京升中华人民共和国的国旗、奏中华人民共和国的国歌’。”杨皓然说。

这个豪言果真变成了现实！

“天才”，是杨皓然从少年时代起就被贴上的标签，而他当年的成绩也配得上这个标签。2012 年，16 岁的他第一次参加国际比赛就在南昌拿到了亚锦赛冠军。在那之后的两年，他接连拿下全运会、世界杯总决赛、世锦赛、青奥会、亚运会等一大把冠军，在他参加过的所有大型赛事中，他几乎难寻对手。

这样的好成绩，让人们对杨皓然的期待水涨船高，以这样的水平，再加上当时状态依然出色的老将朱启南，人们对中国男子 10 米气步枪“双保险”信心十足。

回顾那段时光，杨皓然感觉“不真实”。他说：“打个比方，你平时上课没比别人多，然后一考试就是第一，考试时候不会的蒙选‘C’，然后都蒙对了，这样肯定会不真实。”

就这样，杨皓然的火热状态持续到了里约奥运会前。

补上“失利”这一课

在里约奥运会上，杨皓然“翻车”了。在自己的首届奥运会上，杨皓然资格赛仅仅排在第 31 位，620.5 环的成绩比他正常水平低了 10 环。

“天才”折翼，从高峰直接坠到低谷。

杨皓然说，在里约奥运会之前，自己连困难长什么样都不知道，除了成绩好，其他所有地方都有欠缺。当失利在最不想来的时候到来，对于一个刚满 20 岁的少年来说，是一个巨大的考验。

输掉比赛的滋味很难受，坠落谷底的滋味很难受。在里约奥运会之后，杨皓然回到了省队备战全运会。有一次，杨皓然打车去射击队，看到他的目的地，出租车司机就跟他聊：“你是射击队的？我知道你们队有个人，就是奥运会之前吹得老牛了，这打完了，啥也不是啊。”坐在后座的杨皓然，当时真是哭笑不得。

“我是经历过高峰，也经历过低谷。高峰很高，低谷很低。这种落差感，就是你打得好的时候就是什么都是对的，都在夸你，等你打得不好的时候什么都是错的，你说什么都不对。”杨皓然说。

重大的打击让人沮丧，也让人成长。补上了“失利”这一课，杨皓然完成了人生中重要的一次自我提升。回望这场失利，杨皓然更多的是感激。

他说："如果那个时候、那场比赛我真成功了，没摔那一跤，我可能现在就不是这样了。"

里约奥运会前后，虽然都拿到了大把的冠军，但杨皓然认为两个时期的自己是完全不相同的。"现在我打比赛的自信源自我面对困难有很多种解决办法，更清楚遇到问题了以后，遇到困难以后用什么方式去化解，因为我的技能变多了。"

拥抱现实，迎接一个更成熟的自己

里约奥运会之后，在谷底的杨皓然开始了自己的爬升。2017 年的一个小比赛，他第一组 10 枪打了 102 环的低成绩，但在那之后，他通过调整越打越好，终于找回了自己那个熟悉的状态。

在那以后，杨皓然在参加的国际比赛中没那么"神"了，2018 年，他虽拿到了亚锦赛冠军、亚运会冠军和世锦赛冠军，但在其他的一些比赛中，他也多了很多被对手击败的经历。

尝过了失利的滋味，就更了解胜利的可贵。"感谢从挫折里面走出来的自己，能够坚持初心，不忘初心这么一路走过来。"他说。

从射击技术上讲，杨皓然在备战东京奥运会的这个周期进入了一个新的境界。在东京奥运会选拔赛上，他早早就已经胜出，锁定了一个参赛名额，但他还是选择自我加压，自己给自己制造各种困难场景，然后努力去把这些困难克服掉。他说："如果我轻轻松松地打一场比赛，那没有任何的意义，这段时间其实就浪费了，我打了等于白打，还不如给自己找一些困难，制造一些困难，制造一些压力，营造一些气氛，然后能够更好地去得到锻炼。"

在东京奥运会开始前，他的确遇到了困难。身体上，腰部和髋关节都有伤，让他一度起床翻身都翻不了，极大地影响了备战；心理上，上次奥运失利的记忆仍在，在这次比赛前他也睡不好觉，比赛的时候依然会紧张。

不过，在这一次，他顶过来了。

里约奥运会失利之后，杨皓然说，难过了一瞬间而已。

东京奥运会夺金之后，他又说，也就高兴了一下。

淡然处理，是他一以贯之的方式。

“从结果方面，所谓的大满贯啊之类的，我不是很在意。我上一届打成那个样子了，也没有伤心，这届我又打得不错，也没有很高兴。不以物喜，不以己悲。我觉得比赛还是最重要的，最重要的不是领奖台，不是金牌，而是我在追逐梦想的过程中付出的这些东西、走过的路、经历的风景，这些东西是我可以留有一辈子的财富。哪怕有一天我不练射击项目了，这些东西它还是会有，所有的名和利都会过去。但这种经历给你带来的收获、给你带来的成长会跟你一辈子，而且是受用终生的东西。”他说。

未来：在最擅长的领域做最踏实的事

随着年龄的增大，杨皓然在队里也逐渐成了老队员，在射击队的东京奥运阵容里，他是为数不多的有过奥运会参赛经验的队员之一。一批一批比他小的队员入队，他也有了更多的使命和担当。训练之余，他会帮忙组织文艺活动，平常也会督促大伙儿搞卫生。

在业余时间，杨皓然还会偶尔弹弹吉他，打打游戏，看看书。玩游戏他不喜欢玩过于紧张刺激的，看书他喜欢看故事类、悬疑类的，他读过《追风筝的人》《百年孤独》，也喜欢东野圭吾和村上春树。“看书不是为了学习，就单纯为了放松”，有一次他尝试挑战了一下《追忆似水年华》，最后放弃了。

杨皓然说，他并不是一个有很强的运动细胞的人，跑步不行，跳远不行，就连打球都老是戳手。当初练射击就是因为感觉拿枪比较帅，尤其是步枪，所以他一直都对自己的枪有着很高的要求。他的枪永远和别人的不一样，他会跟厂家详细沟通自己的需求，也会自己琢磨怎么给枪加上一些自己能用的小配件。

随着年龄的增大，杨皓然越来越觉得射击是一个有魅力的项目：“这个项目真的太吸引人了，射击项目你要打好，并不是单纯地拼技术，到现在全世界没有任何一个人的技术可以完全压倒对手，比赛永远没有100%的成功率，只是通过各方面素质的提升，比如说心态、应对困难的能力、格局心胸这些，只有你这些综合素质提高了，才能让你的成功率无限接近100%。”

简单、纯粹、专注，是杨皓然目前呈现在大家面前的状态。对于人生目标，他也有自己的想法：“不管我干什么事，在什么岗位，做什么职业，都能通过我自己的努力，通过那段经历收获一些东西，不断地去提高自己，提高个人素质、为人处世这些能力。我的人生目标就是不管做任何事，都能游刃有余。”

在现阶段，射击，是他最游刃有余的一件事。

畅想未来，杨皓然说他一定会是一个好的教练，他觉得自己在当教练方面有天赋，是个好苗子。

“现在的话，还是做好眼前的事，先把自己当运动员这件事给整明白了。”他说。

世界之旅才刚刚开始

——对话突破历史的田径选手王春雨

新华社安徽分社　周畅

“没有什么比梦想更值得坚持”，这是王春雨在东京奥运会开始前在手机里写下的话。坚持，让王春雨终于在东京奥运会上绽放光芒，成为首个晋级奥运会女子 800 米决赛的中国选手。从乡村小学起步到跑进奥运会的决赛，她用了 14 年的时间，而她的世界之旅，才刚刚开始。

步履不停 14 年

结束东京奥运会比赛后，王春雨隔离期就投入到了全运会备战中，每天按照教练计划在室内训练，“训练不能停，因为没多久就要全运会比赛了”。

作为首位闯进奥运会女子 800 米决赛的中国选手，王春雨感觉“生活似乎并没有太大的变化”，很快就回归了往日的规律和平静。

1995 年出生的王春雨，在 2007 年参加了安徽省宿州市埇桥区的学生运动会，认识了教练郑晓峰，便开始跟着他训练。这一练，就练了十几年。

王春雨还清晰地记得，小时候她早上四五点就要起床训练，练完再去上课，下午放学后再继续训练。

“这么多年下来，累是肯定的。但小时候精力很旺盛，因为喜欢，也不觉得累，后来也就慢慢习惯了。”王春雨坦言，她对其他事情都是三分钟热度，只有体育这条路，她坚持了下来。

2014 年，王春雨进入安徽省队，一边训练，一边在安徽师范大学完成了本科和研究生学业。2021年毕业后，王春雨选择留校，“学校给了我很多帮助，我也想回馈母校”。

2008年第一次参加安徽省青少年田径锦标赛，获得女子800米第一名；2010年参加安徽省运动会，打破当时女子800米的省纪录；2013年参加亚洲田径锦标赛印度浦那站，获得冠军……王春雨就这样，一步一步，跑出省、跑出国，并在2016年出征里约奥运会。

尽管那一次没有晋级决赛，但她还是在里约提高了自己的成绩。2021年出征东京奥运会前，王春雨给自己定了个目标：晋级决赛。

突破自我两刷PB

“参加半决赛前，心里就想着晋级决赛这个目标，但还是没那么有底，不知道自己能不能做到。”回忆起东京奥运会之旅，王春雨坦言半决赛时压力很大。

带着这样的压力，她在半决赛中以1分59秒14的成绩获得小组第二，成功晋级决赛。

这个成绩，不仅刷新了她的个人最好成绩（PB），也创造了中国选手首度晋级奥运会女子800米决赛的历史。

赛后，当王春雨带着笑容和满身的汗水走进混合采访区时，有外媒记者带着好奇向她发问：“你是怎么做到进入决赛的？”王春雨的回答是，自己的能力提高了很多，有了自信心。

“平时在国内习惯了自己领跑，当时半决赛第一圈就自己领跑了，跑的时候不知道成绩具体怎么样，但就是想刷新PB。”她说。

王春雨不仅刷新了PB、晋级决赛，完成了目标，还在几天之后的东京奥运会女子800米决赛中，以1分57秒00的成绩，再次刷新了PB。不过这一次，她充满了遗憾，因为她偷偷给自己准备了领奖服，想代表中国站上领奖台。

“东京奥运会这一战，算是刚开始走上世界舞台，我还想再试一试提高一下，想在国际大赛上拿到好的成绩和名次。”不服输的王春雨觉得，自己的世界之旅才刚刚开始。

谈及奥运会上的成绩，王春雨最想感谢的是教练，“运动员取得好成绩，既要有天赋，也要有好的伯乐”。

“好教练和好苗子是相互的。我很幸运，遇到了一个好教练。有天赋的苗子太多了，但不是每个人都能练出好成绩，也并不是每个学校的体育老师都能带出亚洲冠军。”王春雨说。

坚持不懈重自律

在王春雨的教练、退役运动员郑晓峰看来，王春雨延续并实现了他为国效力的梦想。在她的身上，郑晓峰看到了高水平运动员所需要的特质。

“一是不怕苦不怕累，王春雨训练 14 年从没有嫌过累。二是特别自律，她专注于训练，每一个细节都能执行到位。三是会休息，没有手机依赖症，休息时间会做好自我调整。四是心理素质和学习能力强，大赛不会特别紧张，如果因为比赛耽误了学习，她会抓紧一切时间自己补上文化课。”郑晓峰说，王春雨每一次比赛都能达到他的要求，甚至带来惊喜。

“自律真的很重要。”王春雨说，自己并没有什么窍门，就是好好训练、好好休息。

“训练时，早上都是按时起床，坚持吃早饭，然后严格执行教练制订的计划。晚上不会晚睡，只要是正常训练时，从不会熬夜。”王春雨说，在饮食方面，她也会坚持自律。“对自己、对教练、对国家来说，这是一种责任，没有谁会 24 小时在身边看着你，所以一定要靠自己。”

“有时候会忍不住提醒年轻选手要休息好，不要熬夜打游戏。”王春雨觉得自己是个“唠叨的师姐”。

“我很喜欢运动后出汗的感觉。”她也希望更多人能有自己喜欢的运动方式。“在全民健身的氛围下，大家的选择有很多，选一个自己喜欢的、适合的项目，长期坚持下来就很好。”

全红婵：入水微涟漪　夺冠无波澜

光明日报　王东

8月5日下午，在东京奥运会跳水女子单人10米台决赛中，中国14岁小将全红婵无悬念夺冠。全红婵五套近乎完美的动作中，三个动作得到满分。而总分466.20分这一分数，创造了近四届奥运会该项目的得分新高。

网友戏称全红婵是“压水花的天才”，也有人将她比作“会水花消失术的小仙女”。

全红婵有着和她14岁的年龄极不相符的成熟和冷静。五套动作，全部完成得无懈可击，入水时几乎看不到水花溅起，以无与伦比的技术动作彻底征服了裁判。比赛结束后，就连她的场上对手以及她们的教练都走上前来向她表示祝贺。

昨天的预赛是全红婵首次站在国际大赛的赛场上。她的“首秀”一度出现起伏，第三跳明显失误，仅得到47.85分。但在教练的指点之下，她很快调整心态，第四跳、第五跳均有上佳表现，最终以预赛第二名的好成绩晋级半决赛。在5日上午的半决赛中，全红婵以415.65分力压队友陈芋汐，排名第一，而且在第二跳时也拿到了满分。

用“横空出世”这个词来形容全红婵并不为过。

2021年7月，中国跳水队公布了参加奥运会的10人名单。作为中国体坛最辉煌的“梦之队”，10人当中有9位是世界冠军。唯一一位非世界冠军，就是全红婵。她还是中国代表团400多名参赛运动员当中年龄最小的。此时，距离她入选国家队还不到1年。

全红婵不仅在时间上是“踩线”入选中国奥运代表团的，而且在年龄上，她也是刚刚“踩线”。因为14周岁是参加奥运会的年龄最低线，而2007年3月28日出生的她，距离这个标准刚刚过了四个月。

全红婵的父母都是农民，母亲身体还不太好，常年需要治病。家庭环境的艰难让全红婵变得十分坚强，也让她十分懂得体贴父母。

小小的年纪，第一次参加国际大赛就站到奥运会的舞台上，有人问她会感觉到压力吗？她回答说：压力很小，因为她知道自己的实力。

她的教练何威仪称，全红婵的特点是综合能力强、爆发力突出，而且她的身体条件好，手的形状很适合压水花。另外，训练刻苦，再加上有股初生牛犊不怕虎的劲头，她能在小小年纪获得奥运会金牌也就不足为奇。

中国跳水队

向前，进攻！为国争光！

——听陈梦、孙颖莎讲述奖牌背后的故事

光明日报　王东

女子单打，分别获得金银牌，与队友在女团比赛中协力折桂。这是陈梦、孙颖莎在东京奥运会上的亮眼成绩!

本届东京奥运会，中国乒乓球队不仅获得了男女团体冠军，还在男女单打项目实现了包揽金银牌，更是创造了在奥运会上的男单四连冠、女单九连冠以及男团、女团四连冠的新纪录。迄今为止，中国乒乓球队在世界三大赛（奥运会、世界杯、世乒赛）上共斩获 248 枚金牌，并夺得奥运会历史上总共 37 枚乒乓球金牌中的 32 枚，以傲人的战绩继续领跑世界乒坛。

回到北京的陈梦和孙颖莎在接受记者采访时，道出了国球强大的原因："我们每个队员从入队的那天起，接受的不光是高水平、高质量的系统训练，爱国主义、集体主义也根植于我们的内心深处，不管是谁去参加比赛，也不管是谁最后站到冠军领奖台，我们心中都有这样一个信念：我们中国乒乓球队是一个团结的集体，我们获得的每一分荣誉，都归功于这个集体和我们的祖国。"

中国乒乓球协会主席刘国梁表示："中国队强大的缘由是一直有着光荣的传统和传承，我们不是这一届强大，而是一直都很强大，这是每一代乒乓球人的共同努力。"

历久弥新的"国球精神"

在国家体育总局训练局中国乒乓球队的训练馆里，几十年来一直悬挂

着两幅醒目标语，一条是：祖国利益高于一切！另一条是：艰苦创业、顽强拼搏、为国争光。而后一条，一直被大家视为“国球精神”。

62年前的1959年，容国团在第25届世乒赛斩获男单冠军，成为新中国体育史上第一个世界冠军，也翻开了世界乒乓球史崭新的一页。他喊出的“人生能有几回搏”激励了一代又一代中国体育人。2019年布达佩斯世乒赛上，马龙实现男单三连冠时喊出了振奋人心的“我是中国制造！”这是时隔60年两代乒乓球人的“隔空”对话，是“顽强拼搏、为国争光”的代代传承。容国团等老一辈乒乓球国手在国际赛场屡创佳绩，种下了中国乒乓球长盛不衰的基因，一代代乒乓球人接续奋斗，续写辉煌。

2018年，随着中国乒乓球协会换届，在开始备战东京奥运会的同时，中国乒乓球队进行一系列的改革新举措，其中，队伍的党建工作始终贯穿备战的各方面及全过程，从协会换届之初组织全员赴南梁、延安开展爱国主义教育，到深入开展“不忘初心、牢记使命”和“祖国在我心中”主题教育，再到组织军训、参观铁道兵纪念馆、献歌建党100周年，学习和弘扬抗疫精神、抗美援朝精神、载人航天精神等，将为祖国荣誉而战的情怀与担当深深植入国乒全队基因之中。

陈梦还告诉记者这样一个细节：东京奥运会女团决赛前夜，刘国梁给队员们做赛前动员。他对队员坚定地说：“不要给自己任何理由！我们的队伍就是向前，进攻！为国争光！”

陈梦告诉记者：“过去几年不容易，得益于祖国的强大、队伍的强大，我们可以在疫情期间完成训练，在全世界面前展示中国乒乓球队的水平，最终实现目标、赢得奥运金牌，这是团队共同努力的结果。”

有一句话是这样说的：哪有什么梦之队啊，不过是国乒队一球一球，一板一板，一分一分，为所有中国人的梦想扛起荣誉。

“我的成绩得益于祖国的强大、队伍的强大”

在 27 岁的年龄迎来奥运首秀，并且拿到女单和女团两枚金牌。陈梦毫不讳言这一刻她等了很久。

然而，陈梦的女单夺冠之路并非一帆风顺。四分之一决赛对阵中国香港选手杜凯琹时，她一度陷入大比分 0 比 2 落后的危险境地，在中国乒协主席刘国梁和教练马琳的呐喊中，终于找回状态，逆转晋级。“第一次参加奥运会还是有点紧张，前两场赢下之后，其实放松了一些，但随着对手的变强，比赛的推进，慢慢感觉到了压力，原来奥运会的感觉是这样的。”

比赛已经过去了20多天，但陈梦仍然十分感慨：“那场比赛就像这些年的缩影，虽然有困难，好在坚持了下来。有了这次‘死里逃生’的经历，我的身体、心理都得到了历练！”

“平时在队里教练也都会给我们安排这种 0 比 2 落后的比赛。因为在这种困难的情况下，你都过来了，还是相信自己在逆境下能够扭转局面。”她说。

为了备战东京奥运会，中国乒乓球协会制定了备战东京奥运会战略体系，涵盖国家队、指挥部、参谋部、保障部四部分。王楠、张怡宁、李晓霞等大满贯得主入选参谋部，成为国乒东京奥运会备战的“高参”。在东京奥运会参赛阵容选拔的过程中，多位“高参”曾发挥了积极作用。

曾经的乒乓名将王楠主要负责指导陈梦。陈梦说：“队伍在威海训练期间，楠姐曾传授很多新知识和新技术，如她教我如何制定奥运会这种大赛的备战节奏，如何在大赛中快速进入状态，如何调整紧张状态等全面大赛经验，受益匪浅。”

对于在奥运会上取得的成绩，陈梦表示，首先感谢国家提供了世界上最好的训练条件、保障团队，其次身后还有那么多帮助自己、为自己默默付出的人。更何况，还有数以亿计支持和鼓励她的球迷。正是有了这一切，才让她可以在奥运会这个大舞台上去展现自己，为国争光，她为生在中国而感到幸福。她说：“我的成绩得益于祖国的强大、队伍的强大，赢得这枚金牌，实现目标，是团队共同努力的结果。更高兴的是中国选手会师决赛，大家一起在世界面前展示中国乒乓球队的水平，将这块金牌留在中国。”

“我为自己生在中国感到自豪和骄傲”

孙颖莎，这位来自河北石家庄的“00后”小将在东京交出了一份令人满意的答卷。

在东京奥运会上，孙颖莎先是在女单半决赛中击败日本选手伊藤美诚，与队友陈梦在决赛中成功会师；在女团决赛中，孙颖莎再次成功阻击伊藤美诚，与队友携手战胜日本队取得女团金牌。

在与孙颖莎的交谈中可以感受到，她在东京奥运会上的表现充分展现了中国“00后”运动员强大的自信心、顽强的斗志、永不言败的决心，同时，还有暖心、爱心、中国心，除此之外还保有着符合其年龄的纯净、萌态和鲜明的个性。

孙颖莎出生在河北石家庄，5岁时，父母为了让孩子锻炼身体，于是便把她送进了和平西路小学的乒乓球培训班。没想到，刚一接触乒乓球，孙颖莎便爱上了这项运动，一门心思都在练球上，根本不考虑别的事。由于进步飞快，10岁时，她得以进入了河北省队，师从杨广弟教练。

杨广弟回忆说，他带的那批队员中，孙颖莎的年龄最小，个子也最矮，只比球台高一点儿，大脑袋，小胳膊小腿，肉乎乎的，却很有天赋，学啥都快。个子虽小，却特别护台，从不轻易丢球，这点深受杨教头赏识。杨广弟告诉记者：“莎莎是最让他省心的那个。她打球沉稳，特别有灵性，球感甚好，加上爱思考，捡球发球都不慌不忙，慢吞吞地，看着跟小大人一样。”杨教头就戏称孙颖莎“老孙”。叫着叫着叫顺嘴了，“老孙”就成了杨教头对爱徒的称呼。

那时候，孙颖莎特别喜欢张怡宁的球风，并发誓自己将来也要像宁姐一样，长大当世界冠军。

孙颖莎告诉记者，在备战奥运会期间，自己儿时的偶像张怡宁作为中国乒乓球协会备战战略体系中的“高参”来专门指导她。“宁姐的指导很具体，有很强的针对性，无论是生活、训练，还是比赛，她都会将自己的经验毫无保留地告诉我。比如，她会告诉我如何调整赛前和比赛当中的心态，比赛中打顺手时应该注意什么，落后时又该怎么办。她告诉我的这一切，都是她多年积累的财富，也让我少走了很多弯路。我能取得比较好的成绩，少不了宁姐对我的无私帮助。”孙颖莎说。

在张怡宁看来，年少的孙颖莎具有化繁为简的能力，善于在比赛中掌握自己的节奏，心态非常好，打法特点突出。相对日本队选手喜怒形之于色的丰富表情，面无表情的实力“莎”手，其实心态比很多同龄人成熟。

在 20 岁的年纪经历一次成长过程中重要的大考，并且有个不错的成绩单，孙颖莎颇为感慨。她说：“感谢中国乒乓球队这个伟大的集体，让我成为今天的自己，感谢在背后默默付出的所有教练、队友和工作人员，为我们付出的点点滴滴！谢谢所有支持中国乒乓球队的朋友，你们的鼓励我们都收到了。我更为自己生在中国感到自豪和骄傲！”

杨倩："我是体教融合的受益者"

光明日报　王东

距离杨倩在东京为中国奥运军团射落首金已过去一个多月，由于身兼"奥运两金得主"与"清华大学学子"双重身份，这个清秀文静的姑娘俨然成为"全民偶像"。回国结束隔离后，杨倩第一时间回到清华大学，与老师和同学们分享了备战、参战东京奥运会的难忘经历，并将自己的东京奥运会领奖服与东京奥运会吉祥物赠予学校。杨倩说："我是体教融合的受益者，清华带给我全方位的发展，清华精神激励我不断成长进步，赋予我备战、奋战奥运赛场的强大精神力量。"

从浙江射击队到马约翰班

面对采访，杨倩首先讲述了自己的成长和求学历程。小学四年级的时候，杨倩凭借出色的射击天赋被选入宁波体校射击队，此后她的成绩不断提升，15 岁时在第一届全国青少年运动会获得第三名，当年即入选国家青年队。2016 年，通过文化课考试和优异的体育成绩，被与浙江射击队有合作的清华附中马约翰体育特长班录取。

进入清华附中后，悉尼奥运会女子 10 米气步枪铜牌得主、清华射击队教练高静一直是杨倩的带训教练。"这姑娘刚来的时候，成绩算不上很突出，但是很稳，个性也很沉稳。"高静说。

那是一段极富挑战的日子。从省队到全国一流的高中，要兼顾竞技和学业，杨倩感到压力巨大。"在清华附中那两年多，我上午和同学们一起上课，下午 3 点 10 分放学，然后从附中赶到学校的射击馆训练 2 个多小时，一直到晚上 6 点才结束，吃完晚饭还要自习或补习文化课，每天学到晚上 11 点。”杨倩告诉记者，由于马约翰班是特长班，和普通生的学习进度不一样，各科的学业也有较强的针对性，因此学习成绩并没有受到太多影响。

2018 年，经过全国统一高考，18 岁的杨倩作为体育特长生正式进入清华大学经管学院，成为一名大学生，和她一起升入大学的还有多名其他项目的同学。

从清华学子到“全民偶像”

通过“高水平招生”进入清华大学后，杨倩的学习和训练基本保持与高中同样的节奏：上午训练，下午放学后训练。和普通清华学子相比，杨倩的生活相对“枯燥”，业余时间有限；但和专业运动员相比，她又多了大学校园的经历。

清华大学射击队本身就拥有一支水平极高的教练队，曾带出奥运会冠军的张秋萍、奥运会季军的高静都是队中教练。清华大学的高水平教练队伍是杨倩运动水平不断提升的最基本保证。“通过学习，杨倩扩展了思路、提高了悟性，这能帮她更好地融入射击运动。”在高静看来，读书和射击相辅相成，互相促进，杨倩在学习中也学会了时间管理，并养成了自我约束和控制的能力，这些都是优秀射击运动员需要具备的特质。

“对我而言，学校课程还是有一定难度的。高中时我是文科生，现在学习经济管理，像微积分、会计学原理、统计学原理等科目，学起来就会有一些难度。但我会尽可能多学，学习是贯穿一生的。”杨倩告诉记者，时间对她来说也许永远都不够，这就要求自己尽量去平衡，该学习时就认真学习，该训练时就认真训练。

清华大学经济管理学院对这些体育特长生，在课程设置上更有针对性，学制也由普通班的四年延长到了五年，如遇重大比赛，还可以办理休学。这些举措，都为特长班的学生顺利完成学业提供了保障。

当第一次参加奥运会的她看着五星红旗在奥运赛场升起，她激动不已：“金牌是送给祖国的最好礼物。”赛场上，她沉着冷静，凭借稳定发挥屡次扭转局面；领奖台上，她笑意盈盈，一个比心的动作赢得不少人的喜爱。从奥运赛场载誉归来，杨倩在网上发布了不少健身视频，激发了许多人的运动热情。这个清秀文静的姑娘，经过奥运赛场扣人心弦的较量，对拼搏与成长、坚守与付出有了更深的感悟。

从清华园到奥运赛场

首次角逐奥运赛场的杨倩，不仅为中国代表团夺得东京奥运会“首金”，更是打破了奥运会纪录。杨倩并不是首位从清华园走向奥运会的中国选手，在她之前，已有7名清华大学自主培养的运动员角逐奥运会，诞生了伦敦奥运会冠军易思玲等一批体育名将。清华大学已然走出一条成熟的“体教融合”特色培养之路。

在高静看来，杨倩有个“大心脏”，稳定的心理素质是她平稳发挥取得优异成绩的关键。不过，这颗“大心脏”的炼成并非一日之功，既源自运动员过硬的实力和稳定的发挥，也与清华体育代表队多年来“体教融合、学训结合、以学促训”的育人理念紧密相关。

体教融合，顾名思义，是体育与教育的融合，其中最基本的融合便是体育资源与教育资源的融合。“清华射击队与国家射运中心相融共建、与省市队合力发展、与附中一条龙培养共建双赢，体教融合的发展模式越来越焕发出其旺盛的生命力。”清华大学射击队负责老师董智说。

清华大学射击队始建于1956年，后因历史原因中断，1999年正式复建。复建后的清华射击队由清华大学和国家体育总局射击射箭运动管理中心共建，纳入国家射击集训队管理体系，国家队专门设立了“清华班组”，与国家队实现了在体育、教育资源及信息上的共享共融。射击队与各省队联合培养运动员，创新实行运动员双重注册制，队员既能代表省市参加全国专业比赛，也可代表学校参加大学生系列比赛，构建了优势互补的双赢机制。清华附中等射击后备人才基地的建设，也拓展夯实了优质生源渠道。20余年来，射击队一方面注重培养德智体美劳全面发展的复合型人才，另一方面探索中国大学办高水平运动队、培养竞技体育优秀人才的道路。作为“体教融合试验田”，射击队20余年来取得了不凡的成绩。截至2020年底，清华射击队先后在全国大（中）学生射击锦标赛、青运会、全运会、亚运会、世界大学生运动会、世界杯、世锦赛、奥运会等国内外各重大赛事中获得725枚奖牌，其中金牌352枚，银牌228枚，铜牌145枚，易思玲摘得2012年伦敦奥运会金牌和2016年里约奥运会铜牌。

“清华大学在体教融合和培养高水平运动员的实践中，始终坚持体教并重、育人为先，坚持对学生运动员学业方面的较高要求。”清华大学体育部主任刘波说，学生运动员毕业后职业发展多样化，成长迅速，有深耕体育的国际体育组织官员、省市体育部门主管和教练，有立志扎根地方的选调生，也有在市场中搏击风浪的各行业精英。

“自强不息，厚德载物，教体融合，为国争光”，这是清华大学射击馆内墙上的16个大字，队员们训练时一抬头便可见到，也早已深深印刻在他们心间。

将门出虎女!

昔日跳高名将的外孙女仅用 1 个多月拿下奥运资格!

中国青年报 慈鑫

7 月 14 日，参加东京奥运会的中国体育代表团在北京成立，431 人的运动员名单上，有一个名字并未引起外界太多关注，但她的存在，却是此次中国军团的一大亮点，她就是郑凤荣的外孙女、2021 年刚刚归化的郑妮娜力。

作为新中国第一位打破世界纪录的运动员，郑凤荣的名字对于中国人来说可谓耳熟能详。她在 1957 年打破了原由美国运动员保持的女子跳高世界纪录，创造了当时女子跳高新的世界纪录 1 米 77。美联社惊呼："一位 20 岁的中国姑娘在北京以有力的一跳警告世界田径界，六亿中国人不会永远是落后选手了！"塔斯社则赞誉她是"新中国体育的报春燕"。不过，为捍卫国家利益，中国奥委会于 1958 年退出国际奥委会，作为当时女子跳高世界第一人的郑凤荣因此从未登上过奥运赛场。

64 年之后，郑凤荣的奥运缺憾终于可以弥补了——7 月 14 日，当参加东京奥运会的中国体育代表团名单正式公布的时候，郑妮娜力的名字赫然在列。这位 22 岁的中德混血儿、郑凤荣的外孙女将登上东京奥运会的田径赛场。外婆当年未能完成的梦想，将由郑妮娜力去实现。

中青报 · 中青网记者 7 月 15 日联系到了正在爱沙尼亚陪同女儿进行奥运会前最后备战的段力，她向记者介绍了郑妮娜力的一些情况。

郑妮娜力，小名是妮娜，虽然是中德混血儿，但是从小在加拿大长大。

郑妮娜力还有一个哥哥——郑恩来，是一名冰球运动员，也在争取回归祖国和代表中国参加 2022 年北京冬奥会。

让外孙、外孙女身披中国队战袍登上奥运赛场，为祖国争光，这是郑凤荣和老伴，同样是中国著名跳高运动员段其炎（第一届全运会男子跳高冠军）的最大心愿。恰好，从 2017 年全运会允许海外华人报名参赛开始，中国体育为具备较高竞技水平的海外游子打开了归国之门，这给了像郑恩来、郑妮娜力俩兄妹这样的海外体育人才回归祖国开辟了通道。

段力介绍，由于疫情，妮娜在 2021 年才完成入籍手续。按照国际田联的规定，在 4 月 12 日之后她才能代表中国出战，因此，从 4 月 28 日参加西安的全运会测试赛开始，妮娜仅有不到两个月的时间去夺取东京奥运会的入场券。

继承了外婆、外公和母亲跳高基因的郑妮娜力，是一名优秀的女子田径七项全能选手，2018 年她曾代表加拿大在英联邦运动会上获得女子七项全能银牌。不过，因为换国籍的需要，郑妮娜力在 2018 年英联邦运动会之后差不多有 3 年的时间里不能参加国际比赛，这导致她在国际田联的积分归零。2021 年终于完成入籍中国的手续之后，郑妮娜力必须从零起步去夺取奥运积分，直至获得奥运资格。

段力介绍，4 月 28 日在西安举行的全运会测试赛上，妮娜时隔 3 年重回赛场，她的目标是比赛成绩达到奥运参赛标准。妮娜的前两项发挥极为出色，但由于久疏赛场，妮娜从第三项比赛开始出现了肌肉抽筋的情况，严重影响发挥。尽管最终她仍获得这次比赛的女子七项全能第一，但由于比赛成绩与自己的真实水平相差较大，且未达到奥运标准，段力说，妮娜对自己的表现其实是非常不满意的。

不过，几乎没有时间可以去平复情绪。郑妮娜力马上投入到6月13日在西班牙举行的阿罗纳邀请赛的备战中，在这次比赛上，郑妮娜力发挥出色，不仅再次夺冠，且6358分的成绩可以排进本赛季世界前八。这次比赛，使得郑妮娜力的奥运积分一下子提升到了世界第21位，基本上已经获得了东京奥运会资格。但因为仍有可能被排名在自己身后的对手超越，奥运资格并不稳固，段力说，妮娜作为一名从来都不会把自己的命运交到别人手上的孩子，此时决定再参加一项在爱沙尼亚举行的田径比赛，以确保自己的排名稳获奥运资格。6月27日，郑妮娜力在爱沙尼亚田径赛上又一次排名女子七项全能第一，使得自己稳稳地拿到了东京奥运会入场券。

郑妮娜力将是东京奥运会女子田径七项全能比赛上唯一一名中国选手，此前，中国选手曾四次获得奥运会女子七项全能参赛资格，最好成绩是 1984 年洛杉矶奥运会和 1988 年汉城奥运会的各一次第 16 名。郑妮娜力已具备进入该项目奥运前八的实力，如果临场表现上佳，争夺奖牌并非没有机会。国际田联近日在官网上发文推荐东京奥运会最值得关注的 100 名田径运动员，在七项全能项目上，国际田联推荐的 10 名值得关注的运动员里就包括郑妮娜力。

郑妮娜力在入籍中国之后，仅用不到两个月时间就火线获得奥运资格，这个消息让整个家族沉浸在无比的激动与兴奋中。郑凤荣、段其炎老两口一直以为外孙女代表中国参加2024年巴黎奥运会的可能性更大一些，却没想到，要强的外孙女将这一历史时刻整整提前了三年。

64 年前，在那个“一穷二白”的年代，“报春燕”郑凤荣的高高一越震惊世界，也激励了国人发愤图强、不甘落后。64 年后，中国正向现代化强国迈进，游子纷纷归来，郑妮娜力传承着家族的荣誉和使命，运动员身上所承载的那种爱国、拼搏精神从未改变。

破茧化蝶　张雨霏扛起中国游泳大旗

中国青年报　慈鑫

“这是你的舞台。谁跟着你，谁就是‘死’。”这是张雨霏的主管教练崔登荣在今天女子200米蝶泳决赛前，跟张雨霏说的一句话。

话里透出的是教练对张雨霏在女子200米蝶泳项目上的满满信心。

“谁跟着你，谁就是‘死’”，这是什么意思？

张雨霏解释说，自己是速度比较快的选手，如果对手敢一上来就跟着她游，意味着对手必须花费更多的体力在前半程，如果对手能跟上，势必在冲刺阶段丧失体力。

但如果对手没跟上，那就会被张雨霏在前半程甩下太多的距离，即便有冲刺的优势也将于事无补。

怎么看，都是对手“死”（毫无染指这枚金牌的机会）。

这就是张雨霏在女子200米蝶泳上的绝对实力。也难怪，近半年来，外界分析中国游泳队在东京奥运会上的夺金点，唯一有把握的就是张雨霏参加的女子200米蝶泳项目。

果真如教练所料，张雨霏今天在东京奥运会女子200米蝶泳决赛上没有遇到对手的任何威胁，以绝对优势夺冠。不仅如此，在女子200米蝶泳决赛后不到一个小时，张雨霏又与3名年轻队友合作，携手夺得中国游泳历史上第一枚奥运会接力金牌。

张雨霏今天一战成名，成为中国游泳新的扛旗者。可是，谁能想到，如今大放光彩的张雨霏，两年前也曾有过想要放弃游泳的念头。

教练一句话挽回一位冠军

张雨霏出生在一个游泳世家，父母都是游泳专业运动员。张雨霏 3 岁时就跟着父母在泳池里玩水，6 岁时开始正式学游泳。张雨霏的妈妈张敏近日在接受中青报·中青网记者采访时回忆，最早让雨霏学游泳，根本就没想过让她成为一名运动员，“我和她爸爸都是游泳专业运动员出身，知道做运动员是多么辛苦。后来让雨霏正式学游泳，只是觉得她作为游泳运动员的女儿，至少应该能游得像模像样一些”。

张雨霏在具有游泳传统的徐州市民主路小学就读一年级之后，开始跟随启蒙教练孔淼学习游泳。张敏回忆，自己虽然也是游泳教练，但她从未教过雨霏。

因为没打算让雨霏走专业运动员的道路，张敏说，自己对雨霏学习游泳的进度并不是太上心。一直到雨霏上了小学四年级，张敏都打算让她把游泳停掉，因为当时雨霏的学习压力渐渐加重，张敏想让女儿全身心地投入到学习上。是孔淼教练的一句话挽回了一名中国未来的游泳奥运冠军，他告诉张敏，既然已经让雨霏学游泳学了这么久，为什么不让她参加一次比赛呢？张敏觉得教练说得有理，就同意了孔淼带雨霏参加比赛的想法。

2009 年，张雨霏 11 岁，正在读小学五年级，孔淼带她第一次参加正式比赛，是江苏省的一个少儿游泳赛，结果，在只是报了副项的情况下，张雨霏的两个参赛项目都拿到了冠军。第二年，张雨霏 12 岁，参加江苏省运会，她夺得 2 金 3 银 1 铜，成为当届江苏省运会涌现的“苗子”之一。凭借这一优异成绩，张雨霏被选入江苏省体校。在省体校不到半年，因为表现优异，张雨霏未经试训就接到了入选江苏省游泳队的通知（这也创造了江苏省专业队的一个历史），当时她才 13 岁。

虽然张敏的初衷是不想让女儿走专业运动员道路，但在看到女儿确实展现出游泳方面的天赋后，她还是毫不犹豫地把女儿送进了专业队。

选了一条最难走的路

张雨霏在游泳方面最重要的天赋是身体素质优越，比如身体的恢复特别快。孔淼回忆，曾给张雨霏做过乳酸代谢测试，这个测试反映的是运动员身体的恢复能力，张雨霏的能力明显超过他当时执教的其他孩子。孔淼解释说，这意味着在同样的训练量下，张雨霏的身体恢复要比其他人更快，或者说，在相同的训练时间下，张雨霏的训练量和训练强度可以高于其他人。对于游泳运动员来说，超强的身体恢复能力意味着“耐练”，这是一项可以给自身带来明显优势的天赋。

除了天赋，孔淼评价，张雨霏又是一个踏实能吃苦的孩子，教练布置的训练任务她从来都是保质保量地完成。正所谓一分耕耘一分收获，对于运动员来说，成绩全是汗水换来的，训练越艰苦，比赛中才有可能站得更高。绝没有轻轻松松就可以获得的冠军。

张雨霏从 11 岁参加江苏省内的比赛开始崭露头角，12 岁进省体校，13 岁进省专业队，15 岁进入国家队，17 岁首次参加世锦赛即获得女子 200 米蝶泳铜牌（2015 年俄罗斯喀山），一路成长得顺风顺水。

可能正是前期的成长太顺，当张雨霏在 2018 年至 2019 年遭遇竞技生涯低谷时（2018 年杭州短池游泳世锦赛和 2019 年光州游泳世锦赛的成绩均不理想），内心的煎熬也会分外强烈。

张雨霏今天在赛后回忆，2015 年自己在喀山世锦赛上夺得女子 200 米蝶泳铜牌后到 2019 年亚锦赛之前，遭遇了竞技生涯的瓶颈期，这段时间，无论怎么练，自己在国内的一些重要比赛上，总是拿第二。张雨霏说，铁打的第二让自己开始意志消沉，一度产生了“混日子”的想法，幸亏教练及时提醒。2018 年，张雨霏在国家队的教练更换为崔登荣，为了帮助张雨霏突破瓶颈期，崔登荣指导张雨霏开始改技术。这是一段涅槃重生的过程，改技术成功了，可以让运动员的运动水平得到质的飞跃，不成功的话，运动员则可能就此沉沦。

张雨霏曾一度以为自己在改技术之后会成为不幸的沉沦者。2018年全国游泳冠军赛上，张雨霏的200米蝶泳成绩倒退了6秒，2019年全国冠军赛上成绩更是进一步滑落。也是在这段时间，国际泳坛的两项重要赛事——2018年杭州短池游泳世锦赛和2019年光州游泳世锦赛举行，张雨霏的成绩均不理想。

张敏回忆，那段时间，张雨霏第一次跟她说自己不喜欢游泳，隐隐透露出想要放弃的意思。张敏当时非常震惊，因为自己一路推着雨霏在游泳道路上往前走，却从来没有想过女儿可能不喜欢游泳。

但那个时候，肯定不是张雨霏选择放弃的时候。从张敏到孔森，再到崔登荣都试着跟她沟通。几乎对游泳已经心灰意冷的张雨霏，此时重新振作。

张雨霏今天回忆当时的自己，也是为了争一口气，绝不能半途而废。

改技术的过程是痛苦的，但一旦开始显现成效，也意味着最艰难的时候已经过去。张雨霏回忆，2020 年冬训结束之后，终于看到了曙光。张敏也是在那个时候明显感觉到女儿变得更加积极和自信，她很欣慰，女儿终于迈过了人生的一道坎儿。

2020 年 9 月全国游泳冠军赛上，张雨霏的 100 米蝶泳打破亚洲纪录，之后，她的 100 米蝶泳和 200 米蝶泳不断创造好成绩，两个项目均具备了世界顶级实力。张雨霏作为东京奥运会女子 100 米和 200 米蝶泳公认的夺金热门人选，完全是因为她过去一年的成绩非常耀眼。

张雨霏今天说，“教练给我选了一条最难走的路，而我们坚持到底，终于看到了胜利”。

一个心怀感恩的孩子

天赋、实力、心态、坚持，当所有的条件都具备，张雨霏的蝶变已是不可阻挡，她成为奥运会冠军也是众望所归。

遗憾的是，今天，张雨霏却无法将实现一名运动员最高梦想的喜悦和幸福分享给父亲。

张敏说，在雨霏 5 岁那一年，雨霏爸爸因一场意外去世。也许是同样身为游泳运动员的父亲，给了雨霏在游泳道路上不断前进的强大信念，也许是父亲的猝然离去让雨霏更快地成熟。当张敏有时回想起女儿曾在 2018 年至 2019 年的低潮期吐露自己不喜欢游泳的心声时，她也会自责，“女儿说她不喜欢游泳，那么这么多年究竟是什么力量在一直推着她坚持？我知道，是她不想让妈妈失望”。

半个月前，当中青报 · 中青网记者在徐州市民主路小学采访张雨霏的成长历程时，她读小学时的班主任韦小静回想起当年那个小女孩，忍不住落泪，“雨霏太懂事了。我想，就算她没有走运动员这条路，她也一定会在其他领域出成就”。因为上天绝不会辜负一个苦心励志、心怀感恩的孩子。

汪顺：晚到的金牌，分量比我想的更重

中国青年报　慈鑫

中国游泳队今天上午再传喜讯，队中老大哥、27岁的汪顺在男子200米个人混合泳决赛中力克英国选手斯科特、日本选手濑户大也等名将，为中国游泳队夺下本届奥运会的第三枚金牌。汪顺在率先触壁后仰天怒吼，尽情宣泄一名大器晚成的老将终于圆梦的激动。

“比我原先成绩快了1秒1，今天是超水平发挥，我觉得非常满意。”赛后接受采访时，汪顺还处于兴奋之中，谈到收获这枚奥运金牌的感受，他故意拖长了语调，“妙不可言。”

在现在这支中国游泳队，27岁的汪顺是年龄最大的队员，也是为数不多的有过三届奥运会经历的资深老将。不过，进入中国游泳队12年来，汪顺的大赛奖牌拿了不少，却始终未能成为世界冠军。汪顺也对这个问题纠结过，但后来，他想通了，他说，“这么长的时间，是对我的一种磨炼。老天可能就是注定让你在奥运会上去获得金牌，但是它又让你之前的成绩不会太好”。

从2015年首次在世锦赛夺得铜牌以来，汪顺连着在2015年喀山世锦赛、2016年里约奥运会、2017年布达佩斯世锦赛摘铜，2019年光州世锦赛，甚至连奖牌都没拿到，只获得第六。他回忆，自己也有过泄气的时候，也曾跟教练发脾气说不想练了，但之后又会控制自己的负面情绪，重新投入到训练中。

今天站在领奖台上，当沉甸甸的金牌挂在脖子上，汪顺看了一遍又一遍，“我要仔仔细细看一下，我是为了什么？就是为了它，我才坚持到现在的”。汪顺动情地说，“这枚金牌是对我坚持这么多年的认可。它比我想象的分量要重得多。可能大家只看到这是一块金牌，但是对我来说，我的人生都包含在它里面了”。

2020年因为疫情，运动队长期封闭集训，汪顺回忆那段时间，说自己的心态也有失衡的时候，但是好在，自己调整了过来。现在回想起来，汪顺觉得这一年对自己可能是有利的，“有的运动员在这一年心态可能会崩，但是我在这一年，不去想任何事情，我就想着我的目标是东京奥运会，专注于自己的训练”。

说到这，汪顺要感谢国家对运动员的保障，“2020年因为疫情，在那么困难的情况下，国家给我们创造条件，让我们在没有任何负担的情况下训练”。汪顺说，不是所有国家的运动员都能得到这样的训练条件。

汪顺也要感谢自己的老教练、已经64岁的朱志根，“我能一直坚持，也是因为被他的敬业精神感染。我知道，朱指导为我承受了很多的压力”。在这次出征东京奥运会之前，汪顺收到了母亲的家书，母亲的千言万语其实只有一个意思，就是希望汪顺轻装上阵，汪顺能体谅到父母的苦心，“这两天，他们根本不跟我联系，我知道，他们是不想给我增加压力”。

对东京奥运会的这枚男子200米个人混合泳金牌，汪顺是有备而来，但是他也没有必夺的信心。今天的比赛，汪顺在第三项蛙泳结束时排在第三位，最后一项自由泳是他的强项，他越游越快，最终反超英国选手斯科特，如愿夺冠。汪顺感叹，“虽然晚，但是它，总会来的”。

汪顺说自己不是拿了冠军后会哭的人，但是赛后，当队友何俊毅激动地跟他说“顺哥，我看到你第三个50米拿到第二时，我就知道，冠军是你的了”，看似平淡无奇的一句话，却击中了汪顺内心最深处，这一句“冠军是你的了”所代表的运动员的实力，正是来自日复一日的努力和一次又一次想要放弃时的坚持。何俊毅哭了，汪顺终于没忍住，眼泪噼里啪啦地往下掉。

已经是队中的老大哥，这枚金牌可以作为汪顺功成身退的标志吗？不会，汪顺还期待着，“2024，巴黎见”。

归来或离去，一个不一样的吴静钰

中新社　邢翀

“我就想做一个不一样的吴静钰。”这是东京奥运会前，吴静钰说的一句话。

其实，24 日站在日本千叶幕张展览馆跆拳道赛场的吴静钰已经“不一样”——她是历史上首位四次参加奥运会跆拳道比赛的女性运动员。当然，现年 34 岁的她也是首位四战奥运的妈妈级跆拳道选手。

和吴静钰同期的运动员大多早已退役，或组建家庭，或开设道馆，只有她还站在赛场。与她同场竞技的，甚至不少已是“00后”——四分之一决赛以33：2击败她的西班牙人阿德里安娜，还不到17岁。

其实，吴静钰对此有着清醒认知。复活赛上与她对决的是老对手、塞尔维亚人波格丹诺维奇。五年前的里约，正是这位时年同样不到 17 岁的小将，将她挡在四强门外。

“其实复活赛第一局我打得挺好的，但移动起来就明显觉得慢了，战术很清楚，就是有点打不出来。”赛后吴静钰说还是身体上有些顶不住。第一局她取得5：0领先，但随后被波格丹诺维奇反超，最终以9：12遗憾告负。

虽然是和里约相似的一幕，吴静钰认为失利的原因却截然不同。

五年前，吴静钰说太想拿这块牌了，比赛结束后的好几个晚上，闭上眼就是输掉比赛的场景，随后她选择淡出赛场。再度谈及那次失利，吴静钰说，如果当时选择退役，那不是身体问题，而是心态问题。“我会不甘心。”

于是，不甘心的吴静钰选择了归来，归来一个不一样的吴静钰。阔别赛场两年，吴静钰的奥运积分排名已经滑落至40余位，2019年她参加10余场比赛，终于在世界跆拳道大奖赛总决赛上杀入决赛，获得东京奥运会入场券。

回归之路，最难的是“自己和自己挑战”。身为北京、伦敦两届奥运会冠军，吴静钰说最大的挑战是，明知自身能力并不能达到以往水平，却还是想重回赛场。

尽管如此，但吴静钰说自己的心态已更为成熟，甚至是当下就退役，她都会很平静、很满足。五年前失利后她满眼泪水，而如今她面色平静，在混采区从容讲述自己的故事，这也是一个佐证。

不过，吴静钰说，她可能会换个角色了。“我曾在赛场上风光过，我创造过历史性时刻，这是我人生很大财富。但除了金牌之外，人生还有很多宝贵的财富。”

比如，吴静钰说，她的女儿马上要过四岁生日了，当她为奥运资格四处征战时，错过了太多陪伴女儿成长的点滴瞬间。“我最想告诉女儿的是，不要去衡量任何事物价值，喜欢就去做，就会有收获，因为人生是自己的。”

吴静钰说，未来还是会投入到跆拳道事业中，“只不过今天开始，可以换一个角色了”。

国际奥委会主席巴赫为吴静钰女儿取名Gloria，寓意荣耀与光环。吴静钰的人生已然足够闪耀，她也会将奥林匹克的荣光传递给女儿，传递给下一代，传递给更多人。

归来或离去，都是一个不一样的吴静钰。

练习射击 4 年奥运摘银 16 岁少年书写传奇

中新社　宋方灿

10.8 环！东京奥运会男子 10 米气步枪决赛的最后一枪，盛李豪打出了一个近乎完美的成绩。

尽管因为对手表现稳定，未能最终逆转，但盛李豪仍夺得一枚银牌，也书写了属于自己的传奇。

这一天，距离他的 16 岁生日刚过去 233 天。

一见钟情，爱上射击

如果不是因为疫情导致东京奥运会推迟一年举行，刚读高一的盛李豪，可能正央求着爸爸妈妈在这个暑假带着去哪里玩。

盛李豪 2004 年 12 月出生在张家港杨舍镇，和大多数的小镇少年一样，他读书，也爱玩游戏。13 岁的时候，父亲带他到一家射击俱乐部玩耍。第一次摸枪，他就表现出极高的天赋，也产生了浓厚的兴趣。在曾是专业队员的俱乐部老板的推荐下，盛李豪加入了苏州市业余体校射击队。经过半年训练，盛李豪就已达到全国成年人比赛的前列水平，并被江苏省射击队步枪教练姚烨相中。

对于射击，性格略显内向的盛李豪具备超越其年龄的专注力和解决问题的能力，在训练和比赛中能很好地做到稳心、稳身、稳枪。同时，他训练刻苦、爱动脑子，做事一步一个脚印。有了良师指点，盛李豪的天赋被激发出来，进步神速。他获得了全国青少年锦标赛气步枪的个人项目等三枚金牌。2019 年底，他第一次代表国家参加亚洲锦标赛，就获得青年组团体冠军和个人第三名。

奥运之路，坎坷辉煌

东京奥运会延期后，国家射击队进行了改革，扩大了选材范围，通过 2020 年 9 月和 11 月的全国冠军赛和全国锦标赛进行“海选”，这给了盛李豪千载难逢的机会。进入奥运会参赛的选拔赛后，不同于其他国家队名将 74 分、59 分、58 分的比赛起点，盛李豪从 0 积分开始一路追赶、反超。

虽然盛李豪的启蒙教练沈超都坦言盛李豪参加奥运会“仅存在理论上晋级的可能”，但他不气馁，凭借自己扎实的基本功，几乎场场选拔赛都是冠军，最终获得个人赛和混团赛选拔赛的第二名，踏上了通往东京奥运会的末班车。

赛场鏖战，勇夺一银

7 月 25 日，奥运会的男子 10 米气步枪比赛打响。在资格赛中，盛李豪仅列第八，不过决赛中他发挥沉稳、老到，成绩很快就处于前两位，在淘汰赛最后的两组比赛中，他接连打出 21.1 环的出色成绩，超过美国选手沙纳的 20.7 环和 20.3 环，只是因为前面分差较大，而屈居亚军。

走下赛场，对于能够首次参赛就为国家夺取一枚银牌，盛李豪感到很高兴。“我决赛表现还行吧，比赛中没有什么压力。教练也让我思想放松，别想太多。”对于第一次的奥运之旅的感受，盛李豪表示“很热闹”。

赛后，奥运会官方确认，盛李豪成为奥运会历史上最年轻的射击奖牌获得者，打破了原先保持了近百年的历史纪录。

接下来，盛李豪还有 10 米气步枪的混团比赛要参加。他将认真准备，争取百尺竿头，更进一步。

双面杨倩：比赛坚决如铁，生活灵动似水

中新社　宋方灿

“我微博昵称杨大妞，因为我是比较乐观的那种女孩。生活中交友大大咧咧，和人相处，开朗一些。”

走下射击赛场，将奥运首金收入囊中，全程冷酷淡定脸的杨倩展示了她可爱的一面。

不仅如此。在登上领奖台时，杨倩弯起双臂，向着看台做了一个可爱的“比心”姿势，萌翻电视前和网络上的亿万观众。

杨倩 2000 年出生于浙江，很小便跟射击结缘。11 岁时，她被教练虞利华慧眼识中，从茅山小学被选入宁波体校射击队。仅仅一年后，她就获得了全国青少年射击锦标赛的亚军。

之所以看中她，虞利华的解释是“杨倩最大的优势是有颗‘大心脏’”“她的平衡、协调和稳定性都不错，最打动我的还是那双眼睛，水灵灵的，看上去很有灵气”。

在名师指点下，杨倩在省运会、全国青运会等比赛中都有出色表现，并入选国家青奥队。2019 年，杨倩进入国家队。

因为疫情影响，最近一年多她很少代表国家参加国际大赛，也就无意间成了中国射击队的“秘密武器”。在国际排名中，她仅列第 81 位，奥运会官方比赛预测中，也全然无视这个“无名小辈”。

不过，认识杨倩的都知道，赛场上她可不是那么不起眼。在中国射击队的四场奥运会选拔赛中，她全部以第一名胜出。2021 年 2 月，在一次比

赛中，她甚至打出了 253.1 环，超过了世界纪录。

赛场如战场。7 月 24 日的奥运首金争夺，欧美印度等列强环伺，难度不言而喻。

初生牛犊不怕虎。资格赛杨倩打出 628.7 环，排名第六进入决赛。中间有一段打得不好，她停下来给自己积极的心理暗示，鼓励说自己可以的，然后抛开杂念投入到动作流程中。

进了决赛的杨倩开始发挥不够稳定，既能打出 10.9 分的最高分，也打出过 10.0 分的“低分”。不过她调整后再次打出 10.8 和 10.9 的高分，在最后一发前，仅仅落后第一名选手 0.1 分。

也许是被“大心脏”的杨倩的顽强和冷静所影响，对手最后一发率先开枪，却只打出了 8.9 环。不过杨倩并没有注意到对手的失误，以一发 9.8 环结束了冠军的悬念。她 251.8 环的成绩，也创造了新的奥运会决赛纪录。

“今天成绩总体正常，训练状态基本在这个范围内。”不过，杨倩也承认，当时很紧张，“我让自己专注投入到动作中去，尽力控制住心情。”

“我觉得之前付出的努力得到了回报，也收获了非常多，很开心、很激动拿到这枚金牌。”

在赛后的新闻发布会上面对各国记者，杨倩说：“这块金牌让我非常自豪和开心，也是为 2021 年建党一百周年送上的最好的一份礼物。”发布会后，这句话被奥运官方信息系统原汁原味地收录。

虽然完成了一个“小目标”，但杨倩接下来还有一个硬任务：参加 10 米气步枪混团的比赛。杨倩希望和队友一起冲击自己的第二枚金牌。

“下面的 10 米气步枪混合团体比赛我还是要更加努力地投入到训练中。”她说，“我不能因为取得了短暂的胜利而放松警惕。还是要继续努力，为接下去的比赛做好准备。”

走下赛场，冷酷的枪手变回了妈妈眼里那个馋嘴的小女孩。“只要妈妈做的，我都喜欢吃，毕竟有家里的味道。”她还隔空点菜：我想吃油焖大虾！

生活中的杨倩，可谓是品学兼优。2016 年初，她被清华大学射击队特招入队；2018 年，考入清华大学经济管理学院。为了备战本届奥运会，她特地跟学校申请了休学。

“比赛结束后，我会再重新投入到校园当中。”她说。

张雨霏“哪吒闹海”笑对银牌

中新社　张素

仅差 0.05 秒！26 日举行的东京奥运会女子 100 米蝶泳决赛中，中国选手张雨霏与金牌失之交臂。

赛后，张雨霏在看到大屏幕时曾有一瞬的失落，不过很快就恢复了往常的活泼模样，对着跟拍镜头不时比出“耶”的手势，又满面笑容来到混合采访区，出席新闻发布会有问必答、有说有笑。

中国游泳队历来不缺少“蝶后”。巴塞罗那奥运会女子100米蝶泳冠军钱红、有“亚洲蝶后”之称的周雅菲、持续多年在国际赛场上演“双蝶争艳”的刘子歌和焦刘洋……来到这个奥运周期，张雨霏是公认的泳坛新晋“蝶后”。

但她似乎更愿意形容自己是踏着风火轮去“闹海”的“小哪吒”。

“哪吒闹海”出自中国神话，讲述的是家喻户晓的小英雄“哪吒”打败制造水患的龙王的传奇故事。由其改编出的一批动画影视作品广受好评，比如创造了内地电影市场票房神话的国产动漫《哪吒之魔童降世》，一句“我命由我不由天”彰显这一形象之“燃”。

里约奥运会时，张雨霏就把头发高高扎起扮作“哪吒”模样拍照，并在社交媒体发文称要去“闹海”。彼时，由于没能登上领奖台，她又自我调侃说：“‘闹海’没成功，被海拍在沙滩上。”

从里约转战东京，张雨霏逐渐走出低迷，状态越来越好。连日来的表现更是出色。她是本届奥运会女子 100 米蝶泳半决赛唯一游进“56 秒大关”

的选手。决赛中，她在鸣枪时反应迅速，前半程亦占据优势地位。

直到，加拿大选手麦克尼尔率先触壁。这个曾在2019国际泳联世界游泳锦标赛女子100米蝶泳决赛夺冠的华裔女孩，又将奥运会金牌收入囊中。

没能登上奥运会最高领奖台，还称得上是成功“闹海”吗？面对中新社记者的提问，张雨霏不假思索给出答案。

她说，最终目标肯定是冲着冠军去的，但拿冠军不仅关乎实力，也有运气成分，特别是对这种选手们从出发即“针锋相对”的短距离项目来说。她要做的，就是“哪怕拿不了第一名，也不能让我的对手赢得那么轻松，我一定要争一争”。

“我可以输，但是我绝对不会轻易认输。”这就是张雨霏心中成功“闹海”的标准。

以本场决赛为例，虽然仅拿到第二名，张雨霏依然无比开心。因为她感到已发挥出最好水平，因为她又一次战胜了自己。

在张雨霏看来，东京奥运会女子100米蝶泳决赛给她上了“职业生涯里迄今为止最重要、最有价值的一课”，学会了在重压之下如何调整状态。这对于接下来的比赛大有裨益。

事实上，张雨霏在2021年创造了女子200米蝶泳个人最好成绩，这也是近三年来的世界最好成绩。展望在东京赛场的另一个备受各方期待的“夺金点”，张雨霏语带保留，只说不会给自己太多压力，也不会过多去想“虚”的东西。

手上的银牌实实在在，当然，“小哪吒”的抱负不止于此。今日赛后，她不经意间说出的一句话就是佐证：“这场比赛输了，但我不认输，我在2022年世锦赛还要赢回来。”

戴着“阳光面具”的徐嘉余

中新社　张素

获得东京奥运会男子100米仰泳第五名，游出个人赛季最佳成绩，拖着疲惫的身体走到混合采访区时，中国游泳选手徐嘉余还能与记者有说有笑，一如他往常表现得那般阳光。

“破防”是在一瞬间。记者转述徐嘉余母亲的话说，要等儿子回家，给他做他最爱吃的番茄炒蛋和老鸭子。

他听了，眼泪，就怎么都忍不住了。

然而在他的脸上还有没来得及“收”起来的微笑。这个表情，就像他对当日东京天气的描述：“一出门，阳光明媚，但又在下雨，地面已经湿成一片。”

他说自己也是这样。展现阳光一面，内心“滚满泪水”。

原本，徐嘉余是腼腆而低调的。里约奥运周期，中国游泳队不乏兼具实力与话题的男子选手。纵使在里约奥运会上拼得一枚银牌，镜头焦点也没有对准徐嘉余。他留给世人的印象约莫是一个不善言谈又“爱哭”的男孩。

进入这个奥运周期，情况变了。一方面，徐嘉余的竞技状态不断提升，先后在2017年、2019年两度摘得国际泳联游泳世锦赛男子100米仰泳金牌，实现了中国游泳队的历史突破。

另一方面，曾经的一批名将因为各种原因逐渐远去。于是这位“仰泳王”站了出来，反复宣告要与“大哥”孙杨一起扛起中国游泳大旗的决心。兵发东京时，他已被视作中国泳军的领军人物。

只是隐忧早就在那里了。他会在大赛上习惯性紧张，臂膀发僵。东京奥运“首秀”后一度出现呕吐，被曝出患有比较严重的胃溃疡。

对手却一个比一个强。且看今日奥运赛场，卫冕冠军墨菲都被“挤”到了第三名，两名俄罗斯奥委会选手简直势不可挡，冠军甚至游进了“52秒大关”。

高手之间对决，胜负就在分毫，身处其间的徐嘉余比谁都清楚。所以，他在赛后感叹起“岁月的摧残”，说很羡慕那么年轻就得到奥运冠军的叶诗文，因为越是成长，“所背的包袱越重”。

他苦笑着说，现在竞技水平如此之高，自己能够蝉联世锦赛冠军简直是“幸运之星”，是“靠运气拿的冠军”。他还很担心成为接力赛上的“拖油瓶”，拖累了那么好的队友。哪怕是教练夸他坚强，他也摇着头自嘲一笑：“没有其他优势的话，就是用坚强来判定我今天的表现。”

如此流露真性情的徐嘉余，令人唏嘘。

比赛还要继续。对徐嘉余而言，不仅是在奥运赛场，预计将在今秋举办的全国运动会上还有硬仗。归期一拖再拖，对长年征战在外的他来说，都习惯了，至多想念一下家乡的糯米饭。

他把一个银手镯带在身边。手镯原本的主人，是他的已故恩师徐国义教练，也是他“在游泳队的爸爸”。13 岁入门，曾经“柔弱得跟豆芽菜一样”的“小哭包”，越来越少在人前哭了。

在游泳馆外停车处，中新社记者再遇徐嘉余。“为什么要表现出阳光一面？”对此，他几乎不假思索地答：“这是中国健儿的积极态度，面对强敌也不能怯场，要以坚毅目光迎接每一项挑战，即使没有取得冠军或拿到前三，但依旧展现出我们最好的竞技水平……”

徐嘉余

东京的雨已经停了，但愿人的心里也是如此。

蹦床双姝，闪耀奥运赛场

中新社　岳川

完成决赛动作的那一刻，朱雪莹心里已经预感到，这枚金牌逃不出中国队的掌心了。

在30日进行的东京奥运会女子蹦床决赛中，朱雪莹排在倒数第二个登场。在她之前，加拿大名将罗茜·麦克伦南和英国好手布若妮·佩吉已经完成了比赛；在她之后，只剩下排名预赛第一的队友刘灵玲。

正如朱雪莹所想，在大屏幕打出56.635分以及全场第一的排名后，中国选手终于夺回了女子蹦床这枚金牌。上一次，还是在13年前的北京奥运会上。

这是一场来之不易的胜利。虽然朱雪莹与刘灵玲都有国际大赛的夺冠经历，但相比两位中国姑娘，麦克伦南和佩吉的名头显然更响。特别是麦克伦南，在伦敦和里约都拿到女子蹦床金牌，是首位在该项目上奥运卫冕的选手。

预赛中，四位争冠热门无人失误，包揽前四。进入决赛，拿出看家本领的麦克伦南和佩吉表现得可圈可点，这无形中给最后登场的两位中国选手带来了更多压力。

可朱雪莹和刘灵玲似乎根本没有留意这些。她们只是先后走上赛场，心无旁骛地完成比赛，然后等待着登上领奖台。

“虽然一年多没有交过手，但我们一直在关注其他对手的比赛，收集各方面信息，然后有针对性地训练提高。”朱雪莹赛后说。她们的付出，收到了最好的回报。

对于这枚沉甸甸的金牌，朱雪莹坦言之前想过，也没想过。“想过，是因为自己有这样的可能。可蹦床项目偶然性很大，虽然拿过冠军，但不能保证下次也能站上最高领奖台。”

所以朱雪莹要求自己不去想，不去看别人的分数，不关心别人的表现，只专注于自己的比赛，做好自己的过程。她做到了。

“现在有种不真实的感觉，像做梦一样。”朱雪莹说，相比于其他外国名将，23岁的她赢在心态，“虽然是奥运会，但我会把它当作一场普通的比赛，以平常心应对。”

相比年轻的朱雪莹，从伤病、年龄到身体状况，奥运会推迟一年给刘灵玲带来的挑战更多。但为了梦想，她说服自己在训练、吃饭、睡觉这样三点一线的生活中坚持了下来。

五年前的里约奥运会，刘灵玲进入了中国蹦床队的替补名单，但最终没能获得亮相赛场的机会。五年后，27岁的刘灵玲终于迎来了期待中的奥运首秀。她知道，这第一次，也可能是最后一次，所以不想留下遗憾。

尽管没有登上最高领奖台，但一直被伤病困扰的刘灵玲说，亚军同样是很好的结果。看着胸前的银牌，刘灵玲哭了。过往20年中的每个瞬间，都镌刻在了这枚勋章上，“这是我送给自己的奖牌，是我一直想做的事情”。

所有坚持，都在这一刻开花结果。

“两位姑娘非常棒，今天她们展现出了最好的一面，特别为她们感到自豪。”正如体操运动管理中心主任、蹦床项目领队缪仲一所说，一路走来历经诸多风雨，金牌、银牌实至名归。

迎来第七个比赛日的有明体操竞技场，终于响起了熟悉的国歌声。她们说，能把最好的表现展示给世界，能让两面国旗同时升起，有说不出的骄傲与自豪。

朱雪莹

刘灵玲

“中国队长”马龙书写乒乓传奇

中新社　王曦

30 日的东京奥运会男乒单打决赛，面对比自己年轻 8 岁的樊振东，自言“享受比赛”的大满贯选手马龙给年轻的后辈着实上了一课。尽管不在最佳状态且饱受伤病困扰，但他在关键时刻凭借经验优势和更为轻松的心态，如愿拿到金牌，成为奥运会历史上乒乓球男单首位实现蝉联的运动员。

5 年前的里约奥运会，马龙完成大满贯壮举，由此开启属于他的“马龙时代”。不过，随着年龄的增长，这位中国男乒队长在东京奥运周期走得无比艰辛，两次手术一度导致他远离赛场。其间，樊振东、林高远、张本智和、林昀儒等国内外年轻选手迅速成长，胜利对于马龙来说不再如从前那般轻松。

面对后辈们的冲击，正如马龙所说，纵然已经“功成名就”，但对于乒乓球的热爱，他还是决定以 32 岁的“高龄”再战一届奥运会。为此，他还曾剃了光头，寓意“从头再来”。这位老将义无反顾地走上“战场”。

尽管压力巨大，但马龙最终一路过关斩将，与樊振东会师决赛，确保中国队连续四届拿下奥运男单金牌。值得一提的是，半决赛4：3艰难战胜德国名将奥恰洛夫后，马龙的状态已经不可阻挡，一向腼腆的他甚至破天荒地在赛后说出“奥恰赢不了我”，自信由此可见一斑。

决赛前，马龙如往常一样打了一针封闭后才走上赛场，上场后他似乎并没有被伤病所影响。开局阶段，马龙迅速进入状态，以7：0取得领先，而樊振东则被马龙打得一时间有些发蒙，二人的经验差距显而易见。

尽管樊振东曾追回两局，但马龙始终将场上的主动牢牢掌控，特别是他的反手侧切，让樊振东打得异常艰难。关键的第六局，处于领先的马龙打得越来越轻松，台内挑打结合，颇有“四两拨千斤”的灵动，对比樊振东急于求胜的心态，马龙的技战术运用无疑更为合理，表情更是一如往昔的平静。最终，随着樊振东一记拉球下网，比分定格为4：2，马龙也如愿拿下个人的第25个世界冠军。

“就像做梦一样。”走下赛场时，马龙重演了里约奥运夺冠“比心”的手势。他有些感慨地说，过去的 5 年殊为不易，尤其是在新冠肺炎疫情暴发的情况下，只有克服比以往更多的困难，才能最终站上东京奥运会的舞台。

马龙坦言，比赛过程中并没有什么“秘诀”，反而是近几年交手记录处于下风，帮助他及时卸下压力，“对于自己来说，没有太多包袱，放开手脚全力去拼，打出最好的状态就行”。在马龙看来，与前四场“扭扭捏捏”的发挥不同，本场比赛没有任何保留的地方。“当实力差不多的时候，就看谁临场发挥更好，心态更稳定。”

还有两个多月，马龙就将年满 33 岁，此时手握 25 个世界冠军的他实际上已经成为乒乓球历史第一人。不过，他似乎并不想就此停下脚步。

“是否还要继续延续属于自己的时代？”面对这个问题，马龙不假思索地答道：“还没想好。”但他马上补充道，“下一个目标就是东京奥运会男团比赛，我希望和队友齐心协力帮助中国队拿到这块金牌”。

巩立姣夺冠时刻：摘金，一种肆意的炽烈

中新社　邢翀

8月1日的新国立竞技场，沐浴在东京盛夏灿烂阳光之下。那种肆意的炽烈，仿佛正如巩立姣最后一投掷出20米58后的振臂高呼，也如巩立姣拿下铅球冠军后在混采区的泣不成声。

“我做到了，我终于做到了。”巩立姣流着汗，说到这时不禁再次哽咽。顿了顿后，她用手抹了下脸，试图擦去额头的汗和眼中的泪。

作为在世界女子铅球领域长期保持强劲竞争力的佼佼者，很难想象巩立姣在过往三届奥运会上，从未“站上”过领奖台——虽然她在2008年和2012年分别获得了季军和亚军，但这两次均因为其他选手成绩被取消而递补获得。

这样的过往最戳她的心窝。她曾泪流满面地对记者说，“对我真的太不公平了”。伦敦奥运会上，她在决赛第一投便掷出20米13的好成绩，第五投更是掷出20米22。但在最后一投中，前三投全部失误的俄罗斯人克洛德科居然一举投出20米48，抢走了巩立姣的铜牌。

然而七天后，夺冠的白俄罗斯选手被查出使用违禁药品被收回金牌，巩立姣递补获得铜牌；四年后，那个“发挥神勇”的克洛德科在尿样复检中被查出使用兴奋剂，巩立姣又递补获得银牌。

2008年北京奥运会的铜牌更是迟到了11年。当年仅19岁的巩立姣首次参赛，她说自己腿一直发抖，最终获得第五。多年后亚军、季军均药检复查不合格被取消成绩，直到2019年底她才收到这枚铜牌。

如今，巩立姣第一次站上了奥运会领奖台，但这一次，她的奖牌终于换成了最炽烈的金色。

“这一刻我等了太久了，这种现场的感觉在我脑中想了无数遍。”其实昨夜她只睡了四个多小时，翻来覆去想的全都是比赛场景，怎么能投再远一些，投得远的技术动作是哪些。

当天的一切都如她所愿。巩立姣第一投就确立了领先，19 米 95，这是最终获得亚军的桑德斯都未能达到的成绩。第三投她提升至 19 米 98，第五投又投出 20 米 53——这几乎是制胜一投，这比她 2021 年创造出的世界最好成绩 20 米 39 还要好。

巩立姣大叫一声，对着镜头指了指胸前的五星红旗，显然对这个成绩比较满意。关键的第六投已是桑德斯的最后一搏，这个喜欢标新立异的美国人决赛时特地佩戴上印有猛兽牙齿的口罩，“青面獠牙”般跃跃欲试。

巩立姣说，比赛时桑德斯时不时朝她“瞪眼”，她也狠狠地“回敬”过去，“气势上不能输”。然而第六投美国人犯规了，巩立姣已提前将金牌收入囊中。

巩立姣像拍皮球一样将铅球砸向地面，自信满满地站上投掷区，又是一声大叫，一套动作干净利落而完美，20 米 58！巩立姣又刷新了个人最好成绩。她披上国旗，又是满眼泪水。

“值得了，所有的坚持都值得了。”巩立姣坦言，东京奥运会宣布延期的那一刻，她觉得天都要塌下来了，“这对运动员来说太难了，尤其是我这样不再年轻的运动员。”说着说着，巩立姣又哭了。

这一刻，所有的情绪都得到肆意释放。有坚守梦想的汗水，有弥补遗憾的泪水，这一刻交织在一起，成就一种最炽烈的情感，正如金牌的颜色。

收到“久违”的一银一铜时，巩立姣曾说，正义和公平也许会迟到，但从不会缺席。奥运会延期的一年让这枚金牌同样迟到，但依然没有缺席。

“人间值得”。平复心情后，巩立姣用如此岁月静好的字眼形容她走来的路。上场摘金，释放一种肆意的炽烈，而这背后，犹如“姣花照水”，是一种最纯粹质朴的追寻。

再度双冠，有“两个”施廷懋

中新社　张素

在东京奥运会女子单人3米跳板决赛现场，中国跳水队员施廷懋哭了，又笑了。

记分牌公布分数的刹那，从第一轮就稳居榜首的施廷懋突然掩面而泣，长时间把脸埋在毛巾里。紧接着来到颁奖典礼。现场轮番用多种语言播报选手信息，听到名字，施廷懋急着登台，谁知播报还未完。她对着镜头腼腆一笑。

无论是哭是笑，又或是深情地举起金牌贴住脸庞，这样感性的施廷懋与她给外界的印象相去甚远。

施廷懋的成绩无须多言。亚运会、世界杯、世锦赛、奥运会，她在国际赛场一路所向披靡，成就“金满贯”伟业。在里约，首次参加奥运会的她就包揽了女子3米跳板单、双人两枚金牌。父亲称了称女儿在历次大赛斩获的奖牌，加在一起足有11.6公斤重。

来到东京，施廷懋在赛场的表现依旧稳定，在场外则获封“哲人”称号。与队友王涵搭档拿下女子双人3米跳板金牌那日，队友泣不成声，她面色如常，平静地说出一句又一句富有哲理的话语。

“让人变强的从来都不是奥运会金牌，而是通往奥运金牌的路途。”施廷懋这样看待金牌的意义。身为赛场的常胜将军，她说：“人生就是这样，不是一定会赢，而要努力地去赢。”

全身贴了不知多少运动贴布，她将这些“补丁”视作努力的体现。说起新冠肺炎疫情，她表示期间反而与父母的关系更为融洽，对人生也有了更多感悟，要“去接受、接纳、和解”。她将过去五年概括为“十分耕耘，一分收获”，又说所追求的就是“平静”。

如此理性而克制的中国跳水队领军人物，为何1日在拿到这枚奥运金牌时如此“反常”？中新社记者在赛后问。

“是一种释放，因为我平时都比较喜欢压抑自己的情绪。”施廷懋坦率回答。

接着，她道出鲜为人知的隐情。这个奥运周期，她在备战时心里有两个自己一直在“打架”。

一个“我”说，“这么累，算了吧，放弃吧，你已经是奥运冠军了”；另一个“我”说，“不甘心，放不下，很不舍，因为热爱这个项目”。

两个“我”打架到施廷懋一度陷入抑郁。后经心理医生干预，以及众人帮助，她才走了出来。

“人生的意义在于拼搏和追求卓越。不管我现在从事跳水，或者以后从事其他行业，这都是很关键的。”施廷懋总结说。

“施廷懋的心理素质过硬，每个动作都表现得比较完美。”中国跳水队领队周继红在观赛后说，运动员能有这样的表现离不开几十年的积累，“确实很不容易”。她还表示期待施廷懋继续从事跳水运动，“但这还要尊重队员的意愿”。

不同于“偶像”吴敏霞在里约宣告“我的比赛结束了，我的跳水结束了”时那般坚决，也不像是“手下败将”何姿在里约被公开求婚的那份浪漫，施廷懋有意无意避开了这个问题。记者问她接下来做什么，“接下来就为大家加油”。她的话逗笑全场。

或许，“两个”施廷懋在寻找她的“初心”。

在里约独得两金时，施廷懋不止一次说：“这是我的开始。”

今日，29 岁 335 天的施廷懋成为女子 3 米跳板年龄最大的冠军。但她说："属于我自己的人生还没有开始。"

施廷懋

她的梦，在16岁成真

中新社　岳川

登上奥运赛场，完成优质成套，落地下法站稳，拿到冠军金牌。

16岁的管晨辰曾不止一次在梦中见到这样的场景。来到东京后，它出现的频率更高。特别是最近，几乎每天都会梦见。

这个美丽的梦，在今天成为了现实。

在3日进行的东京奥运会体操女子平衡木决赛中，凭借超高难度带来的巨大优势，年仅16岁的管晨辰一骑绝尘，最终获得金牌。

她夺冠的过程，和她的梦如出一辙。

对于首次参加奥运会的管晨辰而言，这是很难打好的一仗。

或紧张、或失误、或意外，本届奥运会，中国体操女队在已经结束的比赛中留下了太多遗憾，没能展现出各自最好的一面。虽然在这期间，主攻平衡木单项的管晨辰更多只是“旁观者”，但那些遗憾，很难不在她的心里泛起涟漪。

作为中国体操队在东京奥运会上最后一个出场比赛的选手，队伍能否一扫阴霾，有一个漂亮的收官，这份重担，压在了16岁的管晨辰身上。

然而，在比赛中，从管晨辰的动作与表情里，很难找到一丝拘谨与紧张的痕迹。只有当完赛后，作为姐姐的唐茜靖把她抱起，对她说“有了”的那一刻，管晨辰才真的有了想哭的冲动。

管晨辰用行动证明，她担得起这份重担和与之对应的荣誉。

“因为我是第一次参赛，没有人认识我，所以压力要小一些。过程很重要，我只要放开做，把平时训练的水平发挥出来就可以了。”如管晨辰所说，比赛中的她真正做到了心无旁骛，专注于自己的动作，不去想结果。

在管晨辰眼中，奥运会仿佛只是一场普通的比赛，那面人人渴望的金牌，是对她获得第一名的一点点奖励。

“我觉得最大的对手是自己。只要把自己做好了，就没有遗憾。”在以第一名的成绩结束平衡木资格赛时，完成奥运首秀的管晨辰曾坦言，没有现场观众的情况下，奥运会和她之前参加过的比赛并没有多少区别。也许正是这种平和的心态，令她可以在 16 岁的年纪梦想成真。

对于管晨辰而言，这场决赛的另一特别之处在于，她终于有机会和美国名将拜尔斯同场竞技。“以前坐在电视机前看比赛，就觉得她 (拜尔斯) 好厉害！”

比赛前，管晨辰有个小愿望，就是比比她和拜尔斯谁更高。赛后她偷偷透露，答案是“好像差不多”。

对于如何奖励自己，管晨辰也有答案。生活中，她喜欢各式各样的杯子。无论保温杯、吸管杯抑或其他，只要是带盖的漂亮杯子，都是她的心头好。不过，粉色除外。

有人问:“16 岁的年纪和保温杯搭配吗？”她立刻回答:“挺配的呀！”

在赛场上展现出的沉着与坚定，反而容易令周围人忘却，管晨辰，其实还只是一个小姑娘。

奥运冠军到底意味着什么？对于这个问题，管晨辰想了一会儿，回答:“这会激励我，今后训练中再加油的！”

“雪雁”摘银，她们“美”在哪里

中新社　张素

花样游泳毫无疑问是美的。4日在奥运会赛场获得花样游泳双人项目银牌的中国选手黄雪辰/孙文雁，正是“美”的体现。

这一日，她们继在双人自由自选预赛以后再度化作水中“蛇”。两人在碧水间或捕猎、或缠斗，激昂的乐曲衬托出其间惊心动魄。

她们极富张力的表现得到评委认可。前一日，她们在双人技术自选比赛已得到95.5499分。加上今日得分，“雪雁”组合最终获得192.4499分，继里约奥运会后再夺该项目银牌。

两位选手很满意于当日的表现，特别说到她们很好地解决了预赛时的瑕疵。她们也都“毫不客气”地给自己打了满分。

时光流转，这对从2014年开始搭档的组合，明确将这场赛事视作奥运会双人项目的“谢幕之战”；芳华依旧，她们诠释出对花样游泳的理解与热爱。

——她们的“美”，在于力度，在于速度。

同样是一套主题为“博弈”的技术自选动作，相较于2019年光州世锦赛时，来到东京赛场的“雪雁”组合把整套动作密度加强，“覆盖水域更大，音乐速频也加快了”。

作为竞技项目，花样游泳要求力量、速度、美感并存。中国花样游泳队教练组组长汪洁说，感知到花样游泳发展趋势，两年间，她们在日常训练中“逐个细节去抠”，技术动作水平得以提升。东京奥运会延期一年，也使两位选手有了更多时间储备体能。

黄雪辰对中新社记者说，花样游泳中的柔美部分相对容易做到，但力量部分就需要克服困难、坚韧不拔。她们不是体态娇小的“青蛇”，更愿成为富有力量的“蟒蛇”。

——她们的“美”，在于厚度，在于难度。

两位中国选手年龄均为31岁。其中，黄雪辰不仅是奥运会“四朝元老”，更是一名“妈妈选手”。她笑着说：“我创造历史了。”

“高龄”，意味着更多伤痛。赛后来到混合采访区接受采访，两位“老将”须得俯身靠在围栏上歇一歇。她们反复叮嘱后辈要及早注重伤病情况，为延续运动生涯打好基础。

生命的丰厚却也会带来“惊喜”。汪洁认为，随着队员年龄增长，阅历、知识等逐渐丰富，她们更容易自发地理解动作的主题、音乐等，继而诠释出她们心中的“美”。

“雪雁”组合的成绩背后也离不开中国花样游泳队30多年来的传承。无论是说起曾经拍档，还是联络昔日恩师，正如孙文雁所说，花样游泳教会她的就是“在这个集体里没有你我，只有我们”，她们为实现目标而共同奋斗、相互帮助。

——她们的“美”，在于宽度，在于深度。

花样游泳在2000年悉尼奥运会上成为正式比赛项目以来，俄罗斯包揽了该项目的全部10枚奥运金牌。今日在东京，来自俄罗斯的选手以“蜘蛛”为题，表现无懈可击，没有让花样游泳双人项目金牌旁落。

她们深知这一代距离俄罗斯选手的技术水平还有差距，只能“搭好梯子”，把希望留待后来人。

当然，更重要的还是“做好自己”。产后复出、饱受减重痛苦的黄雪辰感慨地说，无论是生活还是训练，都不能忘记时时刻刻“与自己做斗争”。这是她对“博弈”的理解，也是她对“新生”的期许。

十全十美，“婵娟”怎样练成

中新社　张素

十里红妆，月下婵娟，这个来自中国广东的14岁女孩有一个极美的名字。不过，顶着一头超短发的她再戴上口罩，常被误认成了男孩。

全红婵，本届东京奥运会中国体育代表团内年纪最小的运动员。毫无国际大赛经验的她，在奥运会内部新闻网站INFO上的信息少得可怜。

但正如了解她的启蒙教练所说，这孩子天生属于跳水，并且“越跳越疯”。

8月4日首次亮相国际赛场，全红婵还有些紧张，也有明显失误。当晚，她按照领队要求“早点睡”，而且“睡得香”。仅隔一日，以预赛第二名进入东京奥运会女子单人10米台半决赛，她就越战越勇。再以半决赛头名来到决赛，东京水上运动中心成了她的舞台。

满分，满分，又是满分！她在5跳中有3跳得到满分。特别是第二跳和第四跳，场上裁判无一例外给出“10分”满分。看台上，包括众多奥运冠军在内的中国跳水“梦之队”为之兴奋欢呼。及至全场比赛结束，记分板给出全红婵的最终得分为466.20分，教练激动地把她高高举起。

“这套动作真的很漂亮。”中国跳水队领队周继红称赞说，全红婵在预赛前甚至不知道该怎样做准备活动，结果今日就能顶住压力拿到“历史上所没有的分数”，确实太出色了。

然而，全红婵本人似乎还没有十分理解奥运冠军的意义。赛后，把那几乎比半个她还要大的背包往肩上一背，走过人群时，她习惯性地缩着脖子，表情有些怯怯的。

面对记者轮番提问，她说比在比赛时还要紧张。而她的回答已非“简短”所能形容。

无论是回忆如何调整状态，还是介绍“水花消失术”的来历，又或是分享连续得到满分的感受，小姑娘总是一脸懵懂地说：“练的。”

练习，是她能够在小小年纪就刷新奥运赛场女子单人10米台分数纪录的“秘密”。家庭，则是她日复一日练习的动力。

有报道称，全红婵的祖辈务农，母亲因发生车祸，身体欠佳，整个家庭都靠父亲在支撑。今日在赛后，全红婵对父母说，感谢他们“让我勇敢、放开去跳”。她也很坦率，说想赚很多钱去给母亲治病。

但她拒绝配合“卖惨”。现场有人一边对准她的眼睛拍摄，一边不断逼问母亲的话题。全红婵没有什么表情，干脆地说：“我不想回答。”

还不善于与外界完成“对话”的全红婵，在他人的讲述中有着另一番模样。在中国跳水队员、当日女子单人10米台银牌得主陈芋汐的眼里，全红婵又乖又调皮。

乖，是说她在完成训练时一丝不苟；调皮，则贯穿生活。陈芋汐说，全红婵会拉着大家“干饭去”，还喜欢“追着我打”。听到这话，站在一旁的全红婵立马“不服气”了，奶声奶气反驳起来，逗笑其他人。

“踏踏实实地练，包括2024年巴黎奥运会也是可以努力的目标。”教练曾对全红婵这样说。如今看来，这个目标不算遥远，但对14岁的全红婵而言，“未来”这个命题有些“宏大”。还是具体一些便于理解，比如她要继续练“杀招”——通常只有男子运动员才会挑战的向内翻腾三周半屈体（407B）。

刘虹：铜牌谢幕　致敬“不懈挑战”

中新社　高凯

8月6日，34岁的刘虹以一枚铜牌为自己的又一次奥运征程谢幕。

奥运“四朝元老”，奥运会、世锦赛和世界纪录的“大满贯”创造者，“妈妈运动员”，对于又一次站在东京奥运会女子20公里竞走出发线上的刘虹而言，今天迈出的每一步都早已不仅为着胜负。

2002年，15岁的刘虹在少体校开启了自己的专业竞走训练之路，2005年开始，生性活泼坚韧的她开始在大赛显露锋芒。此后，顶级竞技场奥运会开始成为她运动生涯前进的注脚。

2008年北京奥运会的1小时27分17秒赛会第四名，刘虹创造了个人比赛的最好成绩；4年后的伦敦奥运会，刘虹以1小时26分获得第四，而此后因银牌选手成绩被剥夺，刘虹递补成为季军；又再4年，里约奥运会，1小时28分35秒，金牌，刘虹站在了人生巅峰。

三届奥运会，人们看到的是从第四名到领奖台最高处的递进励志，而对于刘虹而言，这三个节点后面则是三个奥运周期，整整12年日日夜夜的坚持和努力。

里约的巅峰之后，刘虹逐渐淡出，结婚生女远离赛场，然而这个人们眼中似乎“理所当然”的故事结局很快转变了发展方向，就在女儿出生后不足一年，拼搏苦练多年已经“功成名就”的刘虹毅然选择了复出。

“舍不得，就是很想回来破纪录，感觉又是一个新的开始，比赛、训练给我的感觉跟从前不一样了，当然我的目标还是很明确，要超越自己。”

就这样，2018 年 6 月，31 岁的刘虹开启了漫漫回归之路。

与曾经的三个奥运周期相较，迎接刘虹的这一次备战更难更艰苦。

这位曾经的奥运冠军首先要面对的是产后恢复，减肥、断奶，肌肉水平的严重衰退，于是一切从头开始，跑步机，正式训练，高原训练……不同于人们臆想的“拼”或“熬”，这条逐渐追赶曾经的自己的路，在刘虹看来是“愉快的”，“我自己作出的选择，这一路我是遵从自己的内心”。

强大心理能量之下，刘虹恢复迅速，2019 年 3 月黄山举行的全国竞走大奖赛暨世锦赛 50 公里选拔赛，刘虹以 3 小时 59 分 15 秒的成绩夺冠，并打破了世界纪录。6 个月之后，刘虹又斩获了多哈世锦赛女子 20 公里竞走的冠军，拿到了自己的第三枚世锦赛金牌。

彼时，刘虹信心满满，希望能够在 2020 年冲击东京奥运会的最高领奖台。然而，疫情却改变了一切。对于一名当时已经 33 岁的老将而言，多一年的等待存在着太多变数和挑战，“我想运动员在这个奥运周期里都经历了我所经历的迷茫”，刘虹坦言，女儿给了自己坚持的决心和勇气，“我希望她能看到我上奥运赛场”。

“竞技体育就是比较人的极限，你必须要比别人更能坚持才行”，多年的运动员生涯，刘虹深知“坚持”的意义。2021 年 3 月的全国竞走锦标赛暨东京奥运会选拔赛上，已经 34 岁的她超越了自己在 2015 年创造的世界纪录。

以刷新自身最好成绩拿到东京奥运会入场券，这位老将兴奋而充满激情，而“超越过去”，正是她在复出时给自己定下的目标。

2021 年 8 月 6 日，札幌大通公园，东京奥运会女子 20 公里竞走决赛，刘虹终于迎来这超越胜负的一战。在两位队友发挥不佳的情况下，这位回归的老将最终以 1 小时 29 分 57 秒拿到一枚宝贵的铜牌。

“我们速度压得很低，天气太热，最后的冲刺不太敢冲，我们有些保守。”刘虹的赛后总结冷静而客观。

或许，没能站在最高领奖台略显遗憾，但对于完赛四届奥运会的刘虹而言，“拼尽全力”几个字与奖牌成色相较，分量不输。

刘虹

苏炳添，站上奥运百米决赛跑道

中新社　邢翀

8 月 1 日，站在奥运会男子 100 米决赛跑道上，苏炳添显得非常与众不同——他是第一位站上奥运会男子百米决赛跑道的中国人！

“这一刻，我等了一辈子。”苏炳添赛后哽咽。

20 世纪 30 年代，国外一家报纸上刊登着这样一则漫画：在奥运五环旗下，一群头蓄长辫、身着长袍、形容枯槁的中国人用担架扛着一个大鸭蛋。图中用汉字赫然写着“东亚病夫”。

时过境迁，中国人已在奥运跑道上实现一个又一个超越。如今在东京，站在奥运会百米决赛跑道上的飞人苏炳添，甫一出场就引起所有亚洲记者的欢呼。一名日本记者说，他承载了全亚洲的梦想。

100 米的奥运跑道，似乎很短。半决赛中苏炳添惊天爆发，以 9 秒 83 就丈量出这条跑道的长度。他刷新个人最佳，他创下亚洲纪录，他以半决赛第一进入决赛！

100 米的奥运跑道，似乎很长。苏炳添走上去用了近十年时间。半决赛看到成绩的一刻，苏炳添坐在跑道上，冲着镜头怒吼，一切的情绪在此刻爆发。外界或许很难想象，2021 年他已经 32 岁了。

在男子百米跑道上，10 秒一直是顶尖选手要突破的门槛。2012 年左右苏炳添已经在 10 秒大关前徘徊，他意识到要想突破必须要在短跑技术上做出改变。2015 年他借鉴刘翔的经验，将起跑脚从右脚改为左脚，当年的尤金钻石联赛他跑出 9 秒 99，成为首位打开 10 秒的中国选手。

当年他还跑入世锦赛决赛跑道，是首个跻身世锦赛百米决赛的亚洲人。两年后他亦再次站上世锦赛决赛跑道。

在男子百米的跑道上，他已经创造了历史。正当外界认为他功成名就即将退役时，苏炳添却选择坚守。2017 年冬训他开始跟随美国教练兰迪训练，在方式手段、技术改进等各方面再一次打破以往。

兰迪不止一次地鼓励苏炳添：你具备 9 秒 80 左右的实力。如同脱胎换骨，2018 年 29 岁的苏炳添两次跑出 9 秒 91。即便是在本赛季，已经 32 岁的苏炳添伤愈回归，复出后又两次跑出 9 秒 98。

如今，站在奥运百米决赛的跑道上，苏炳添将兰迪的鼓励变为现实。尽管最终决赛他跑出 9 秒 98 位居第六，但他足够配得上身披的这面五星红旗。

“今天是一辈子最好的回忆，今天的成绩应该说没有让大家失望。”站上奥运百米决赛跑道的苏炳添已经实现了他的目标。

其实两代飞人也在奥运此刻“相遇”。这一夜刘翔一直在网络上为他打气，苏炳添说他和刘翔一直都有联系，打破 10 秒大关时刘翔就在现场。“翔哥不仅是我的偶像，还是我的幸运神。”

未来还会有更多中国飞人站上奥运赛道。苏炳添说，现在国内已经有很多飞人苗子涌现，“我在他们这个年纪跑得还不如他们”。

苏炳添，站在奥运百米决赛跑道上。这不到 10 秒的时间，足以让历史铭记。

王涵的圆梦时刻：从“高龄”逐梦到大器晚成

中新社河北分社　李晓伟

北京时间7月25日，东京奥运会跳水女子双人3米板决赛中，来自河北的王涵搭档跳水名将施廷懋成功夺金，帮助中国跳水队取得东京奥运开门红并实现在该项目五连冠的壮举。

在比赛现场，奥运冠军郭晶晶见证了这一荣誉时刻。在河北省体育局的大屏幕前，王涵和“师姐”郭晶晶共同的省队主教练李芳激动不已，从椅子上跳起来鼓掌庆祝。

“王涵夺冠也是如愿以偿吧，她跳水练了20多年，付出了很多……她是一个大器晚成的运动员。”李芳说。

王涵与搭档施廷懋同为1991年出生，然而相较于里约奥运会双冠王施廷懋，30岁“高龄”的王涵却是第一次参加奥运会，这距离她进入国家队已经过去了十几年。从郭晶晶、吴敏霞、何姿再到如今的施廷懋，王涵经历了中国女子跳板几个时代的更替，才终于迎来了自己的时刻。这背后付出的努力，执教王涵近20年的李芳记忆深刻。

王涵直到10岁才转练专业跳水，相较于其他运动员五六岁就开始训练晚了很多。在李芳看来，正因如此导致她基本功不扎实，影响了技术动作的完美和稳定，也影响了她的运动生涯。

“王涵2003年就被选入国家队，她是‘三出四进’，特别是前两届奥运会都作为替补队员与奥运会擦肩而过，对她而言运动生涯是很挫折的。”李芳说，一般运动员从国家队被退回很容易失去信心，但幸亏大大咧咧的性格让她坚持了下来。

王涵也印证了这样的说法。她在接受媒体采访时曾说：“每次落选大赛的出征名单，或者长时间找不到感觉的时候，我都会想‘要不就这么算了吧’，可睡一觉过后，我就会忘记之前的一切烦恼，以全新的状态回到训练场。”

里约奥运会后，为了重拾信心，李芳同王涵进行了一年多的思想工作以及技术改进，让王涵重新认识自己。“技术上从基本功重来，那一年确实不容易，但效果不错。技术改进后，她自己提出来想再拼一拼，重返国家队。”

但困难不止于此。据李芳介绍，进入东京奥运周期以来，王涵确定和施廷懋搭档双人跳板后，她还需要改变自己的技术，与搭档的特点相适应。“多年练出的技术不是很容易改变的，为此下课后她只能继续努力，看施廷懋的视频研究技术动作并改变自己。这个过程是很痛苦的。”

25 日的奥运赛场上，王涵与施廷懋配合默契发挥稳定，以无争议的优势夺金，也给中国跳水队吃下了一颗定心丸。王涵的努力结出了果实。

“受新冠肺炎疫情的影响，奥运会延期一年，对于 30 岁的王涵来说，应该说是付出了常人难以理解的辛苦和汗水，最终实现了自己的梦想。我们非常感动，无比自豪。”河北省体育局游泳跳水运动管理中心主任刘立彦说。

“孩子实在是很努力了，她坚持了这么多年，终于圆了自己的梦。”视频连线中，王涵的母亲张丽芳说。她最清楚女儿在训练中经历的苦痛，虽然心疼，但她仍激励女儿“继续努力”。

8 月 1 日，东京奥运会跳水女子单人 3 米板决赛将举行，“大器晚成”的王涵的奥运之旅仍在继续。

孙颖莎：“小魔王”养成　未来可期

中新社河北分社　李晓伟

锁定东京奥运会女乒团体冠军后，21岁的小将孙颖莎露出了灿烂的笑容。本届奥运会，她收获了一金一银，顺利完成自己的首次奥运之旅。

河北省体育局的大屏幕前，孙颖莎的恩师、省队教练杨广弟激动地从座位上跳了起来，与同事们击掌欢庆。“作为年轻小将，第一次出征获得这样的成绩，是她多年辛苦努力换来的结果。”杨广弟说。

中国女乒名将张怡宁有个外号叫“大魔王”，而孙颖莎因为在赛场上的硬朗球风被球迷称作“小魔王”。本届奥运会，让人们熟悉了这位“用最‘奶’的脸打最凶的球”的“00后”。场上，她敢打敢拼，不仅能力出色，而且少年老成、不骄不躁；场下，她是中国国乒的“团宠”，肉嘟嘟的脸蛋、奶声奶气的说话声，强烈的“反差萌”为广大网友所喜爱。

本届奥运会上，孙颖莎两战两胜日本选手伊藤美诚，特别是女单半决赛上，她以4：0成功阻击对手。在杨广弟看来，这两战都是很关键的比赛，孙颖莎打出了中国女乒的气质。

孙颖莎5岁起便与乒乓球结缘。起初母亲只是为了让她“放学后有点事干，锻炼身体”，没想到天赋极佳又刻苦努力的她很快崭露头角，10岁入选河北省队。

相伴10余年的教练杨广弟习惯戏称孙颖莎为“老孙”，因为她“自小打球就沉稳，不爱说话，发球慢吞吞地爱思考，看着像小大人”，这样沉稳的风格一直延续到了如今。

除了天赋，孙颖莎从不偷懒，每次教练发球，她捡球又快又满，总比别人多捡一大盆冒尖的球来找教练。这种勤奋给杨广弟留下了深刻印象。

自 2017 年进入中国女子乒乓球一队，孙颖莎快速成长：2017 年国际乒联日本公开赛女单、女双冠军；2017 年国际乒联奥地利公开赛女双冠军；2017 年世界青少年乒乓球锦标赛女团、女双、女单冠军；2019 年布达佩斯世乒赛女双冠军……“打小孙颖莎就告诉我，她的梦想是实现大满贯。”杨广弟说，这些年他们为了这个目标一直在奋斗。

在杨广弟看来，场上的孙颖莎“眼珠子一瞪，谁也不饶”，但场下的她是“很天真、很快乐的孩子”“喜欢吃小东西，能练能吃也能睡，心态非常好”。

“第一次参加奥运会，孙颖莎也暴露出一些不足。”在杨广弟看来，相比本届奥运会独得两金的陈梦，孙颖莎的综合能力还要差不少，但作为年轻小将，这不是坏事，未来将继续通过有针对性的训练加以提升。

青春无敌，未来可期。杨广弟说，孙颖莎还年轻，将来的路还很长，希望她走得越来越好，早日实现自己的大满贯梦想，相信以她的努力和天赋，这个目标早晚会实现。

静待破茧成"蝶"

解放军报　马晶

0.05 秒，有多久？

或许，连一次眨眼的时间都不够。今天，就这样一个微小的差距，让张雨霏与东京奥运会女子 100 米蝶泳冠军擦肩而过。

7 月 26 日，东京奥运会女子 100 米蝶泳决赛在东京水上运动中心举行。中国选手张雨霏游出 55 秒 64 的个人第二好成绩。不过，加拿大选手麦克尼尔在比赛中异军突起，以 55 秒 59 的成绩摘得冠军。张雨霏为中国游泳队斩获一枚宝贵的银牌，澳大利亚选手麦基翁获得铜牌。

东京奥运会前，张雨霏被视为中国游泳最大的夺金希望。这样的压力，对于这个 23 岁的江苏姑娘来说并不陌生。自从 2014 年在南京青奥会的蝶泳项目上勇夺一金一银后，"天才少女"的名头不胫而走，张雨霏被人们视为刘子歌、焦刘洋的接班人。

当然，张雨霏的表现也不负众望。2015 年喀山游泳世锦赛，她夺得女子 200 米蝶泳铜牌并打破世界青年纪录，为自己赢得了在里约奥运会上亮相的机会。不过，首次站上奥运赛场的张雨霏没能发挥出自己的全部实力，在女子 200 米蝶泳的比赛中仅获得第 6 名。

过去 5 年里，张雨霏的状态虽有所起伏，但她和教练一直在努力，期待早日迎来突破的那一天。

东京奥运会延期一年，给了张雨霏更多成长的时间和空间。她在出发、转身、水下腿、到边等众多技术环节上不断磨炼，同时不断强化体能短板，一步步从低迷的状态中走了出来，并在2020年开启了自己的巅峰之旅。她不仅在主项蝶泳和副项自由泳上频频刷新个人最好成绩，还接连打破全国纪录和亚洲纪录。

这一切都源于张雨霏的苦练——在2021年5月的全国冠军赛中，张雨霏仿佛是一个“铁人”。在短短的9个比赛日里，光是个人项目，她就报了50米自由泳、100米自由泳、200米自由泳、100米蝶泳、200米蝶泳等5个项目，成了泳池里最忙碌的人。

报名参加如此多的比赛项目，是张雨霏和教练崔登荣想自我加压。张雨霏说：“就像教练说的，如果国内比赛我都顶不住，要是到了奥运会，我就更承受不了。”结果，她不仅在主项蝶泳上面轻松夺冠，还在女子200米蝶泳中游出了2分05秒44，距离世界纪录一步之遥。

来到东京之后，破纪录的想法频频被张雨霏提起。对于张雨霏来说，她之所以如此渴望打破世界纪录，除了对荣誉的追求之外，更希望通过破纪录来增加自信。

对于一名23岁的年轻选手来说，想要处理好奥运会这样的大赛带来的压力，并不是一件轻松的事儿。出征前，张雨霏被外界视为中国泳军夺金的最大希望，今晚的银牌或许会有一丝丝失落，但也更能激起她的斗志。

如今，在经历过起伏和磨砺后，张雨霏并没有因为错失奥运金牌而沮丧。毕竟，她用稳定的表现证明了自己，在女子100米蝶泳项目上，她已经成为世界一流高手。那个在里约奥运会上因为成绩不佳而泪洒赛场的小姑娘，如今脸上洋溢着自信的笑容。赛后，她坦言：“我给自己的表现打99分，剩下那1分，我希望自己的心态可以控制得更好。”

7月27日，张雨霏还将迎来自己的重头戏——女子200米蝶泳预赛的较量。在这个项目上，她拥有很强的竞争力，被视为夺冠的大热门。

决赛过后，张雨霏的内心平静了下来，“今天的比赛给我上了一课，让我学到了很多东西，心理上的磨炼，这是最重要的，也会对我 200 米蝶泳的比赛有帮助”。

7 月 29 日，我们期待张雨霏能在自己的主项女子 200 米蝶泳上奋勇拼搏、破茧成“蝶”。

破茧成蝶　“霏”你莫属

解放军报　仇建辉

站上东京奥运会最高领奖台，脖子上挂着金牌，手里捧着鲜花，看着五星红旗高高升起，听着雄壮的国歌，张雨霏的眼神自信而幸福。

五年等待，今朝圆梦——

7 月 29 日，东京奥运会女子 200 米蝶泳展开最后的决战。这是一场备受国人关注的比赛，因为有张雨霏和俞李妍携手出战。张雨霏在第四道出发，入水后她就全力出击，前 100 米一直遥遥领先。关键的第三个 50 米，张雨霏继续高歌猛进，最后时刻她依靠强大的体能和顽强的意志将优势转化为胜势。

触壁、出水、观察、振臂、庆祝……张雨霏笑容满面地朝自己的助威团挥挥手。全程领先，毫无悬念地以 2 分 03 秒 86 夺冠并打破奥运会纪录，这是张雨霏的奥运首金，也是中国泳军在东京奥运会上斩获的第一金。

作为“全村的希望”，在东京的泳池中，张雨霏让梦想照进现实，将五年前里约的失意一扫而光。

对于 23 岁的张雨霏来说，过去的五年是在曲折中前进的五年，也是在挫折中成长的五年，更是战胜自我、超越自我的五年。

张雨霏年少成名。1998 年出生于江苏徐州的一个体育世家，父母都是游泳教练。2001 年，3 岁的张雨霏跟着妈妈下水练习游泳。2003 年，她开始接受专业训练，很快凭借过人的天赋和出色的水感崭露头角。2010 年，12 岁的张雨霏在江苏省运会上表现出色，勇夺 2 金 3 银 1 铜。在省队磨炼

2 年后，14 岁的张雨霏入选国家队，主攻女子 200 米蝶泳项目。

通过国家队的训练，张雨霏的进步有目共睹。凭借2014年在南京青奥会和仁川亚运会上的出色表现，她早早就确立了在国家队的主力位置。2015年喀山游泳世锦赛上，她以2分06秒51获得女子200米蝶泳的铜牌，创造了世界青年纪录，一鸣惊人。但是，现实很快就给了张雨霏迎头一击。里约奥运会上，她在女子200米蝶泳比赛中仅游出2分07秒40，获得第六。

里约的挫败，让张雨霏刻骨铭心，她的状态也陷入低谷。2017 年，张雨霏开始跟随崔登荣教练训练。崔教练着手调整她的技术，没想到，调整期张雨霏的表现更加惨淡。2018 年雅加达亚运会，张雨霏虽然拿到了女子 200 米蝶泳的金牌，但在女子 100 米蝶泳比赛中不敌日本新星池江璃花子。2019 年光州游泳世锦赛，张雨霏两个蝶泳单项都没能闯进决赛，其中 200 米蝶泳竟然止步预赛，成绩比四年前还慢了近 8 秒。

成绩不升反降，张雨霏的信心与耐心逐步消失。2019 年底冬训，教练作出一个大胆的决定——放弃 200 米蝶泳，主攻 100 米蝶泳。那时，张雨霏心中一阵窃喜，“不游 200 米蝶泳我开心啊，放弃一个这么难的项目”。实际上，等待她的是更为艰苦且难熬的力量训练。

整个冬训期间，和男队员一起练力量，比学赶帮超。两个多月后，张雨霏的核心力量和爆发力都有大幅提升。练到最痛苦时，张雨霏半夜都会因肌肉酸疼而醒来。

苦练力量之余，张雨霏也在不断打磨技术细节——出发反应时间、入水后潜泳的憋气、转身之后的水下腿次数等。这些细节的完善，也让张雨霏的成绩开始攀升。

付出，就会有回报。张雨霏率先在 100 米蝶泳上实现蜕变。2020 年秋天的全国游泳冠军赛，张雨霏打破女子 100 米蝶泳的亚洲纪录，距离世界纪录仅差 0.14 秒。

女子 200 米蝶泳，是个高难度项目，既考验速度，也比拼耐力，两者缺一不可。崔教练期望用 100 米蝶泳的速度训练，去刺激 200 米蝶泳的耐力训练，同时增加蝶泳运动员必修课——50 米和 100 米自由泳训练。

熬过了阵痛和蛰伏，付出了努力和汗水。2021 年初，张雨霏在女子 200 米蝶泳上脱胎换骨。年初的全国游泳冠军赛，张雨霏游出了 2021 年世界最好成绩，这让她信心倍增。

虽然在东京奥运会女子 100 米蝶泳比赛中遗憾摘银，但张雨霏坦然接受，并在赛后露出了标志性的笑容，握拳大喊，为自己加油。

女子200米蝶泳半决赛，2分04秒89，刷新2021年世界最好成绩，并将一众高手甩出两个身位开外。决赛，2分03秒86，刷新奥运会纪录夺金。

200 米蝶泳夺冠仅仅 80 分钟后，张雨霏就和队友杨浚瑄、汤慕涵、李冰洁一起携手出战女子 4×200 米自由泳接力决赛。最终，四位中国姑娘爆发出惊人的能量，以 7 分 40 秒 33 的成绩击败强大的美国队和澳大利亚队勇夺金牌，帮助中国队首次拿到女子 4×200 米自由泳接力金牌的同时，还创造了新的世界纪录。

要知道，在过去六届奥运会上，该项目的冠军均被美国队或澳大利亚队捧走。赛前，中国队的目标是冲击领奖台。然而，瞬息万变才是竞技之美。

四位中国姑娘，每一个人都特别棒，在今天的比赛中将自己全部能量发挥了出来。杨浚瑄作为第一棒下水后，就一直在领游，直到交棒时依然领先身边刚刚获得女子200米自由泳金牌的澳大利亚选手蒂特马斯。小将汤慕涵第二个出场，不仅保住了第一名，还将领先优势从0.14秒扩大为0.45秒。张雨霏在赛前才知道自己要参加接力比赛，她从蝶泳的领奖台上下来后就匆忙赶来参赛。作为第三棒，她拼尽全力保住领先位置，顺利交给最后一棒李冰洁。以自由泳为主项的李冰洁表现上佳，她顶住了美国名将莱德基的疯狂反扑，帮助中国队锁定金牌！

临危受命，不辱使命。张雨霏赛后说：“我想，不管三七二十一，下水就拼吧，展现出我们的中国力量来。”

80分钟内，两场高水平的对决，张雨霏的表现堪称完美。状态爆棚、技术出色且正值黄金年龄，对于张雨霏来说，东京夺金只是一个起点，她正在开启一个属于自己的蝶泳时代。

顺水扬帆

解放军报　马晶

触壁后，汪顺摘掉泳帽和泳镜，看了看成绩表，确认自己排在第一位……他坐到水线上，用力拍打胸膛，挥拳怒吼，庆祝这来之不易的冠军。

继里约奥运会夺得男子 200 米混合泳铜牌后，汪顺此次成功登上东京奥运会最高领奖台。这也是中国男子游泳队在本届奥运会上收获的第一枚金牌。

赛前，汪顺并不是东京奥运会男子200米混合泳项目的夺金热门。毕竟，这个项目上高手云集。获得东京奥运会男子400米混合泳冠军的美国选手卡利什、获得2019年光州游泳世锦赛男子200米冠军的东道主选手濑户大也，还有游出2021年世界最好成绩的美国选手安德鲁都是冠军的有力争夺者。汪顺2021年4月在全国游泳冠军赛上游出的1分56秒78夺冠成绩，世界排名仅第九位。作为里约奥运会该项目的铜牌获得者，冲击一枚奖牌，是赛前大多数人对于汪顺的期待。

不过，这并非汪顺的目标。赛前他就说，想让国歌在东京奏响，让国旗在东京飞扬。随着赛程不断深入，他渐入佳境，展现出自己的实力。半决赛 1 分 56 秒 22 的成绩，在所有选手中排名第一，也为他赢得了决赛中第 4 道出场的优势。

7 月 30 日上午，东京奥运会男子 200 米混合泳决赛在东京水上运动中心进行。汪顺在第一个 50 米的蝶泳过后，排名第三。随后的 50 米仰泳争夺中，他上升到第一位。进入最不擅长的蛙泳，虽然被身边的美国选手安德鲁超越，但汪顺还是顶住压力，保住了第二名。最后 50 米自由泳，汪顺凭借全场最快的 27 秒 37 实现反超，率先触壁，为中国游泳队拿到了本届奥运会上的第 3 金，这也是中国军团在本届奥运会上的第 16 金。1 分 55 秒 00 的成绩，不仅把汪顺的个人最好成绩提升了 1 秒 16，还创造了新的亚洲纪录。

虽然名字里有个“顺”字，但汪顺一路走来，其实并不顺。为了这枚金牌，他经历了三届奥运会。

从 15 岁被恩师朱志根带进国家队，汪顺很早就成了国内混合泳项目的绝对强者。但是，在竞争激烈的国际赛场，汪顺离冠军总差最后一点距离。2012 年伦敦奥运会，年仅 18 岁的汪顺第一次登上奥运赛场。那一次，他止步于预赛。此后，更加成熟的汪顺在 2015 年喀山和 2017 年布达佩斯两届游泳世锦赛上都拿到了男子 200 米混合泳的铜牌，为中国男子混合泳在世界大赛上实现奖牌“零”的突破。里约奥运会，又一次站上奥运舞台的汪顺没有辜负国人的期望。他在男子 200 米混合泳项目上摘得铜牌，又为中国泳军拿到了奥运会历史上首枚男子混合泳奖牌。铜牌，又是铜牌。难道铜牌就已经是自己游泳生涯的顶点了？无数次，汪顺对自己产生了这样的怀疑。但每一次，想在国际大赛上更进一步的目标，总能让他强行把自己“叫醒”。

想在强手如林的男子混合泳项目上取得突破，谈何容易。汪顺知道，只有更加全力以赴，超越身体的极限，才有可能实现最高的目标。

别人专攻一个泳姿，汪顺却要 4 个泳姿一起练。每天上午、下午，他都各有一堂训练课。教练朱志根此前透露，汪顺每周要进行数十公里的训练，且 70% 左右的训练是以比赛速度或是接近比赛速度进行的，强度可想而知。

这样的训练，除了每年仅有的几个假期之外，汪顺坚持了十几年。特别是当他年龄增大，成为队内的老将后，他用实际行动给年轻队友做出了示范。

念念不忘，必有回响。如今，等待了 9 年的金牌终于“落袋”，汪顺也不禁感慨万千：“我觉得这是对我的磨炼吧。虽然晚了点，但是它总算来了。”这一次，他没有再给自己留下遗憾：“再多的话也抵不过一句——真的是值了。”

尽管已是中国游泳队里年龄最大的队员，但 27 岁的汪顺并不打算把东京奥运会作为自己竞技生涯的终点。“2024 年巴黎，我们一定还会再相见！”

直挂云帆济沧海

解放军报　仇建辉

扬帆远航，一枝独秀。

7 月 31 日，东京奥运会帆船帆板项目决出首枚金牌。在女子帆板 RS∶X 级比赛中，中国选手卢云秀在奖牌轮拿到第三名，最终以净得分 36 分勇夺中国帆板项目奥运史上的第二金。上届奥运会冠军、法国选手皮孔虽然在奖牌轮拿到第一，但仍以 2 分之差获得亚军，英国小将威尔森以净得分 38 分获得铜牌。

由于在国内的普及度不高，很多人可能对帆板运动并不太了解。帆板运动起源于夏威夷群岛，1981年成为奥运大家庭的一员，1984年洛杉矶奥运会第一次将帆板列为正式比赛项目。帆板不仅考验运动员的体力和耐力，还非常讲究技巧，需要运动员充分掌握比赛规则，并灵活运用各种战术，更要具有感知风向和速度变化的能力。在比赛中，运动员在掌握好帆板的平衡、速度和路线外，还得时刻关注竞争对手的比赛情况。

什么是帆板 RS∶X 级？ RS∶X 是一种制造帆板的材料，2004 年 11 月取代之前的米氏板，被世界帆联选为奥运会男女帆板的比赛器材。它从 2008 年北京奥运会开始使用，直至东京奥运会。值得一提的是，2024 年巴黎奥运会上帆板 RS∶X 级将被水翼帆板取代。

帆板的比赛规则也比较特别——女子帆板 RS∶X 级比赛共进行 13 轮，前 12 轮比赛中选取成绩较好的 11 轮（即去掉最差一轮的成绩）来计算每条船的名次。每一轮成绩采用低分计分法：第一名得 1 分，第二名得 2 分，第三名得 3 分，以此类推。每条船在每一轮比赛中的成绩得分相加，就是该船的总成绩。总成绩得分越少者名次越靠前，12 轮系列赛过后，前 10 名进入到奖牌轮的争夺。奖牌轮的得分加倍，第一名得 2 分，第二名得 4 分，以此类推。最终，系列赛和奖牌轮的分数相加，总得分最少者获得冠军。

虽然帆板运动在国内并不算普及，但女子帆板 RS：X 级却一直是中国队的传统强项。殷剑曾在北京奥运会上勇夺该项目的金牌，陈佩娜曾在里约奥运会中夺得银牌。东京奥运周期里，中国选手在男子和女子两个小项上均获得过世界冠军，其中卢云秀是 2019 年世锦赛冠军。

夺冠后，来自福建的姑娘卢云秀，也成为继殷剑之后，中国帆板项目的第二位奥运冠军。

1996 年，卢云秀出生在福建漳浦的一个农民家庭。小时候身体素质出色的她，一开始练习田径。13 岁，进入省体校后，她误打误撞地被送去练习帆板。经过一段时间的接触，卢云秀发现帆板项目并不像想象中那样有趣。虽然此前练习中长跑也不轻松，但帆板队的体能训练、海上拉帆等还是让她吃了不少苦头。没多久，这个 14 岁的小姑娘手上就长满了茧子。卢云秀也曾打过退堂鼓，尤其是当她在人生的第一场正式比赛中就拿了个倒数第一，这让她有点怀疑自己是不是练习帆板的那块料。

但骨子里不服输的劲头，让卢云秀坚持了下来。经过几年的苦练，卢云秀终于实现了人生的第一个梦想：敲开国家队的大门。

进入国家队后，随着训练质量提升和参赛经验增多，卢云秀在 2019 年迎来了爆发。2019 年初，她在国际帆联世界杯美国迈阿密站上夺冠。8 月，在国际帆联世界杯日本站的比赛中，她再度站上最高领奖台。9 月，她在意大利举行的世锦赛中拿到金牌，成为世界冠军。如此上佳的状态，让很多人对她的东京奥运之行充满期待。

果然，她在东京如愿站上世界之巅。

同一天，男子帆板比赛中也传来好消息——以第五名进入到男子帆板RS：X级奖牌轮争夺的中国选手毕焜，在奖牌轮第四个撞线，成功逆转拿下铜牌，创造了中国男选手在奥运会帆板项目中的历史最好成绩。

一金一铜，携手创造历史。中国帆板人今日的荣耀，值得被铭记。中国帆板运动的未来，一定会更好。

中国“苏”度惊艳世界

解放军报　仇建辉

9秒83。

小组第一，新的亚洲纪录，首次杀进奥运会百米决赛。苏炳添激情怒吼，疯狂庆祝。

今晚，32岁的苏炳添创造了历史——中国田径的历史、亚洲人的历史。

2021年8月1日，注定将会是被中国田径永远铭记的一天。东京奥运会田径赛场，苏炳添在男子百米飞人大战半决赛的第三小组出场，结果他以9秒83打破亚洲纪录，排名小组第一闯进决赛，成为亚洲历史第一人。

两个小时后的决赛，8位全世界跑得最快的男人站在同一起跑线上。最终，苏炳添发挥不俗，以9秒98获得第6名。尽管未能更进一步站上领奖台，但这已是亚洲人在奥运会百米比赛中的最好成绩。“后博尔特时代”的首枚奥运会百米金牌被意大利名将雅各布夺得，成绩是9秒80。

中国“苏”度，今夜惊艳了世界。

田径，作为运动之母，历来是大型综合性运动会最受热捧的项目。而男子百米飞人大战，则被誉为“皇冠上最璀璨的明珠”，是田径赛场的点睛之笔，万众瞩目。

几十年来，百米直道一直是人类不断挑战极限、突破自我的赛场。在这里，“博尔特们”一次又一次地冲击着人类的极限，前赴后继、永不放弃。

奥运会男子100米决赛，可能只有短短的10秒钟，但一直以来都是欧美人的天下。

然而，竞技场上的“不可能”就是用来打破的。今夜，苏炳添就打破了这一垄断，成为第一位站上奥运会百米决赛的亚洲人，为亚洲田径书写了新的历史。我们曾无数次幻想过的一幕，如今终于梦想成真。苏炳添的突破，让我们无比震撼。

中国“苏”度，正在强势起飞。一个亚洲百米运动员，保持了近 10 年的顶尖水平，并在奥运会赛场的巅峰对决中跑出个人历史最好成绩，这意味着什么？勤奋、汗水、毅力、勇气、天赋、专业、团队、科技……缺一不可。

一步一个脚印，苏炳添这些年走得格外踏实。作为中国短跑的标志性人物，苏炳添从 2015 年开始不断刷新历史。2015 年 5 月，他在国际田联钻石联赛美国尤金站跑出 9 秒 99 的成绩，成为首位打开 10 秒大关的中国人。2015 年，北京田径世锦赛上苏炳添又一次跑出 9 秒 99，成为首位站上世锦赛百米决赛跑道的亚洲运动员。2017 年，苏炳添在国际田联钻石联赛上海站中勇夺男子百米冠军，创造中国田径的历史。2018 年，苏炳添在国际田联世界挑战赛马德里站中又以 9 秒 91 强势夺冠，追平了卡塔尔归化选手奥古诺德保持的亚洲纪录。

此后，苏炳添虽然遭遇了伤病困扰，但他在 2019 年多哈世锦赛上伤愈归来，通过比赛逐渐找回状态，全力备战东京奥运会。2021 年 4 月，苏炳添在全国田径邀请赛上跑出 9 秒 98，显示出不俗的状态。6 月，他又在国内的奥运会选拔赛上，跑出 9 秒 98 的成绩并夺冠。在东京奥运会前夕，苏炳添连续爆发，让我们对他的东京之行颇为看好。

等了好久终于等到今天，梦了好久终于把梦实现。苏炳添说：“9 秒 83 进决赛，我觉得已经完成了自己的梦想。”

接下来，苏炳添将和队友一起，全力冲击东京奥运会男子 4 × 100 米接力赛。他唯一的目标就是——站上领奖台，用一枚奖牌，为自己的东京奥运会之旅画上一个圆满的句号。

一骑绝尘

解放军报　马晶

身披国旗，戴着“凤凰”头盔，钟天使和鲍珊菊放慢速度绕场骑行一圈，享受着胜利的喜悦。

8 月 2 日，东京奥运会场地自行车项目展开争夺，中国组合钟天使 / 鲍珊菊在女子团体竞速赛中以 31 秒 895 的成绩战胜德国组合，摘得金牌，为中国体育代表团拿到了东京奥运会的第 28 金。值得一提的是，在此前进行的第一轮争先赛中，中国组合以 31 秒 804 的成绩打破了由中国队在里约奥运会上创造的奥运会纪录和世界纪录。

场地自行车女子团体竞速赛，一直是中国自行车队的传统优势项目。在奥运赛场，中国自行车队在这个项目上扎实耕耘，从伦敦奥运会的银牌，到里约奥运会站上最高领奖台，再到东京奥运会成功卫冕，中国自行车队捍卫了自己在女子团体竞速项目上的王者地位。

5年前，里约奥运会的赛场上，戴着印有“穆桂英”和“花木兰”京剧脸谱图案头盔的中国组合宫金杰/钟天使备受瞩目。最终，她们不负众望，不仅在奥运赛场上展示了中国女性的巾帼风采，又以破奥运会纪录和世界纪录的成绩，实现了中国场地自行车项目奥运金牌“零的突破”。

这场比赛，也为钟天使赢得了“花木兰”的称号。

然而，在东京奥运周期里，“花木兰”遇到了很多意想不到的困难和挑战。相比于里约奥运会前，包揽亚运会、世界杯、世锦赛等一系列世界大赛的女子团体争先赛冠军，钟天使在东京奥运会周期的成绩要逊色不少。

随着搭档宫金杰淡出赛场，钟天使不仅更换了搭档，还遭受了伤病困扰，无论是在团体项目还是在个人项目上，她的成绩都不算理想。

困境中，钟天使更换了头盔的图案。在2018年雅加达亚运会上，我们看到她戴上了印有金色凤凰图案的头盔。

涅槃重生，正是钟天使对自己的期待。

东京奥运会延期，又给她带来了新的挑战，“一开始是有些迷茫，训练也不像之前那么有激情，心气儿一下子就下来了”。不过，在团队的帮助下，她经过短暂的调整，很快就平复了自己的情绪。再加上伤势在2021年有所好转，钟天使备战东京奥运会的心态更为放松。

夺冠后，钟天使表达了对团队的感激：“从里约奥运会后，我的膝盖和腰不间断地出现问题，对我来说很艰难。但是很庆幸，我们这个团队给了我很多帮助和支持，让我度过了最艰难的时刻。”

5年后，当初那个站在大姐姐宫金杰身边的小妹妹，已经成长为中国场地自行车队的领军人物。

备战时，年轻队员鲍珊菊得知自己要和奥运冠军钟天使搭档，心情十分激动：“上一次在电视机前目睹天使姐夺冠，我们这些小队员都非常振奋。如今，能和她并肩站在奥运赛场上，我真的非常自豪。”

初登奥运赛场，紧张在所难免。资格赛结束后，鲍珊菊还因为自己的失误而自责落泪。赛后，她说是因为担心自己的失误影响团队的成绩，不由自主地流下了眼泪。作为队友，钟天使在第一时间就发现了鲍珊菊情绪上的起伏：“我就安慰她这只是资格赛而已，不代表什么，要把最好的状态留到决赛。在后边第一轮争先赛和决赛中，她也把自己的状态调整过来，激发了潜能，我为她感到骄傲。”

第一次参加奥运会就站上最高领奖台，看着国旗升起、听着雄壮的国歌声，鲍珊菊又一次流下了激动的泪水。这一次，泪水中饱含着幸福。“我感觉就像是在做梦。能拿到金牌，真的特别开心！”24 岁的鲍珊菊，也象征着中国自行车运动的未来和希望。

“人生最精彩的不是实现梦想的瞬间，而是坚持梦想的过程。”中国自行车队出征东京前，钟天使和队友们分享了她的座右铭。坚守梦想，方能遇见最美的自己。对于钟天使和中国自行车队的队友来说，他们在赛道上追逐梦想的样子，最美！

征服奥运舞台，我最酷

中国体育报　袁雪婧

“不只是金牌，我还要新世界纪录。我只想在奥运会上破纪录，这就是我。”7 月 28 日晚，石智勇以总成绩 364 公斤刷新男子举重 73 公斤级世界纪录，创造了东京奥运会开赛以来举重赛场的第一个世界纪录。

他要做赛场上“最酷的人”

石智勇一登场，大家就被他的形象逗乐了：额头正中心有三道红杠，特别显眼。“我都变成红孩儿了。”他赛后笑着说，他中暑了。“太阳很晒，我刚降完体重，人有点晕。比赛前队医给我掐脖子和额头，他说‘掐狠一点你就不晕了’。”

果然，被掐得神清气爽后，赛场上那个霸气的石智勇回来了。抓举三把试举 158、163、166 公斤全部成功，石智勇带着领先第二名 10 公斤的优势进入挺举。在挺举开把 188 公斤成功后，他对着台下的中国举重协会主席周进强喊了一句“要不要加 198？”之所以有这个举动，是因为加到 198 公斤举起来，石智勇就能直接打破由他本人保持的世界纪录。

“我喊了之后台下没有反应，我就下去了。”石智勇的幽默逗笑了记者，“教练和我商量，说如果 198 公斤没起来，对手加到 199 公斤举起来会绝杀掉我。所以考虑了一下，第二把要 192 公斤稳一把比较好。”赛后，石智勇详细复盘了比赛战术，但是在他举起 192 公斤后，裁判因为极其微弱的一个屈肘动作判罚他试举失败，这激起了他的斗志。“被判了之后我很不爽，我对教练说就加 198 公斤，我有信心。”

结果，石智勇稳稳举起 198 公斤，台下沸腾。只见他试举成功后坐在杠铃上，伸出两个食指比出“第一”的手势。“我只有在破世界纪录时才会做这个动作。因为破纪录后，我征服了这个重量，征服了这个舞台。我觉得很酷。”他说。

“我给自己预留了新世界纪录”

东京奥运周期，石智勇有多强大？在他参加的国内外全部比赛中，从未输过。仅 2019 年一年，石智勇就让自己的名字在 73 公斤级世界纪录栏跳动刷新了五次。

“改级别对我是很好的事情，我有了很多机会去刷新纪录。我对现在的纪录还不满意，总成绩只有 363 公斤，我心里的目标是把这个纪录提升到 370 公斤。”2019 年底采访石智勇时，他就对记者袒露过“野心”，“不知道 370 公斤能不能举起来，但我会朝这个方向努力。我希望退役那天，能把这个重量完成。”

363 公斤的世界纪录，是石智勇在 2019 年芭提雅世锦赛上创造的。此后，2019 年天津世界杯赛、2020 年全国锦标赛、2021 年塔什干亚锦赛，石智勇多达三次让自己的总成绩追平 363 公斤这一世界纪录。

“我有一点特意为之的嫌疑。我就是要给自己预留一个能在奥运会上刷新世界纪录的空间。”赛后，石智勇承认了自己有“预谋”实施在奥运会上破纪录的举动。这从侧面印证了他的强大。“训练中，我经常会在 360 至 370 公斤的重量区间里不断去举，363 公斤已经印在了我的脑子里，我的肌肉也有了记忆。所以这个区间里的所有重量，我都有信心在比赛中把它举出来。”

孤独求败的背后：“我很难”

石智勇是怎么做到孤独求败的？有两个出自他自己的“金句”，基本可以解释。第一个是：“这杠铃对我不太友好，太重了，不像在比赛时那么轻。”第二个是：“为什么比赛时我可以那么疯狂？因为上台之后我就不把自己当人看，哈哈。”

训练中的石智勇，总觉得“杠铃太重”，“可能大家在台上会看到我比较光鲜霸气的一面，其实台下挺难的”。十几年举重生涯下来，常年训练导致他的劳损性伤病特别多。“大概从2013、2014年我的腰就受过伤，有时候几个月没办法系统训练。所以我比较敏感，训练中我对自己的把控特别清晰。”尤其是过去的一年，石智勇过得很难受。“从思想上只准备到2020年，完全没想过因为疫情多出了一年。可能精神上有些疲劳，这一年中一系列伤病全出来了，不是这里痛就是那里痛。”

和里约奥运会夺冠前相比，石智勇大了5岁。东京奥运周期的备战，真的没有在赛场上表现得那么云淡风轻。“2016年时我年轻，伤病没那么多，关注度也没那么高。这一次，大家的期望值很高，有一点风吹草动都被看得一清二楚，这对我来说也是一个很大的压力。最好的释放方式就是通过比赛展现自己，拿出成绩告诉大家：我还能行。”

虽然一身伤病，训练不够系统，但石智勇能对自己做到心中有数。“我对自己身体的认知和感知能力比一般运动员强，我很敏感。我的上限很高，最好的训练成绩能达到抓举170、挺举205公斤，这让我有足够的信心。”对训练节奏的把控、对自己能力的认知都清晰无误，而且一到赛场，石智勇就能豁出一切去拼。“在赛场上，我的脑子里没有什么杂念，除了拼就是拼。不管眼前是什么重量，我都要把它举起来。如果把我们比喻成老虎，训练就像被关在笼子里，一到比赛我就像被放归大自然，那种野性就出来了，这就是我比赛中的状态。一比赛我就野了。”

石智勇就像一个“学霸”，平时好像不怎么用功，一到考试就拿满分。

东京之后期待“下一站天王”

6月23日，距离比赛一个月，石智勇在一次冲击抓举170公斤时，拉伤了下肢后群肌肉。“一周之内，我的体重从 77 降到 74 公斤，那阵子压力很大，吃不好睡不着。东京奥运会是我赛前压力最大的一场比赛，也是最没信心的一次比赛。”赛后石智勇表示，国家举重队强大的保障团队，帮助他及时化解了危机，完成了在奥运会上夺冠破纪录的目标。

“我们整个团队付出了很多。国家对我们的保障力度非常大，国家举重队每个参赛运动员基本都有教练、助教、队医等在内差不多 4 名保障人员跟着，这也是我们能取得好成绩的重要原因。举重名宿也曾经是我师父的占旭刚，也给了我至关重要的精神鼓励，他说‘精神不崩，意志不垮，你就还会是奥运冠军’。”

东京会是石智勇的终点站吗？也许不是。再过三年，巴黎奥运会将如期而至。“虽然一身伤病，但我想我可能还会尝试去坚持试试。我的身边就有这样的榜样，现在的运动员过了 30 岁也都还可以创造巅峰。”

两届奥运会冠军、大满贯得主、世界纪录“收集狂人”，石智勇的坚持只因单纯喜欢举重。“我小时候在一个希望小学读书，家乡太穷了，一个班 50 多个学生，交得起学费的不超过 10 个。我父母很能吃苦耐劳，两个人种 13 亩地养活我们两兄弟，用种田的米碾碎去卖来的钱交学费。”石智勇说，举重带给他很多，让他充满感恩。“在家乡和我同龄的很多人现在在工厂打工。如果没练举重，我现在也不知道在做什么。所以，我打心底里，还想为举重事业奋斗下去。”

石智勇

巩立姣21年等待终圆梦

所有的坚持都值得

中国体育报　于帆

“一投定乾坤！”8月1日，东京奥运会女子铅球决赛，中国名将巩立姣投出20米58的个人最佳成绩强势夺冠，展现了“中国力量”。这是巩立姣职业生涯的首枚奥运金牌，也是中国田径队在本届奥运会收获的第一枚金牌。

北京奥运会摘铜、伦敦奥运会摘银、里约奥运会获得第四名，第四次征战奥运会的巩立姣，终于在东京一圆奥运会金牌梦！夺冠后，巩立姣在赛场高举五星红旗大喊“中国最牛”的画面，感人又震撼！

脸上总是挂着灿烂笑容的巩立姣，在比赛结束的那一刻激动地潸然落泪，这一刻她等了太久太久。“我做到了，2021年是我练铅球的第21年。人一定要有梦想，万一实现了呢，我就实现了。”巩立姣动情地说。

作为中国田径的旗帜性人物，巩立姣曾在赛场内外收获过无数殊荣，但她不曾止步，一直怀揣梦想——站在奥运会的最高领奖台上。

“这是我的巅峰时期，只要我保持竞技状态，不出伤病，东京奥运的金牌已经抓住一半了。”这是东京奥运会前巩立姣的一番豪言。对她而言，任何赞誉都比不上奥运冠军这份荣耀。而如今，一切都成为现实，她在东京将这枚金牌牢牢抓在手中。

对巩立姣而言，这21年她的初心始终未曾改变。21年，她只爱铅球这一条路。东京奥运会前，巩立姣说，“我就是为铅球而生的，从11岁开始练习，已经投了21年了，但我还没有实现我的梦想，我的梦想就是拿下东京奥运会金牌”。

四届奥运会，金、银、铜三枚奥运会奖牌让她的运动生涯无比精彩。从2008年北京崭露头角，到2021年东京梦想绽放，一路走来，并非坦途。走上梦想之路也就意味着要面对难以躲避的荆棘，作为四度参加奥运会的老将，以往的奥运之旅，对于巩立姣而言充满遗憾。

2008年北京奥运会，当时19岁的巩立姣出战女子铅球，遗憾获得第五名，但因为有选手被查出违规，巩立姣递补获得铜牌。2012年伦敦奥运会，巩立姣投出了20米22米的不俗成绩，可惜仅获得第四名，而很快有选手违规金牌被收回，巩立姣第四名变成铜牌，再之后递补银牌。2016年里约奥运会，巩立姣只掷出19米39，无缘前三，这与她当年年初20米43的成绩相距甚远，对职业生涯刚刚迈入巅峰期的巩立姣来说是不小的打击。不过，这次失利并没有击倒巩立姣，反而让她变得愈发强大，一年后的伦敦世锦赛，巩立姣技压群芳，创造历史，在女子铅球领域正式开启了属于巩立姣的时代。

行百里者半九十，越接近成功，越不能放松对自己的要求。巩立姣深知这一道理，即便近两个赛季因疫情无法出国参赛，但在国内赛场她依旧拼尽全力，“自己跟自己比”成为她的口头禅。

久违的大赛氛围让巩立姣格外兴奋，资格赛“10秒下班”的情景再一次让世人见识到了中国投掷的威力。带着期待与自信，巩立姣8月1日上午终于站在了东京奥运会女子铅球决赛的场地上，这里有她的老对手新西兰名将亚当斯，还有来自美国和葡萄牙等国家的众多实力派选手。如此场面对巩立姣而言宛如一场梦，在决赛前一晚，她甚至久久不能入睡，一直在回想自己的技术动作。

比赛中，巩立姣没有丝毫手软，最后两掷两次刷新个人最佳，并最终夺冠。那一句霸气的“China，牛！”也注定将成为永载中国田径历史的经典瞬间。“我们这个项目（铅球）一直是个冷门项目，我一直在用热情把这个冷门项目带火，今天我做到了，我想证明的是现在是我们中国的时代，是我们中国女子铅球的时代。”

走下赛场，巩立姣恨不得马上就举行颁奖仪式，“我现在最想的就是在这片场地升国旗奏国歌，唱《义勇军进行曲》”。

“值得了，所有的坚持都值得了。”巩立姣坦言，东京奥运会宣布延期的那一刻，她就有这枚金牌已经拿到手里了结果突然掉地上的那种感觉。“这对运动员来说太难了，尤其是我这样不再年轻的运动员。”

夺金这一刻，所有的情绪都得到肆意释放。有坚守梦想的汗水，有弥补遗憾的泪水，这一刻交织在一起，成就一种最炽烈的情感，正如金牌的颜色。

巩立姣常说，“没有一枚金牌是随随便便就可以得到的”。这位 32 岁老将的坚持和努力、执着与梦想，还有积极和乐观，终于换来了等待已久的奥运金牌——这枚金牌是对巩立姣所付出一切的肯定与褒奖，但并不是她在铅球生涯的终点。巩立姣表示，只要祖国需要，就会一直练到练不动为止。这是老将的担当，更是老将的传承。

巩立姣

中国速度　没有极限

中国体育报　于帆

“在好运的时候把握住，努力冲上去。运气差的时候咬紧牙，努力撑过去。”这是苏炳添在个人微博简介中的一句话，熟悉或了解苏炳添的人对这句话一定深有体会，他能够一次次突破极限，创造历史绝非偶然。回看苏炳添的运动生涯，不难发现他的成功之路并非一帆风顺，但凭借对速度的追求与执着，让他最终跑在了所有人前面。

认定的目标，就一定要做到

因为身高原因，苏炳添最早出道并不被看好，但苏炳添却从不相信什么是“命中注定”，他觉得别人能做到的他也能做到，在训练中他比其他人更加专注，甚至不惜加练，终于在他的不懈努力下，他一步一个脚印地从校队来到了省队。初登全国比赛是在2006年，那时的苏炳添刚满17岁。

在国内摸爬滚打几年后，苏炳添开始走进人们视野是在2011年，那一年他以10秒16打破了男子100米全国纪录，并获得了2012年伦敦奥运会参赛资格。来到伦敦后，苏炳添再接再厉，他在百米预赛中跑出10秒19的成绩，闯入半决赛，他也因此成为中国短跑史上第一位晋级奥运会男子100米半决赛的选手。一年之后，他又跑出10秒06，再次刷新个人最佳成绩。这在当时已经被看作是苏炳添的极限，毕竟很少有人敢想能跑进10秒。

但苏炳添敢想，只要他认准了一件事，就会拼尽全力去做，跑进10秒就是苏炳添的目标。时间来到 2015 年，在 5 月底进行的国际田联钻石联赛美国尤金站比赛男子 100 米决赛中，苏炳添跑出 9 秒 99 的成绩获得第三名，成为真正意义上首位跑进 10 秒关口的亚洲本土选手。

虽然一切看起来非常顺利，但苏炳添深知这个 9 秒 99 到底有多么来之不易。在此之前，为了提高成绩，苏炳添更改了起跑的技术动作，他曾说过，"在改变技术的过程中，我一度以为自己不会跑了，但既然坚定了前进的方向，就一直在努力坚持着超越自己"。在最开始的阶段，苏炳添的成绩不进反退，但他没有怨言，更没有慌乱，努力地完成每一堂训练课。功夫不负有心人，苏炳添最终说到做到，他如愿跑进了 10 秒，第一次在世界面前展现"中国速度"。

自律让年龄不再是障碍

跑进 10 秒三个月后，在当年 8 月进行的北京田径世锦赛上，苏炳添再次创造历史，他不仅个人闯进男子 100 米决赛，还帮助中国队拼下一枚接力银牌。收获银牌的那一晚是苏炳添的 26 岁生日，鸟巢数万观众为他齐唱生日歌的一幕成为了经典。这一系列成就对于一名中国短跑运动员而言已足够留名历史，不少人都觉得苏炳添该退役了，毕竟随着他年龄的增长，身体机能也会随之下降，不如急流勇退。

2017 年天津全运会百米决赛不敌谢震业后，年龄的压力加上 9 秒 99 的瓶颈始终无法突破，让苏炳添萌生了退役的想法。赛季结束后，苏炳添回到广东老家，同相识已久的恋人举办了一场浪漫的婚礼。不过，深思熟虑后的苏炳添并没有轻易放弃短跑，婚后没过多久就重新回到了训练场。那年冬天，他做出了足以改变他之后人生轨迹的决定，跟随国家队跳远组外教兰迪·亨廷顿进行训练。

兰迪在接手苏炳添后，根据他的体能状况和技术特点为他量身制订了一整套训练计划。苏炳添在实际训练后，确实感受到自己仍有上升空间。

退役的想法逐渐烟消云散，取而代之的则是崭新的目标：创造更多可能。经过一整个冬训的磨合和调整，重新出发的苏炳添又一次让人眼前一亮，他在 2018 年彻底迎来爆发。

2018年初，苏炳添三破室内60米亚洲纪录，并登上世界大赛领奖台。同年6月，苏炳添两次在百米比赛中跑出9秒91，追平亚洲纪录。两个月后，他又在雅加达亚运会中以9秒92打破亚运会纪录的成绩夺冠。一时间，苏炳添的速度无人不知，无人不晓。

这时的苏炳添已经29岁，在本身身体条件不占优的前提下，苏炳添依旧能够突破瓶颈，取得如此成就，还在于他的自律。为了保持身体状态，他从不乱吃东西，甚至连果汁也不会喝，即便是与家人聚会。在作息时间上，苏炳添更是数年如一日，晚上十点准时关手机睡觉。苏炳添的自律让他开启了属于自己的短跑时代。

中国速度　没有极限

雅加达亚运会结束后，苏炳添决心为下一个梦想——奥运会而努力，他渴望站上奥运会决赛的赛道，他在当时预言自己的极限应该在 9 秒 85 左右。就在他满怀期待开始备战东京奥运会时，他的背部伤病阻碍了他的训练计划，再加上 2020 年大年初一场突如其来的疫情让东京奥运会推迟一年，这对已过而立之年的苏炳添来说无疑雪上加霜。从伤病到疫情，苏炳添有 500 多天没有参加正式比赛。苏炳添还行不行？苏炳添奥运会能跑进 10 秒吗？越来越多的疑问在人们心中产生。

苏炳添还是那个苏炳添，他不会因为困难止步不前，他曾说过一句话，“其实无论在什么比赛，对手并不可怕，往往人要挑战的是自己本身”。面对枯燥的训练和长时间没有比赛的空档，苏炳添不断改进技术，尝试再次突破自己的极限。从起跑到终点，苏炳添需要跑 47 步半，他在训练中力求把每一步都做到完美无缺。正是这样的苏炳添，在本赛季回归后，用两个9秒98打消了所有人的顾虑。

东京奥运会男子100米预赛，苏炳添强势晋级，他自信回头的那一瞥，仿佛王者归来。隔天进行的半决赛，苏炳添一骑绝尘，跑出了9秒83新的亚洲纪录，同时以小组第一的身份晋级奥运会决赛。成绩出现的那一刻，苏炳添在终点肆意呐喊，这声声呐喊不仅是个人情感的宣泄，更凝聚了中国几代短跑人的梦想。

更让人惊讶的是9秒83成绩本身，它将原亚洲纪录提高0.08秒。“超常发挥，从来没想过自己能跑出这个水平。”苏炳添在赛后说道。对于一名短跑运动员而言，成绩每提升0.01秒都意味着要挑战一次极限，而将近32岁的苏炳添究竟为此付出多么巨大的努力，恐怕只有他本人最清楚，“当时开心到想哭，不过没哭出来，我的身体告诉我后面还有一枪决赛”。

决赛一触即发，当镜头对准苏炳添时，只见他右手拉起左肩，手指向胸前醒目的“CHINA”，在这个万众瞩目的时刻，他向全世界宣告：我来自中国，我是中国人！最终苏炳添以9秒98第六名的成绩结束了这场飞人大战，虽然没能收获奖牌，但他的成就不逊色于任何一枚金牌。用他自己的话来说，“今天是我一辈子最好的回忆”。

9秒83，这是足以让中国乃至亚洲短跑迈入新纪元的成绩，不过苏炳添并不认为这是中国速度的极限，在返回国内隔离期间接受央视《面对面》栏目采访时，他表示亲身经历过才知道，未来还有空间，还能够提高，“亚洲人的极限？根本没有极限之说”。

苏炳添之所以这样说，是因为他的经历就是最好的诠释，跑进10秒，他做到了；跑进世锦赛决赛，他也做到了；跑进奥运会决赛，他又做到了。曾经鲜有人敢想的情景，现在一一变为现实。苏炳添希望自己的成功经验能够被更多年轻选手借鉴，他认为中国短跑近几年进步很大，涌现出了一批有潜力的新人，而他们心中应该有更高远的志向。至于自己，苏炳添说暂时不会定下具体的目标，他现在只想快乐的享受田径，“只要我还能跑，就肯定一直跑下去”。

苏炳添

陈雨菲用冠军证明女单重新崛起

中国体育报　周圆

“中国女单做到了！我做到了！”夺得奥运金牌后，陈雨菲朝着镜头反复指着胸前的国旗说道。时隔9年国羽女单再次站上奥运之巅，陈雨菲霸气宣告：“这个冠军证明了我们中国女单的重新崛起。”

1998年出生于浙江的陈雨菲说自己不是“天才少女”。在升入国家队之初，她还曾被退回过浙江省队。因为进入国家队后，陈雨菲竟然输给了一位省队选手，导致她心情很沮丧。后来经过努力，在三个月后的调赛中她又赢得了比赛，重新回到了国家队。

从小陈雨菲总赢不了和自己年龄相仿的何冰娇，对阵中国台北名将戴资颖她也遭遇了11连败。“她们真的是天才，但是赢不了的时候，就是自己还没有达到那个水平。”面对“天才少女”，陈雨菲唯有不断努力。

虽然不是“天才少女”，但一路走来，陈雨菲都是一直在不断实现突破的人。2016年世青赛，她夺得冠军，这是自2007年之后，时隔9年，中国女将再次夺得世青赛女单金牌。

里约奥运会后，国羽女单进行了新老交替，刚刚升入国家一队没多久的陈雨菲被推到了前台。而那时，陈雨菲只是一个大大咧咧、没心没肺的不到20岁的小姑娘。2018年尤伯杯，作为国羽女单第一主力输球时，陈雨菲被触动到了，她觉得自己不够好，没能为队伍承担起重任。然而也正是这次失利，让陈雨菲迎来了蜕变，曾经总是“无所谓”的她，开始渴望胜利。“比赛再没有状态，也不想随随便便就输球。”

2018 年 11 月中国（福州）公开赛上，陈雨菲捧起了自己第一个超级 750 赛冠军，打破了中国女单两年没有在高级别赛事中摘金的“魔咒”。整个 2018 年，陈雨菲的战绩是“一轮游”2 次、八强 5 次、四强 3 次、决赛 5 次、金牌 1 次。2019 年她迎来了爆发，一年斩获 7 冠，并在年底登上了世界第一的位置。在逆境中成长的陈雨菲变得越发强大。

作为一名首次参赛奥运会的运动员，即使是身为 1 号种子，陈雨菲都是抱着冲击的心态去面对每一场比赛。她一路过关斩将到了决赛。

决赛陈雨菲面对的对手是戴资颖，双方此前交手战绩，陈雨菲 3 胜 15 负。这场决赛同样激烈，双方打满三局，最后一个球，双方进行了 40 多拍的较量，当戴资颖回球下网的那一刻，陈雨菲趴在了地上。“当时太多拍了，我也不记得自己做了什么，感觉就是很兴奋，想着我赢了。”回忆夺冠的那一刻，陈雨菲大脑一片空白，“很开心，也很难以置信，冠军幻想过，但是想要拿到是非常不容易的，还是要做好过程”。

能够获胜，陈雨菲赢在了心态好。“以往战绩我输的比较多，没有太多的压力，尽力去拼，怀着多拿一分是一分的心态。我一直以来都把戴资颖当作一个目标、训练的动力，慢慢地取得突破。”

回顾比赛过程，陈雨菲说第二局比较可惜，前 11 分还是领先，后面有些着急，犯了一些错误。第三局当自己领先的时候，告诉自己别太着急，但对手的球很有威胁、很凶，陈雨菲一直丢分，也有一些急，但尽量让自己冷静。而当自己体能下滑的时候，她告诉自己：在场上不要放弃，不管遇到什么困难，都去坚持，想办法解决，不轻易放弃。

决赛中，相对戴资颖，陈雨菲的失误更少，表现更稳定，然而这就是陈雨菲的打法特点。“我是偏稳定型打法的，怎么去把自己的特点发挥到极致，是我努力的方向。”谈到东京奥运会周期自己的进步，陈雨菲表示。

拿到冠军，陈雨菲想起了东京奥运会周期一路走来，国羽女单的艰辛和不容易。“2016年以后，我们女单遇到的困难很多，2018年尤伯杯上，我们女单组都输球了。今天能站在领奖台上是对中国女单的肯定，也是对自己的肯定。用这个冠军证明了我们女单重新崛起。”

夺冠后，陈雨菲和国羽女单组主管教练罗毅刚热情拥抱，看台上的国羽单打主教练夏煊泽挥拳庆祝。“我的成长要感谢罗导、夏导还有张导（张宁）等很多教练，他们帮助我从逆境中走出来，这个荣耀属于我们所有人。”陈雨菲说。

8月1日，《义勇军进行曲》又一次在东京武藏野之森综合体育场奏响。看着国旗升起，听着国歌奏响，陈雨菲心怀感激和自豪。“从疫情开始以来，国家给了我们很好的保障，我很开心自己能生在中国，因为有祖国的保障，我们的训练每天都非常有效果，也举办了模拟赛，最终才有我在赛场上的发挥。”

走下赛场，23岁的陈雨菲也有孩子气的一面。训练中，她不喜欢跳绳，遇到就想躲避，但是每次她都认真完成。这次陈雨菲换了一个全新的发型亮相东京，记者问起，她一脸得意道：“怎么样，还可以吧！”夺冠后的新闻发布会上，刚进新闻发布厅坐下来，她就开始研究起麦克风。问起夺冠以后想怎么庆祝，她笑言：“可以买点东西奖励一下自己。”

总结自己的首次奥运之旅，陈雨菲说赛前只是抱着尽力去打一场是一场，多拿一分是一分的目标去做，能够坚持到最后，她很开心，也是对自己的肯定。

一个奥运冠军只是开始，23岁的陈雨菲还很年轻，她说自己也会尽最大努力，为中国女单争取更多荣誉。展望未来，她希望和其他人一起努力，继续在巴黎展现国羽女单的风采。“走下领奖台从零开始，还是要踏实走好每一步。”陈雨菲说。

陈雨菲

金牌夫妻庞伟杜丽逐梦东京

中国体育报　扈建华

2019 年复出，东京奥运会拿下 1 金 1 铜，四战奥运收获 2 金 2 铜，这是庞伟；东京奥运会首次以教练员身份出战，带领弟子拿到金牌，作为运动员四战奥运拿到 2 金 1 银 1 铜，这是杜丽。

东京奥运会中国体育代表团中，庞伟、杜丽是十分引人关注的一对，不仅是他们的身份，更因为他们在奥运赛场上取得的成就。这一切的背后，是他们对射击项目的执着、对事业的奉献、对梦想的坚持和对祖国培养、为国争光的深刻理解。

“原来的计划里没有东京奥运会”

2004 年雅典奥运会，杜丽为中国体育代表团拿下首金，一战成名。不过在 2008 年北京奥运会，背负了沉重压力的杜丽在争夺首金时折戟。随后 22 岁的庞伟在男子 10 米气手枪比赛中拿下金牌。“丽姐，加油！”在杜丽最伤心的时候，庞伟支持鼓励着她。随后的女子 50 米步枪三姿比赛，杜丽收获金牌。在这届奥运会上，两人同时成为冠军。

北京奥运会之后，庞伟、杜丽喜结连理，并有了可爱的儿子。为备战伦敦奥运会，杜丽在儿子6个月大时再次走进射击场。这对任何一位母亲来说都是艰难的决定，那时的杜丽，一提到儿子就掉眼泪。在伦敦奥运会上，杜丽排名资格赛第13位，无缘决赛。

2016 年里约奥运会，第四次以运动员身份出战奥运会的杜丽真正做到了享受比赛，她收获 1 银 1 铜，结束了自己的运动员生涯。

庞伟作为运动员同样参加了伦敦、里约两届奥运会，不过他没能再次登上最高领奖台，伦敦奥运会得到第四名，里约奥运会拿到一枚铜牌。

“其实我们的计划里没有这个选项。”对于庞伟和杜丽来说，里约奥运会之后，两人都已下定决心退役。杜丽继续留在国家队，转型成为步枪教练员，庞伟则是离开了国家队，基本处于半退役状态。“孩子还小，杜丽在队里，我想多陪陪孩子，就没有练了。”庞伟说。杜丽也说：“其实我俩里约之后就下定决心，我在队里，基本是没有想过他能够再回来打（东京）奥运会。”

不过，这一切在 2019 年发生了变化。2018 年韩国昌原世锦赛上，中国射击队男子手枪项目表现不佳，国家体育总局射运中心主任梁纯找到庞伟，希望他能回到队里，带动一下年轻运动员。“其实我自己心里是没底的，但项目需要、国家需要，自己有情结，家人也支持，除了儿子太小不太理解，我也觉得自己还能再做一些事。”庞伟说。杜丽说：“在各方鼓励下，他自己也喜欢射击，做运动员这么多年，还是决定回来再试一下。”

“自己的困难都不算什么”

就这样，从 2019 年初的冬训开始，夫妻二人又恢复了同时在队的状态，一位是运动员，一位是教练员，完全无暇顾及其他，刚上小学的儿子只能由姥姥一人带着。2020 年初疫情突然暴发，国家队进入封闭状态，东京奥运会延期一年，让许多情况变得更加复杂。

虽然恢复训练后不久庞伟就找回状态，拿到 2019 年世界杯总决赛冠军，通过连续 4 站国家队选拔赛获得了个人、混团两个参赛席位，但回忆起来，庞伟说其实那段时间的状态并不好，“自己年龄大，很难像小时候那样集中全部精力，尤其是奥运会延期后。说实话，我一直不信奥运会能如期举办。”庞伟说，很长时间自己的内心十分煎熬，身心很疲惫，不过他也一直告诉自己，“奥运会一天不取消，就要坚持下去，不能耽误训练”。

庞伟说，在大家都很煎熬的时候，要特别感谢国家，感谢各方面为运动员做了充分的保障，“尤其是体能训练，自己最大的问题是精力不够集中，其实就是体能支撑不够，通过体能训练很好地解决了这些问题。感谢国家的培养，如果不是祖国的支持，奥运备战、参赛肯定不会有这么好的效果”。

另一边，杜丽也面临着很多困难，“疫情打乱了很多计划，这是我第一次作为教练备战奥运，一直在想方设法让自己转型更快一些，但确实出现了太多措手不及的情况”。不仅是这些，2019 年 3 月杜丽不慎右脚骨折、韧带断裂，但她为了备战没有请一天假，手术也是在队伍比赛后休整时去做的，还没拆线就回到队中。

对庞伟和杜丽来说，他们共同的最大困难是疫情发生后与孩子、老人分开，“为了备战我俩都封闭起来，见不到孩子和老人，特别担心”。杜丽说，姥姥对手机不熟悉，也不敢出去，最简单的买水、买菜都成了大问题。“还好在各方的帮助下都熬了过来。”

杜丽说，自己的困难不算什么，自己是运动员、教练员，这些都是应该去做的，“尤其是现在当教练，我希望做好每一个细节，让运动员少走弯路，对他们的运动生涯、人生负责，这是我最大的压力”。

“看亲人打比赛太揪心”

虽然同在队里，但庞伟和杜丽很少谈起训练比赛的事情，不过奥运会之前不到一个月，杜丽能感觉到庞伟的状态不是很好，“他经历了三届奥运会，从思想、心态上压力都比年轻人多很多。射击最怕的就是赛前焦虑，当时我对他几乎不抱太大希望了”。杜丽说，好在当时射运中心领导、领队、教练都在为庞伟减压，“大家都在帮助我们，最后的结果也特别好”。

回想起这一段，庞伟说，其实自己感觉还好，“奥运会对于我来说，成功失败都体验过，放松心情就能打好，射击项目真的是需要一个平和的心态。那时候自己确实和平时不一样，赛前一个人的时间多一些，想要一个安静的环境”。

奥运会开始之后，因为比赛安排，庞伟和杜丽同在东京的时间只有一周左右，虽然两人住在隔壁，但项目不同、赛程不同，很少有时间能约在一起。

“奥运会开始后，我们要做好信息回避，换了手机号和微信号，和杜丽的交流也不多。其实大家都会尽力去做，但都不太会主动去说，过分的关心反而会造成不必要的压力。”庞伟说。

个人赛拿到铜牌，庞伟认为自己打得并不好，比赛中也暴露了很多问题，“只不过铜牌掩盖了一些，我也在总结和反思，从思想和心态上做好转换。射击给了我太多荣誉，我不应该再向奥运会去索求，而是要奉献，这样我的心态会更平和一些，向正确的方向去努力”。

7 月 27 日是射击混团决赛，手枪项目安排在上午，步枪决赛时间是下午，庞伟参加决赛时杜丽已经到了朝霞射击场，趁着运动员还没有入场的时间，她去看了庞伟的决赛。“过程很揪心，看比赛和自己打比赛的感觉太不一样了，尤其是看自己的亲人比赛，更不一样。”杜丽说。

比赛结束后，庞伟注意到了杜丽，“打完看见她在看台上，但步枪混团比赛在后面，她很快就走了，接着是兴奋剂检查、采访等很多事情，回到奥运村已经第二天凌晨一点了。因为比赛结束第二天就要回国，杜丽帮我收拾了行李，回来后我们见了一面，在奥运村合了影，也没有说太多，一个表情，就都能明白”。

杜丽说，混团比赛打完，庞伟对自己表现并不满意，但是大家的信任和搭档的出色表现帮助了他，“他一直在反思比赛，哪里出现了问题，是竞技水平还是心态，我俩基本是不聊训练，但那天打完他和我说了很多当天的情况。我俩平时没什么时间碰面，比赛打完第二天他就要回国了，当天晚上见了一面，这块金牌也是对他运动生涯的肯定”。

7 月 28 日返回北京，庞伟开始隔离，此时杜丽仍在东京，为 8 月 2 日弟子张常鸿的步枪三姿比赛做着准备。庞伟说，那天他早早就打开电视，看了比赛直播，“太紧张了，比自己打还紧张，当时自己躺在床上，已经下不来了，明显感觉衣服随着心跳在抖，比自己打难受太多”。庞伟这样的感觉，和混团比赛杜丽观战时的感受几乎一样。

“比赛中，肯定是想看到杜丽的镜头，但几乎没有，不过我很清楚这次比赛对于杜丽意味着什么。”庞伟说，杜丽是一位优秀的运动员，但要想把自己的知识完全教给运动员是很难的，也需要教练、运动员之间的默契和配合，“她转型到教练吃了很多苦，自己一直在钻研，中间有成功也有失败。有人说，优秀运动员不一定是优秀教练，但是她证明了自己的能力，当运动员时拿到两个奥运冠军，第一次当教练又带出了奥运冠军，对于她来说意义重大。虽然不以成败论英雄，但站到赛场上，还是希望她能有一个好的成绩。”说到妻子时，一向言语不多的庞伟说了很多。

“张常鸿打完，庞伟第一时间给我发了短信，说：衷心祝贺，功德圆满！我也没想到当教练的第一届奥运会就能拿到金牌。”杜丽说。

“家庭事业无法兼顾，国家利益高于一切”

杜丽经常开玩笑说，各项目中像她和庞伟这样的“双职工”并不多；庞伟也说，这些年对家庭、对孩子亏欠了很多。

“以前儿子小，我们一走他经常又哭又闹，但后来发现不管用，也就慢慢习惯了。”杜丽说，出发去东京之前，儿子放暑假就和姥姥回了山东老家，临走之前来到射运中心，隔着大门和庞伟见了一面，聊了半个小时。“我一直在想办法找家庭和事业的平衡，尤其是从事竞技体育，但到现在确实没有办法。”杜丽说。

“我俩都在队里，觉得亏欠家人、孩子很多，其实事业的成功弥补不了孩子在成长中缺失的关心，特别感谢姥姥对我们的支持，孩子现在也理解了。”无法兼顾事业和家庭，有时候庞伟自己想起来也会情绪急躁，但他说，作为运动员就是要面对这样的困难，国家利益高于一切，“既然弥补不了，就只能希望家人、孩子能多理解一点。自己尽了最大的努力，没有遗憾”。

杜丽说，现在儿子 11 岁了，对于射击很熟悉，他很懂事，也经常点评爸爸的比赛，虽然也会“直男”地说出不足之处，但更多还是鼓励。庞伟说，拿了金牌和儿子视频，儿子的话不多，不过从表情还是能看出他十分高兴。

东京奥运会结束，庞伟和杜丽又将开始一段新的征程。杜丽说：“东京奥运会结束的那一天，巴黎奥运会的备战又开始了，虽然这个周期缩短，但是国家队已经涌现出了很多年轻人，对项目的发展很有帮助。现在最重要的就是迎接即将到来的全运会，庞伟也要参加。”

庞伟说，自己要参加全运会，未来希望能够在射击产业方面继续做下去。他说，之前参与了一些青少年射击赛事，希望通过这些赛事发掘、培养年轻人，他也在转变思路、创新打法方面做一些探索。“国际射联在创新打法时会在欧洲试行，因此欧洲运动员接受新规则更早、适应更快。我们希望能多做一些事情，让中国的赛事在精彩程度、受关注程度方面有所超越，让更多人了解中国的赛事体系、射击产业，继续提升中国射击的国际地位。”庞伟说。

庞伟

杜丽

施廷懋王涵诠释坚持的力量

三十而立　三十而已

中国体育报　李雪颖

施廷懋和王涵从不避讳年龄——30岁。同为1991年出生的二人不时调侃自己“岁数大了”，最直接的体现就是需要比年轻人花更长的时间恢复，花更多的时间进行康复治疗，甚至还要常备止痛片。

在东京奥运会赛场，施廷懋 / 王涵以 326.40 分的成绩摘得女子双人 3 米板金牌，“乘风破浪”的她们为中国跳水队顺利赢下首金。

在竞争激烈甚至残酷的竞技场，30岁夺冠的背后故事一定不简单。奥运冠军郭晶晶作为国际泳联跳水技术委员会委员来到东京，看着王涵和施廷懋，她十分感慨：“看到她们就想到我以前跳水时。东京奥运会推迟了一年，队伍很不容易。王涵、施廷懋都30岁了，我在她们这个年龄已经退役，她们坚持到现在真的很不容易！”

“三十而立”的两个人诠释着“三十而已”的故事，对她们而言，30岁不过是个数字，也许还是新高度的开始。奥运会延期曾给施廷懋带来很大影响，这个始料未及的意外让她烦躁不安，甚至不能完成系统训练，身边人给了她很多鼓励。用她的话说“学会和自己和解”之后，她坚定表达了“选择也是一种力量”的信心和决心。当再次站上奥运会最高领奖台，她感慨道：“一路走来确实很不容易，不光是我们两个，包括中国跳水队也很不容易。能让人变强的从来不是金牌，是通往这块金牌的路上的一次次直面困难、问题，并勇敢战胜它们。”

“这届奥运会很特别，十分耕耘能有一分收获就很不错了。”走过了这个艰辛的过程，施廷懋感慨地说出“金句”，“最重要的就是相信自己。我觉得人在顺境中做到相信自己很容易，但在逆境中同样做到相信自己并不容易，这个可能就是优秀与伟大的区别。”

在走进运动员村的一刻，王涵觉得自己离梦想越来越近，期待的心情愈发迫切。王涵曾与奥运会最近的距离是当奥运会的替补队员，但在跳水“梦之队”当替补，让梦想既近又远。当梦想照进现实的时刻来临，眼泪是最直接的表达。现场大屏幕将她俩最后一跳的成绩公布后，大家知道这块金牌稳了。两人激动相拥，说着感谢彼此的悄悄话，王涵忍不住哭了。“跳完第 4 个动作，我觉得自己像在做梦，当真正拿到金牌时，我还有点恍惚。第一次奥运会拿到第一块金牌，意义非常重大，为我的事业增添了荣耀的光彩。感谢祖国对我的培养，让我在 30 岁拿到一块金牌回报祖国，回报一直在背后默默付出的人们。”梦想加上坚持，让这位 30 岁老将守得云开见月明。

也许正是相近的年龄让她俩惺惺相惜，并成为好友。王涵说施廷懋是她的定心丸，站在施廷懋身旁很安心。介绍运动员入场时，她们紧握双手；每一跳前，她们习惯击掌给对方信心；她们携手站上最高领奖台，为对方戴上象征光荣与梦想的金牌。

对施廷懋和王涵来说，她们不仅是搭档，是朋友，还是共同经历过人生酸甜苦辣的战友。出征前，她们曾向对方诉说——

施廷懋：“虽然你是第一次参加奥运会，但你已经是非常优秀的运动员了。不用担心，有我在，咱们携手把比赛比好。奥运会只是一个开始，在人生的道路上，我们还有很长的路要走，我很愿意陪伴在你身边，感受人生的酸甜苦辣。”

王涵：“虽然训练很辛苦，有需要自己去冲破的事情，但是我相信你能做好自己，做好整件事，我相信你有这个勇气。我们共同努力，我希望能帮助你冲破最需要冲破的难关，你也可以带着我实现梦想。”

施廷懋和王涵的30岁只是一个新开始，人生的路还很长，而奥运会的金牌照亮了她们脚下的路。三十而立！三十而已！

施廷懋和王涵

中国游泳迎来新“蝶后”

中国体育报　李雪颖

张雨霏还记得小时候自己跟在焦刘洋身后，听师姐传授经验的情景。她说那时候自己根本听不懂师姐在讲什么，直到通过自己的一步步实践，才发现师姐的话都是对的。7 月 29 日，师姐焦刘洋发了一条朋友圈：“一个时代的开启，代表另一个时代的结束。我终于可以不用想复出的事儿了。”幽默的调侃也道出了属于张雨霏的时代终于来临了。

女子 200 米蝶泳是中国的传统优势项目，焦刘洋、刘子歌都是这个项目的奥运冠军。7 月 29 日，张雨霏在东京奥运会女子 200 米蝶泳赛场登顶，这也意味着她正式接过了“蝶后”的接力棒，开启了属于她的时代。自称是比赛型选手的张雨霏再次刷新了个人最好成绩，以 2 分 03 秒 86 的成绩夺冠，打破了由焦刘洋在 2012 年伦敦奥运会上创造的赛会纪录。这是该项目历史上的第三好成绩，也是近 12 年来的最好成绩。

这一次来到东京，张雨霏的包里一直放着两个小物件，一个是她最珍贵的，姥姥在她 18 岁时送给她的一条小天使的金项链，还有一条手链。这些陪伴她多年的物件都是意义非凡的，她相信这些带给了她好运。她的书包上还一直挂着个特别的照片挂件。上一届里约奥运会时，她梳了个哪吒造型的娃娃头，发了微博说希望自己能够成功“闹海”。却没料到，只获得了 200 米蝶泳的第 6 名，用她的话说“被拍在了沙滩上”。这一次，她把当年的照片制作成了小挂件，一直随身背着，提醒着自己。

怕？不怕！

早上在200米蝶泳的赛前热身时，队友李冰洁冲她说“加油”，她还纳闷：就一个200米蝶泳为什么加油，我有很大的把握啊。的确，张雨霏在这个项目上具备绝对实力，她是2021年该项目最好成绩的保持者，半决赛时想着轻轻松松游的她还顺带刷新了一下个人最好成绩。张雨霏说她决赛前睡得特别好，因为她知道“实力到了就更安心，只要放平心态，结果肯定不会差”。

不过，张雨霏的心里还是有点打鼓，因为她怕再次出现像100米蝶泳决赛那样几个人并驾齐驱的情况，她怕重复0.05秒的遗憾。游完100米蝶泳后大家的安慰、网友们称她是“全村的希望”，都让她感动，也觉得很有动力。

赛前，教练崔登荣还给了她一剂“强心针”：“做好你自己，冠军就是你，这是你的舞台。”张雨霏是所有决赛选手中100米蝶泳最快的，前程是她的优势。比赛中张雨霏仍脑子里重复着这句话，没想到还刷新了赛会纪录。张雨霏的情况，崔登荣心里最有底，他甚至还想让张雨霏去冲一冲世界纪录。

崔登荣是个技术型教练，带张雨霏后给她制订了周期性计划。正是体能的提升和技术的精进、心态的成熟，让张雨霏得以在第二次奥运会上成功“闹海”。为了提高前程的绝对速度，张雨霏努力练习憋气，提高转身水下腿次数，缩短出发反应时等。这些都是张雨霏之前想都不敢想的。200米蝶泳决赛张雨霏0.60秒的出发反应时就非常出色。“他做的很多细节工作都是我成绩提升的启动器，他所设计的再加上我的理解和调整，那时候成绩肯定就不是一点点涨了。”张雨霏说她感觉自己在水里能“飞”起来了，“以前是在水里游，现在我最明显的感受是自己在水上飞。”

不怕？怕！

其实张雨霏早在2015年喀山世锦赛就闯入了人们的视线。第一个国际大赛就获得了200米蝶泳的第三名，并创造了新的世界青年纪录，一时间风头无两。人们开始视她为“下一任蝶后”。如今回首那段日子，张雨霏感慨地说：“当时听着挺开心的，但无奈自己实力还没达到，每次比赛后我就感觉辜负了大家的期望。直到最近一年，当我实力真正到达了一定程度，我觉得可以挑起大梁了。”

200米蝶泳是公认的泳池中最艰苦的项目之一。如今坚定地认准主项200米蝶泳的张雨霏与曾经那个抵触甚至“恐惧”200米蝶泳的她已经判若两人。

喀山世锦赛后她开始经历起起伏伏，张雨霏甚至调侃自己一度在国内赛场的状态是“流水的冠军，而我是铁打的第二”。2017年世锦赛她在200米蝶泳上位列第5名。而2019年光州世锦赛上她的表现十分失准，50米和100米蝶泳都止步半决赛，200米蝶泳则是预赛“一轮游”，草草收场的世锦赛之旅让她陷入了深深的迷茫。不仅大赛上发挥欠佳，甚至在训练测验中张雨霏也无法发挥出训练水平，她开始抵触测验，甚至几次有了放弃200米蝶泳的念头。“200蝶比得我都有阴影了，一比就输，输得我都麻木了。”

崔登荣根据东京奥运会为她制订了周期性训练计划，也根据她的心理状态进行了调整，让她暂离200米蝶泳赛场一段时间。蛰伏的日子里，张雨霏与教练继续着日复一日的训练，努力精进。东京奥运会的延期也给她机会，她的状态开始在2020年全国冠军赛上复苏。

此前不提200米蝶泳的崔登荣道出了心中的计划：“这一年让你比100蝶是为了转移注意力，积累信心，别想过去一年200蝶的糟糕感觉，但我从来不是为了让你只练100蝶，所有100蝶的训练、成绩都是为了你在 200 蝶上去取得突破。”而从 2021 年初的中国游泳争霸赛首站比赛石家庄站开始，张雨霏开启了不断刷新 200 米蝶泳个人最好成绩的征程。

直到这时，张雨霏才了解到教练的用心良苦：“那时候我并不知道教练的计划是什么。在低谷的时候我会觉得自己不行了，只能保持现有的成绩，但现在回过头来看，都在他一步一步、一年一年的计划之中。”

张雨霏

获得滑板女子街式比赛第六名

16岁曾文蕙要在巴黎升国旗奏国歌

中国体育报　林剑

几十米的距离，曾文蕙在赛场上几秒就能滑完，但东京奥运会滑板女子街式比赛后，几十米的混合采访区，曾文蕙足足走了近一个小时。

无论是面对电视媒体、通讯社还是平面媒体，这个年仅16岁目光坚毅的小姑娘一直在重复：“我的下一个目标？在巴黎奥运会升国旗！奏国歌！”

“目标这么远大？”

“当然！”

事实上，7月26日刚刚结束的东京奥运会滑板女子街式比赛，曾文蕙距离领奖台仅一步之遥——即便是以积分排名第20位涉险获得奥运会参赛资格，但凭借封闭集训期间的高质量训练以及苦心钻研的“尖翻5050”的大绝招，曾文蕙成为首次亮相奥运会的滑板女子街式比赛中的“大黑马”。预赛阶段，小姑娘凭借漂亮的空中翻板动作，拿下了这一阶段的最高分4.92分，并以第六名的总成绩昂首挺进决赛。

“很多人并不看好我，认为中国滑板起步晚，但我比别人能吃苦，每天练习时间长，就能迎头赶上。”曾文蕙说。

2016年，滑板项目正式进入奥运会，我国也开始组建国家队，曾文蕙是通过跨界跨项方式加入队伍的。来自广东的曾文蕙之前练习了6年长拳，柔韧、力量、体能俱佳的她成为天生的滑板苗子。

果然，仅仅通过 3 年多的训练，曾文蕙就实现了“弯道超车”，如今已经能和全球最高水平的运动员一较高下。

决赛中，曾文蕙再次展示了她的大绝招“尖翻 5050”，并获得了 4.93 的高分，一度冲到了积分榜第四位。最后一次大绝招展示机会，曾文蕙放弃了原本计划更稳妥的杆上动作，而是选择了难度系数更高的“尖翻 50”，也就是在原本高难度的翻板基础上再加一个抬板，遗憾的是小姑娘失误了，最终得分停留在 9.66 分，排名第六位。

可即便如此，她已经创造了中国滑板运动员征战奥运的最佳成绩。更令人惊讶的是，这是曾文蕙首次在国际大赛闯入决赛，被不少外国媒体称为“中国火箭”的曾文蕙，前途不可限量。

比赛中，曾文蕙因为一次摔倒右膝受伤，鲜血染红了白色的裤子，但小姑娘还是坚强完成了比赛。赛后有记者问她的伤势情况，她轻描淡写地说：“摔倒很正常，没关系。”曾文蕙进一步说：“为了完成动作，我认为所有的摔倒、准备都是美好的过程，都是值得享受的，因此就算摔倒了、失败了，我也会笑着向大家挥手。”

在赛场上为中国拼搏荣誉的曾文蕙场下和同龄人无异，喜欢漂亮，喜欢“high”的音乐，喜欢“时代少年团”。但她更喜欢滑板赛场上的西村碧莉，这名日本滑手曾是她的偶像，如今已经是可以在奥运赛场比肩的对手。她也喜欢朱婷和郎平，因为女排的比赛总是“很给力”。曾文蕙还和记者分享了一个小秘密：开幕式跟随中国体育代表团入场的时候，她还和中国女排队长朱婷合了一张影。希望有朝一日，自己也能和朱婷一样，让更多人喜欢、了解自己从事的项目，让滑板成为一种生活方式。

超级董栋的奥运最后一跳

中国体育报　林剑

起跳、腾空、翻转……

伴随着有明体操竞技场有节奏的掌声，董栋完成了自己奥运会生涯的最后一跳。

61.235分！超越之前所有出场选手的分数，一个足以竞争自己第二枚奥运金牌的分数。

董栋笑了，像极了2008年北京奥运会初出茅庐时的青春模样。时光荏苒，如今，他已是32岁的奥运“四朝元老”，但依旧怀揣着为国而战的雄心。

“赛前我紧张得一晚上都没有睡着，好在到了赛场放松了一点，今天的发挥已经是自己的最高水平。”赛后董栋说，“对于这样的发挥，我没有遗憾。”

遗憾的是结果。

在资格赛排名第二、白俄罗斯名将汉查罗以60.565分基本退出奖牌之争后，资格赛排名第一的白俄罗斯20岁小将利特维诺维奇出场，他也被视为中国在这个项目上最大的竞争对手。

10个动作过后，现场的白俄罗斯助威团鸦雀无声，因为利特维诺维奇在比赛中出现了明显的位移失误……当61.715的分数出现在现场大屏幕的时候，伴随着所有人的惊呼，白俄罗斯选手和教练紧紧拥抱，董栋愣了几秒，也向对手送上了掌声。

“为什么？”

赛后混合采访区，记者纷纷将这个问题抛给胸挂银牌的董栋。

“确实白俄罗斯的选手位移很大，当时我也想着应该可能能赢，但还是输在高度上。”

的确如此。难度原本就比利特维诺维奇低0.4分的董栋，完成分比对手高0.1分，位移高出0.6分，但高度输了近0.8分。失利，正因如此。

董栋直言，自己可以通过日复一日的训练将动作完成分、位移练到完美，但高度与年龄有关。“随着年龄的增长，加之伤病，赛场上想要兼顾难度、技术、位移、高度，很难再像年轻人一样，能够做到面面俱到。”

可即便如此，能够以一枚银牌的成绩为自己辉煌的奥运生涯收官，董栋直言已经“圆满了”。

回顾自己的奥运生涯，董栋说：“2008年的时候，我天天想的就是冠军，结果是季军，心里很受打击，但也慢慢明白了一个道理，与其过分看重结果，不如做好过程，过程做好了，结果是水到渠成的。2012年，我果然拿了奥运会冠军。那之后，我也曾想过退役，但再拼一把的信念支撑着我走到了里约，一枚银牌让我决定再战一次，没想到一等就是五年。”

五年，对于一名已经年过30，伤病缠身的老将而言谈何容易。董栋说，过去五年的每一天，都是在煎熬。但为国而战的信念让他走上了赛场，在强手环伺，队友高磊资格赛就因重大失误出局的情况下，董栋独自一人站上了决赛赛场。

由于在国际赛场上的出色表现和良好口碑、声望，董栋被大家称作“超级董栋”，这次的发挥，董栋也配得上“超级”的绰号。

十三年前的2008年，董栋或许不能接受输，但现在，他早已学会了享受比赛，接受任何结果。用一句“圆满了”告别现场簇拥的记者，未来奥运会的赛场上，将不会再出现“超级董栋”飞翔的身影。

“如果能对 2008 年的自己说句话，你想说什么？”有记者问。

“慢慢熬吧，我帮不了你，有些事要自己经历才会明白，有些路要自己走过才会懂。”

董栋

金花绽放海之森　姐妹齐心艇中国

中国体育报　陈思彤

阳光洒在金色的水面上，映衬着四位姑娘灿烂的笑脸。五年的努力，换来了金灿灿的金牌。她们也实现了自己赛前的诺言，我们要“不负时代‘艇中国’！”

四号位领桨手崔晓桐

活泼姑娘的节奏担当

“能拿到冠军，还能拿到最好成绩，真是太开心啦！”赛后，崔晓桐开心地说。

备战五年，姑娘们为的就是奥运金牌。冬训期间，她们常常清晨六点就在零摄氏度的千岛湖上摸黑开始训练。

崔晓桐此前一直是单桨运动员，转双桨仅仅三年。双桨操控难度更高，对运动员的个人能力要求也更高。“我觉得改双桨挺难，一直有发力不平衡问题，所以我必须比别人更努力。”崔晓桐说。

出生于辽宁丹东的崔晓桐性格活泼开朗，但是她也曾经历低谷。崔晓桐说自己最大的特点就是哪怕心里有想法，但到了训练场上就会一丝不苟完成教练的计划。

三号位吕扬

霸气姑娘的信心担当

吕扬说：“那些不容易只有我们自己知道，拿到金牌，所有的不容易也都变成了容易。”

四个姐妹中，吕扬给人的感觉最为成熟一些，里约奥运会，踌躇满志的她甚至没能进入 A 组决赛。这对于一直顺风顺水的吕扬而言，是个不小的打击。练赛艇四年，吕扬就拿到了自己的第一个全国冠军，不到 20 岁就入选国家队。里约之行让吕扬真正成熟，“经历过了，就渐渐知道怎么解决问题了，不论是技术、情绪还是心理”。

这五年的备战，吕扬说最大的变化是心理上的。为了练起航，姑娘们与轻量级男子四人双桨的艇一起训练。2019 年第一次在世界杯上战胜荷兰，姑娘们发现自己的起航不再比对手差了，冠军也不是遥不可及了。“解放了自我”是吕扬最深刻的感受。无论训练还是比赛，她们可以完全释放自己的能量，她们有信心战胜任何一个对手。

二号位张灵
爱笑姑娘的力量担当

“现在最想给妈妈打电话，告诉她我做到了。”张灵的话语中，展露出小女孩撒娇的甜蜜。

张灵是四个人当中年纪最小的，却是在艇上时间最长的。进入国家队半年，张灵就凭借自己的努力成功上艇。“那个时候能力不是特别好，只能在二号艇陪练，但是我一直没放弃。为了配一条最好的四双，队里也在来回换人，我上艇试了感觉还行，教练就给了更多的机会，于是就这么定了去里约。”张灵说。在里约，女子四人双桨获得了第六名。

时隔五年，张灵已经是二号位的动力桨手，“我的优势就是桨下力量，我们用生物力学系统测出来的曲线，我的每桨功率也是最大的”。看似文静，总是温柔笑着的张灵却是十足的力量担当。奥运会延期的一年，为了补上自己的体能短板，张灵经常利用休息时间给自己加量。“现在我们参加比赛就感觉自己能放得开，起航就敢划，大胆地划，全力以赴去拼。”

一号位陈云霞

倔强姑娘的技术担当

四人艇的一号位对桨手的技术要求最高，并且要维持艇上的平衡，沉着冷静的陈云霞胜任这一位置。四个姑娘当中，陈云霞最为内向，却是最能吃苦的，为了奥运金牌的目标，训练课再高的强度、再大的量，她都能咬牙完成。“现在想想都不知道自己是怎么坚持过来的。但是不管多大的强度，我都告诉自己只能顶住，必须要顶住。”陈云霞说。

陈云霞是在练了五年田径之后才改练赛艇的，这让她有着很好的身体素质和体能储备，加上不服输的倔强性格，尽管练赛艇的时间不长，她的进步却非常快。2017 年全运会预赛前，陈云霞意外骨折，她选择了保守治疗，最终获得了女子单人艇银牌。2018 年亚运会，陈云霞又获得了女子单人艇金牌。

活泼的崔晓桐、霸气的吕扬、爱笑的张灵、倔强的陈云霞，四朵金花绽放海之森，再次捍卫了冠军艇的荣誉，用实力战东京，“艇中国！”

勇敢的追风小妹

中国体育报　陈思彤

“帆板是一个神奇的项目，在海上，你从来不会知道下一秒风会往哪里走。无风时平静的水面让人觉得可以忘记一切；中风时，尽情地追逐，在宽阔的大海中一直前行，那一刻有再多的烦恼也随风而去；大风中，涌浪随之而来，那一份刺激是在平常任何时候都体会不到的，因为在紧急情况下把控方向的只有你自己。”

这是前几年采访卢云秀时，她关于自己从事项目的感悟。卢云秀看起来比同龄人更稳重，或许是常年与海风相伴，让她显得更结实，给人一种少年老成的错觉，黝黑的皮肤将两眸衬托得尤为灵动，说话却又总是带着腼腆的微笑，这才发现，她依然是个孩子。

这个爱笑的女孩在 7 月 31 日拿到了东京奥运会女子帆板 RS：X 级比赛冠军，这是中国帆船帆板史上第三块奥运金牌。

差点被退回的“小 Q 鬼”

1996 年 9 月，一个出生时体重不足 4 斤的女娃降生在福建漳浦杜浔镇范阳村一个农民家庭，她就是卢云秀。卢云秀的父母育有 8 个子女，卢云秀排行老幺，人瘦小，大家叫她“小 Q 鬼”，因为从小好动，她很早便展现出了体育方面的天赋。

13 岁那年，卢云秀进入漳浦少体校，被误打误撞送到福建省帆船帆板运动管理中心练习帆板。因为身材瘦小，她被淘汰了，在准备回家时碰到教练高传卫，了解原因后高传卫留住了她，也成就了今日的奥运冠军。

开始帆板训练后，卢云秀才知道，这看起来好玩有趣的帆板练起来却一点也不轻松。长跑、体能训练、拉帆，她吃了不少苦。时间一长，她的掌心开始长出几层厚厚的老茧。13 岁的卢云秀有些承受不住，心里也曾经打过退堂鼓。教练有意识地培养她对帆板的兴趣，让她在训练中感受到自己的进步，激励她继续努力。就这样，她坚持了下来。

从倒数第一到奥运冠军

每个运动员对自己的第一场比赛都印象深刻，卢云秀也不例外。2010年，卢云秀在新疆参加了人生中的第一场比赛，以倒数第一告终。“经历过一些失败，始终怀疑自己是不是不应该练这个，什么都做不好，看着队友们拿成绩，而自己却什么也没有。教练员看出了我的想法，便开始开导我，给我做思想工作。也是当初的‘不服气’让我留在了队里，而现在久了便也慢慢喜欢上了，并不是因为任何理由，可能大部分来源于自身在这个项目上所取得的满足感吧。”

满足感给了小云秀动力，她不再有放弃的想法，坚持两个字在她心中扎下了根。

2011 年山东日照全国青少年帆船锦标赛，卢云秀获得了第二名。2013 年世界青年帆船锦标赛，卢云秀夺魁，这是中国队首次在该项赛事中夺金。同年，她入选国家队。

2019 年是卢云秀收获的一年。1 月，迈阿密帆船世界杯冠军；8 月，国际帆联世界杯日本江之岛站冠军，也就是本次奥运会赛场；9 月，2019 帆板世锦赛冠军。凭借一连串的好成绩，卢云秀拿到了东京奥运会的参赛资格。2021 年 7 月 31 日，是她光彩绽放的日子，她终于圆了奥运冠军梦。

金牌献给父亲

对于卢云秀来说，训练的苦并不算什么，但是因为训练和比赛，她错过了见父亲的最后一面，这才是她心里永远的伤痕。从小，卢云秀和爸爸最亲，每当训练辛苦找爸爸诉苦说想要放弃时，都是在父亲的劝说下她才坚持了下来。可以说，父亲是她前行道路上的一盏明灯。十分可惜的是，7 年前，这个平时小病靠拖、大病靠扛的淳朴农民父亲倒下了。

据卢云秀回忆，父亲生病那两年，每次和自己见面或者视频聊天，总是故作镇静，强忍疼痛，就是不想让女儿担心进而影响训练、比赛。其实在最后的阶段，再大剂量的止疼药都已经很难抑制他病痛的折磨。

父亲“掩饰”得太好了，即便在去世前两天，和父亲视频聊天时他仍说自己没事，不用担心。可没过多久，噩耗就传来，父亲这盏明灯灭了，而卢云秀因为远在青岛备战，没能送父亲最后一程，这也成为她无法弥补的遗憾。爸爸走了，她擦干眼泪，带着父亲的那份期待继续前行，如今，看到这枚金牌，爸爸一定特别开心吧。

“为了帆板，我牺牲了自己童年的时光，学校的光景，甚至陪伴家人的时间。”卢云秀说，“可以说，过去这 10 年，我一心只做这一件事。如果这件事再做不好，又不能让自己开心的话，那就真的对不起自己宝贵的青春了。为了祖国的荣誉！为了理想！我会更加努力地去拼搏！”

乘风破浪会有时，卢云秀追风的脚步，仍在继续。

卢云秀

三战奥运三项摘金！

“全能王”曹缘成跳水历史第一人

体坛周报　宫珂

第一次参加奥运会，17 岁的曹缘与搭档张雁全拿到了男双 10 米台的金牌。第二次参加奥运会，21 岁的曹缘则拿到了男单 3 米板的金牌和男双 3 米板的铜牌。第三次参加奥运会，26 岁的曹缘又回到了 10 米跳台上，他希望能够在这里找到一点“熟悉的感觉”。

率先进行的东京奥运会男双 10 米台决赛，曹缘和搭档陈艾森在第四跳 207B（向后翻腾三周半屈体）出现了明显失误，尽管他们的最后两跳发挥出色，但也无法挽回场上局势。最终曹缘和陈艾森以 1.23 分憾负英国组合戴利 / 马蒂 · 李，拿到一枚银牌。在那场决赛之后，曹缘特地因为失误向搭档陈艾森道了歉，也反思自己是因为“太自信”“不够谨慎”才出现了失误。一周之后的单人决赛，曹缘带着“教训”再出发，希望能够把六个动作都跳好。

而在堪称“神仙打架”的男单 10 米台决赛中，冠军直到最后一跳结束时才见分晓。而曹缘也确实兑现了自己在双人赛遗憾摘银之后的承诺。曹缘在决赛中的六跳除了第二跳 407C（向前翻腾三周半抱膝）稍有瑕疵之外，其他五跳都高质量完成，其中有三跳的分数也超过了 100 分。最终，曹缘以不到 2 分的优势险胜队友杨健，用一枚金牌为自己的第三次奥运之旅画上圆满的句号。

从伦敦到里约再到东京，曹缘尝试了 4 个不同的项目，3 次登上最高领奖台。东京奥运会这枚男单 10 米台的金牌，还是曹缘第一次在跳水的国际三大赛（奥运会、世锦赛和世界杯）中收获男子单人跳台的奖牌。而这枚金牌也使得曹缘成为历史上第一位在三个不同项目上都拿到过奥运金牌的跳水选手。

曹缘的职业生涯，也像是不断创造新纪录的历程。一直以来曹缘就是以兼项板台的“全能王”闻名，他职业生涯的纪录，也总是与兼项有关。

像很多选手一样，曹缘最早就是练习跳台出道。早在 2010 年跳水世界杯上，只有 15 岁的曹缘就与张雁全问鼎男双 10 米台。两年后的伦敦奥运会，曹缘和张雁全再次拿到男子双人 10 米台的金牌。由于中国跳水队在里约奥运周期男子跳板人才一度比较缺乏，从 2014 年起，曹缘开始兼项跳板，当年他就拿到了世界杯男子单人 3 米板的亚军和男双 3 米板冠军。与此同时，曹缘也并没有放弃跳台，他还在 2014 年世界跳水系列赛加拿大站揽下男子双人 3 米板、双人 10 米台和单人 10 米台三金。单站比赛同时拿到 3 个不同项目金牌的纪录，到目前为止也未能有人超越。2015 年喀山世锦赛，曹缘与秦凯搭档拿到男双 3 米板的冠军，这也是他首次登上 3 米板项目的世锦赛最高领奖台。但自从专攻 3 米板以来，曹缘却与男单 3 米板的国际大赛金牌始终有些距离。2016 年里约奥运会时，从预赛到半决赛一直排名第一的曹缘决赛六跳皆发挥完美，最终拿下了分量极重的男子单人 3 米板的金牌，这也使得他比肩伏明霞，成为中国跳水队第二位在跳板和跳台项目上皆拿到奥运金牌的选手。如今，在拿下这枚东京奥运会男单 10 米台的金牌之后，曹缘的“纪录册”上又留下了光辉的一笔。

虽然在外界看来，曹缘双线作战而且持续在国际大赛取得好成绩非常轻松，但是兼项跳板、跳台对运动员来说绝非易事。能够在单届世锦赛都有跳板跳台金牌入账的，在历史上也只有三人，除了萨乌丁和洛加尼斯两位“大神”，剩下的便是曹缘。而能够在跳板和跳台两项皆拿到奥运会金牌，中国队其实也只有伏明霞和曹缘两人。兼项跳板、跳台且皆能取得好成绩，更多的像是“天才”们的特权。不管是曹缘10米台搭档陈艾森，还是队友施廷懋、前辈李娜都曾称赞过曹缘的能力与天赋，但是这些年来，“有天赋”的曹缘走得其实并不轻松。

近年来跳板成绩更出色的曹缘，一直没有放松跳台的训练，这样一来，曹缘的训练时间便比其他人长了不少。2019年的光州世锦赛，曹缘就报名参加了男单3米板、男双3米板和男双10米台三个项目。备战期间，曹缘每天先要与搭档不久的陈艾森磨合跳台双人动作，然后与谢思埸练习跳板双人动作，最后才是个人项目和力量训练的时间。那时曹缘每天都要在跳水馆里泡15个小时，最终他则是从光州带回了2金1银。而在东京奥运会备战期间，曹缘虽然与跳台搭档陈艾森逐渐走过了磨合期，但兼项的压力却一直都在，跳台跳板轮换下来，每天的训练也要持续到晚上八点。而曹缘也是从2020年8月才开始恢复单人跳台的训练，算到东京奥运会时，其实他恢复单人项目的训练也才刚好有一年。在东京奥运会之前，曹缘还一直受到左肩脱臼的困扰，他也因此错过了全国冠军赛，甚至还不确定能不能赶上东京之旅。而在东京奥运会的比赛期间，曹缘的左肩也一直贴满肌效贴，而他也一直是带着身体上的伤病与双人项目丢金后的“破釜沉舟”的勇气，一直战至最后一刻。

虽然我们总喜欢“天才”的叙事，总觉得有天赋的人才可以为所欲为。天赋或许让曹缘在完成动作、学习动作时毫无短板，让他拥有兼项板台的能力，但能让他最终成长为“全能王”、在三个不同项目上都摘得奥运会金牌的，则是常人难以想象的努力与数十年如一日的坚定。

曹缘

管晨辰大赛首秀便摘金 全能冠军竟是她的“铁粉”

体坛周报　宫珂

2021 年 4 月的队内测试后，16 岁的管晨辰有一个小心愿：进入东京奥运会中国体操女队团体赛的四人阵容。虽然在全国冠军赛以及之后的几场队内测试赛的激烈竞争中，管晨辰没有能够战胜比她经验更加丰富、全能实力储备更为出色的队友们，但她还是凭借自己高难度的平衡木成套，争得了一个单项选手资格，她也如愿踏上了第一次奥运会的征程。

盛夏的东京有明体操馆，管晨辰在这届奥运会中一共只有两次正式比赛亮相。一次是 7 月 25 日举行的体操女子资格赛，管晨辰在平衡木上完成了难度分高达 6.9 分的成套，并且拿到了 14.933 分的高分，并且以第一的身份晋级决赛。第二次，则是 8 月 3 日举行的平衡木单项决赛，全场最后一个出场的管晨辰再一次平稳地完成了自己难度分高达 6.6 分的成套，将金牌收入囊中。要知道，这还只是管晨辰参加的第一场成年组国际大赛。

性格开朗甚至是有些大大咧咧的管晨辰，在队内的外号叫“管小胖”，而在队友李诗佳的眼中，总是很活泼的管晨辰在训练场上和生活中都有些“戏精”，当然，这是一个充满善意的形容。不过，来到赛场上，管晨辰便收起了“活宝”本色。管晨辰完成木上动作时的专注，遇到小失误时的冷静，最后看到打分和名次时的淡定，总会让我们忘记她是一位“04 后”选手，同样也让我们印象深刻。

虽然管晨辰和美国名将拜尔斯同为平衡木单项难度领先的选手，但管晨辰与拜尔斯的风格并不相似。拜尔斯更多的是以木上转体、空翻类动作与下法的高难度取胜，而管晨辰的平衡木成套则难在了动作长串的连接加分，这也是中国女队平衡木的一贯技术优势。不过，平衡木向来是一个“易练难比”且不确定性极大的项目，成套动作连接较多，这也对管晨辰的比赛时的发挥提出了很高的要求。如果管晨辰在木上完成动作时稍有晃动和调整，她的成套难度分便会受到影响。2020 年 9 月的全国冠军赛，管晨辰就顺利地完成了自己的平衡木成套，并且拿到了自己的第一个单项全能冠军。而在东京奥运会的赛场上，管晨辰顶着单项决赛最后一个出场的压力，在成套动作前半段有少许木上调整的情况下，依然能够冷静地根据场上局势调整自己的动作连接，保证成套动作合乎规则，并且顺利地完成了剩余动作。

当然，管晨辰这样的比赛气质并不是一日炼成。2019 年参加耶索洛邀请赛和世界青年锦标赛时，管晨辰的表现并不出众，也并未在世青赛的单项比赛中有奖牌入账。但在过去一年国内比赛与大小测验的历练之下，小小的管晨辰似乎也炼成了“大心脏”。在东京奥运会前的队内测试中，管晨辰的平衡木成套得分一直稳居前列。而在单项决赛前下午的赛台训练中，有外媒记者看到管晨辰在一遍又一遍地练习自己的平衡木成套，而且鲜有失误。

在来到东京奥运会之后，管晨辰还有一个调整心态的秘诀，她反复告诉自己：“反正在这里也没人认识我，我一点也不紧张。”虽然这或许帮助管晨辰甩开了压力，但实际上，没有太多国际比赛经验的管晨辰早就以其高难度、高质量的平衡木成套和开朗的性格红遍外网。而她的忠实粉丝，也包括刚刚加冕奥运会全能冠军的美国选手苏妮莎·李。两人相识于2019年的耶索洛邀请赛，并且留下了一张合照，当时苏妮莎就写道：“想念我的小晨辰。”东京奥运会，苏妮莎和管晨辰再度相遇在赛场并且再度合影，而不少网友也在这张照片下许愿："希望这会是奥运会全能冠军与平衡木冠军的合照。"在平衡木决赛前的训练中，苏妮莎看到管晨辰顺利完成成套，便在场下送上掌声。而在决赛中管晨辰下法站稳后，同样也参加了这场决赛的苏妮莎和拜尔斯一同为她鼓掌，并且在管晨辰夺金之后送上了大大的拥抱。那张"奥运会全能冠军与平衡木冠军的合照"，也终于名副其实。

管晨辰

而立之年方迎奥运首秀

“老将新秀”王涵圆梦东京

体坛周报　宫珂

在国家队度过了五千多个日夜，历经三个奥运周期，王涵终于站在了东京奥运会的3米跳板上。这是30岁的王涵第一次奥运之旅，同样也是她的圆梦之旅。在当地时间7月25日结束的跳水女子双人3米板决赛中，王涵与搭档施廷懋以326.40分夺得金牌，如愿登上了奥运的最高领奖台，同样也为跳水“梦之队”赢得开门红。

三度冲击奥运，不想再当替补

熟悉跳水的人都了解，这是一个“出名要趁早“的项目。从伏明霞、郭晶晶到吴敏霞、陈若琳，中国跳水队从永远不缺少年纪轻轻的奥运冠军。但像王涵这样30岁的年纪才首登奥运会赛场的运动员，却并不多见。

王涵是中国跳水队此次奥运阵容中最年长的运动员。在奥运会的赛场上，王涵是“新秀”，但在国际赛场上，王涵早已是“熟面孔”。

王涵的国家队生涯，早在15年前就已起航。在生涯早期，王涵还曾与同样来自河北保定的“大师姐”郭晶晶搭档双人项目。2009年，18岁的王涵就迎来了世锦赛首秀，并且拿到了女子1米板的铜牌。在那之后，王涵也是世锦赛中国跳水队阵容中的常客，也多次登上世锦赛的领奖台。但王涵的第一枚世锦赛金牌，却一直到2015年喀山世锦赛才姗姗来迟，而且这枚金牌还来自非奥运项目混合双人3米板。这样的成绩，若换做是其他国家的运动员，算得上是亮眼，但在素有“梦之队”之称的中国跳水队中，却只意味着王涵与主力的位置尚有距离。伦敦和里约两届奥运会，王涵也只能以 3 米板替补队员的身份度过。

从来到国家队时起，王涵的梦想就是登上奥运会的赛场，但没想到，追梦之旅竟然持续了十多年才开花结果。里约奥运会前夕，王涵一度觉得那是“离梦想最近的时候”，但最终她还是未能成为正选队员，留下了遗憾，这也是她在东京奥运会周期继续坚持的原因。在2018年雅加达亚运会摘得女子1米板金牌、3米板银牌之后，王涵也再度明确了自己的目标——下一届奥运会，她不想再当替补了。要去，就要冲在前线。

“双保险”发威，“老将新面孔”圆梦东京

与里约奥运会冠军施廷懋搭档出战女子双人 3 米板的比赛，则成为了王涵追逐奥运梦想道路上的转机。2019 年，王涵开始与施廷懋组成新的女双 3 米板组合。两人年纪相仿，经验相当，合作推进得颇为顺利。来到光州世锦赛前，王涵和施廷懋仅仅搭档了半年，也只参加过三站国际泳联跳水系列赛，但就是这样一对“新组合”依旧凭借滴水不漏的表现，在光州世锦赛轻松摘得女子双人 3 米板的金牌。以前王涵更多的是在争夺女子单人 3 米板的大赛参赛资格，这样存在一定失败概率的“走独木桥”，也意味着她很有可能会再一次带着遗憾离开。但能够在双人项目上摘得世锦赛金牌，又有一位与自己实力相当、合作顺心的搭档，那一刻，王涵感觉到自己距离梦想，更近了。

在光州世锦赛夺冠之后，王涵与施廷懋便稳稳地成为中国队的王牌女双组合，同样也是世界头号组合。在这枚女双金牌之外，王涵还在光州带走了一枚女子单人 3 米板的银牌。在过去两年的时间里，王涵在单人项目中的成绩也逐渐稳定，她也用自己在选拔赛中稳健的表现与东京奥运后半段的成绩，如愿为自己换得一张奥运单人 3 米板的入场券。王涵与施廷懋这对“老将组合”，也是中国女板名副其实的“双保险”，而经验丰富、

发挥稳定的她们，也在东京奥运会为中国跳水“梦之队”毫无悬念地拿下了第一金。

东京奥运会到来之时，王涵昔日的搭档与好友何姿早已离开赛场，比王涵小一岁却已是奥运“五金王”的陈若琳则以裁判这一新身份亮相池边，而王涵却依旧在为梦想日夜兼程。如果我们换一个方式来讲王涵的故事，她的坚守或许会显得艰难而且有些心酸，甚至王涵的家人同样也在为她心疼，但王涵却有自己的想法，对她来说，有梦想可追逐是幸福的。“很多人有梦想，但是实现不了很可惜。但我有梦想，而且离它很近，所以这是很幸福的事情。”

如今，曾经无限接近梦想却又“扑空”的王涵终于圆梦东京，但她的追梦之旅目前尚未到达终点站。五天之后，王涵又将登上女子单人 3 米板的赛场，她也将再次为最高领奖台而战。

国羽混双头牌摘银后已准备好重新出发 他给女搭档发了这段话

新浪　董正翔

作为羽毛球混双的热门夺冠人选，郑思维 / 黄雅琼没能在东京奥运会上演童话里的完美结局。

即便在过去 5 年的时间里，他们曾是国羽的先锋，甚至曾扮演过“遮羞布”的角色，但加冕奥运冠军的时刻，站在镁光灯下的却不是他们。

在实现大满贯的路上，他们只差这个冠军。

特别是郑思维，过去的一年，他经历了太多事情，伤病的困扰曾让好性格的他一度着急。

每个球迷心中对冠军都有不同的标准。以郑思维对队伍作出的贡献为依据和标准，很多人认为那枚金光灿烂的金牌就应该是属于他的。

就像体操选手肖若腾一样，郑思维在球迷的心中也有不可替代的位置。

现在，输了比赛的他，是否已经做好了重新出发的准备？

新浪体育专访了郑思维，以下是他的自述：

顺与不顺

在东京奥运会前，我有很长的时间没有和雅琼配合训练。

在疫情之前，我们都是处于赛练结合的状态，两周比赛，两周训练，这种节奏，训练不太持续，强度不是很大。

但因为疫情，我们的训练期拉长了，训练量开始陡增起来，一堆积，会让身体产生疲劳，容易受伤。

在备战奥运会这种紧张的节奏下，我没有充足的时间让身体休养，只能边练边治。

当2020东京奥运会确定推迟一年时，我的心情肯定也会受到影响。

我认为对我和雅琼来说，东京奥运会推迟是弊大于利的。

一年之后，形势会有很大的变化，会有很多不确定的因素。我能确定2020年自己是怎样的状态，但一年后，我是怎样的状态，是未知数。

但对我来说，比起奥运会推迟一年，我和雅琼长时间不能配合训练才是让我更崩溃的。

运动员最大的天敌就是伤病，分开训练的这段时间，我们的配合是停滞不前的。虽然雅琼可以提升个人实力，但我们毕竟缺少配合的训练量，从2020年就开始减少了配合时间。

因为我伤病比较严重，所以2021年我们的配合时间更少，在奥运会开赛前的最后一个月，我们才开始真正地重新配合。

不过，因为我在恢复期，状态还未到最佳，导致我们的配合训练也不是很系统。到出征奥运会前的倒数两周，我和雅琼才真正地去交流一些技战术的东西。

受伤病困扰的那段时间，我肯定是着急的，但一般情况下，我都会尽力去克制自己的急躁。

最着急的一次是在成都备战的冲刺阶段，我们打了奥运会模拟赛，输给了“黄鸭”组合。

那场球输了后，我比较着急，所以就在最后两周的训练课上给自己加量，我是这样的运动员，如果着急了，不会体现在生活中，会在训练中更加严格地要求自己。

决赛前只看了一遍对手录像

进奥运村时，我的心情挺忐忑的，一年多没有比赛，不知道和对手之间有怎样的差距，毕竟我这一年有很长时间也没怎么系统训练。

第一场比赛后，我稍微放松了一点，觉得和其他队伍的队员打起来也还好，不如看他们打比赛时的那种视觉冲击强。

整个奥运会期间，我的状态是紧张和兴奋并存的。

比赛的前一天，我都会有紧张感，但到了赛场，在场上活动时，那种紧张感就消失了，这得益于我前期铺垫了足够的紧张感。

比赛的过程中，其他单项的头号种子有提前遭遇淘汰的情况，比如男单的桃田贤斗，男双的吉迪恩 / 苏卡穆约。

就像外界说的，夺冠热门比赛不好打。虽然我知道外界看好我们，但我会适当地避免这些信息，我从不认为夺冠热门就能拿到冠军。

我一直对自己说，作为混双的一号种子，我们不能输。

这次比赛，我会对每一场比赛的对手给予足够重视，这体现在我会充分地准备比赛，比以前更多地看对手的比赛录像。

举一个例子，以前的比赛，我和雅琼在比赛前一晚会坐在一起看一遍录像，分析一下对手的特点。

这次比赛，我对雅琼说，我们先各自分开看几遍，然后晚上再一起分析。而且，我们会看对手多场的录像，不会只看一场比赛。

这次决赛对阵“黄鸭”，我们却只看了一遍录像，就是他们打半决赛那场比赛。

因为双方彼此之间太了解了，我觉得比赛更重要的点在于心态和思想，而不是技战术，对对手的线路不用准备得过多。

决赛那场比赛，对我来说，我打到了非常好的状态。在奥运会决赛中，运动员不太可能像其他比赛那样打得那么自如，对方也紧张。

第一局输了后，我们第二局又落后，已经无路可退了，我对雅琼说，“我们不要这个冠军了，一定要打好这场比赛”。

我就是这么想的，如果当时再想拿冠军就会造成心理负担，这句话明显有效果，所以我们第二局在很艰难的情况下扳回来了。

决胜局输了 2 分。输球的那一刻，我感到特别遗憾，特别可惜，脑子一下子没反应过来，一直到颁奖仪式后才缓过神来。

我很不甘心，我们看到了机会，机会就在我们面前，不是没有看到。

很多网友说，我们输了是因为心态不好，我觉得网友的想法很正常。一场比赛输了，很多人会把败因归结为“放不开”。

但我认为，都打到那个时候了，没有什么放不开。

没有运动员会不想成为奥运会冠军，对手也非常想。打到后面，输了两分，我觉得主要还是在于细节，我们没有把握好细节。毕竟我们第三局还曾以 11 比 10 领先，到 14 分时还领先 1 分。

我觉得我们没有输

输掉决赛的那天，我发了一条朋友圈，我说朋友们不用担心我，我需要自己冷静一下。

这并不是我要把自己“关起来”，我是觉得失利的阴影需要我自己去消化，我必须消化了，才能迈过去这道坎。

消化的过程还是有一些难度的，我必须强迫自己接受这个遗憾，我不能逃避它，要直面它。

其实，过了一天，我的心情就好多了，想通了就好。

这个结果，我改变不了，我也肯定对手的表现。

但对我来说，5 年准备期的这个过程、我在决赛中的表现，从这两点出发去看，我不认为我们输了。

我情绪有所缓解后，给雅琼发了一段话：

“之后的巴黎奥运会周期，比起东京奥运会周期可能会更难。一方面，年龄的增长是一个问题；另一方面，上个奥运会周期，我和你是以非常自信的状态去备战比赛。”

“新的奥运会周期，我们在失败后面临的处境，会更加难。如果决定好了，要一起重新出发，我们就要有更强大的决心和信念。”

虽然现在在隔离期，但我已经开始进入2021年全运会的备战状态中了，已经调整好了心情，开始进行力量训练。

新的奥运会周期，我会以全新的姿态展现在球迷面前，会找回当年刚“出道”时的自己，以奋力冲击的姿态，冲击巴黎奥运会。

同时，我也肩负了世界第一混双的使命。

在这次比赛中，我们曾被记者问到，怎样看待羽毛球混双这个项目的影响力不够。

我觉得我们要做的，就是要打好每一场比赛，把精华部分展现给世界上的球迷们。

现在世界上专攻混双的运动员还是比较少，我希望能为“混双”代言，能推动这个项目在世界上的发展，希望能有更多的选手专攻混双。

最后，我想对过去5年时光中的自己说一段话：

“不管是顺境还是逆境，你都时刻给自己危机感，保持一如既往的自律。在遇到伤病时，你努力与它抗争，这种毅力和信念是值得肯定的。我感激这个5年时间里一直这么努力的你，正因为有了你，我才成全了现在的自己。”

说“遗憾”不说“后悔”

郎平：不往回看，一直往前跑

腾讯体育　张蕾

郎平形容自己的职业生涯，“一直不往回看，一直往前跑，就是奔跑的那种。”在中国女排的东京奥运会之旅画上句号之后，她也许可以暂时停下来，停下那种“耳闻战车轰鸣、眼见无尽高峰”的生活。“祝你开心，祝你健康，能够认识你，很高兴。”这也是很多人想对她说的话。

“你确定你要走吗？这是我在球场上最后一次见你吗？”

3 比 0，中国女排对阿根廷的比赛结束。

郎平上前跟多米尼加裁判丹尼·塞斯佩德斯告别。

“你确定你要走吗？这是我在球场上最后一次见你吗？”丹尼问。

“以后国际比赛多了，说不定在哪儿见。（不做教练了）我可以做别的，我还是国际排联技术委员会委员呢。”郎平回答。

有明体育馆里，虽然缺少了观众的陪伴和共情、喝彩与喧哗，但沉降在比赛场地中央这一块的情绪，依然是饱满甚至是超负荷的。

DJ 李和林在得到主管的特许后，现场用中文广播说：“我们永远支持中国女排，郎平指导谢谢您，我们永远爱您。”

《阳光总在风雨后》的歌声在体育馆里奏响。

郎平是个一进入工作状态就屏蔽掉外界声音的人。她没听见 DJ 代表全中国球迷的表白，甚至没听见煽情的歌声。她回身准备拿上战术本，正式下班。

结束了东京奥运会之旅的中国女排队员们手牵着手，走向郎平，集体给她鞠了一躬。

“你们干什么？又在这儿煽情。”郎平说。

她理解姑娘们想要表达某种心意，混杂着感谢、不舍、内疚，可能也有一点迷茫。

她们挨个拥抱。有的说，“对不起郎导”。有的说，“感谢郎导”。有的抱着她不撒手，她还要帮她们擦眼泪。她自己也哭了。

“这个时候我能理解她们是什么样的心情，但是，这不是说这个话的时候。你还在现场，回来总结可以说，但现在已经没有意义了，因为比赛完了。”郎平保持着一贯的冷静。

里约奥运会夺冠之后，经过各方面的极力挽留，郎平跟国家体育总局排球运动管理中心续约，带队再打一个周期。不曾想，这个周期是五年。

“话说回来，我陪大家几年，其实也是我对事业的一种热爱，不是谁欠谁的，没有必要（愧疚），大家都是为了一个共同的目标，想把这届奥运会打好。”

“遗憾”可以说，“后悔”不要说

0 比 3，负于土耳其。

0 比 3，负于美国。

2 比 3，负于俄罗斯。

东京奥运会小组赛以这样的三记重锤砸向中国女排。

第四场比赛对阵意大利之前，同组美国对土耳其的比赛先行上演，原本排名第一的美国 0 比 3 输给了土耳其，彻底扼杀了中国队小组出线的悬念。

在 2 比 3 遗憾负于俄罗斯后，中国女排队员们心里明白，“希望很渺茫了，（对意大利）也就是一场荣誉战”。她们在登上球队大巴的时候得知了美国与土耳其比赛的结果。

郎平知道出局的消息时，队伍正在做准备活动。她看到有队员掉了眼泪。

“我们还是要求队员做好每一天。你得要学会承受，学会面对。因为这毕竟是我们自己打的，所以这个结果你不能怨天尤人。现在我们还有两场，要把它做好。”郎平说。

队员们记得那场训练课郎平说的话：“我们还有很多年轻人，以后还有比赛要打……我们也要一边打比赛，一边学习对方好的东西，要培养我们自己的一些好的习惯、意识。”

郎平不会乱了方寸，她跟球员们强调：“意大利是一支非常优秀的队伍，我们要相信自己的东西，要把它发挥出来，给球迷奉献一个好的比赛。”

带着这样的“任务”，女排姑娘们在东京奥运会上第四次亮相。因为伤病，老将们休战，但这套赛前没能在艰难场合测试的第二套阵容打出了优质的比赛内容。意大利主力队员在场，中国女排 3 比 0 拿下。

赛后，在混合区面对媒体，郎平哽咽：“我们也借这个机会感谢全国的球迷，跟他们说一声对不起，我们确实没打好，他们对我们抱有这么大的希望，这个希望也是对我们运动员的一种修炼，包括对我自己。一般来讲，我们以前努力与取得的成绩都是成正比的。这次失败让我们感到非常意外，说明我的工作还是没有做好，没有做到位，希望大家……但是（平复了几秒钟）但是球迷一直不离不弃，（哭着说）非常感谢他们。”

一直以来，郎平善感，但理性始终支撑着她。

“在这个时候就是要冷静，另外就是要接受。”

“接受”是面对现实，不埋怨、不后悔，但不代表无能为力，要通过总结和持续的修炼，永远也不习惯于“失败”。

"我有时候跟大家说，'遗憾'这个词可以说，'后悔'这个词不要说，因为你每天已经为了这个事业做了最大的努力，问心无愧。只是说在场上的时候怎么没有发挥出来，这个需要总结。"

等

短暂的东京之旅，最遗憾的，是 2 比 3 对俄罗斯的惜败，关键点在第四局。

"其实那一刻应该也算是我们的强轮，当时朱婷和张常宁、王媛媛三个人都在前排，三个点，特别是两个强攻点，一个张常宁，一个朱婷，怎么着也不会卡轮的，但是它就卡了。给张常宁（扣球），（被对方）'咣当'挡回来；给朱婷、给王媛媛，也'咣当'挡回来；回头又给张常宁，又'咣当'。"

在这期间，郎平用尽了两次技术暂停。

心理压力太大，想赢怕输，"用力过猛了，太僵了""有一些防守不是使劲的问题，还是（得）有节奏"。

自己的节奏调整不出来，还是心理问题，"关键的时候我们没有那种无私无畏、敢于真的相信自己（的勇气）"。

大家都在等待。等待张常宁，等待朱婷，等待下一个能下球的点。

"等待的有点多。"郎平说。

五年前的里约奥运会，中国女排也曾开局不利。在最艰难的时候，队员们不理解为什么状态调不出来的时候，郎平依然耐心，所有的准备工作紧而不乱，教练员的"话疗"富有成效，队员之间也互相激发——她们谈心，她们坦陈对别人的建议，她们直面自己的问题。终于在小组赛艰难出线之后丢掉了全部包袱，在搏杀中，尽显王者风范。

大家一直盼望着，这次也能完美地复刻，欲扬先抑的大戏。

在东京，"我们也一直没有去怀疑自己，就觉得没关系，可能像里约，不是前面也不顺吗？反正我们还是会缓过来的”。队员当中存在着这样一种自我鼓励也自我安慰的氛围，“我们当时其实一直在等待‘缓过来’的这个点”。

可是，东京与里约太不相同了。朱婷因为手腕伤病而扣球成功率大幅下降，颜妮的肩膀旧伤严重到“练着练着这个肩就脱落出来了”（郎平语）；强力主攻哑火后其他进攻点没能完全爆发去填补，而防守又失去了自己的节奏……

“回过头来（看），也许……历史是不应该去重演的。”队员们也有反思，“能够做到忘掉之前，其实也是挺重要的。”

没有人能“备战”500 天

历史不能复刻，是因为近两年发生在人类身上的，每一天都是新的课题。

郎平还记得东京奥运会宣布推迟的那天，国家体育总局训练局大院里的倒计时牌，一下子从 127 天跳转成了 491 天。

“快 500 天了，一下让你感觉……你不可能备战 500 天的，人没有这么备战的。”郎平说。目标发生的时间推后了 364 天，训练计划需要调整，“马上把它变成了正常的训练，就是基本功的训练。”

队伍封闭了，但情报工作不能封闭。

“我们保持了高度的警惕性，我们看不到对手，我们也出不去，各方面的情报我们都在找，包括她们在俱乐部打球的（录像），但还是挺难找的，因为我们的防控是非常严格的。”郎平说，对手在进步，而且有高强度的比赛历练，我们在这方面可能看不到、可能做不到，所有想到的困难，无法全面地解决。

在国内，球员们的生活环境、训练环境完全改变了。较之以前的封闭，因为疫情而施行的完全封闭更加残酷，原本的周日放松调节、外出活动全部取消，而上进的球员们经常选择在周日自觉加练。

“因为这个奥运会一会儿说开，一会儿又说不行了要推迟，来回折磨你，这个对我们来讲，心里面确实还是有些变化的。”此前赴日打测试赛，回到宁波北仑封闭训练。这边封闭还没完全结束，又要启程去意大利打世界联赛，回来面临的又是封闭。郎平说，“运动员不像以前那么活泼，那么有张有弛。这个平衡很难找。”

在漫长的封闭期间，教练组和球员们都尽了全力去调节。

他们尝试过换项训练，每周换一种其他的运动项目，让球员们尝个新鲜。足球、篮球、乒乓球、羽毛球、台球、游泳、瑜伽……在训练局大院里，她们的“换项”有时还能得到专业的指导，比如游泳队教练如果正好在，点拨一下，女排球员的水中技能便会有所提升。

除了偶尔的运动调节，队员们也会在生活中不断发掘，试图打破每天面对同样生活的沉闷。有的人看书，有的人看剧，有的人打游戏，有的人拼乐高——大型的那种，有的人泡一壶茶，有的人买了全套的烘焙工具，芝士、巧克力、慕斯……各种各样的蛋糕做了十几款，分给大家品尝。

每个人都很努力，在极端的环境里，在对未来未明的不安中，寻找内心的平静。

然而，这太难了。

状态不好的时候，担心进不了大名单；状态好的时候，担心奥运会再推迟或者取消。实在控制不住情绪的时候，她们会发泄出来。找教练痛哭，跟家人朋友倾诉，还有的，一边举着杠铃加练一边眼泪就流了下来。

郎平说，以前以四年为周期，运动员的伤病、体能、团队配合等各方面，都是按照四年去规划的，一旦毫无准备地拉长到五年，“节奏全部打乱了。”

“每天（球员们）就跟自己的苦累和伤病做斗争，我们就不断地‘话疗'，不断地鼓励她们，做尽量能做的。"郎平说，但"话疗"也有局限性，"鸡汤天天灌，灌同样的东西谁喝都喝腻了，所以我觉得到最后就有点疲了，兴奋点没有了。"

打球加执教，干了40多年排球，郎平没遇到过这么意想不到的局面。

"各个方面我们做了很多工作，但可能我们的工作，效果不好。或者说，我们的办法，用在疫情期间，已经不好使了。"

即便困难每天都会出现，但整个队伍的主心骨一直是，面对现实，做好自己。

"我觉得我们真的是问心无愧的，我们是全力以赴地准备。"郎平说，当东京奥运会确定来临时，队伍的感觉是，"这五年真够长的，终于要比赛了。我们当时的感觉是，准备好了，没有什么再准备的了。大家都很兴奋。"

"奥运会，好像是一个准备了很久的东西，它好像是一个下定义的比赛，像一个终点。"有球员说。

姑娘们的心愿是升国旗奏国歌，不负自己，不负"这些人凑在一起"的强大阵容，不负全国人民的期待。在队员们心里，这次比赛被"寄予了太多期待"。而这样的比赛，容错率趋近于零，"大家太想做好了。"

帮我们拍张带五环的照片吧

与阿根廷的比赛结束后，张常宁对中国体育报摄影记者刘亚茹说：亚茹阿姨，我们坐下，您帮我们拍一张带五环的照片。

瞬间，在场的中国摄影记者眼眶湿润，赶忙都跑过去帮姑娘们拍照。

中国青年报记者刘占坤"按了好几梭子"，"真心希望最大限度地满足她们此刻的这个小要求"。

照片上的姑娘们，笑容灿烂，眼里含着泪花。

"一个团队不可能从头到尾都是那么辉煌，我不太相信，你肯定有跌跌撞撞的时候，在这个时候大家不能埋怨，也不能泄气，我觉得这点中国女排做得很好。包括最后一天，我们打阿根廷，训练最后一堂课的时候，大家士气挺高的，‘加油，大家不能放弃’。”郎平回忆说，“大家真的是一起在成长，这就是一个队风。你这个球队还这么团结向前看，我觉得早晚有一天，她还会冲出来。”

最重要的不是以两场胜利告别这个赛场。最重要的，是队魂不丢，大家依然保有向上的心。

对阵俄罗斯失利后，郎平对姑娘们说，要昂起头。

赢球时不趾高气昂，输球时不垂头丧气，这是平日里郎平就传递给姑娘们的，“我们打的是一种体育精神”。

队员们常看到这位 61 岁教练的那股劲儿——

“就是，‘我凭什么做不好啊’‘我一定能做好啊’这些正面的东西，去战胜那些消极的东西，这些都需要经过自己内心的消化，然后发自内心地带出来（传递给队员）。她不是阶段性的，而是一直保持这种状态。”一名队员说，“我比较相信‘心之所向’，你心里追求什么，最后你肯定会达成什么，所以我觉得她是那种性格，所以她会有今天这样的成就”。

最后一场最后一个球落地，郎平在战术本上记下最后一笔，起身，告别。

“祝你开心，祝你健康，能够认识你很高兴。”最后，郎平对丹尼说。

郎平形容自己的职业生涯，“一直不往回看，一直往前跑，就是奔跑的那种。”回国隔离期间，她回看这次的比赛录像，“好好看一下，到底哪一个节点我自己做的还不够，哪些方面还能给队员调得更好。”

即将卸任的中国女排主帅还在忙着写总结。

“慢点慢点！”她头脑里的一个小人儿说话了，“你是不准备（继续）干的人，你还去分析什么呀！”

但另一个小人儿明白，“它是一种惯性——比赛完了要总结，总结完自己就放下了”。

“就是善始善终，好像是成了一种很好的品质和习惯。”女排一名队员说，那是一种作为强者的习惯。

“虽然这个比赛打得不好，（但）我们要把它总结好，总结好交给下一任，这叫完美收工。”郎平说。

（叶珠峰亦有贡献）

一辈子干一件让自己满意的事

中国射击教父常静春用脚踹出三个奥运冠军

腾讯体育　赵宇

看着杨皓然拿到东京奥运会气步枪混双团体赛金牌，63 岁的老教练常静春泪洒赛场，他知道这枚金牌对于 5 年前在里约经历滑铁卢的徒弟意味着什么。

按照辈分，杨皓然应该管他叫“师爷”。爷孙俩为了这块金牌磨剑多年，终于如愿。

做教练 43 年，带队参加五届奥运会，拿到三金、两银、一铜，这样的成绩让人羡慕。

他说自己 43 年只做了一件事，说这话时显然忽略了年轻时的射击运动员经历。不是 43 年做了一件事，而是一辈子，他像个匠人那样把一辈子时光都放在了靶场上。

如今，匠人终于要退场。回望过去的沧海桑田，不知道内心会掀起怎样的波澜。

用脚踹出来三个奥运冠军

“教练，您是不是要踹我一脚？”

东京奥运会气步枪混合团体赛第二轮比赛开始前，杨皓然突然对常静春这样说。

听罢，一脸严肃的老常照着徒弟腿上狠狠踹了一脚，“打起精神来。”

“打完第一阶段后我一直在想怎么刺激他一下，结果他主动跟我说

‘踢一下’。我心想，机会来了。”常静春说，自己过去确实有“踹人”的习惯，但那不是体罚，他希望用这种方式刺激一下运动员，给他提个醒、发散一下紧张的神经，“那时你再去跟他讲训练那些东西，没意义，一点用都没有。”

被踢了一脚的杨皓然在第二阶段继续发挥神勇，打出了 106.2、105.5 的高环，他和杨倩第二阶段直接进入金牌争夺战，并最终夺冠。

下来后杨皓然还开玩笑地说：“被踹一下真管用。”

“关键时刻踹一脚”几乎成了常静春过去 43 年执教的一个秘诀。2000 年奥运会，蔡亚林为中国步枪拿到了第一枚奥运金牌，备战时不知被教练踹过多少次，2004 年奥运冠军朱启南也如此。

雅典奥运会气步枪比赛开始前两天，常静春带朱启南去训练。趁教练不注意，他跑到另外一个场馆观看王义夫与杜丽比赛。根据射击队规定，运动员在自己比赛前是不允许到现场看别人比赛的，那样会影响心态。

现场看到王义夫和杜丽拿到金牌后，朱启南赶紧跑回自己的训练场，结果发挥非常不理想，用常静春的话来说就是：一塌糊涂，真的是一塌糊涂，“我当时很纳闷，今天到底怎么了？”

再三逼问下，朱启南一脸坏笑地对教练说：“我去看（王义夫和杜丽的）决赛了。”

一听这话，常静春火冒三丈，瞪着眼睛对朱启南说：“这要是在国内，我一脚踹倒了你！”看到教练发了这么大脾气，朱启南立刻老实了。比赛前一天把状态调整回来，第二天拿到了金牌。

据常静春回忆，自己这些弟子中唯独没踹过李杰（2004 年奥运会气步枪项目银牌获得者），“方方面面的表现都特别好，没机会踹”。李杰后来一直跟他“抱怨”，“您踹谁谁拿冠军，就是不踹我，所以我只能拿银牌了……”

把杨皓然从阴影里拽出来

“如果里约奥运会你能在现场踹杨皓然一脚，他是不是就能拿金牌了？”对于这段往事，常静春已不愿回首，“那时我不在，也不知道出了什么问题，咱就不提了吧，还是得往前看。”

从2000年到今天，常静春带着弟子们参加了五届奥运会，唯独里约没去。

作为气步枪射击运动的天才，杨皓然年少成名，18岁前就拿到了世界杯、世锦赛、青奥会、亚运会的冠军。被寄予厚望的他里约奥运会溃败，资格赛只拿到第31名，让人大跌眼镜。

所以这次奥运会之前外界对于杨皓然参赛也有不少质疑。作为师父，常静春最了解徒弟，一直力挺，“我非常相信皓然，他很执着，也是个特别冷静的选手，喜欢动脑筋，具备了所有优秀运动员的品质”。

为了备战东京奥运会，爷俩儿2017年至今一直在国家队里，嘴上没说，心里始终较着一股劲儿——用实力证明自己，为里约的失败雪耻。

奥运会开始前一个月，杨皓然状态非常好，两次全国比赛都打破了世界纪录。看到这种情况，常静春反而担心了，他觉得有时状态来得太早未必是好事，希望奥运会早点到来，“当时给我的感觉就是度日如年，总在想奥运会怎么还不开始啊，简直太慢了……”

还好，杨皓然保持了稳定的状态。可即便如此，5年前的那次失败还是像幽灵一样溜进了他的脑海——他开始紧张了，据说比赛前一天晚上刷牙时连挤牙膏的手都是颤抖的。

“确实能感觉到他的紧张，他自己也说想法比较多，有点‘上头’。”常静春主动找杨皓然聊天，给他减压。同时还发动蔡亚林通过微信跟他聊，开导他。蔡亚林是最早带杨皓然的教练，两人的交流自然也就不存在障碍。

个人赛试射环节，杨皓然的表现并不算太好，他后来也跟常静春说：

“突然一下子感觉上届的东西又回到脑子里了……”

“这种阴影其实挺可怕的，但还好，他自己调整过来了，接下来的发挥也是正常的。从教练员的角度来讲（个人赛）拿到铜牌肯定不解气，他自己也不甘心，不过这已经是突破了。运动员就是这样，只要捅破那层窗户纸就会立刻变得不一样。”常静春说。

用泪水和汗水打湿挂在胸前的奥运金牌

里约惨败阴影驱散后，杨皓然两天后又和杨倩一起拿到了步枪混合团体赛金牌。

夺冠后，常静春泪洒赛场。“疫情、延期让这届奥运会太难了。皓然上届打得不好，负面东西比较多，也有一些质疑，他都挺住了。最后有了一个好的结果，感觉特别、特别……”讲到这里，他突然哽咽了，一个劲儿地喝水，然后感谢了很多人。

常静春上一次在奥运赛场落泪还要追溯到 21 年前，蔡亚林在悉尼为中国步枪实现了金牌零的突破。

2004 年，朱启南和李杰包揽了这个项目的金牌和银牌，他没有哭。在他看来，中国队那个时候的实力已经非常强了，拿到这两块奖牌理所当然。

中国气步枪男子项目在后来几届奥运会虽然没有拿到金牌，但也始终保持在世界前三水平。

“1997 年底我第一次进入国家队，一直到 2012 年 12 月 22 日回到河北省队，上个（国家队）周期一干就是 15 年零 15 天。”回首往事，常静春感慨颇多，这 15 年零 15 天几乎没怎么休息，“刚结束这个周期的备战，下一个周期马上就来了，没时间调整。”

刚到国家队时，中国步枪项目成绩非常不理想，“手枪项目非常强，女子步枪也还可以，男子步枪不行，在国家队属于最落后、最落后的项目。人家去参加世界比赛拿回很多冠军，我们这个项目连奖牌的边儿都沾不上”。

“你也知道，在国家队这地方要是没有成绩会非常难受，抬不起头。即便领导不批评你，自己也觉得过意不去。”常静春当时就暗下决心要改变这种状况，“提振信心靠什么？就是水平，水平上不来，什么都没意义。”

他那些年狠抓训练，也请来不少专家出谋划策。训练场上的老常几乎是这个项目里练得最狠的教练，世界冠军蔡亚林曾不止一次被他练哭，“现在回头想想这些真是挺不容易，大家的付出总算没白费。”

用一辈子干了一件让自己满意的事

常静春说，东京是自己奥运会的最后一站，“到点儿了，不能再干了，回去后就退休了”。

“下届国家队教练让年轻人来吧，毕竟我岁数大了。如果（河北）省里需要我，也可以带带小队员。”

其实他在这届奥运会前就已经打算退休了。2017 年带河北射击队打完全运会后，国家射击中心领导第一时间找过来，希望他能带国家队备战奥运会。

“我跟领导说，我的脑袋都生锈了，还是别去了。”据常静春介绍，自己当时已经做好了回承德老家休假一段时间的计划，但在领导们再三苦劝之下，他又出山了。

10 月 5 日到国家队报到，一直干到了今天。这四年基本没休息过，“国家队这种环境不可能给你放松的机会。”

从 2000 年到现在，常静春带领弟子们参加了五届奥运会，拿到三金、两银、一铜，这是一份令人骄傲的答卷。

他接受腾讯体育专访时说很幸运，遇到了一批又一批的好队员。关于自己的功劳，只字未提。

这么多年下来，他和所有徒弟都保持着密切关系，有时会跟他们开玩笑说："我平时对你们那么狠，居然都不恨我。"

2008 年是他做教练的第 30 个年头，徒弟们瞒着他准备了一个庆祝仪式。当他脚踩红毯走进现场时，一下蒙了。徒弟们并排站在红毯两侧，目光注视着不知所措的师父。

伴着漫天飞舞的彩带，他热泪盈眶，后来甚至感慨说："结婚时都没有这样的待遇。"

庆祝仪式上，徒弟们挨个上台发言，弄得他一次次落泪。他说，自己这辈子都忘不了这样的时刻，"比拿多少冠军都令人欣慰"。

再过两个月，常静春就将年满 64 岁。他说自己做教练 43 年，43 年就干了一件事，"这个过程太漫长了，一直没停过"。

他年轻时也曾是一名射击运动员，所以不是用 43 年做一件事，而是一辈子。

他说，我对自己干的这件事还算满意。

谌利军靠什么夺得冠军?

力量可不是全部，背后还有看不见的博弈

腾讯网　夏冰

7月25日晚，男子67公斤级举重决赛，中国选手谌利军背水一战，在抓举成绩落后哥伦比亚选手莫斯克拉6公斤的情况下，于挺举比赛中绝地反击，一下子将杠铃重量提高12公斤，瞬间逆转，以打破奥运会纪录的表现获得了这枚金牌。这场比赛，在绝大多数时间里都让中国观众提心吊胆，但伴随着谌利军稳稳地举起187公斤的重量，所有人的情绪可以说都在瞬间释放，竞技体育的紧张激烈与精彩刺激也在这一场比赛中得到了淋漓尽致的展现。媒体将谌利军高高举起杠铃的那一刻称为“中国力量”，我想更多人在那一瞬间最直观的表达可能还是：牛！

谌利军抓举比赛结束后仅仅排在第四位，而且其三把抓举仅成功一把，显然不是一个好结果。因为这意味着在接下来的挺举比赛中，既要把对手逼入“绝境”，又要把自己逼上“巅峰”。那么，谌利军的教练于杰又是通过怎样的运筹帷幄，最终成功地让自己弟子做到这一点呢？

先从挺举的开把重量来看，后台给出的瞬间镜头显示：谌利军最初的选择是178公斤。看过比赛的都知道，谌利军实际开把的重量是175公斤。这又是怎么回事呢？这便是于杰的第一个“妙招”：先把重量开大一些，一方面可以给对手形成心理压力，一方面可以将对手先逼出来，将主动权拿到自己的手中。根据规则，每名运动员每把的重量可以有最多两次的修改机会。开始填的178公斤，实际举的175公斤，于杰合理地利用了这一

规则。而这样做的一个好处，哥伦比亚选手先登场了。

举完第一把后，谌利军直接将自己的第二举重量升到了 185 公斤。这意味着第二把选择 180 公斤的莫斯克拉又必须率先出场，结果对方第二把试举失败，这对谌利军是最大的利好。因为这意味着在对方完成第三次试举之前，谌利军依然可以“稳坐钓鱼台”，可以以不变应万变。莫斯克拉的第三把试举也是险过剃头，先是因为裁判没有鸣铃被一致判为失败，经申诉后才改判为成功。据于杰指导披露，在那瞬间，他的头脑中形成了两个方案：其一，如果对手的 180 公斤被判失败，谌利军将直接把自己填报的 185 公斤下调为 182 公斤，确保可以夺冠；其二，如果对手的 180 公斤被判成功，谌天军将直接试举 187 公斤，必须夺冠！

说到这里，顺便再普及一个举重比赛的规则：举重比赛前场有三位裁判，后场有五位仲裁，仲裁可以改变裁判的裁决且仲裁结果是最终并不可更改的。最终获得季军的意大利选手第一把挺举在三位裁判都判其成功的背景下，就是被仲裁组改判为失败的。所以，哥伦比亚方面因为对三位裁判的失败裁决不满，申诉成功，同样是符合规则的。

回到比赛，因为对手的 180 公斤成绩被判有效，谌利军要想夺冠，自然也就剩下了一条路可走，那就是举起比莫斯克拉 331 公斤总成绩更重的重量。于是 187 公斤成为了必然的选择。对此，于杰赛后透露：“当时的情况摆在那里，谌利军当时总成绩 320 公斤排在第五位，举一个其他的重量拿一块银牌或者铜牌，对我们来说没有意义，所以当时我的想法就是一个：冲金牌！”结果，谌利军一举定结果，为中国代表团夺得了本届奥运会的第 6 枚金牌。

说到 187 公斤，这虽然是谌利军在 2019 年世锦赛时曾经举起的重量，但自从 2020 年 10 月手臂受伤并手术之后，他不论是在训练还是比赛之中，还从来没有再举起过这样的重量。所以对于杰来说，他当时的决定还是或多或少有着一些冒险的成分。对此，于杰指导的态度是："举重运动员特别需要顽强的意志品质，关键时刻必须上，不可能退。而且当时谌利军还有两把动作，一次不行还有两次，我们共同的目标，就是把这块金牌拿下来！"

对于谌利军将第二把重量直升12公斤并一举成功，国内的观众当然是一片欢呼声。不过，在一遍叫好声的同时，也有观众提出了这样的疑问：谌利军的体重是不是比哥伦比亚对手轻一些？如果这样的话，他举起186公斤也就可以通过体重优势来获取这枚金牌了。对此，于杰笑着给出了解释：国际举联对于这方面的规则已经进行了改变，不再比较同级别选手之间的体重，而是在举起同等重量的情况下，谁先举起这个重量，谁的排名就更靠前。也就是说，在莫斯克拉已经举起331公斤总成绩的情况下，举起相同的重量对谌利军是毫无意义的，于是，187公斤成为了他必然的选择。

一场举重比赛，外界通常看到的只是运动员在前台举起杠铃那瞬间的"力拔山兮气盖世"，其实在这一个个决胜瞬间的背后，是一道道智慧的光芒。举重比赛的转播之所以一方面将镜头对准举重台上的运动员，一方面又将镜头对准运动员的备战区，其真实的目的，就是希望大家可以看到一个更全面的举重比赛，台前与幕后加在一起，才是举重比赛的全部，懂得了这一点，举重比赛自然也就不再是很多人心目中的"举铁"那么简单了……

四届奥运会拿下五金两银

金牌教练于杰和他弟子的故事

腾讯网　夏冰

8 月 24 日，结束隔离的于杰回到了家中，他的家距离训练局仅仅只有几公里，但他上一次回家却已经是差不多两个月之前的事情。

8 月 26 日，匆匆收拾行装，于杰又踏上带领队员前往武汉备战全运会的旅程，这一次他离开的时间又将超过一个月。

作为中国男子举重队的总教练，于杰已经习惯了这种以训练地为家的生活，妻子黄艳丽也同样已经习惯了独自一人将家里的一切扛起来的生活。

于杰的这种忙碌是从他2007年进入中国举重队开始的，转眼14个春秋过去，他换来的不仅是个人从普通教练到总教练的进步，还有五位嫡传弟子4人登上奥运冠军领奖台，总共拿下5块奥运金牌2块奥运银牌的佳绩，而仅有的一位还没有拿到奥运金牌的弟子田涛，已经将目光投向了2024年的巴黎奥运会。

“跟着他，拿奥运冠军！”这不仅已经成为弟子对于杰的信赖，也成为了中国男子举重队几乎公认的“冠军定律”。从一名“战绩平平”的举重运动员，到东京奥运会中国代表团唯一带队实现全员夺金队伍的总教练，于杰作为“金牌教练”的传奇依然在延续。而且，他透露，即将开始的全运会上，他将尝试发现“潜力股”，寻找自己的新弟子……

廖辉，于杰的一件“艺术品”

2006 年，已经几乎“淹没”在八一队的廖辉与已经默默当了 14 年教练的于杰走到了一起。对于这一对师徒的相遇，刚开始的时候并没有引起任何的关注。所以，短短的一年半之后，当廖辉登上北京奥运会冠军领奖台时，圈内普遍认为“于杰放了一颗卫星”，而对于杰本人来说，他认为经过十多年的努力，自己终于完成了“一件艺术品”。

廖辉是顶着“湖北神童”的光环进入八一队的。出生于湖北仙桃的他本来希望从事的是体操训练，所以对少体校举重教练在他 7 岁时投来的关注目光，他选择了拒绝，直到 3 年后，他才终于选择了接受。接下来的路可谓一帆风顺，13 岁进省队，17 岁进八一队。但是，随后的日子好像就变得不那么美好了。在八一队的前两年，他虽然依然是大家公认的“举重坯子”，成绩却一直徘徊不前，直到他转到于杰的手下。

身高 1 米 82 的于杰看上去并不是大家印象中的“举重人”：练举重的？这么高，不可能吧？事实上，于杰体育生涯的起点确实不是举重，而是铅球与铁饼，直到 1985 年 3 月进入八一队，他才半路出家练起了举重，而且是绝对的重量级——100 公斤级！作为一名大级别的举重选手，于杰是标准的身高体壮心细，善于用脑思考问题，所以尽管他作为运动员的最好成绩只是 1989 年在伊拉克举行的国际杯的冠军，1992 年当他因病退役的时候，他的教练便认定他是块当教练的料，将他留在了八一队。

于杰在八一队教练的岗位上一干就是十几年，而且即便是在八一队他也是看上去最默默无闻的那一个。但，他也一直都是在默默努力的那一个。2007 年 3 月，他带的队员赵启获得全国冠军，进入了国家队，他也跟着成为了国家队的教练。此时，廖辉跟着他训练也有一年的光景了。不过，尽管这一年的时间小伙子进步神速，在于杰的指导下基本弥补了抓举的弱项，但当时国内 69 公斤级的所有运动员面前，都有两座几乎难以逾越的“大山”、同是奥运冠军的“大神”——张国政和石智勇！

于杰做出的选择是：让廖辉直接面对“两座大山”。经过一番努力，他说服国家队的领导让廖辉成为了一名编外队员，就是可以跟国家队一起训练，但食宿等费用都需要自理。而为了不让廖辉有经济上的顾虑，于杰选择了由他来支付这些费用。于杰做出如此选择的原因很简单：一方面让廖辉面对挑战，一方面让廖辉树立信心。结果，在福建马江基地的两个多月训练下来，廖辉便赢得了张国政的公开称赞："这个小孩太厉害了！"因为"厉害"，廖辉很快也就成为了国家队的正式队员。

不过，直到2008年的奥运选拔赛以355公斤的总成绩拿下冠军并创造新的全国纪录之前，外界一直认为将代表中国参加北京奥运会的都是张国政与石智勇。对于弟子的进步，于杰看在眼里，喜在心里，但对于外界的追问却一直都是笑而不语。直到2008年8月12日廖辉拿下中国代表团在北京奥运会上的第13枚金牌，他才终于对外吐露心声："我完成了一件艺术品！"

从开始带廖辉，到将廖辉推上奥运冠军的领奖台，于杰总共只用了两年多的时间，这让很多圈内人都觉得不可思议，认为是于杰改变了廖辉。不过，时至今日，谈起廖辉，于杰更多的还是对廖辉本人称赞："他身体素质好，爆发力与协调性也都很好，再加上非常有韧劲，所以他能成为奥运会冠军，更多的还是他自己付出与努力的结果。"但在廖辉口中，却只有一句话："啥也不用说，他是我的绝对恩师，没有他就没有我的奥运夺冠。"

龙清泉，让金子再次发光

龙清泉的成名战出现在2008年8月10日的北京奥运会。当时尚未满18岁的他刚刚进入国家队，便在56公斤级的比赛中成功登顶，成为中国最年轻的举重奥运冠军。两天之后，于杰带领的廖辉夺得69公斤级的冠军。

基于龙清泉的年龄与能力，他的未来被普遍看好。但2012年伦敦奥运会前的国内选拔赛上，龙清泉只获得亚军，最终与伦敦擦肩而过。其后的一段时间，他的状态也是起起伏伏，及至2014年的全国锦标赛，他更是跌到了第六名。也正是在这样的背景下，龙清泉转到了于杰的手中。

对于龙清泉的状态，于杰是这样总结的："他年少成功，能力也摆在那里，但是，也许正因为身上的光环，使得他心里想练好，又担心表现不好被别人说，变得有些患得患失，结果训练反而变得不那么扎实起来。"基于这样的分析，于杰对龙清泉的要求首先是心态归零，从不利的状态中跳出来。

方向正确，进步随之出现。先是 2015 年的全国亚军，然后便是 2016 年的全国冠军，终于再次拿到了奥运会的参赛资格。里约奥运会的决战时刻，他与朝鲜名将严润哲的较量更是惊心动魄。抓举中，龙清泉第一把 132 公斤成功，第二把 135 公斤失败。与此同时，严润哲的抓举成绩则定格在了 134 公斤，由于严润哲是这个项目挺举世界纪录的保持者，因此抓举必须扩大优势方有可能战而胜之。于是，龙清泉的抓举第三把，于杰果断地要了 137 公斤，结果一举成功，确保了对严润哲 4 公斤的领先优势。

接下来的挺举比赛，更是精彩纷呈；龙清泉第一把161公斤，严润哲直接165公斤成功；龙清泉第二把166公斤，严润哲169公斤失败，比赛的"胜负手"就此出现——第三把，龙清泉先是要了171公斤，将依然试举169公斤的严润哲提前逼出，严润哲终于成功，总成绩定格在了303公斤。此时，于杰又适时将龙清泉的第三把降为了170公斤，直冲土耳其名将穆特鲁已经保持了长达16年之久的305公斤的世界纪录，结果龙清泉成功地举起这个自己从未在任何比赛中举起的重量，将奥运金牌、奥运纪录及世界纪录同时收归自己的名下。

金子再次闪光，于杰在短短一年多时间内带给龙清泉的突变也震惊了整个举重界，但他本人只是笑笑："龙清泉的底子好！"

谌利军，创造术后夺冠的新奇迹

于杰接手谌利军的时间同样是在2014年的下半年，与龙清泉同一时间。所不同的是，谌利军是以全运会冠军的身份出现的，他在训练与比赛中所表现出的能力，让几乎每一个人都看好他的未来。于杰接手之后，谌利军的成绩也是稳中有进，奥运会的夺冠似乎也只是水到渠成的事情。但让于杰绝对没有想到的是这样一位实力突出的运动员，带给了他执教生涯近乎最大的两次考验。

第一次考验出现在里约奥运会。当时谌利军的实力可以说是所有参赛选手中最强的，用于杰的话说："以他当时的能力，甚至只是两个开把重量就已经可以让他登上冠军领奖台。"但真实的情况却是，因为急降体重带来的严重身体反应，他连续两次试举都以失败而告终，而且更要命的是，他此时身体的抽筋已经严重到让他根本无法继续比赛的程度，最终只能选择退赛。这样的情况不仅是谌利军第一次遇到，也是于杰乃至整个中国举重队第一次遇到，甚至在整个世界大赛中都是极其罕见的现象。"大家都知道赛前降体重对运动员是一个重大的考验，但是如此极端情况的出现还是给我们上了一课，如何避免类似问题的再次出现，也成为了我们作为教练员必须高度重视并认真对待的一个重大问题。"时隔五年，提及当年的情形，于杰依然唏嘘不已。不过，在这五年的时间里，于杰一直不断地在鼓励谌利军："咱是军人，就是要从哪里跌倒就从哪里站起来！"

谌利军带给于杰的第二个考验则出现在2020年的10月。在浙江举行的全国锦标赛上，谌利军右臂肱三头肌肌腱断裂，专家的意见是必须马上手术。正所谓伤筋动骨一百天，更何况谌利军还肩负着冲击奥运会金牌的使命呢！没有退路，只有咬着牙往前走。"他是10月22日受的伤，27日进行的手术，在医院住了三四天后出院，在训练局公寓调整了三四天之后便赶到了宁波集训地，边治疗边恢复边训练。这个挑战实在是太大了，任何一个细小环节的问题都有可能前功尽弃。"回忆谌利军受伤的那段经历，于杰的语速甚至都在不知不觉中加快了许多。

最终，奇迹出现，2021年4月在乌兹别克斯坦举行的亚锦赛上，谌利军成功夺冠，其333公斤的总成绩已经接近自己的最高水平，让师徒俩同时看到了参加东京奥运会的美好前景。有意思是，本来应该“最省心”的谌利军，甚至直到7月25日的决战时刻还让于杰经历了一次“心情过山车”——抓举比赛，谌利军只成功了一把，落后对手6公斤。挺举比赛，又到了必须放手一搏的时候了。于杰先是叫了178公斤，将抓举第一的哥伦比亚选手率先逼出，然后又利用规则，将重量降到175公斤，确保谌利军可以轻松举起。第二把，于杰叫了185公斤，继续将对手逼出，而在对手最终举起180公斤并将成绩定格为331公斤之后，又果断地将重量提升到187公斤，结果谌利军一举定金牌，挺举只用了两把便结束了战斗，从跌倒的地方扬眉吐气地站了起来。谌利军的能力，于杰的战术，既让外界看到了这对军旅搭档的智勇双全，也让更多人领略到了举重比赛的惊心动魄与精彩刺激。

田涛，目标就是奥运冠军

在于杰的几位“嫡传弟子”中，田涛是唯一一位目前还没有获得奥运冠军的，而对于这位与自己当年级别最为接近的弟子（96 公斤级），于杰的心愿同样非常简单：将他带上奥运冠军的领奖台。

田涛在 2019 年世锦赛上以 410 公斤的总成绩夺得冠军，这也让所有人看到了他在东京奥运会上有所作为的曙光。然而，奥运会的推迟以及 2021 年 4 月他在亚锦赛前膝关节的突然受伤，让他的东京之旅化为了乌有。“虽然田涛在受伤的情况下依然夺得了亚锦赛总成绩的冠军，但 396 公斤的成绩显然不是很理想，再加上每个队最多只能有 4 个参赛名额，所以我们最后时刻只好放弃了田涛。其实，如果他去，应该同样有机会冲金牌。”说到田涛在最后时刻的落选，于杰依然有些遗憾。事实上，东京奥运会 96 公斤级冠军的最终成绩是 402 公斤，距离田涛 2019 年的 410 公斤还有不小的差距。

田涛是在2013年成为于杰的弟子的，当时他刚刚经历了一次严重的肘部受伤，不仅训练不够系统，状态也不是很好，尤其是受伤后的心理阴影对他训练的影响相当之大。所以，于杰接手后的第一件事便是想尽办法为他治疗伤病，帮助他从阴影中走出来。“他的身体条件相当好，所以只要解决了伤病方面的问题，提升几乎是必然的事情。”基于这样的认识，尽管田涛在跟随自己训练差不多一年时间后的表现依然是成绩没有明显提高，于杰却一直很淡定，相信他的“脱颖而出”只是时间问题而已。

终于，2014年，田涛开始迎来了爆发。在9月的仁川亚运会上，他战胜伊朗名将罗斯塔米，获得了冠军。而此人也恰恰就是两年后在里约奥运会上战胜他的那位。“其实里约的时候田涛便已经具备了冲冠的实力，但由于他在抓举、挺举的前两把都没有成功，造成了没机会再表现的尴尬局面，最终输给罗斯塔米获得亚军，应该说问题就是出在了自己身上。”也正是这次遗憾之后，于杰将抓成功率作为了田涛训练的一项重要内容，如今，田涛在这方面的进步已是有目共睹。

因为受伤的原因在最后时刻与东京奥运会擦肩而过，田涛虽觉得遗憾，但也完全理解，毕竟站在于杰与国家队的角度，确保状态最佳的选手出现在奥运赛场上才是更重要的，更何况最终派出的4名队员全部站在了冠军的领奖台上。更重要的是，他相信，只要自己跟着于杰教练一起坚持下去，那么三年后的巴黎奥运会便依然有机会。事实上，这既是田涛的梦想，也是于杰对田涛提出的要求，更是两人共同的目标……

都在夸她美，我只觉得太残酷

网易　界外编辑部

东京奥运会周期，多位世界冠军在成为母亲之后，选择复出征战。

和所有母亲一样，这些“冠军妈妈”需要平衡家庭和事业，而因为运动员身份的特殊性，她们还需要克服年龄、伤病、长期封闭等难题。东京奥运的延期，让她们面临更多的不确定。

特殊的奥运之年，我们记录她们复出这一路上的艰辛。这是冠军运动员的故事，也是母亲的故事。

世界冠军黄雪辰已经参加过三届奥运会，在俄罗斯垄断了花样游泳金牌榜的大背景下，仍然取得了三银二铜的成绩。里约奥运会后，她逐渐淡出，结婚生子。2019年，她重返赛场，复出之路，百般艰辛。

以下为黄雪辰自述。

一

浴室里的水哗啦啦往下流，我的脑海里冒出一个大胆的想法，要不喝点洗澡水？

也许你会觉得我疯了，可那瞬间，我的喉咙实在是干得冒火，急需一滴水把它“浇灭”。

最后我忍住了，倒不是出于卫生考量，而是靠断食断水减重的我，怎么能够在一天的最后时刻功亏一篑——早上练体能，下午训练，晚上蒸桑拿，你不知道我这一天都经历了什么。

洗完澡，头昏眼花地回到宿舍，检验成果的时刻到了，我的心都提到了嗓子眼，不敢看体重秤上的数字。深呼吸，啊，比昨天轻了3.8公斤！只有一天时间，3.8公斤，我甚至不敢相信自己的眼睛，这是我减重以来的个人记录。

但很快，这种兴奋劲就过去了，因为明天我还要继续训练，继续减肥。

这是我第二次经历退役后再复出的过程。但“重新出发”，真的更难了。

2015年喀山世界游泳锦标赛后，我整个人都很抑郁，有过退役计划。2016年还是复出比完了里约奥运会，和搭档一起拿到了银牌。没几个月我和王普东就结婚了，宁泽涛是我们的伴郎，一切都是幸福的模样。很快我们的女儿出生，“花样游泳运动员黄雪辰”逐渐成为过去式。

其实最初我没想过还会回来，已经准备好了当个普通上班族，在体制内也很稳定，家里都觉得这样不错。有一次跟领导一起吃饭，聊着聊着大家开始“吐苦水”，没办法，队里真缺人。

下一届奥运会是在日本，花样游泳又是个打分项目，在印象分上也很重要，有几个“老将”在队里“刷脸”，是能给队伍带来不少优势的。

而且那会儿我刚生完孩子半年多，整个身体状况完全不同了，我本来之前也有伤病，怀孕期间手腕都是“废的”，连瓶盖都要我老公拧。加上训练肯定要离开家，孩子还那么小，所以家里人一开始是不太同意的。

我老公也是运动员出身，他特别明白恢复训练期那一套，有一天我们坐下聊，他说担心我身体适应不了，很心疼。

软磨硬泡各种沟通，也吵过好多次，他问过我好多次，“万一你辛苦付出还是达不到预期怎么办”，我就想我还没试啊，我底子在那儿，哪能不试试就直接放弃了呢？

不过他也知道，让我相夫教子，不太可能……

二

大家可能不知道，花样游泳看上去有多美，这个项目就有多残酷，它对体脂率的要求极高，必须保证动作轻巧、姿态利落，以及线条优美。女性体脂一般必须在 9% ～ 12%，花游运动员基本上都在这个标准左右甚至更低，说这是个极限运动也不过分。

我身高 1 米 76，进产房前，我的体重达到了 96 公斤，对，就是一般女孩的两倍。有时候看到镜子里的自己，我都恍惚，天呐，这胖大姐谁啊？其实仔细想想，我挺佩服领导的，是什么给了他勇气，让他相信，当时眼前那个 90 多公斤的“胖子”能继续练花样游泳啊？还参加奥运会比赛……

想重回赛场，得减到 61 公斤左右。

2015 年世锦赛后，我有三四个月没有训练，里约奥运会第一次复出，那时候恢复训练还是挺容易的，跑跑步出点汗，稍微控制一下进食就能减肥。但这次不一样，将近两年空白期，我还生了个孩子。

不夸张地说，能想到的减肥办法我都试过了，那个过程苛刻到我人都要傻了。几乎不能吃，运动量要加，不能多喝水，还要蒸桑拿脱水，体重急速往下掉，精神上濒临崩溃。不过大家千万别学我，我这个情况确实太特殊，减肥还是健康第一。

那阵子我情绪很差，整个人变得很暴躁，就感觉心里窝了一团火。

在队里，我总是那个最大声说话、最大声笑的人，晨练都能带着大家玩起来。好多朋友说我不像南方姑娘，说我大大咧咧，特别外向。但是，被减肥“摧残”的那阵子，我真的是疯狂地哭，没办法，压力大、情绪差到根本缓不过来。

那时候，我会给王普东拨去电话，其实就是随便找个理由和他吵架。但吵到一半，又不管不顾地只想赶紧挂了，因为我没什么力气吵架了，脑袋也是蒙的。挂了电话，自己一个人默默地流泪。

我也怀疑过自己，结婚了、当妈了，过往的成绩也不差，三届奥运会我都有奖牌，参加过那么多世锦赛，拿过世界冠军，知名度也有了，人生至少一半的“作业”已经完成了，到底何必来受这罪？

还好，花游队减肥的人不止我一个，大家一起崩溃。有队友和教练的陪伴，大家有共同的目标，确实是好过很多。

在这种模式下，几个月的时间，我的体重哗哗地往下掉。算下来，和巅峰时期相比，我总共减掉了 60 斤。

三

但是最痛苦最绝望的，不是减肥，是训练，对手太强大了。

2016 年里约奥运会，我和孙文雁拿了双人项目的银牌，采访的时候我说：“把第二当成第一去比，反正也超不过。”

这话是真的，大家都知道奥运会有很多“梦之队”，比如我们的国乒和跳水，但这两项我们也有过奥运折戟或者不圆满的时候，俄罗斯花游不一样，从 2000 年的悉尼到 2016 年的里约，五届奥运会，所有花游项目他们一块金牌没丢。

身体上，同体脂率她们肌肉线条更清晰。而且从动作编排，到后备队员，她们都是世界顶尖。

俄罗斯的芭蕾，整个国家的艺术氛围，让她们的花游编排有无穷的素材。俄罗斯有很多专门的花游学校，退役的专业队员当教练，而我们，曾经想请个俄罗斯教练都难如登天。那么多好苗子，4 岁开始练，从小开始比赛，整个国家就是“花游巨星”的培养基地。

我们会头疼队伍新老交替，头疼优秀选手不足，而她们有充足的后备人才，2013 年、2017 年世锦赛，俄罗斯花游队的主力选手几乎都是新人，还是大比分领先夺冠。

好多人说我和孙文雁是十多年来最好的花游选手，可是我们奋起直追这么多年，几代人的努力下，赢了曾经被视为“第二强”的日本，俄罗斯花游队依然像座大山一样挡在前面。

花游又确实很难练，举个例子，最普通的水中垂直倒立，要求对身体有足够的控制力，去平衡出水的高度和姿势，这个动作学会一般要花两三年的时间，练到跟玩儿一样可能得5到10年。

你想一下芭蕾难不难？在水里跳“芭蕾”只会更难，所有动作一个一个地折，一遍一遍地重复，还要观察队友。每次比赛，我们都要顶着一头胶水，一天下来胶水在头皮上开裂……

复出前我想过会很苦很累，但没想过会那么苦那么累，跟之前完全不一样。之前身体状况比现在好，队里大家年龄都差不多，练的量也比这一次要少。

这次备战东京，是双人集体都要承担，训练计划没减，还要减肥，要恢复体能，泳池边上随时得备着冰块、氧气瓶。冬训量特别大的时候，练完累到走不动路，穿衣服都能出一身虚汗，第二天还得坚持训练，没有调整的时间。

而且因为我生过孩子，胯骨多少受到过影响，身体上的优势少了，有些并腿的动作都难，只要略微并不上，编排上就需要调整。

上量的时候经常会想“我不干了我放弃，让苍天知道我认输”，那个强度真的大到每秒钟都在挑战人的极限。打个比方，你跑一个400米就到极限了，这一段训练是让你每天跑10个390米，哪怕你第六、七个时已经不行了，还是得坚持到最后。

四

我总是告诉自己，横竖就两年时间，死活也就两年。我真的从未想过，这也会有变数。

2020年3月底，离奥运会还有半年，经历了各种磨合、历练，我们有了充分的准备，我心里绷着一根弦，上战场比赛的状态也慢慢出来了。

那一周我们正好要上大强度。一个爆炸性的消息传来——东京奥运会要延期。此前就各种消息满天飞，但那一刻我还是不敢相信。得到消息的那一瞬间，我说不清是放松了还是泄气了，最后我们大强度也没有上。

怎么办？这一年，我该怎么调整节奏和训练计划？娃怎么办？家里老人还要带着娃几地奔波吗？孩子长得很快，我又要错过她一年的成长。

“放弃”这个念头经常从我脑子里冒出来，我搭档跟我一样年纪，一样退役后复出，我们俩练到受不了的时候，就蹲一起抱头痛哭。尤其是当我们这么拼命，但想到最终结果除了看自己还要看裁判打分的时候，最后还要来这么一出的时候，真的觉得特委屈，这么苦这么累，还是掌握不了命运。

但我心里清楚得很，一延期，我更不能放弃了，因为我不允许自己临阵脱逃。我们拿过世界冠军——在俄罗斯没参赛的时候，我不服气！况且即便他们如此强势，中国队也从来没有放弃过争冠军，难道我要因为需要多奋斗一年，就选择放弃？不存在的。

中国花游队还没有一个参加过四届奥运会的队员，我觉得我会成为第一个。

五

我从未后悔过重新回到赛场。唯一让我遗憾的，是我亏欠孩子太多。

生完孩子不久我就决定复出了，她三个月就断奶了。王普东也要上班，孩子主要是两家老人在带，她很小就开始奔波，有时候在上海，有时候在淮安，有时候也会来北京。

花样游泳这个项目，一整套动作中，根本没有一丝时间去想别的。如果孩子来场馆，我可能还是会有一点分心，偷空瞄一眼应该是一种本能，队友也可能受到影响。我们是一个集体，如果一遍这个错，一遍那个错，那就是无用功了。所以，我必须对项目保持专注，集体利益为重，是运动员最基本的职业操守，做不到这点，我就白复出了。

疫情之前那一年，我见孩子的时间加起来大概还不到三个月，疫情之后，能够见面的时间就越来越少，2021年，即便她来北京，我们也只能隔着栏杆见一见。有时候，王普东开视频让我看孩子，我就拒绝，不敢看，越看越想，越看越难受。只能靠训练去让自己“分心”，让自己忙到顾不得想。

因为这样，我确实是对孩子有亏欠的。有时候看着照片就会想，等奥运结束，等我比完最后一场，我就回去专心做她的妈妈，我们一点一点把缺失的亲子时光找回来。

做妈妈满分如果是100分，我可能只有四五十分，我是不合格的妈妈。有时候和朋友们聊起孩子，我感觉自己不像个妈，坦白讲，他们说的各种育儿书我也没读过几本，各种喂养攻略我也不太能插得上话，各种妈妈群、入学群、鸡娃群，我一概没有……

我的女儿很古灵精怪，有时候我待在她身边，她也会“不要我”，我对她很严格，希望她养成好习惯。在她眼里，我应该不是她最亲的人。

但电视上镜头一扫而过，她也能认出我，为我加油。我很想用自己的表现，给孩子做个好榜样。

很多运动员会把奖牌当做礼物送给孩子，我不会，我更希望她知道，所有的荣誉和成就，都得靠自己的努力。

很早以前，我的目标就是“保二争一”，我很想拿冠军，虽然心里没底，但还是拼尽全力，尽我所能，突破自己。花样游泳在国内发展也确实没那么好，我希望能更多地做一个传承，把自己的经验交给更多人。

如果没有家人做的“后勤保障”到位，这一切是无法实现的，尤其是我的老公王普东。虽然我也知道自己有时候脾气不好，对他说话容易急，但是他永远是支持我、包容我的后盾。

现在我暂时还没有机会去补偿我的女儿，等彻底“脱下战袍”，我就要回到家人身边，陪着女儿长大。那时候我不是世界冠军，就只是她的妈妈，希望可以多带她去旅旅游，让她知道，妈妈其实也很温柔。

活在世界纪录上的女人，能有多厉害

网易　界外编辑部

东京奥运周期，多位世界冠军在成为母亲之后，选择复出征战。和所有母亲一样，这些“冠军妈妈”需要平衡家庭和事业，而因为运动员身份的特殊性，她们还需要克服年龄、伤病、长期封闭等难题。特殊的奥运之年，我们记录她们复出这一路。这是冠军运动员的故事，也是母亲的故事。

得知奥运被推迟的消息时，刘虹正在隔离中。她的眼前是跑步机，和成箱的训练器械，尽管在隔离酒店，这位三十多岁的老将还是保持着严苛的训练。她刚刚在意大利经历了一个完美的冬训，她对即将到来的第四次奥运之旅充满信心。

丈夫和女儿在她隔壁，2018 年，丈夫再三劝她复出，她提出的唯一要求，是带着女儿一起。他们三个人组成了团队，辗转于北京、辽宁、昆明、意大利……女儿有时会突然发问：我们什么时候搬家？奔波的日子终于进入倒计时，可奥运又推迟，女儿本该上幼儿园了，一切都得从长计议。

早在十年前，她已经成为了国内最好的竞走运动员，多年征战国际大赛，她几乎没下过领奖台，世界纪录也由她保持。但竞走这个冷门项目，并没有给她带去应有的关注。直到获得里约奥运会金牌，刘虹才体会到了冠军的殊荣，别人看她的眼神不一样了。

34 岁的刘虹即将再次站在奥运赛场，她用四年时间，思考了四个问题，关于母爱、竞走项目本身、极限，甚至失败。

以下是刘虹的自述。

“妈妈，明天你还回来陪我吗？”

“我会的！明天见！”

四年来，最让我自豪的，是总能给女儿这样一个肯定的答案。

我是家里的第三个孩子，和两个哥哥最多差了不到三岁，我们三人从小真的是摸爬滚打长大的。父母总是很忙碌，早出晚归，这也是在农村里养家糊口的常态，家家都差不多。后来我的同龄人大都更早成为了父母，我理所当然地觉得生个孩子应该是很容易吧，或者以我的人生经历来看，除了训练拿冠军，别的都是容易的事。

熙熙的到来可是给我上了一课，成为妈妈真不轻松。至于过程有多惨就不描述了，我想应该没人觉得我是一个软弱的人，但在那个时刻真的体会到绝望……不堪回首啊。

那个缩在襁褓里的新生命，你总是看不够，她那么弱小，弱到睁开眼睛看看世界就需要睡一会儿，但就在你注视她的时候，她也在长大，一刻不停。

她的每个第一次都会带给你惊喜，哪怕是第一次尿床这样的“恶作剧”。你当然知道她的一切会越来越好，但这也让人心生焦虑，因为她每天都有不同，似乎转瞬就将展翅离巢而去，这真是一个母亲的喜悦和忧伤。如果母爱是无需承诺的最大给予，成为妈妈之后的我明白了，她的成长，我绝不能缺席，即便是重回赛场。

“已是奥运冠军，竞走还有什么能做？”

“冠军，能给我签个名儿吗？”

“冠军，我想跟你合影。”

奥运会真的不一样，从结束比赛的第一小时开始，到此后连续几个星期，各种采访、表彰、嘉奖彻底改变了我早已习惯的三点一线的生活。虽然从2007年起，我就是中国最好的竞走女运动员，大小比赛参加了四五十场，基本没下过领奖台，连世界纪录都写上了我的名字，可直到里约夺冠，我才一下子感到，人家看你的眼神不同了。

“奥运冠军”似乎是超出运动员之外的高级身份，在很多场合人们都会因为我的存在而表达敬佩和尊重，这种表达很真诚，因为我是“奥运冠军”。但是也有许多次，由于竞走这个项目不被了解而陷入双方的尴尬，“请问竞走是什么样的运动？”“竞走有多少公里？”甚至偶尔被记者问到，例如:“你跑到多少公里感觉自己可以夺冠了？”“跑？”“哦，对不起……”

还有不少朋友替我惋惜，说“你要是马拉松运动员就好了”。因为马拉松原本和竞走很像，却在近些年成为了轰轰烈烈的全民运动，不需要解释，便很容易在人群中共情，几乎每个人都尝试过跑步的辛苦和愉悦，爱好者们随口可以说出42.195这样明明很烦琐又精准的数字，也有越来越多的人愿意尝试去挑战自己更好的表现。我仅有的一次很业余的马拉松参赛经历，被关注的程度超过了很多次拿世锦赛冠军。

奥运带给我许多荣光，却让人忽视了竞走的存在。从事竞走多年，也看到这项运动在全世界是少数人的竞技，但是对于大多数外国体育观众来说还是有一些了解的，毕竟这是田径运动的主干项目之一，在奥运会中也有超过百年的传统。虽然进行竞走训练比赛的门槛有点高，如果能够通过我让更多身边的人去了解和欣赏竞走不也是一件很有意义的事吗?

我开始希望自己被更多人看见，看见我也就看见了竞走，赛场，是最好的地方。

“你的极限在哪里？”

2019年，基普乔格用不到2小时跑完全程马拉松，“人类没有极限”这句话也一同被全世界铭记。人类有没有极限我不知道，但是我自己的极限确实一次次被改写。

我听有些运动员说从小就立志当奥运冠军，这是我不敢想的，小时候甚至不知道奥运冠军是什么。我更能记得的是自己很小就有不服输的劲头，可能就是因为这样的性格被挑选成为了运动员。

虽然成为运动员之后是我至今最精彩的人生经历，可我真的依然无法轻松回答最常被问到的“你是怎么走上竞走之路的？”以及“你是因为热爱才选择练竞走的吗？”我并没有太多选择的机会，我是被选择的。

当我知道自己在竞走上面比身边人更强，可以获得专业训练的机会，我就努力；当我的努力赢得了省里比赛的冠军，有机会留在更大的城市，还能获得工作的机会，我更努力；当我被国家队选中，可以代表十几亿中国人站上国际赛场，我继续努力。当我越来越接近世界之巅，直到抵达那梦寐以求的顶峰，我真的感谢自己的努力。

可是我也会困惑，或者说好奇，顶峰之后是什么呢？我曾经以为“极限”是一堵墙，是你无法永远通过的终点，但“极限”其实是一扇窗，走近它你就会看到窗外，它不只挡住你，同时也吸引你。窗外有更广阔的天地，你不禁想要再前进一些。

这几年，每当我感到已经濒临绝境，无法继续完成内心所求的时候，总还能找到办法将这扇窗撬开一丝缝隙，随着缝隙的不断加大，我发现它变成了一扇门，我可以跨过它，走进新的天地。

那些限制住我们想法的理由，如“当了妈妈便是运动员的终点”“女子并不适合50公里竞走”“超过30岁运动能力必然衰退”以及“一个人无法独自完成高水平的训练”等等我自己也曾经相信的极限，居然又被我自己突破了。

所以即使奥运会延期这样百年不遇的极端情况一时间让我乱了方寸，以为我的竞走之路到了尽头，但接下来几个月，在对困难的逐一分析梳理之后，却在2021年遇见了更好的自己。这真神奇，也很美妙。

所以，无论是否真的有极限，起码别那么轻易下结论。

“第二名，可以接受吗？”

如果早些年遇见这个问题，我甚至会感觉被冒犯，这还用问吗，当然不能。我就是要冠军，我只能赢，真的有几次刻骨铭心的二三名成绩让我难过很久。

但是2021年，当我结束在黄山的奥运资格赛回到家时，熙熙扑在我怀里亲热，冷不防说了一句，“妈妈，第二也挺好”。我好像一下被电流击中，我以为这句话会伤害我，却在那个瞬间感到一种温暖的抚慰。我想这一定是奶奶教她的，也是全家人对我说的心里话。

是啊，第二也挺好啊，我依然全力以赴，但是总有一天我会淡出这舞台，这并不可怕呀，我做了自己想做的，该做的，也应该学会坦然面对。我走在一条不同于以往的路上，成功是给后来人的指引，失败也同样是有价值的提示。

几年间尝试了很多，也收获了很多，其中最重要的，或者说对我帮助最大的，并不是什么高明的训练技巧，而是看似空洞却很真实的心态，我想赢，但是没那么怕输了。

我现在格外珍惜自己的每一重身份，新的前进方向支撑了我从一个妈妈又变身回到运动员。

成为母亲之后，我觉得女儿就是让自己更好的那个人。我会时刻想着自己的一切将成为她的榜样，你对她的担忧和期待都需要自己先做得更好才行。我不再介意自己是不是那个唯一的冠军，更重要的是能不能成为让女儿感到骄傲的妈妈。所以不知不觉间，我真的让自己更乐观，更自信，更坚强也更豁达。这一切原本都是我寄予在熙熙身上的希望啊。

当然，和小时候一样，我还是想赢的，但是这次的输赢不再需要用胜负定义。它不是一个具体的时间，不是一个精确的数字，更不是一个有形的领奖台，是我和丈夫、女儿的一次探索。

我会很想念这条赛道，也希望它记住我曾经来过。

奥运冠军“武功全废”之后

网易　界外编辑部

东京奥运周期，中国代表团多位世界冠军在成为母亲之后，选择复出征战。和所有母亲一样，这些“冠军妈妈”需要平衡家庭和事业，而因为运动员身份的特殊性，她们还需要克服年龄、伤病、长期封闭等难题。

特殊的奥运之年，我们记录她们复出这一路。这是冠军运动员的故事，也是母亲的故事。

吴静钰在2008年、2012年连续两次获得跆拳道奥运金牌，但2016年在里约的那场失利，让她一直耿耿于怀，甚至在孩子出生之前，她就已经想好了要复出，参加人生中第四届奥运会。

她曾以为女儿只是她面对压力和困难时的调节剂，但最终，她发现是女儿的到来，让她重新接纳了自己。

以下为吴静钰自述。

一

又一个魔鬼训练日结束，我摘下护具，擦着额角的汗走到场边，习惯性地掏出手机，又是一条错过的视频通话邀请。

我赶紧拨回去，接通后的屏幕上是女儿红扑扑的小脸，躺在床上呼哧呼哧地喘气，一旁传来我妈的声音：“是轮状病毒，今天又吐了两次，烧还没退……”

“妈妈！”女儿稚嫩的喊叫打断了外婆，“妈——妈——”

“喊妈妈喊了半个小时了，一边哭一边喊”，我妈说。我努力平复了一下情绪，安抚了女儿几句，然后叮嘱母亲按时给她吃药，狠狠心挂断了视频。

心里当然难受，可我连哭出来的力气都没有了，一股令人窒息的压力堵在胸口。

东京奥运会的跆拳道资格赛已经到了最焦灼的阶段，根本没时间回家。本以为提前两三站就能拿到参赛资格了，可马上要打最后一站了，我还没有拿够积分。

打了 20 多年比赛，参加三届奥运会，手握两枚金牌，我从没这么紧张过，哪怕对面站着的是名不见经传的菜鸟，我都会手心出汗。

最后一站必须打进决赛，才能确保奥运资格。真的，我以前从没想到会被“拿积分”逼成这样。

手机锁屏上闪出女儿的照片，小人儿咧开嘴笑成一朵花。我按掉屏幕，猛地灌下两口水，拧紧了瓶盖，暗暗对自己说：不能就这么算了。

二

抬得高，摔得疼。两届奥运会蝉联冠军后，我在 2016 年的里约遭遇了人生中最大的坎儿。

当时的情况是，如果卫冕成功，我将成为第一个连续三届拿到奥运冠军的跆拳道运动员。国际奥委会主席巴赫也来到赛场，准备见证这一历史时刻，为我颁奖。

万万没想到，见惯了大场面、从不怯场的我，在那次冲击历史的比赛中，戛然止步八强。

“实在太想拿这块牌了”，赛后面对央视的镜头，我终于没忍住眼泪。我很清楚，我是输给了自己。

那场比赛结束后，每天晚上我闭上眼睛就是输掉比赛的场景；不甘心，太不甘心了。我怎么能以那样的方式输掉职业生涯最后一场比赛？

这种苦闷的情绪持续了足足半年，直到我发现自己怀孕了。

为了不影响孩子，我试着从失利的情绪里慢慢抽离，但很快发现另一种情绪又开始作祟：纠结。

杨淑君、布丽吉、幺瓦帕，这些和我同一时期的运动员，早已退役并组建家庭，幺瓦帕已经是3个孩子的母亲。她们有的当了教练、有的开了自己的道馆、有的成了全职妈妈，只有我还站在场上。

跆拳道圈子里还没有生完孩子继续回到赛场的，我不确定自己将来能不能做到，我只知道这种“复出再战”的念头，即便是怀孕时也没中断过。

我把这种纠结和困惑告诉了主管教练管建民，管教练给出的答案简洁明了：没问题。

心里的一块石头终于落地。也因为这样，即便在孕期，我都没离开跆拳道队，自己练不了就指导队友；女儿出生后，我还在队里做过短暂的比赛解说。

我努力给自己营造一种氛围感：我当妈了，但我依然是一名运动员，我还能回来。

三

有时想想，自己身上可能没太多母性光辉。和闺蜜聊天时，大家总会讨论带孩子的艰辛，时常把“想给孩子塞回肚里”挂在嘴边，可我从来没有过，我不喜欢“负重”的感觉。

喂奶也是一样。我想尽快找回运动员那种轻盈的体态，所以女儿6个月大的时候，我给她断了奶。一身轻松，真爽。

生育对女性的身体有不可逆转的影响，而运动员以身体为武器，竞技会将这些影响放大。跆拳道是一项用腿的运动，我原本的骨盆结构类似男性身体，髋关节窄，腿抬起来就是直线，但生完孩子后，髋关节完全打开了，走路时觉得身体都是散架的，更别说踢腿，发起力来，腿要刻意往里扣才能保持直线，速度和力量都受影响。

用“武功全废”四个字形容我刚回到训练场的状态，毫不为过。

跆拳道这种对抗性项目练久了，我已经被磨得性子烈，心气高，如今看着自己能力不再跟得上，只能一次又一次崩溃。

管教练知道我的脾气，再三叮嘱我要重新认识自己，不能像以前那样拼，要懂得“精打细算”，简单讲就是算好时间，控制好强度，调整好精力，把它在最重要的一天爆发出来。

我开始学着阶段性地跟自己较劲，学着每堂训练课不能都那么拼。如果说复出是一座大山，我才刚刚到达山脚下，还要留足力气爬坡呢。

慢慢来，别急。我对自己说。

但我总是很急躁，比如降体重，我的基础体重是52公斤，赛前要降到49公斤，太难了，我已不是北京奥运会上精力无限的那个少女了。

身体机能的下降，使得高强度的训练带来的髋关节酸痛愈发难以忍受，疼到睡不着觉是家常便饭。我在无数个夜里问自己，“我是不是有病？”但第二天清晨又挣扎着起来，告诉自己：“我很好，我要努力。”

体坛流传着这样一句话：个人项目靠集体，集体项目靠个人。从教练组决定让我参加积分赛开始，中国女子49公斤级的所有希望就都压在了我一个人的身上。

开弓没有回头箭，再怎么自我怀疑，也得咬咬牙坚持下去。

四

除了重建作为运动员的身体，还要重建有了孩子的生活。复出是一个慢速脱轨的过程，从一天一练休一次到一天两练休一次，我试着找回自己的身体，回家的频率也从一天回一次家，慢慢调整到一周回一次家。

老公一直很支持我，承担了更多照顾孩子的工作，每当训练烦躁时，他还主动充当垃圾桶，远程听我倒苦水发脾气；爸妈也全力操持着这个家庭，解除了我太多的后顾之忧，他们总安慰我，你是在为国出力，尽管去吧。唯独女儿不会，她只是个小孩子，她总是哭着喊妈妈。

为国效力的职业运动员，必然要牺牲一大部分家庭生活，这是众所皆知的定律。可有些事情真的到了眼前，还是意难平。

陪伴缺失的亏欠感不是没有过。别的孩子一两岁就在家里跟着爸妈学认字背诗的时候，我在外地训练比赛，老公满世界出差，女儿基本处在“放养”状态；两岁三个月时，我们就把她送去了幼儿园，第一次汇报表演，别的妈妈在后台给孩子扎小辫化妆，我们家只有爸爸一人到场……

两岁的孩子不懂什么叫失望，老公却懂得我心里的纠结，“没事，她现在还不记得啥，你还要准备奥运会嘛，以后有的是机会看她演出”。

成为母亲，是另一种磨炼。女儿对我的影响是潜移默化的。再暴的脾气，面对她时就像一拳打在棉花上，慢慢被磨平了，以前的我不可能有这种耐心；有时也会被她的天真所融化，但这种时候我总是提醒自己：不能这样。跆拳道是一项对抗运动，需要硬核的精神，丢了霸气和拼劲儿，人会变得胆怯。

管教练有着带大龄运动员的丰富经验，复出这两年他最常对我说的话就是：别担心，我保证比赛时给你调出最好的状态。

慢慢地，孩子也成了我训练的一部分，更多时候像是我的调节剂。如今女儿已经进入了幼儿园，她也知道了很多，不再像以前那样缠着我，她知道我要训练，要比赛，“妈妈要升国旗唱国歌”。

生孩子之前，比赛占据自己全部的精力和生活，所有情绪和感受，全都装在这一个盒子里，我经常把自己困在里面，和自己较劲。女儿的出生，像是从盒子上开了一扇门，让我走出来，看她喝奶，睡觉，长大，突然意识到：比赛只是生活的一部分。

重新接受自己的不足，可能是这次复出给我的最大收获。当我再次回顾里约奥运会失败的那场比赛，才意识到自己有很多地方并没有准备好。

五

2019 年 12 月，我在最后一站积分赛拿到东京奥运女子 49 公斤级入场券，将第 4 次登上奥运赛场，创造了这个项目的历史。确认拿到资格后，我走到场边与管教练拥抱，放声痛哭，释放出了压抑已久的情绪。

2020 年 3 月 24 日，国际奥委会正式宣布东京奥运因疫情延期一年。老公第一时间发来微信宽慰我：既来之，则安之。一片喧哗声中，我惊讶于自己内心竟没有太大波动，紧绷的神经反倒放松下来了。或许早就有所预料，或许已足够笃定面对波折；既然早就选择了这条路，就一定要走下去。

“等妈妈打完比赛，你就三岁了，咱们就可以一起回家了。”这是老公经常哄孩子用的一句话。奥运会延期后，他很自然地把这句话里的数字改成了“四”。我不确定四岁是不是开始记事的年纪，只是希望她长大后，回忆那些模糊的童年片段时，能记住妈妈为奥运梦想拼搏的那段时光。

姜冉馨上海队恩师赛后落泪：
她有一颗强大的心脏

搜狐体育　裴力

北京时间7月27日，2020东京奥运会混合团体十米气手枪开始了奖牌争夺战。结果，庞伟/姜冉馨在开局0比4落后的情况下，以16比14险胜俄罗斯奥委会队，为中国代表团再夺一金。

作为姜冉馨在上海队的教练，王莹在金都路的上海射击射箭中心与教练员运动员一起观看了当天的决赛。当姜冉馨和庞伟在最后一组锁定胜局时，整个会议室一下子沸腾了。

在接受采访时，王莹脸上已经满是喜悦的泪水。“幸福来得太突然，我其实很激动……金牌太不容易了。姜冉馨充分证明了自己，她有一颗非常强大的心脏，这枚金牌，我们所有人都特别骄傲。”

“前面我也在国家队，这一年，国家体育总局和姜冉馨付出了巨大努力，她经历体能训练方面的突破，还有两个月的军训，这都是意志品质的磨炼。”王莹说，“反过来看，延期一年对姜冉馨也有好处，那就是多了一年的成长和准备。这一届奥运会，我们一共备战了5年，很艰难。那么多运动员，只能选出来两个人参加奥运会，经历了反复的淘汰，真的是大浪淘沙，我们最后赢得参加奥运会的机会。”

“出发之前我就很有信心，我觉得她很有希望夺金”，王莹表示：“她的实力我知道，主要是赛场上如何把握。对于她和庞伟在赛场上的把握我们当然是有信心，但射击还是有很多不确定因素，最后我们也看到，两个队都拿到赛点，我们稍微一哆嗦就可能瞬息万变，射击玩的就是心跳，好在他们的配合和心脏抗压能力够强，经得起大赛考验，真的祝贺他们。”

“她真的是一个很上进的孩子。2017 年全运会，她没有拿到参赛席位，我接手的时候，她很全力配合，整个冬训非常扎实。”王莹介绍，姜冉馨的成长也不是一帆风顺，也经历了低谷期，但她全力以赴，用心钻研，从之前的低谷期走了出来，“我相信，她会全力以赴备战下一届奥运会。”

姜冉馨

巩立姣：经历过失败的我什么都不怕 若祖国需要我会一直练下去

搜狐体育 郭健

凭借第六投投出的个人最好成绩 20 米 58，中国运动员巩立姣终于如愿以偿，拿到了东京奥运会田径项目女子铅球的冠军！在此前三届奥运会上，32 岁的中国名将先后拿到第三名、第二名和第四名。

“我特别激动，因为我不仅取得了金牌，而且突破了个人最好成绩。所以这一刻我觉得所有的坚持都是值得的。”赛后巩立姣对记者说。她表示 2021 年是自己开始铅球训练的第 21 年，所以特别想在成绩上突破 21 米大关，“还是有点可惜吧，但能拿这个冠军就很值得了”。

“我想说我做到了，我是可以的，这一刻我等了21年，人一定要有梦想，万一实现了呢？”巩立姣强调这枚金牌不仅仅属于自己，也属于团队里面的每一个人。

“太难了，真的太难了，”巩立姣坦言随着年龄的增长自己也遭遇了很多伤病和意想不到的状况，“里约 2016 奥运会我失利之后，真是平复了好长时间才又站起来，可以说是从失败中站起来了，我胜利了！”巩立姣表示失败和成功自己都已经经历过，现在已经什么都不怕了，“我想证明的是，现在是我们中国时代，是我们中国女子铅球的时代，是巩立姣的时代，对！”

最后巩立姣表示 2021 年是中国共产党成立 100 周年，自己也希望用这枚金牌为建党 100 周年献礼。“好多人问我会不会退役，只要祖国需要我，我肯定会一直练，练到我练不动为止。”巩立姣最后说。

石智勇力拔山兮气盖世

北京日报社　袁虹衡　李远飞　陈嘉堃

石智勇昨天在男子73公斤级比赛中，以抓举166公斤，挺举198公斤，总成绩364公斤夺得冠军，为中国军团夺下第12金。要说这块金牌最独特之处，就是它是开赛5天以来，中国选手第一次以打破世界纪录的成绩取得的金牌。然而今天我们给大家爆一个料：就在离东京奥运会开始还有不到一个月时，石智勇甚至有过放弃的念头。

因伤想过放弃

大家都看到了，走上举重台的石智勇，眉心位置有两道青紫的印子，那是队医给他硬掐出来的。“我吃饭的地方和住的地方有点远，结果居然中暑了，当时有点头晕。”石智勇赛后解释，“其实这次比赛前我的状态并不好。”原来，6月23日石智勇在练习抓举170公斤时意外拉伤。在调整了一周后，他训练中上重量时再次受伤，又被迫休息了10天，这时候已经到了7月10日，推拿、按摩、针灸，各种手段都上了，可石智勇还是觉得恢复得好慢，他提议打封闭，但专家们看过他的伤势后建议保守治疗。“赛前受伤大大影响了我的训练质量，当时心里难受得要命，所以脑海中才闪现了放弃的念头。”他说，“一旦上台举不起来，真是太丢人。”

在石智勇看来，这场奥运会男子73公斤级举重比赛称得上是他职业生涯最艰难的一战。“因为伤病来得太不是时候，离奥运会比赛太近了。直到抵达东京后，我在赛前训练中抓起了150公斤，才觉得心里好了一点。所以大家光看到我在台上举起杠铃时的光鲜场面，其实在那一刹那前的备战过程中，我真的很难受。”

硬碰硬的较量

抓举比赛石智勇举起 166 公斤，排名第二的委内瑞拉选手举起 156 公斤，双方拉开 10 公斤差距。随后在挺举比赛中，石智勇开把举起 188 公斤，进一步巩固了优势。然而在第二把 192 公斤时，由于肘部动作轻微变形，裁判判罚试举失败。这时委内瑞拉选手开始趁机向石智勇施压，第三把要了 199 公斤，这不仅是打破挺举世界纪录的重量，而且倘若石智勇第三把挺举失败，而委内瑞拉选手又能成功举起 199 公斤的话，那么将以 1 公斤的优势击败石智勇，这一幕曾在女子举重 55 公斤级中出现过。但石智勇没有受到被判失败的影响，他按照原计划，第三把继续要了 198 公斤。“咱就拼这一把，看谁能举起来。”石智勇赛后说。最后那一幕大家都看到了，石智勇将杠铃举了起来，而委内瑞拉选手没有举起来。

回去就成家

拥有两枚奥运会举重金牌的占旭刚，现在是浙江体育学院的院长，也是石智勇的师傅。他一直希望石智勇能够超越他，能再参加一届奥运会，并在金牌数量上超过他。“我尽量再坚持3年吧。”知道了师傅的想法后，石智勇说：“我现在伤病还比较多，只要身体允许，我也会再坚持一下。”不过，石智勇这次比赛后是先要好好调整一下。“为了举重事业，我已经离家好多年了，2021年也已28岁了，回国后我准备先成家。”石智勇说，“其实奥运会前我就想先把结婚证领了，但后来一想我还是先打好奥运会吧。”现在奥运会结束了，金牌也拿了，石智勇可以安心成家了。虽然记者很关心他的喜事，但石智勇却不肯透露未婚妻的信息，他只是隔空向她表达了爱意：“让你久等了，回家就娶你！”

卢云秀　金牌是拼回来的

北京日报社　袁虹衡　李远飞　陈嘉堃

“让我以第一的身份晋级奖牌轮，老天已经给我三分了，剩下的七分，要靠我自己去拼。”中国女子帆板运动员卢云秀夺冠后这样说。24 岁的卢云秀是福建漳州漳浦人，讲起普通话还带着闽南腔。她说的“三分”和“七分”，出自闽南语歌曲《爱拼才会赢》，那句歌词是这样的：三分天注定，七分靠打拼，爱拼才会赢。其实，在东京奥运会帆板 RS：X 级系列赛中，卢云秀有两轮发挥不佳，但无论成绩如何，她每一轮都在拼，这枚金牌就是拼回来的！

差点被省队“退回去”

小时候，卢云秀就展现出了运动方面的天赋。初中时，她在县中小学生运动会上夺得了 800 米和 1500 米冠军。被招入县少体校后，她以为自己将接受田径训练，没想到不久后却被送到福建省帆船帆板运动管理中心，开始进行帆板训练。“刚开始接触这项运动，吃了不少苦。”她说，“站到狭窄的帆板上，整个人就失去控制，摇摇晃晃，无法平衡，狼狈地跌入海中。”

那时，卢云秀的身体素质不过硬，在山东日照的一次训练中，她直接昏倒在海上。见此情景，省队教练一度动了把她退回去的想法。但卢云秀身材修长，适合帆板项目训练，加上她能吃苦、悟性高，还有一股不服输的劲头，权衡再三后，教练们还是把她留了下来。

天赋加苦练助她强大

经历刚刚接触帆板运动的阵痛期后，卢云秀逐渐适应了训练强度和比赛节奏，她的天赋开始显现。在2011年于山东日照举行的全国帆船锦标赛上，她获得亚军。2012年上海的帆船全锦赛上，她包揽场地赛和长距离赛两项冠军。2013年塞浦路斯帆船世青赛上，她拿下帆板RS：X级冠军，成为在该项赛事中夺得该级别冠军的中国第一人。

2013年，卢云秀进入国家队。2017年，在东京奥运会比赛场地江之岛游艇码头进行的RS：X级帆板世锦赛上，她获得第三名。2018年，她在雅加达亚运会上夺得女子帆板冠军。2019年，她拿下了世界杯迈阿密站、江之岛站的冠军，在意大利托尔博莱拿下了RS：X级世锦赛的冠军，成为第五个获得帆板世界冠军的中国选手。2020年，又是在江之岛，她再度问鼎世界杯。

当卢云秀在奥运会帆板系列赛的第二轮和第三轮遭遇困难时，心理导师的一句话给了她极大的振奋："云秀，江之岛就是你的地盘，你应该犹如王者归来一般，去站在这个舞台上。"

努力让自己不后悔

2021年7月31日，江之岛游艇码头的风力不大，这对于擅长中大风发挥的卢云秀不是好消息。卢云秀给自己定的策略是奋力摇帆。她说："我不可以放弃，任何时候都不可以，我必须努力，让自己不后悔。这是我要做到的事情。"

卢云秀做到了，尽管在比赛中她一度落到第七名以外，但她始终没有放弃，最终以第三名的成绩冲过终点线，以净分36分夺冠。"奖牌轮的辛苦不仅仅在于摇帆的辛苦，更在于这个过程中，我是不是每次摇帆都能相信自己，这是最重要的。"卢云秀说，"这枚金牌对我们来说非常重要，我们团队的努力得到了回报，证实了我们的努力方向是对的。我相信它对于中国帆板只是一个开始，后面的人会越来越优秀，我相信他们。"

吴指导您看到我成功了吧

北京日报社　袁虹衡　李远飞　陈嘉堃

谢思埸出神地盯着东京水上运动中心墙上的记分牌，直到看见最后一跳的得分——102.60 分。泪水顷刻从他眼中淌了下来，他把头扎向迎候他的教练怀中。

“最后一跳下来，我脑子里一片空白，感觉像在做梦。等我从水池中出来，看见记分牌时，我才缓过神儿，觉得这一切是真的。”谢思埸赛后说，“这场比赛对我来说好像过电影一样，此前我所有的经历、低谷以及整个奥运备战过程中的所有感受都涌了出来。”

谢思埸夺得了东京奥运会跳水男子单人3米板的冠军，这一刻距离他备战自己的首届奥运会已过去了9年。其实2016年里约本该是他的第一次奥运会，然而2014年备战南京青奥会时，由于脚踝意外骨折，医生在谢思埸受伤的部位打入了钢钉。这次重伤让谢思埸对未来产生了怀疑，甚至考虑过退役。但最终他说服了自己，手术后半年，他重新回到了训练场上。然而2016年里约奥运会前夕，由于脚内钢钉的错位，谢思埸不得不进行第二次手术，也因此错过了里约奥运会。

此前谢思埸只在一场比赛后哭过。“那是 2017 年在布达佩斯，我第一次夺得世锦赛冠军，种种压力在夺冠那一刻释放了出来。”他说，“我走到今天确实很不容易。”这次在东京奥运会上夺冠之后，谢思埸在接受教练、队友的祝贺时流泪，在岸边淋浴时流泪，站上领奖台后仍在流泪，但了解他的人都知道，他为何会有如此多的泪水。在混合采访区，当记者的提问再次触动他时，他的流水却只为了一个人，一个让他感恩至今难以忘怀的名字——吴国村。

吴国村教练一直带着谢思埸，是他传道授业的恩师，为了帮助谢思埸参加奥运会，吴国村可谓殚精竭虑、燃尽生命。2021 年 6 月初，吴国村突然离世，这给正在备战东京奥运会的谢思埸极大的打击，然而谢思埸不能过度悲伤，更不能沉浸在这种情绪中不能自拔。为了他和恩师长期以来共同奋斗的终极目标，他只能将个人情感压抑下来，继续追求心中的梦想。

走板、弹板、起跳、腾空、翻转、打直、入水，这一套动作流程，谢思埸做过无数遍。东京奥运会跳水男子单人 3 米板决赛最后一个动作——难度系数高达 3.8 的 109C（向前翻腾四周半抱膝），谢思埸在日常训练中同样做过了无数遍。在身体扎入水中的一瞬间，他比谁的心里都清楚，这个动作究竟完成得如何，102.66 的全场最高分，就是他多年付出的最好回报与见证。“这几年我玩命地打磨着自己，不断改进技术，不断提升自己，现在我几乎把成套 6 个动作变成了一种条件反射，这才有了今天的成功。现在，我想说的是：吴指导您看到了吧，我们共同的梦想成真了。”

她圆了姥姥的奥运梦

北京日报社　袁虹衡　李远飞　陈嘉堃

经过两个比赛日的激烈角逐，东京奥运会女子七项全能比赛在东京新国立竞技场结束，22 岁的中国选手郑妮娜力以 6318 分获得第十名，帮姥姥郑凤荣圆了奥运梦。

身高 1.78 米、体重 62 公斤、身着鲜红色的中国田径队比赛服，郑妮娜力在赛场上非常引人注意。

郑妮娜力的运动天赋来自田径世家的传承——姥姥是中国田径名宿郑凤荣，姥爷段其炎是 1959 年首届全运会男子跳高冠军，母亲段力也曾是中国跳高运动员，于 20 世纪 90 年代移居加拿大，父亲是德裔加拿大人。

郑凤荣是中国田径的传奇人物，她于 1957 年创下 1 米 77 的女子跳高世界纪录，是新中国第一位打破世界纪录的女运动员。由于郑凤荣打破世界纪录的意义非凡，国内媒体将她形容为“中国体育运动春天降临的一只燕子”。

出生在这样的家庭，郑妮娜力从小就与田径结下了不解之缘。8 岁时，她在两棵树之间绑上一根绳子，效仿姥姥郑凤荣的样子，一个跨步就跳到绳子那头的一堆沙发枕上。为了观察外孙女的运动天赋，郑凤荣鼓励郑妮娜力在 100 米栏、200 米、800 米、跳高、跳远、铅球和标枪等多个项目上进行尝试，计划观察她在哪方面更出众，再进行专项深入的练习。没想到郑妮娜力天赋极强，几乎在这 7 个项目上都练得有模有样。她开始在学校和地区比赛中崭露头角，同学们为其送上“田径女王”的称号。

大学期间，郑妮娜力在五项全能比赛中表现突出，看到她在跨栏、跳高、跳远和铅球项目上的优异表现，郑凤荣建议外孙女主攻女子七项全能。19 岁时，郑妮娜力就获得加拿大全国锦标赛参赛资格，并成为七项全能的领跑者，还被加拿大田径联合会评为 2017 年加拿大 20 岁以下最佳运动员。

2017 年，国家体育总局向国外华裔青年运动员敞开大门，郑妮娜力第一个响应号召。2017 年，她以华侨运动员身份参加了中国第 13 届全运会。2018 年，郑妮娜力代表加拿大参加英联邦运动会夺得银牌。在那场比赛里，郑妮娜力输给了英国全能选手、世锦赛冠军约翰逊·汤普森，但未来可期，被外界看做七项全能的希望之星。

2018 年 11 月 12 日，郑妮娜力在自己 20 岁生日当天向世界田联递交了以中国籍参加比赛的申请书。不过，她要为此付出在很长的一段时间里无法参加国际大赛的代价。2019 年 6 月，郑妮娜力的入籍申请开始进入程序审核阶段。2021 年 4 月 12 日，她正式获得代表中国出战国际比赛的资格，成为中国队首位入籍田径选手。

在 2021 年举行的全运会测试赛女子七项全能比赛中，郑妮娜力拿到了 6153 分，创造了本赛季亚洲选手的最佳战绩，在世界范围内也能排进前十。东京奥运会前夕，她在西班牙举行的一场挑战赛中得到 6358 分，创造个人最好成绩，最终凭借积分排名成为参加东京奥运会女子七项全能比赛的 24 名运动员之一。

据郑妮娜力回忆，姥姥郑凤荣在带她训练时经常鼓励她要树立更高的目标，向奥运奖牌发起冲击。在郑凤荣的运动员生涯中，由于中国尚未重返奥林匹克大家庭，她没能参加奥运会是一大遗憾。这也让郑妮娜力更加珍惜这次机会，因为她也要完成姥姥的奥运梦想。

虽然与世界顶尖选手仍有差距，但在竞技水平最高的奥运会舞台上，作为亚洲唯一的女子七项全能参赛选手，郑妮娜力竭尽全力发挥出了非常高的水平。首项比赛为 100 米栏，她跑出 13 秒 27，创造个人最好成绩，单项排在所有选手的第七名。随后进行的跳高、铅球、跳远项目，郑妮娜力的单项排名均在 10 名左右。她在最后一项 800 米比赛中大幅刷新个人最好成绩，获得单项第六名，最终以 6318 分获得第十名。

在女子七项全能项目上，22 岁的郑妮娜力还有大把的时间为中国田径取得更多好成绩。

张家齐要把金牌赠爸妈

北京日报社　袁虹衡　李远飞　陈嘉堃

夺得东京奥运会跳水女子双人10米台冠军的北京籍小将张家齐有一个绰号，叫“小伏明霞”。但其实在她心中，偶像却是另一位“跳水皇后”郭晶晶。从很小的时候，张家齐就有一个梦想，希望自己能像郭晶晶一样成为奥运会冠军。在东京奥运会上，她的梦想成真了。

一路领先
完美表现夺冠军

东京奥运会，张家齐和搭档陈芋汐在决赛中的每一跳都堪称完美，她们一路领先，在最后一跳前已经领先第二名组合47.22分。这意味着，只要接下来的一跳她们不“拍”在水面上，这枚东京奥运会跳水女子双人10米台的金牌就将属于她们。“其实是有点蒙的。”赛后张家齐回忆最后一跳前的心理状态时说，“小时候都是看哥哥姐姐们比赛，真正轮到自己的时候，才感到那种压力。”她给自己找到的解压方式就是“拼”，任何情况下绝不松懈地去拼。最后一跳前，她们俩认真聆听教练的技术要求，在跳台上不断地模拟着空中动作，随后一气呵成，以363.78分的高分夺得了冠军。

“现在非常开心，特别兴奋，从小到大的梦想是不容易实现的。”张家齐在东京奥运周期里遇到了伤病和身体发育的问题，但她最终战胜了这些困难，“身体发育还是挺大的挑战，因为身高、体重变化，做动作的感觉都会和以前不一样。尤其是体重，这需要自己去控制，如果没有坚强的意志，是很难做到的。”

全运成名
如今实现“全满贯”

张家齐成名于2017年。在2017年举行的天津全运会上，当时尚名不见经传的张家齐一举拿下女子10米台的单人和双人冠军，从此名声大噪。2018年，她在武汉世界杯上再次将女子10米台的两个冠军收入囊中，正式加入了中国跳水世界冠军的行列。2018年的雅加达亚运会上，她又夺得了女子双人10米台的冠军。2019年光州游泳世锦赛上，她搭档卢为拿下双人10米台冠军，从而将全运会、亚运会、世界杯、世锦赛的女子双人10米台冠军全部拿到手。只差一个奥运会冠军，张家齐即可实现在该项目上的“全满贯”。

2019年光州游泳世锦赛结束后，张家齐开始与那届世锦赛女子单人10米台冠军、新秀陈芋汐搭档。2021年，她们携手来到东京，实现了两人心中共同的奥运梦想，张家齐也完成了自己的“全满贯”成就。

曾练体操
被劝退改练跳水

张家齐其实最初练习的并不是跳水项目。在她4岁那年，父母送她去练体操，但很快就被“退”了回来，理由是当时的她脑袋大、胳膊短、手又小，身材浑圆，而体操教练更喜欢那种精瘦的类型。于是张家齐的父母又把这个活泼好动、淘气的小姑娘送到国家体育总局跳水馆去练跳水。当时正在那里训练队员的任少芬教练，就经常看到张家齐。“当时如果让我选，恐怕我也不会选她这种身材的。”任教练说，“因为运动员一开始都比较瘦，要练到一定程度才开始发胖，可那时候她就显得圆圆的样子，我也以为她属于偏胖的孩子。”可谁知，小家齐练着练着就瘦了，最后还被选进了北京队。

张家齐在天津全运会上成名时，本报记者曾对她进行过专访。她头发有点自来卷儿，长长的睫毛、大大的眼睛，看起来像个大娃娃。但如今的张家齐个头长了，说话也很有大人的味道了。谈到只比自己小一岁的搭档陈芋汐时，她评价说：“她非常聪明，小姑娘有许多地方值得我向她学习。”

金牌为礼
感谢父母养育恩

张家齐酷爱芭比娃娃，将玩娃娃当作一种减压方式。训练之余，她经常能花一个多小时摆弄娃娃，比如给娃娃梳头、换衣服。从她还是小队员的时候，只要每次大赛取得了好成绩，当时担任她北京队和国家队主管教练的任少芬都会给她买一个芭比娃娃作为奖励。这次东京奥运会夺冠后，张家齐也会给自己买一个娃娃。

结束了东京奥运会的全部比赛，她接下来给自己安排的角色是“一个好的啦啦队队员”，然后就是回国参加全运会比赛。看到本报记者用手机播放的、自己母亲观赛后激动流泪的画面，张家齐说：“我很感谢我的父母，他们给了我不少鼓励和支持，家人的支持对我很重要。”其实她在来东京之前已经想好要给父母买什么礼物，但由于疫情防控的原因只能作罢，“我的金牌就是带给他们最好的礼物”。她说。

张家齐

北京小丫张家齐　战胜“生不逢时”

北京青年报社　刘艾林

北京时间2021年7月27日下午，东京奥运会女子双人10米跳台决赛在东京水上运动中心结束。没有悬念，两位都是第一次参加奥运会的小姑娘17岁的张家齐和16岁的陈芋汐，以363.78分领先第二名将近53分的成绩，为中国跳水队蝉联了该项目冠军，拿下了“梦之队”开赛以来的第二金，也实现了这个项目的奥运会六连冠。

张家齐，这位17岁的北京小丫，也成为开赛以来中国代表团中第一位北京籍金牌选手，弥补了前一天师哥曹缘未能在男子双人10米跳台上夺冠的遗憾。张家齐，可以给自己画一幅夺冠漫画了，也可以缠着爸爸再给她买一个漂亮的芭比娃娃。

成名早
12岁就拿到全国冠军

像很多中国女子跳水选手一样，小家齐成名很早，甚至早到未满12岁就拿到了全国冠军。2016年5月8日，距离家齐12岁生日还差20天，这个不到1米5的小不点儿就在当年的全国跳水冠军赛女子10米跳台决赛中夺冠了。

从那以后，张家齐一步步开始了自己的上升步伐。2017年她蝉联了全国冠军赛女子跳台决赛的冠军，而在引人瞩目的天津全运会上，张家齐独揽女子跳台单、双人决赛的两枚金牌，成为了北京体育代表团的骄傲和团宠。

2018年武汉跳水世界杯，张家齐第一次参加世界三大赛就成功地把世界冠军头衔加身，单人10米台上以427.3分的超高分让包括前辈、里约奥运会冠军任茜在内的众多高手望洋兴叹。2018年的雅加达亚运会，小家齐和同龄的掌敏洁搭档，又拿下了亚运会的女台双人金牌。2019年的光州世锦赛，张家齐又与卢为配对，为中国跳水队捍卫了女双跳台的冠军荣誉，加入到了世锦赛金牌得主的行列。

教练说

比同龄人训练更刻苦

和一些前辈或者更小的队员相比，张家齐有些“生不逢时”。2016年，小家齐已经有了在全国女子跳台项目上称霸的水平，可她的年龄太小，怎么也不能12岁就参加奥运会，因为年龄这方面国际泳联是有严格限制的。同样，2017年的世锦赛她也无法参加，而那两年，正是小姑娘无敌的时候。就连国际跳水系列赛她也不能去，国际赛事只能参加大奖赛。

同为10米跳台运动员，家齐的国家队师姐任茜，夺得里约奥运会冠军时是16岁，5枚奥运金牌获得者陈若琳获得北京奥运会冠军时也是16岁。再看比她晚进国家队的广东小丫全红婵，才14岁就可以征战东京奥运会。作为主攻女子跳台项目的选手，尤其是中国选手，拿奥运会冠军、世界冠军要趁早，而17岁的张家齐首次参加奥运会的这个年龄，在国内女将当中已经算是晚的了。

生不逢时，就意味着要多付出许多，因为女子跳台项目人员更迭太快，真正是“各领风骚只几年”。对此，张家齐此前在国家队的主管教练，也是北京籍的功勋教头任少芬曾对北京青年报记者说，“家齐最大的优点是比同龄人训练更加刻苦”。

任少芬曾向记者指出，小家齐未来有很好的发展前途，但最担心的就是她会面临发育的问题，一旦体重增加、身高增长，对翻腾动作影响很大。

在张家齐奔赴东京的时候，北青报记者和已经退休的任少芬教练谈起家齐的成长，任少芬赞许地说，“当初我就希望她能够克服身体发育时带来的困难，能够顺利获得代表中国队参加奥运会的机会，现在终于实现了，非常不容易。无论是努力训练还是控制饮食等各方面，她做得不错。我相信她能带回奥运金牌”。

小愿望

夺冠后最想要芭比娃娃

北京跳水出人才，从2008年北京奥运会开始，林跃、曹缘在连续三届奥运会上都曾为中国夺得奥运冠军。林跃是10岁从广东来到北京接受培养，曹缘也有过短暂的在湖南生活的经历，与两位大哥哥不同，张家齐则是一位完全土生土长的北京小姑娘。

家齐并非成长在体育世家，4岁多时，父母就把她送到位于东城区的一家体操俱乐部进行训练。练了很短一段时间，张家齐就被教练员退班了，她对记者说，“教练员嫌我胳膊短、手小，不是练体操的料”。于是张家齐又被送到国家体育总局的跳水馆去学习游泳、跳水，没想到改行却改出了一个世界冠军、奥运冠军。

在刚成为世界冠军的那晚，张家齐最想要的居然只是一个更漂亮的芭比娃娃。“我最喜欢的就是芭比娃娃，我已经有了很多可是还想要。我还想吃小龙虾，可却不能吃，要克制自己，第一作为运动员不能乱吃东西，第二也要控制好体重。”

几年过去，张家齐长大了许多，身边不再都是大姐姐，有些队友换成了小妹妹。这次和她搭档的陈芋汐比家齐还小1岁。曾经与张家齐在双人项目上合作过的同龄的掌敏洁、卢为等都淡出了一线，基本都是因为身体发育带来了困扰，造成水平下降，而家齐却获得了宝贵的征战奥运的机会。为实现奥运梦想，她在人们看不到的地方付出了无数艰辛。

终夺冠
父母在那一刻为女儿欢呼

张家齐夺冠后，她的母亲肖英杰女士非常开心和激动，更为孩子感到骄傲和自豪。

肖英杰说，女儿不到 7 岁就进入北京跳水二线队，10 岁进入一线队，12 岁进入国家队，很小就开始了集体生活，经常不在自己的身边。疫情暴发前在北京训练时，作为北京孩子的她每周能有半天的回家时间，家人就会尽量陪她走走逛逛，为她解压。进入封闭训练后，母女俩见面的机会就更少了，通常只是通过微信、视频来联系。

肖英杰透露说，“家齐和她爸爸最好，因为爸爸总会尽量满足女儿的要求。而我有时还会说说她，比较严格，她现在长大了，有时还会顶嘴呢”。虽然听着有些抱怨，但肖英杰语调里却透出无尽的疼爱，“家齐平时基本上把精力都投入在了训练上，除了训练，也就是喜欢画画了，有不少作品呢，我微信头像的卡通形象用的就是她的作品。孩子很辛苦，业余时间做什么我们基本都不干涉了”。

在张家齐和陈芋汐夺冠那一刻，张家齐的父亲张传生和母亲肖英杰激动欢呼：“冠军！冠军！所有的苦都没白吃，值了！”他们都流下了热泪。

“遇到合适的队友很难得”

北京青年报社　王帆

崔晓桐、吕扬、张灵和陈云霞，四个有着各自成长经历的姑娘有缘来到同一条船上，为了共同的目标奋力向前划行。她们一起经历了备战和等待，终于来到了2021年的东京，因为台风原因，她们参加的女子四人双桨决赛推迟一天进行。但好在，所有的等待都是值得的，在2021年7月28日这一天，四位姑娘以创造世界最好成绩的6分05秒13拿下了这枚奥运金牌，以绝对优势冲过终点后，她们还不忘向自己的对手致意。

强势夺金还创造新的世界最好成绩

2021年7月23日，东京奥运会赛艇比赛正式开始，在女子四人双桨预赛中，中国组合崔晓桐/吕扬/张灵/陈云霞从起航开始就很顺利，随后不断扩大领先优势，最终以6分14秒32的成绩获小组第一晋级决赛。值得一提的是，四位姑娘在预赛中的成绩是全部参赛队中最好的。在保留了一点实力的前提下，中国组合也为接下来的决赛做好了准备。

原定于2021年7月27日进行的决赛受到台风影响推迟到7月28日，强势晋级决赛的中国组合并没有受到这个小插曲的影响，来到决赛的赛场，四位姑娘发挥沉着稳定，不仅拿下了这枚不负众望的金牌，还创造了新的世界最好成绩。

两年前走到一起后四人还没有败过

早在2008年北京奥运会，中国组合唐宾/金紫薇/奚爱华/张杨杨以6分16秒06夺得了女子四人双桨的冠军，实现了中国赛艇奥运金牌零的突破。

从崔晓桐 / 吕扬 / 张灵 / 陈云霞配艇的那一刻起，她们就要成为最默契、最亲密的战友，尽管在赛场上始终背对终点，但是她们齐心协力，不断在各项比赛中奋勇争先，这为她们出征东京奥运会积攒了信心。

2019 年 5 月，崔晓桐 / 吕扬 / 张灵 / 陈云霞组队后首次参加赛艇世界杯，第一站比赛就夺得冠军。从那个冠军开始，这个中国组合在 2019 年实现赛季全胜，亨利杯挑战赛、世界杯系列赛和世锦赛冠军都成为她们的囊中之物。2021 年 5 月，她们在瑞士卢塞恩举行的 2021 年赛艇世界杯第二站中，以领先第二名 4 秒多的成绩夺得冠军。可以说，从组建到现在的两年中，四位姑娘还没有败过。

在此之前她们各自经历着成长

“划多人艇，能遇到很合适的队友真的很难得。”四个人走到一起是实力的选择，更是缘分使然。在此之前，她们各自经历着成长。

张灵从小被体校教练发现便直接选择了赛艇，她是这个组合中年纪最小的，却是经历相对丰富的。24 岁的张灵曾在五年前参加过里约奥运会，参加的就是女子四人双桨项目，不过当时她和自己的搭档们只获得了第六名。2017 年，她曾在全运会上获得过该项目的冠军，此外还获得了双人双桨的亚军。

和张灵一样，崔晓桐也是一直在赛艇的道路上走到现在，当年只有 14 岁的她被发掘开始接受赛艇训练，2013 年她曾在双人单桨比赛中获得过全运会的银牌，还在八人单桨中摘金。如今，27 岁的她终于经历了自己的第一次奥运会。

和张灵、崔晓桐有所不同的是，陈云霞和吕扬都是“半路改行”进入赛艇运动。内蒙古姑娘陈云霞最早是练田径出身，后来才改项目和赛艇结缘，并于 2011 年进入到上海赛艇队。陈云霞在 2017 年的全运会上获得了单人双桨银牌，并在 2018 年亚运会上获得该项目的冠军。

吕扬是这个组合中年龄最大的，她正在经历自己的第二次奥运之旅。从小练射箭的吕扬在 15 岁那年才转型成为一名赛艇运动员，并且在 2013 年全运会之后成为中国赛艇队的一员。她曾在 2014 年仁川亚运会上获得双人双桨的冠军，也曾在 2016 年参加过里约奥运会。

赛后感言

四位姑娘高喊："挺中国，铸传奇！"

"优秀是离不开努力的，我们的努力都是值得的，希望我们一直优秀下去。"2021 年 7 月 28 日上午，在东京奥运会赛艇女子四人双桨决赛中获得金牌的中国组合崔晓桐 / 吕扬 / 张灵 / 陈云霞在赛后这样说道。

四位姑娘手拉手登上奥运会的最高领奖台，她们始终肩并肩站在一起，就如同这些年来她们每天在一起并肩作战，相互鼓励和陪伴。她们相互为同伴戴上这枚金灿灿的奖牌，然后彼此相拥在一起，口罩也挡不住她们灿烂的笑容。

在赛后采访中，被问到从 2019 年配艇起一场比赛都没输、一直一路领先夺冠是一种什么感觉时，吕扬表示："这种感觉其实你们看来是比较容易，但是那些不容易只有我们自己知道。今天拿了这枚金牌，感觉所有的不容易都变得容易了。"

最后，四位姑娘连声高喊"挺中国，铸传奇！"为中国代表团、中国奥运健儿和中国加油。

肖若腾：我就是自己的冠军

北京青年报社　宋翔

肖若腾1996年出生于北京，言谈中有股老北京的腔调。在过去五年中，他已经成长为中国体操男队的绝对核心。东京奥运会，肖若腾在男子团体项目上，打满了六项并且全部成功。中国体操男队在团体项目上最后获得了季军，成绩与上届奥运会持平。此外，肖若腾还获得男子个人全能银牌和自由操铜牌。

在歌曲《以梦为马》中，肖若腾有过一段精彩的说唱："其实没有时间思考，要去争取每分每秒，从4岁练习体操，到7岁独身住校，无论金牌或是银牌，都是我的骄傲，既然要做，那就做到意想不到……，如果还有梦想，就请你现在去做，行动起来不怕失败。管它带来什么，是成功或是挫折，是悲伤或是快乐，坚持到底不放弃，对自己不要害怕，有梦想的光照着你，会变得更加强大。"

这段说唱的歌词是肖若腾自己写的，伤病在身的肖若腾形容自己是脆弱的"黑胶唱片"，只有在最重要的时刻，才能把自己这张"黑胶唱片"放给大家听，东京奥运会显然就是这一重要时刻，让肖若腾开心并感到骄傲的是："我做到了。"

里约奥运会前
因伤遗憾落选

讲述肖若腾的故事，要从2016年3月说起。当时的肖若腾虽然还不是中国体操队的领军人物，但他的天赋已经得到了很多人的认可。时任中国体操队总教练黄玉斌非常看好肖若腾，很希望他能够参加里约奥运会。

按照中国体操队的奥运选拔办法，在正式产生参赛名单前，需要通过三场队内测试，但在第一场第一个项目自由操，肖若腾做一个难度不是很高的落地动作时，不幸的事情发生了，他落地后手撑了一下地。“当时，教练告诉我们，整个体操馆都能听见，啪，一声。”肖若腾的母亲赵秀丽对北京青年报记者回忆，“后来肖若腾做了核磁检查，胳膊有两个大筋，他断了一根半，剩下没断的也差不多断了。你想想，那是多么的疼。”

当时距离 2016 年里约奥运会只有三个多月了，如何治疗伤病，成为中国体操队教练组与肖若腾最大的烦心事，仅就伤病治疗的层面，尽快接受手术肯定是最优选择，但这意味着他肯定将错过里约奥运会。但如果是保守治疗，谁都无法保证三个月的康复时间，就能让他达到比赛的身体状态。

最后肖若腾想赌一把，经过与中国体操队、医疗、康复专家、保障团队的充分沟通，他们决定还是保守治疗。“那些天，他每天一把把地吃止疼片，现在想起来都揪心。简直是太难了。那段时间，我们每天视频完都会泪流满面。”赵秀丽回忆说。

肖若腾与家人有个多年保持的习惯，不管他训练多累、多晚，他都会每天与家人视频通话。赵秀丽说肖若腾凭借自己的坚强意志，“还有与教练组、队医一起配合，咬牙挺过来了，但最后他的身体状态还是没能达到上奥运会的要求，所以他非常遗憾地落选了。看到这些，我们当父母的，觉得孩子这个阶段的苦真是白受了，那种疼是常人不能忍受的。”

里约奥运会的落选对于肖若腾的打击不言而喻。“我觉得这可能是我练体操这些年中最大的一次挫折了。”肖若腾对北青报记者回忆说，“因为这不是说你从一开始就知道上不了奥运会，而是你已经很接近了，但最后时刻你还是没法去参加奥运会。那是心理上的一种打击。”

肖若腾此后几个月时间情绪极度低落，他自己将那段时间称之为低沉期。“就是不想短期内再去触碰体操，我放低了自己的要求，并不是我要放弃体操，我从始至终都未曾想过放弃体操，因为我非常确定体操是我最擅长，也是最热爱的东西，但当时我想的是，如果我打不了奥运会，我可以打世锦赛、全运会等。”

肖若腾用了半年左右的时间才从这段低沉期走了出来，教练、队友、朋友、家人的帮助，自然起到了很重要的作用，但比这更关键的是，他重新找到了练体操的快乐。“这种快乐是一种很放松的感觉，不会让自己绷得那么紧，而是一种放松的状态。”

热爱体操天赋高
但从半山腰到顶峰每步都艰难

重新回来的肖若腾，继续展现着他在体操上的天赋与实力。“我是一个天赋很高的运动员，从小到大，教练和队友都说我是一个天赋很高的运动员。简单来说，别人练一个动作，可能需要做十次，我就需要做两个。”肖若腾说。

有天赋始终是肖若腾身上的一个鲜明标签。据肖若腾母亲赵秀丽回忆，肖若腾小时候很瘦，也很爱动。“我们最初让他接触体育，就想让他多吃点饭。有一个朋友在东城体校，就让肖若腾去看了看，他很喜欢。教练说肖若腾的综合素质特别适合练体操。”

“我很小的时候就很喜欢体操。每次我都喊着去体操房去玩，这些器械在我眼里就像是玩具。”肖若腾回忆说。2005 年，肖若腾第一次参加比赛，在李宁杯全国体操少儿锦标赛上，他获得鞍马和双杠冠军，团体第二。

赵秀丽说：“那次比赛回来，肖若腾跟我说的话，给我的感觉是，他觉得练这个项目特别有荣誉感，体操能让他有发挥到极致的感觉。让他练体操，并走上职业道路，我们也是纠结了很久，肖若腾当时学习成绩也不差，说心里话，也不用完全去靠当运动员改变命运，但他就是喜欢体操，我们后来决定还是按照孩子最喜欢的东西去发展。”

对此，肖若腾说，“我小时候，父母很尊重我的爱好，他们会给我很多的选择，从来不会逼着我去做一些事情，当他们觉得我非常喜欢体操之后，就会帮助我继续在这条道路上走下去”。

肖若腾此后在各项比赛中开始展示自己，青少年比赛、全国比赛、全运会等，他都获奖无数。“我觉得练体操，就像是攀登珠峰，从山底到半山腰，可能不难，但要想攀登到顶峰，也就是奥运会，从半山腰到顶峰这段路，真是每步都艰难。”肖若腾向北青报记者这样回顾他的体操经历。

因伤痛曾产生自我怀疑
是不是无法继续了

与其他运动员一样，肖若腾的梦想就是参加奥运会，并站上最高领奖台。从 2017 年开始，他开始收割国际赛事的冠军，尤其是当年的世锦赛全能冠军，这无疑是他体操生涯中重要的一次“登顶”，肖若腾说：“这次的世锦赛冠军，对我最大的激励是，它让我更加坚定了再次要打奥运会的决心。”

但肖若腾的奥运之路充满曲折。后来他的肩伤变得严重。肖若腾对北青报记者说，“肩伤疼痛让我始终无法对一些项目上强度，只能花很多时间去康复治疗，当别人可以学习新动作，练动作的时候，我只能看着，当自己身体感觉还可以或者在一些关键时刻，我就只能练一两次。就好比足球运动员，他永远不能带球跑动，他永远只能是跑步训练的状态。这种感觉对我心理影响很大”。

大家都在训练，肖若腾却练不了，这种情况让他有时候会产生自我怀疑，“我是不是无法继续了？因为肩伤让我练不了一些项目。这种情况，就像是黑胶唱片，我可以练，但次数不能多，用的次数多了，黑胶唱片就划坏了。所以，我需要在最重要的时刻，才能把我这个‘黑胶唱片’给大家放出来，给大家听。”

个人全能决赛前
吃了四片止疼片

肖若腾所说的最重要时刻就是东京奥运会。在出征东京奥运会之前，肖若腾去医院打了一针封闭。“现在这个时刻，就是咬碎钢牙，也要拼的时候了。”

东京奥运会，肖若腾是中国体操男队在团体项目必须要打满六项的运动员，他不辱使命，最后与全队一起拿到了铜牌。此后的个人全能项目，肖若腾迫切地希望能够登顶成功。赵秀丽对北青报记者回忆说：“在个人全能项目决赛的前一天晚上，他与我视频，跟我说要上难度，但他也说自己心里不是很有底，动作难度增加了，稳定性会是个风险。但这个孩子，是一旦下定决心的事情，就必定去做的。”

全能六项，肖若腾在决赛前吃了四片止疼片，并在倒数第二项——双杠时增加了难度，“只有双杠增加了难度，才有更大的可能性去冲击金牌”。肖若腾对北青报记者说，“因为最后一项是单杠，这是对手的强项。所以我要尽可能在最后一项前，让自己的领先分数更多一点”。

决赛过程在一定程度上并未按照肖若腾的计划发展，双杠完成后，他当时仍然位列第一，但领先的分数不多。最后一项单杠，这是肖若腾的一个心结所在，他此前在世锦赛上就在单杠上出现掉杠的重大失误。“我告诉自己，需要迈过这个坎，这次不迈过去，之后就可能迈不过去了。”肖若腾事后回忆。

他做到了，单杠整套动作，干净、漂亮，虽然难度并非最高，但质量上乘，最关键是落地站住，就如同钉在垫子上。

结束动作，肖若腾振臂一呼，那是一种自信的表达。“如果这场比赛满分是十分的话，我给自己打九分，因为在赛前就知道要面对各种各样的困难，可即便如此，我做到了，我觉得这场比赛我完整地展示了自己，这已经足够了。剩下的一分，我觉得并非是我最后没能获得冠军，而是有些技巧可以再做得更好一些。我是一个完美主义者。”肖若腾对北青报记者说。

那场比赛，肖若腾因为在动作结束后没有向裁判示意，最后总分被扣除了 0.3 分，引起了人们有关裁判打分的巨大争议。不过，肖若腾对此一点也不回避，他说：“如果没扣这个分数，我也没法超越冠军的分数。其实在我比完双杠后，我就知道自己大概率没法得到冠军了，因为双杠比完后，我们之间的分数没有拉开，最后一项只要对手正常发挥的话，就可以拿到金牌，事实证明也是这样。”

最终名次出来后，位列亚军的肖若腾眼中似乎有些潮湿，但他还是忍住没流下泪水。颁奖典礼的合影环节，肖若腾说自己有一个瞬间，在看冠军手中的金牌。他对北青报记者说：“那一刻，看着金牌，我觉得就是一种很模糊的感觉，虽然距离很近，但感觉却很遥远。”

为自己骄傲
我就是自己的冠军

距离金牌那么近，却又那么远，走下领奖台，肖若腾与助理教练滕海滨拥抱。滕海滨也曾经是非常出色的北京体操运动员，他的体操生涯也曾经跌宕起伏。中国体操队在2004年雅典奥运会上丢失了最看重的男团冠军，当时滕海滨的失误直接导致了这个惨痛结果，虽然他在那届奥运会收获了鞍马冠军，但这个单项的金牌分量显然与男团无法对等。此后滕海滨陷入长时间的低谷，2012年伦敦奥运会前，状态恢复的滕海滨再次回到奥运阵容，但他最后时刻因伤退出，这让他的体操生涯有了一个遗憾的结尾。此后，滕海滨转型担任教练，这几年来他担任肖若腾的助理教练，并对肖若腾产生了重要的影响。

肖若腾说："我觉得他对我的影响是潜移默化的，特别是在我失败，在我训练不是很好的时候，他不是对我说一些鼓励或者安慰的话的那种教练，而是一种反应，就是当我遇到困难，出现问题之后，他给我一种非常冷静与淡定的状态，他的这种状态就会让我变得不烦躁，能够更加冷静地去解决问题。如果我很烦躁，旁边的人再烦躁，这个事情就很难解决了。我觉得这可能与他的性格、经历都有关系，他获得过成功，也曾经失败过，他能更多地理解我的心理，给我非常冷静、安定的感觉。"

肖若腾心中有疑问的时候，也会主动去问滕海滨，"他就会告诉我，要学会接受现实，要看清现实，我理解的意思是，人不能过多地想着已经发生的事情，因为时光不会倒流，我们需要向前看"。

肖若腾在这次东京奥运会上收获了一枚银牌、两枚铜牌，虽然未能获得冠军，但他说很开心并为自己骄傲："这次的经历，对我而言非常重要，它会特别深刻地印在我的心里。我其实挺感谢我自己的，为自己感到开心、骄傲，在很多困难面前，我觉得把自己所有的东西都展现出来了。我觉得每个运动员都希望参加奥运会，都想获得第一，我更是如此。但奥运会四年一届，冠军更是只有一个，其实在这些年中，我觉得自己比以前成熟了很多，对于第一名的看法，也发生了很大改变，我觉得没有拿到金牌并不代表就不是冠军。在我的心里，我就是自己的冠军。"

在《以梦为马》这首歌中，有这么一段歌词："不要停止步伐，以梦为马，不负韶华，就向前吧，雾中通关的密码，拭目以待，就算遗憾穿插，以梦作画，不负繁花，就闪耀吧，再不是孤身一人，不要害怕，做造梦家。我看着镜中的自己，他说着勇敢啊，恣意发光的刹那，青春进化，你和我向未来出发，觅希望的灯塔，以我之名呐喊吧，以梦为马，明天就快抵达。”

肖若腾，以梦为马，快马加鞭，终有一天，会抵达梦想的彼岸。

肖若腾

继续龙的传奇　好好享受乒乓

北京青年报社　周学帅

从2012年伦敦到2021年东京，马龙用9年的时间成就超级大满贯，蝉联奥运男单冠军，成为国乒历史上获得奥运金牌最多的运动员，“龙的传奇”仍在继续！

2021年8月23日晚，马龙在接受北京青年报记者专访时表示，本届东京奥运会从成绩上来说肯定是10分。

本届奥运会与上届有何不同？
患得患失的想法会比上一届多一些

北青报：三届奥运会，历经巅峰、伤病、重回赛场，33岁再夺双冠。你怎样总结2021年的奥运之行？为自己打几分？

马龙：我觉得从成绩上肯定是10分。如果从发挥上来说，确实很难保证每一场比赛都发挥得特别完美，但几场关键的比赛，我觉得自己发挥得非常好，所以总体上还是比较满意这次比赛吧。

北青报：本届东京奥运会再夺双冠有何感受，与上届相比有何不同？

马龙：其实上一届奥运会前我还不是奥运会单打冠军，所以当时目标非常坚定，就是向这个冠军去冲。东京奥运会，我已经是奥运冠军了，又经历这5年，慢慢也成熟了。不知道是年龄原因还是赛前定位，就是显得坚定信心方面并没有上届强。前面的比赛会背上这些包袱或者是不坚定的想法，但真正打到决赛，还是会抱着想拼想赢的态度。所以这次可能有的时候心态要比上届好，但上届会更加坚定吧。

北青报：坚定是指求胜欲望吗？

马龙：我觉得是求胜的欲望，就是无论多大困难，就是想要夺冠。这次患得患失的想法会比上一届多一些。

只有马龙才能打得过马龙？
“可能大家对我高估了吧”

北青报：单打决赛，面对技战术能力顶尖的樊振东，制胜关键是什么？

马龙：作为赛前目标来说，希望能够进入到决赛跟樊振东会师，就是不输给外国选手。有的时候对决外国选手，可能会觉得自己有一点优势，容易产生这种保守、侥幸的想法。所以在一些比赛中发挥得并不是特别好，或者是场面并不是很占上风。真正决赛对到樊振东，我觉得从技战术来说是下风球，所以必须拥有一个比较好的心态，在这样的情况下，自己才有获胜的优势。正是抓住这样一个机会，才最终取得胜利，这种心态上的调整是非常重要的。

北青报：外界评价“只有马龙才能打得过马龙”，你怎样理解这句话的？

马龙：可能大家对我高估了吧（笑），当然在竞技场上有的时候会说自己战胜自己，但同时有的时候战胜自己，更需要战胜对手。因为即便战胜自己，但对手的发挥比你更出色的时候，你也不一定能够战胜对手。所以要根据不同的对手去制定不同的战术，以及抓住对手这种心态，其实在乒乓球这样互相制约的运动当中是非常重要的。

里约奥运会后为何没功成身退？
当时不舍得退役并且身心状态很好

北青报：里约奥运会运动生涯达到制高点后，你没有选择功成身退，究竟是什么原因让你决定再闯一次奥运会呢？

马龙：首先自己还是非常热爱这项运动吧，当时觉得自己不舍得退役，而且自己整个身体状态以及感觉还是非常不错的。再加上在队里还能感觉到温暖的存在，也有很多朋友、教练以及队友会推着我向前走。2016年以后，前两年是顺其自然走，走过两年后，我觉得自己的竞技状态保持得还可以，所以才决定再闯一次奥运会。

北青报：2019年赴美接受手术时，心情是什么样的？因伤病身陷“冠军荒”的一年，如何鼓励自己坚持，保持良好心态？

马龙：确实，当时做手术也是一个比较重要的决定，一方面自己的身体状态还是受到比较大影响，已经练不了了，而且也是与队里共同商量的一个结果。

说到这里我觉得也要感谢一下中国篮协的姚明主席，因为当时美国这方面我们可能不是很熟悉。他通过朋友关系介绍医生，当时给予的恢复时间都在我们的可控范围内。当时主治医生说三个月后有可能恢复训练、比赛。做这个手术，我感觉当时也不单单就是为奥运会，因为自己还是喜欢打球。我觉得用三个月时间换三年时间，是值得的。

北青报：东京奥运会宣布延期时，作为一名老将是否动摇过？是怎么调整心态的？

马龙：我觉得没有，延期对我来说还是非常平静的吧。心态好的时候，觉得又给我多一年恢复时间。因为当时宣布的时候，自己整个状态可能还没调整到比较好。心态不好的时候，会觉得又要再努力一年，心态这种起伏每天都会有变化。

会考虑退役吗？
还想继续打尽量多延长职业生涯

北青报：东京奥运会结束后，刘国梁评价你“完美不过如此”，你觉得自己完美吗？还有上升空间吗？

马龙：从职业生涯、从成绩来说，我已经做到了该做的。另一方面，我希望能够让更多的朋友喜欢上乒乓球，让小朋友喜欢上这项运动，能够影响他们。成为这次奥运冠军以后，希望在思想境界上再提升一个台阶，想真正享受乒乓球。

北青报：隔离对于运动员来说也是难得的“休息”调整时间，每天都做些什么？

马龙：刚开始第一周比较煎熬，奥运会回来以后，也是很难得有时间静一静。前两天把奥运会的总结写了写，也想了想对于未来的一些规划。平时下午的时候可能会练一练身体，因为平时每天出汗健身养成习惯了。

北青报：总结大概是什么内容？分享一下未来的一个职业规划吧。

马龙：无论压力大的时候，或者是比赛完后，我喜欢在纸上写一份总结。我想到以后老的时候，回头看，应该是挺有意义的一件事。对于未来的规划，希望能够根据自己的这种心理状态、身体状态再定，暂时我觉得还是要继续打，希望能够尽量多延长一下自己的职业生涯。同时也要向费德勒、波尔这些优秀选手学习，去真正享受乒乓球。

只要心怀热爱
永远都是当打之年

从伦敦奥运会到东京奥运会，中国男乒队长马龙三度随队出征。2012年在伦敦，马龙收获一枚男团金牌。2016年在里约，马龙包揽男单、男团两枚金牌，成就大满贯伟业。东京奥运会，马龙再获得男单和男团两枚金牌，33岁的马龙成为中国体坛又一位奥运五金王。

马龙有诸多头衔：乒坛史上第10位大满贯选手、中国男乒队长，首位集奥运会、世锦赛、世界杯、亚运会、亚锦赛、亚洲杯、巡回赛总决赛、全运会单打冠军于一身的超级全满贯男子选手。在东京奥运会上，马龙成就双圈大满贯。面对球迷与外界的赞誉，马龙对自己的职业生涯定位是“细水长流”。

当被问到达到运动生涯制高点时为什么还在坚持？马龙给出了一直坚持至今的答案：因为热爱，所以坚持。“非常热爱乒乓球这项运动，自己不舍得去退役，而且自己整个身体状态以及这种感觉还是非常不错的。”马龙说。

在结束隔离后，马龙将代表北京队出战在陕西举行的全运会，这将是他的第 5 次全运会之旅。就像马龙说的那样，“只要心怀热爱，永远都是当打之年！”

专访东京奥运会乒乓球唯一中国裁判吴飞：

我不能给中国乒乓球丢脸

新京报社　孙海光

2021 年 8 月 1 日下午，东京体育馆 3 号台正在进行澳大利亚与德国队的乒乓球女团首轮比赛，当值主裁是北京大学体教部副主任吴飞，她也是东京奥运会乒乓球项目唯一的中国裁判。经中国乒协推荐、国际乒联筛选考核后，吴飞成为东京奥运会乒乓球比赛 25 名裁判之一，“中国乒协把我推荐上来，我要是没被选上，我就活不下去了，自己都不能原谅自己”。

疫情中的东京奥运会与以往赛事有着太多不同，做好工作的同时还得时刻注意防护。但即便内心充满忐忑，吴飞说也不允许自己在场上有任何差错，她要把中国裁判的精神风貌和业务能力完全展现出来，不能给中国乒乓球丢脸。

以下是吴飞的自述。

蓝牌裁判保持了 14 年

我之前是在国乒队做科研工作，跟过三届奥运会，对队伍情况比较了解。我在队里的时候，国梁（中国乒协主席刘国梁）还是运动员呢，我见证了他从运动员到这个位置的变化，也是很励志的。

后来我就放下科研，做教练和裁判工作。我是在 2003 年考的国家级裁判，2005 年晋升为国际级，2007 年成为蓝牌裁判（最高级）。当时我们正在筹办北京奥运会，中国乒协为此培养了一批外语不错的年轻裁判，我很幸运成为其中之一。至今，我的蓝牌保持了14年，这期间每年都要考试，真的很辛苦。

要想成为一名奥运会裁判，首先必须得是蓝牌。整个奥运周期内每年都要考试，还得参加国际大赛执法工作，国际乒联会在这些大赛中考察你。

关于东京奥运会乒乓球裁判名单，是由各个协会先提交一份名单给国际乒联，国际乒联再最终考核筛选。这次我们临场裁判一共有25人，本来应该有27个人，有两个没来成。裁判长团队是4个人，加起来一共29人。

对一名裁判员来说，能参加一次奥运会已经是极高的荣誉了。中国乒协能给我两次参加奥运会的机会，我想都没想过。对我来说，这既是一种信任，也是一种压力，我不能辜负中国乒协这么多年来对我的培养。

当然，国际乒联能够选中我也很重要。国际乒联裁判委员会主席是韩国人，但这次东京奥运会没有一名韩国裁判，应该是执法考试过程没通过。我目前的通过率是100%，要是有一场不合格，我就来不了东京了。中国乒协把我推荐上来，我要是没被选上，我就活不下去了，自己都不能原谅自己。

东京奥运会，我们的任务也比较重，最多的一天执裁了4场比赛。早上5点多就得起床，坐7点的班车来赛场，晚上12点多才回到酒店，大家都很辛苦。

我们的执裁场次都会在前一天安排好，每个人都会收到一份次日的任务书。以我今天（8月1日）的场次为例，我是下午一场（德国VS澳大利亚），晚上还有一场机动。下午的比赛是两点半开始，我需要在12点半前到赛场做准备工作。

刚开始阶段我会比较忙，但随着中国队一轮轮赢下去，遵循回避原则，我基本上在半决赛和决赛就歇了。之前的混双比赛，我执法的是铜牌争夺战，裁判长当时跟我说，“飞，很可惜，你很难在决赛中做主裁了”。

国乒热身赛严格执行东京规则

这是我的第 3 次奥运会，也是我第 2 次参与奥运会裁判工作。2008 年北京奥运会，我是乒乓球竞赛场地主管。2012 年伦敦奥运会，我第一次执法奥运会。

跟伦敦奥运会相比，这次的心理压力有点大，毕竟是在疫情下办赛，每天还是有点忐忑，要做好各方面防护。但赛场上的紧张程度差不多，毕竟是奥运会嘛。

这次因为疫情，规则方面有一些新要求，比如不能吹球、不能擦球台。来东京前，国乒队在威海打了一场热身赛，我是裁判长。打到决赛时，秦老师（中国乒协秘书长秦志戬）问我能不能亲自上去执裁，让运动员们提前适应下东京奥运会的判罚尺度。

那次热身赛，我们执行的是一套最严格的标准，一旦违规第一次警告，第二次出示黄卡，第三次就是红黄卡罚一分了。我们队员在经过严格尺度的模拟赛后，在东京奥运会时比其他队伍好得多。

其实在规则没有正式实施之前，我们并不清楚到东京后会怎样执行。如果强制性按照这个判罚尺度来的话，也挺可怕的。比如说打到10比11了，特别是运动员前面如果有一张黄卡，他这时候下意识地去摸了一下球台，我们该怎么判？这时候你如果再给他一张红黄卡，他就输了，也太不人性化了。赛前我们跟裁判长沟通过能不能给一个判罚的尺度，裁判长说给不了，因为每场比赛情况都不一样。

再一个跟以往比赛不同的是，东京奥运会主裁这边安装了一个IPAD，控制着记分器，副裁那边是没有翻分器的。之前大多比赛，副裁那边是有翻分器，负责操作 IPAD 的也多是志愿者，主裁只用看比赛，不用管这些。但现在主裁都要负责，有时候我们在举完拳后会忘了按 IPAD，这个时候就容易出现差错。

刚开始，我们对这套计分系统投入了很多精力。但大家毕竟都是蓝牌，两天就完全适应了，这个时候就有足够时间盯运动员发球了。我就给何潇（中国乒协副秘书长）发了个信息，说主裁现在已经有足够时间腾出精力盯发球了，后续判罚可能会更严格，也希望给国乒队提个醒。之后，马龙的一场比赛果然被判了一个发球。其实，我当时还是有点紧张，我要向国乒队传达裁判准确的判罚尺度，这需要我有一个很好的预判，还是挺难的。

希望有更多中国裁判亮相奥运

从2007年萨格拉布世乒赛开始，我执法过很多次国际大赛，东京奥运会是时间最长的一次，加上回国后隔离得有40多天，这要是没有我们北京大学的支持肯定不行。

我们学校对出国有着严格的审批程序，我来东京奥运会做裁判，需要经过人事部、组织部和主管校长的逐一签字。去办理的过程中，学校组织部老师的回复让我很感动，他说："吴老师你放心，你去东京奥运会是咱们学校、咱们国家的荣耀，我们尽快办。"然后当天就给批了，我很感动。

作为北大的老师，我们都要在各自领域内成为业内精英，才能站在万里挑一的学生面前去教他们。如果我来奥运会还做不好的话，我都不好意思再回北大，真的。

奥运会裁判员的名额是有限的，这次东京奥运会泰国来了一个副裁判长，同时还来了一个裁判。之前在伦敦奥运会时，裁判长团队有一个德国人，人家也还来了一个裁判。希望有一天我也能进入裁判长团队，我们再来一个中国裁判。这样的话，就会有更多中国裁判出现在奥运会的舞台上。

记得有一次出国执裁，我跟一个马来西亚裁判用英语聊了半天板球，说我是他遇到的第一个能用英语流畅地去沟通的中国裁判。中国乒乓球的水平是世界最顶级的，我也不能给中国乒乓球丢脸，想要向他们展示新时代中国裁判的范儿。

2021 年 11 月的休斯敦世锦赛，我被国际乒联任命为副裁判长，这还是我第一次在成年组国际赛事做裁判长，之前我都是在做青少年国际赛事裁判长。你要想进到奥运会裁判长团队，一定要在世锦赛、世界杯这样的大赛中有机会亮相，这对我来说是个难得的机会，我会好好把握。

专访“奥运五金王”马龙：

还想再打几年，好好享受乒乓球

新京报社　孙海光

在东京奥运会上，马龙连拿男单、男团两枚金牌，成为史上首位卫冕奥运会乒乓球男单金牌的运动员，并以5枚金牌超越邓亚萍、王楠和张怡宁成为国乒队史第一人。中国乒协主席刘国梁打趣称曾考虑让马龙东京奥运会后跟全世界球迷说拜拜，给年轻人一些机会，但他也深知马龙还有梦想。2021年8月23日晚接受新京报专访时，31岁的马龙直言在身体和状态允许的情况下还想再打几年，放下胜负观，去享受乒乓球带给他的乐趣。

隔离·难得有时间，却每天早早就醒了

2021年8月8日，东京奥运会闭幕当天，马龙便随国乒队一起回到北京。按照相关防疫规定，国乒队这段时间一直处于隔离状态。只是当大把空余时间突然放到自己面前，马龙一开始竟有些不知所措。

“突然一下给你这么多时间，也不知道该干啥了。”马龙说隔离第一周有些煎熬，但之后就慢慢平缓了下来。既然难得有这么长的休整时间，马龙也想让自己从奥运会那种精神高度紧张的状态中放松下来。

心情是放松下来了，但多年养成的生物钟依旧是老样子，马龙想睡个懒觉都不成。“说来也怪，平时训练时觉得挺困，一隔离不让你练了，早上8点却自然而然醒了，每天都能吃上早饭。”隔离这段时间，马龙说生活整体还算规律，午后小睡会儿，之后健健身出出汗，保持身体状态，晚上洗洗衣服追追剧，也不会去熬夜。

利用隔离的这段时间，马龙也对刚刚过去的东京奥运会做了认真总结。“难得有时间静一静，前两天也是把奥运会总结自己写了写，想了想对未来的一些规划。”写总结，是马龙多年养成的习惯，每次重要比赛过后，他总喜欢在本子上总结下得失，“以后老了，回头看看应该也是挺有意义的一件事。”

结束隔离后，马龙将回到北京队，之后随队出战在陕西举行的第 14 届全运会，这将是他的第 5 次全运会之旅。

总结·谈必胜信念，东京表现不及里约

东京奥运会，马龙先是在男单决赛战胜樊振东，成为奥运会乒乓球男单卫冕第一人。之后，马龙又携手樊振东、许昕拿下男团金牌，手握 5 枚奥运金牌也超越邓亚萍、王楠、张怡宁成为国乒队历史第一人。

总结东京奥运会时，刘国梁曾用“完美”来形容马龙。即便这样，“完美”的马龙仍能挑出自己不完美的地方，“从成绩上来说，肯定是 10 分。但如果从发挥上来说，很难说每一场比赛都发挥得特别完美”。

东京是马龙的第三届奥运会。2012 年伦敦，马龙随队拿到一枚男团金牌。2016 年里约，马龙包揽男单、男团两枚金牌，成就大满贯伟业。5 年后在东京尽管又揽两金，但马龙直言这一次在信心层面没有里约那么坚定。

“里约的时候，自己还不是单打奥运冠军，所以整个人的态度和目标都非常坚定，无论多大困难，就是冲着冠军去的。”5 年后带着卫冕冠军身份来到东京，马龙说心态上要比里约好了很多，但必胜信念却不及里约，“我不清楚是年龄原因还是赛前定位不同，信心这一点上并没有上一届那么强。”马龙坦言男单决赛前的几场比赛曾有过不坚定的想法，好在打到决赛时又拼了出去。

男单决赛，马龙4比2战胜樊振东，成就了双圈大满贯伟业。这场决赛，一方面马龙捍卫了自己的地位，另一方面樊振东则是抢班夺权未果，

也让男乒巴黎奥运周期有了一定变数。被问及樊振东如何才能战胜自己时，马龙说这让他想起了年轻时的自己，“我像樊振东这么大时，也已经有了可以冲击任何冠军的实力。但承载的东西有些大，大家给你的期待也有点多，自己反而背上了包袱。樊振东现在的表现已经很优秀了，他只要能够拿到一次大赛冠军，就能长期保持在这个水平上”。

伤病·仨月换3年，赴美手术感谢姚明

里约奥运会后，就在很多人都以为时年28岁的马龙将逐渐淡出后，他却坚持了下来。但是马龙在采访中透露当时坚持不是因为东京奥运会，只是自己还放不下乒乓球，更没想到这一坚持就是5年。

“自己还是非常热爱乒乓球这项运动，里约之后真不舍得退役，当时整个身体状态和感觉都还不错。”即便这样，马龙也没太往东京奥运会去想。除了对乒乓球的热爱，能让马龙坚持下来的还有国乒队带给他大家庭般的温暖，教练、队友和朋友都会推着他往前走，他说这种感觉是在其他地方体会不到的。

就这样按部就班走了两年，马龙发现自己竞技状态保持得还可以。也是在这个时候，马龙开始考虑自己是否有机会参加东京奥运会了。

这个想法刚冒头不久，马龙的左侧膝盖就出问题了。2019年8月，在离东京奥运会仅剩一年时，马龙去美国做了膝部手术，左膝至今留有一道长长的疤痕，“整个身体状态确实受到比较大的影响，当时已经练不了了”。

做手术的决定并不容易。为此，刘国梁还专门去找姚明帮忙，“我要感谢姚明主席，美国那边的医生我们不是很熟悉。毕竟他在那边打过NBA，然后通过他的关系找到了这个医生”。

主治医生告诉马龙手术在可控范围内，3个月左右就能恢复训练。没有任何犹豫，马龙决定手术，他说这不单单是为了东京奥运会，最关键的是他自己还喜欢打球，就算赶不上奥运会，手术后自己还能再打上几年，

“用3个月换3年，我觉得值”。

心态·曾自我怀疑，奥运会延期帮了他

2019 年夏天，被视为双打专家的许昕一度连拿日本、韩国和澳大利亚 3 站公开赛单打冠军，风头一时无二。而那段时间，手术前后的马龙正处在生涯最低谷，他主动找男乒主教练秦志戬聊天，也做好了东京奥运会只打团体赛的准备。

除了状态爆棚的许昕，更年轻的樊振东当时也已贵为世界第一，并接连在亚洲杯、全锦赛、世界杯等决赛中战胜马龙。“我有时会有这种感觉，决赛输了比半决赛输了更难受。”马龙说在连续输掉几个决赛后，会有一些怀疑情绪，再严重点说甚至会有一些恐惧。

直到 2020 年 11 月巡回赛总决赛，马龙决赛中 4 比 1 战胜樊振东打破长达一年半的冠军荒，球迷熟悉的那个“龙队”才慢慢回来，“那一天人的整个状态，还有场上把握机会都做得不错”。马龙很清晰地记得自己当时的心境，抛下坏情绪放手去拼，并相信连赢自己几次的樊振东心态也会有起伏。

这个冠军让马龙卸下自我怀疑的情绪，也让他对自己有了更清晰的认识，就算自己不再能拿冠军了，但依然是一个成功的运动员。

“我可以不打世锦赛、奥运会这样的国际大赛，但我还可以参加一些其他比赛。”马龙说自己现在完全看开了，小时候成为大满贯的梦想早在 2016 年就实现了，即便自己那个时间放下，也没有遗憾了。

当然，马龙选择了坚持，而疫情导致东京奥运会延期更是让他又多坚持了一年。“听到东京奥运会延期时，自己也没有动摇，应该说很平静。”2020年3月，东京奥运会宣布延期一年，彼时马龙并不在最佳状态，疫情多给了他一年时间恢复。不过，马龙也坦言突然多出一年心态也会有波动，“有时候也会有消极的情绪，心想着又要多煎熬一年。”

展望 · 还想继续打，享受乒乓球乐趣

总结东京奥运会时，刘国梁打趣称曾考虑马龙就此跟全世界球迷说拜拜，给年轻人一些机会，但他也很清楚马龙还有梦想。隔离的这段时间，马龙对自己的未来也有了一个较为清晰的规划。接受新京报采访时，马龙直言还想再打几年，去真正享受乒乓球带来的乐趣。

成绩层面，马龙说自己该拿的已经拿了，但在身体和状态允许的情况下，他还想再继续打几年，“在自己喜欢的这个舞台上，希望尽量延长职业生涯，向费德勒、波尔这样的优秀运动员学习，去享受这项运动”。

在马龙看来，外界对国乒队的评判有时稍显苛刻。很多人只盯着两年一次的世乒赛、四年一次的奥运会，世界杯、巡回赛，乃至亚运会在他们看来都不算是一个重要比赛。“单拿这样标准来衡量国乒队，确实有一点残忍。”马龙举例一个职业运动员就算打 10 年，可能也就有 5 次世锦赛、两次奥运会的机会，如果再抛去第一次大赛太年轻，最后一次年纪又太大，机会就更少了，“用这样的成绩体系去评价一名运动员，可能并不算太客观。”

想得多，是因为责任心重。马龙没办法，这就是自己的性格，而责任心重往往也意味着压力有点大，“可背可不背的压力，都会背在自己身上，比赛中也会束缚到自己”。

如今，想通了，看开了，也就放下了。东京奥运会后，马龙说自己最大的一个体会是思想境界提升一个台阶，今后会慢慢放下胜负观，去真正享受乒乓球。

享受乒乓球的同时，马龙也希望做好自己应该做的事情，用正能量的方式传递给青少年朋友，在自己带动和影响下有更多小朋友喜欢上乒乓球。参加了三届奥运会，马龙说可能是疫情让大家多等了一年的缘故，他能感觉到东京奥运会带来的巨大热度，“每一次奥运会都会给大众一次健身热

潮，希望能改变大众的一些生活方式，真正喜欢上健身，而不单单是一个热度。”

快问快答

新京报：喜欢吃什么菜？

马龙：平时我们是不让出去吃的，但自己对吃没啥忌口，烧烤、火锅都挺喜欢。

新京报：喜欢听谁的歌？

马龙：周杰伦、林俊杰、蔡依林，跟我们一代的歌手听得比较多。

新京报：怎样来以最直接的方式了解到你？

马龙：网络上的一些采访都可以了解到我，但想了解深不容易。

北京姑娘张家齐奥运摘金

新京报社　周萧

2021 年 7 月 27 日下午，东京奥运会跳水项目女子双人 10 米台决赛，张家齐 / 陈芋汐为中国跳水队夺得第二枚金牌。当张家齐和陈芋汐相拥庆祝的同时，远在北京亦庄的一个居民区里，张家齐的妈妈肖英杰喜极而泣："没白受那么多苦。知足了，值了！"

登顶

优势太明显，对手根本没机会

在中国跳水"梦之队"，女子双人 10 米跳台是当之无愧的王牌：自 2000 年悉尼奥运会设立双人跳水项目后，中国队就未曾让这枚金牌旁落。2021 年 7 月 27 日下午，东京奥运会女子双人 10 米跳台决赛，张家齐 / 陈芋汐这对"00 后"搭档以完美而稳定的表现捍卫了中国跳水的荣誉。中国组合在比赛中拥有着巨大优势，5 跳都拿到全场最高分，正常发挥完成最后一跳后，她们以 363.78 分的总成绩夺冠，领先获得银牌的美国组合帕拉托 / 斯奇内尔 52.98 分。

被外界称为"奇袭组合"的张家齐和陈芋汐都是首次参加奥运会，17 岁的北京姑娘张家齐是名副其实的年少成名：2016 年全国跳水冠军赛，12 岁的她一举拿下女子单人 10 米台冠军；2017 年天津全运会，张家齐收获女子 10 米跳台单人、双人两枚金牌，成为备受瞩目的"全运新星"；2018 年初登国际赛场，她在跳水世界杯上再次将女子 10 米跳台单人、双人冠军奖牌收入囊中；2019 年光州游泳世锦赛，张家齐与卢为搭档，女子双人 10 米台摘金。帮助中国队实现该项目世锦赛十连冠。光州世锦赛结束后，张家齐和陈芋汐成为跳台双人项目的搭档，在此后的国内比赛和多站奥运选拔赛中，两人均有上佳表现。

成长

跳水初体验，一米板都不敢跳

张家齐和跳水结缘是个意外事件，因为从小就活泼好动，妈妈肖英杰希望孩子能学点什么，消耗一下她过于旺盛的精力。国标舞是妈妈喜欢的，兴冲冲地带着张家齐去报名，却被老师婉拒了："孩子太小了，还学不了。"之后的选择是京剧班，不过张家齐的兴趣不大，直到找到位于国家体育总局的跳水俱乐部，充满乐趣的训练方式让张家齐喜欢上了跳水，在兴趣班保持着全勤记录。

肖英杰翻开家庭相册簿，将张家齐的成长历程一一指给新京报记者看，"这是她第一次从一米板上往下跳，当时她不敢跳，还是我告诉她：跳下去咱们就去吃快餐……这是她第一次跳三米板，当时也是不敢跳，是教练拎着她，'帮'她下去的……"从一米板不敢跳到如今站上 10 米台是奇妙的转变，肖英杰想了想："也许是因为她有那么股冲劲儿吧。"

2011 年进入北京跳水二线队，2014 年进入北京跳水一线队，2017 年进入国家队……当年那个被妈妈送去住校还眼含泪花的小女孩早已学会了自己收拾行装。她在家的时间也越来越少，尤其是 2020 年疫情期间，国家队一直处于封闭集训状态，父母只是偶尔和女儿约好时间到训练局，隔着栅栏简短交流几句。

张家齐的房间摆设简单，显然主人不在此久居。上一次她回家，还是 2021 年 5 月的跳水奥运会选拔赛结束后，在家待了一天半。

记者们在张家齐家收看女子双人 10 米跳台比赛的时候，一只白色的博美犬兴奋地跑来跑去，是肖英杰应女儿要求养的。这只小狗在 2020 年来到家里，张家齐给它起名“奥小会”，以纪念这一届特殊的奥运会。

性格

报喜不报忧，受伤了从来不说

男子双人 10 米台失金对中国跳水“梦之队”来说是个意外，也让女子双人 10 米台参赛选手背负了额外压力。不过，张家齐和陈芋汐两位小姑娘顶住了压力，并以巨大优势夺得冠军。

转播画面中可以看到张家齐腰部贴着肌肉贴布，“她身上也有伤。”张家齐的妈妈肖英杰微蹙着眉头告诉新京报记者。不过，她已经习惯了不是第一时间知道女儿的伤情，“这孩子从小就是这样，受了伤也不说，不跟我说，也不跟教练说，除非是被发现”。发现也就是发现而已，肖英杰每次看到女儿身上有青一块紫一块的伤痕都会焦急询问，但往往只能得到一句“哦，没事”的回答。她形容家齐平时大大咧咧，遇事不钻牛角尖，但孩子小小年纪就学会了报喜不报忧，还是让当妈的哭笑不得，“如果遇到什么好事她会跟我说，但如果输了或是情绪不好，她都不告诉我，也不表现出来”。

据介绍，张家齐对伤病的忍耐力要追溯到 7 岁时，当时她已经进入北京跳水二线队，在一次晨跑时和一位男同学相撞摔倒，手指几乎向后折了九十度。小家齐当时没有跟大人说，而是自己把指头掰了回来，如果不是后来教练发现整只手都肿了，她甚至都不会跟教练说这件事。之后接到教练电话的肖英杰带着张家齐去儿童医院检查，被确诊为手指骨折，肖英杰真有点想不通：“这孩子怎么这么能忍。”

家人

母亲喜极而泣，“知足了，值了！”

在东京奥运会女子双人 10 米台的角逐中，张家齐 / 陈芋汐没给对手任何机会，早早地确立了绝对优势。远在北京亦庄的一个居民区里，张家齐的妈妈肖英杰在电视机前松了口气，男子双人 10 米台遗憾失金后，她都没有给女儿发微信:“她去奥运会之后，本来我每天都会通过微信跟她联系，鼓励鼓励她，但昨天……我怕给她带来额外压力，就没有跟她联系。”

肖英杰习惯了不让孩子感受来自父母的压力，2017 年是张家齐第一次参加全运会比赛，她全然不知父母正坐在看台一隅全神贯注地盯着自己比赛。“我怕我们去了影响到她，所以没跟她说，看完比赛就走了，后来她才知道这件事。”东京奥运会前，肖英杰本来和张家齐的启蒙教练约好，只要孩子能代表国家跳水队出征，就一起去现场为她加油助威。疫情改变了计划，有遗憾，但肖英杰说：“知足了，值了！”

女子双人 10 米台成绩公布的那一刻，身在东京水上运动中心的女儿笑靥如花，远在北京的母亲喜极而泣。亲友们的道贺电话纷至沓来，肖英杰也擦了眼泪，笑着举起手机，去记录女儿登上奥运会最高领奖台的那一刻。

第一次站上奥运赛场，拿到个人首枚奥运金牌，17 岁的张家齐一路走来，所有不为外人所知的辛苦都是肖英杰的心疼：“你只能看着她身上的伤，你知道她的疼，可是你什么都替不了她，这些都只能她自己一个人去面对。”就连张家齐有时候撒娇说“妈妈，我想吃面条……妈妈，我想吃麻辣烫”，肖英杰都会左右为难——控制体重是跳水运动员的基本要求，何况是以“两”为单位控制的，看着为难的妈妈，张家齐往往会“安慰”一句：“我更知道怎么控制体重。”

过往所有的辛苦以一枚奥运金牌为回音，17 岁这年盛夏的故事，是一个不能更美好的结局。

东京夺金不是终点，换块帆板再战巴黎

新京报社　周萧

结束东京奥运会征程的中国帆船帆板队已经返回国内，在锦州接受集中隔离医学观察。2021 年 7 月 31 日在江之岛，卢云秀夺得女子帆板 RS：X 级冠军，毕焜收获男子帆板 RS：X 级铜牌，中国帆船帆板队实现了"升国旗，奏国歌"的赛前目标。一周时间过去，卢云秀在电话中告诉新京报记者："还是有点感觉不真实。"

摘金记

王者归来的背后，一度仅排第 25

东京奥运会的比赛经历宛若卢云秀的一场自我修行，第 3 轮系列赛错失风摆、排名第 25 位是极沉重的打击，"那天没跑好的原因有很多，我的判断出了大问题"。她记得当天的每一个细节，赛后几乎难过到哭出来，一个人坐着发呆，教练过来安慰她："已经结束了。"回到休息区，中帆协[①]主席张小冬告诉她："让过去的过去。"

卢云秀不太记得是怎么返回房间的，只记得当时一遍遍默念：放松一点，专注一点。按照赛事规则，系列赛可去掉最差一轮的成绩，但卢云秀清楚自己会纠结于过去错误的性格："我必须静下来，不然就做不到后面的事情。"

"你在江之岛比赛过很多次，还拿过两次冠军，你要相信自己，发挥

①中国帆船帆板运动协会。

出自己的水平，王者归来。”心理老师和卢云秀通话后，后者终于安下心来。

江之岛见证了归来的王者上演逆袭，卢云秀的名次在之后的系列赛中一步步提升：第二个比赛日总排名第三、第三个比赛日总排名第二，最终以预赛头名晋级奖牌轮。奖牌轮没有不再拼一把的理由，“我要对得起自己的努力，不想让自己后悔”。人们都知道在奖牌轮发生的事情，卢云秀拿到了这枚金牌，然后对着摄像机镜头感叹：“三分天注定，七分靠打拼。”

“就像是一场你准备了很久的考试终于考完了，而且考的成绩还不错。”卢云秀提起那一刻的如释重负还在笑，她早早就想好了比赛之后给自己的奖励：狠狠睡上三天三夜。午睡习惯和赛事期间整个白天都要高度集中注意力是两套无法兼容的系统，所以比赛一结束，她就宣布了自己的“宏伟计划”：“回国后我要好好睡一觉，谁都别叫我，我是不会上闹钟的。”

利用回到锦州后的隔离期好好休息是个不错的选择，只是计划从来都赶不上变化，卢云秀简直有点委屈：“我都没睡一会儿就爬起来了……被饿醒了。”

转项路

阴差阳错帆板路，爱上“中流击水”

奥运冠军不是一个被饿醒的梦，虽然夺冠后外界的关注和接踵而来的采访让卢云秀觉得“好像和之前有点不一样”，可是自从她有点意外地入行到取得如今的成绩，每一步都留下抹不掉的痕迹。

卢云秀出生在福建漳浦杜浔镇范阳村，练习帆板并不是她计划内的选择。初中时，卢云秀进入漳浦少体校练习田径，但后来她的身体条件不太适合从事田径，所以在福建省帆船队招生的时候，体校老师把她推荐过去。

同样出于身体原因，帆船队没有向她敞开大门，帆船队选择的苗子需要身材更高大壮实一点。好在瘦弱的卢云秀那天遇到了省帆板队的教练高传卫，“这孩子的体型适合练帆板，要不来我这儿试试吧。”

就这样留在帆板队的卢云秀有些懵懂，尽管中国帆船帆板福建省东山训练基地距离她家仅有50分钟车程，但“那个时候，我根本不知道帆船帆板为何物”。

从此以后就要跟水打交道了，家乡的池塘是卢云秀关于水最早，也是最深的记忆，她不畏惧水，也愿意在水边玩，可是水性并不好。队里前期进行体能测试，游泳课的最后一名一直都是她。“现在游泳我也是倒数几名。”卢云秀很哀怨地叹了口气。

所以并不难理解卢云秀“刚开始我都不想干这事了”的想法，太多陌生的专业知识，辛苦的体能训练、拉帆带来了前所未有的考验，好在“不服气”的心态让卢云秀撑住了。就这样，卢云秀接纳了这个“中流击水”的冷门项目：留下来，练进去，然后爱上它。

听风者

了解那片风和海，融入它顺从它

任何一个项目都有最初要迈过去的门槛，卢云秀想了想：“帆板的门槛应该就是拉帆了。你要先立在板上，然后拉帆，稳稳地站在那里，然后你就学会怎么跑了，怎么跑出去，如何跑回来。”

学习帆板的前七天是她觉得最有成就感的时候：扛着器材到海边，拉帆，跑出去，等到再回头的时候，发现海岸已经离得很遥远了。半个月后、一个月后，就可以驾驭着帆板在海上用心体会风中的感觉。

“你知道吗，风是有形状的。”每个帆船帆板人都会调侃自己从事的是个“看天吃饭”的项目，卢云秀也不例外。风是从事这项运动最先需要了解的，顺风、迎风、横风，她要做的是根据风的形状做出正确操作，“见风使舵很多时候不是一个褒义词，但对我们来说，必须这样做才可以”。

初学帆板的时候，不知道风从哪里来是卢云秀的最大苦恼，和风、和海打的交道多了，她对大自然的敬畏与日俱增。卢云秀说，在浩瀚的海面上，个人的力量太过渺小，“你不要对抗它，你要融入它，顺着它来，再寻找其中的规律”。

疫情之前，中国帆船帆板队会转战世界各地参赛，与常人不同，每到陌生的地方，他们的首要任务是了解那里的风和海。每片水域和每个地方的风都有自己的“性格”。

“比如西班牙那边的风就很大，而且很硬；如果在一个岛比赛，风会更大，因为周围没有遮挡；在内陆水域比赛的话，如果周围山多，那么阵风就会多。”卢云秀告诉记者，队里在海南训练的时候，虽然夏天很热，但海面上的风很柔软，冬天的话，风就变得刺骨了。从事这个项目的运动时间久了，看风、看海几乎成了卢云秀们的本能。

中国帆船帆板队主教练周元国赛后专门感谢了气象部门的预报保障服务，气象保障团队前期细致的观察、搜集工作，赛事期间逐小时的风向风速、天气趋势、降雨预报、云层情况、洋流速度、浪高、对流稳定度等预报为中国帆船帆板队提供了极大助力。“这不是我一个人的成绩，是团队的胜利。”卢云秀说。

巴黎客

海仍在前方等待，换块帆板再战

代表中国帆船帆板队出战奥运会前，卢云秀听到过质疑的声音，“他们觉得我年轻，没有经验”。周元国教练告诉她：“经验不是与生俱来的，每个人都有第一次，这次奥运会就是你的开始。在任何时候，你都要用好的心态去面对。”夺金后再回看曾有的质疑，她的态度通透平静：“很正常，每个人的立场不一样嘛。”

通透的态度不是海给的，而是来自身边的良师。“比如省队的高教练，他传递给我们的理念就是：男孩子可以做到的，女孩子也可以；我们国家队的周教练在悉尼奥运会的时候因为规则错失奖牌，我知道他心里的痛，但他一直告诉我要平常心，用自己过去的经验来帮助我。”

卢云秀还着重提到了队里的心理老师，她坦言，之前很抵触心理老师，以为就像电视里演的那样给人催眠，后来才知道是完全不同的。“老师帮我了解自己的心理，有意识地去锻炼自己的大脑和心理，因为比赛中的反应都是下意识的，稍微迟疑一下就会有完全不同的结果。”卢云秀一口气说了很多，然后笑出来，“我真幸运，一路走来都能遇到良师。”

没有比赛的日子，卢云秀喜欢写毛笔字、骑自行车、去海边散步，比赛前她也会写写字，只是不再临《兰亭序》字帖，书写的内容变成了“每一天都是新的开始”和“让过去过去”，或者按照心理老师的嘱咐写“净”“静”“境”三个字——让干净的心安静下来，去达到新的境界。

奥运金牌只是一个开始，东京奥运会是RS：X级帆板的谢幕战，iQFoil水翼帆板将成为巴黎奥运会的竞赛器材，卢云秀已经尝试过水翼板，并准备在巴黎奥运会再挑战一下自己。至于更远的未来，她牢牢记得心理老师说过的一段话：“他说人生中有两件事是最值得做的，一个是实现自己的梦想，一个是帮助别人实现梦想。我想我以后也会走上教练岗位吧，用我所学去帮助别人。现在帆板还是小众项目，但我真的希望能有更多人来体验它的魅力。”

扬帆处回首，出发的岸已经在遥远的距离外，更壮丽的海仍在前方。

毕焜：帆板铜牌比出自信，去巴黎给奖牌换个颜色

新京报社 周萧

2021 年 7 月 31 日成了中国帆板载入奥运史册的一天：卢云秀夺得东京奥运会女子帆板 RS∶X 级冠军，毕焜在江之岛摘下了男子帆板 RS∶X 级铜牌，为中国男子帆板实现了奥运奖牌零的突破。

外界用“幸运”来形容毕焜的季军之路，但在接受新京报记者专访时，他说从来都没有无缘无故的幸运，夺牌之路其实是一个关于“准备”的故事。

大决战

创造历史却哭不出来，顺便立下凌云志

东京奥运会男子帆板 RS∶X 级前两个比赛日排名第 10，虽然从第 3 个比赛日起逐渐提升排名，最终以预赛第 5 晋级奖牌轮，但这不是一个赛前就被人看好的名次。

毕焜承认，前 6 轮的表现并不理想，还有一轮和对手发生了碰撞。只是这个靠风、靠海的比赛项目有着太多未知因素，前期的挫折反而成就了毕焜的“小宇宙爆发”，当所有的潜能都被调动起来后，绷紧的神经反而放松下来。

毕焜在奖牌轮给自己的任务是，观察海面上发生的一切，能前进一名是一名。

赛后对着摄像机镜头，毕焜说的第一句话其实是心理老师赛前对他的

叮嘱："坚信对手会犯错。"比赛进程也在向这个方向发展，来自意大利、波兰和法国的选手先后犯规，毕焜"最后一天运气在我这里"的感觉越来越笃定。

所有运气的背后，还是要靠努力。毕焜形容当时的冲刺情景："全力以赴往前跑，我是第 4 个过终点的，最后拿到铜牌，但如果我是第 5 个冲过去呢？那就没戏了啊。"

确定铜牌到手后，毕焜很清楚自己为中国男子帆板创造了历史，喜悦的同时是气自己多少有点煞风景，"很想哭，可我当时就是哭不出来，这么好的时刻是应该流泪的啊"。周元国教练有点敷衍地安慰弟子："行啦，到时候你去巴黎哭吧。"

铜牌是这个夏天对过往努力最好的奖励，也埋下了对未来期待的种子——须知少时凌云志，曾许人间第一流。

大心脏

东北小伙自带 BGM，幸运背后曾欲哭无泪

突然降临的幸运其实也是考验的一种，结果是惊喜还是惊吓，往往取决于当事人的心态把控力。对手在奖牌轮出现的各种意外没有影响到毕焜，他将原因归结为自己在生活中就是个大心脏，并且深以为傲，"我可是自带 BGM（背景音乐）的东北人啊"。

帆船帆板队是中国代表团第一支抵达东京的队伍。在赛事正式开始前，"大心脏"选手遭遇了一点状况。从起初在酒店走廊进行身体训练，到竞赛水域开放后的适应性训练，跨度长达 5 天，毕焜的时间概念逐渐变得有点不清晰。"那天群里发通知，我一看第二天就比赛了，当时都蒙了。"他说。

不过，在海面上摇帆的那个毕焜是出了名的细心和有耐心。比赛中没受对手影响并非仅依靠"心大"就能做到，为东京奥运会备战的将近5年

时间里，中国帆船帆板队做了极为详尽的预案。在出征奥运会前的一次国内比赛里，毕焜刻意在比赛中出现错误操作，为的就是锻炼“一旦奥运赛场上出现这样的情况，我应该怎么应对”，很有种未曾交兵先谋后路的老练。

努力是个笼统的词汇，它以不同面貌呈现在漫长备战过程中的每一个细节。身高 1.9 米的毕焜之前的一个重要任务是减重 2 ～ 3 公斤，好让速度更快一些。所以，他每天都要比别人多上一节训练课，累到欲哭无泪；中小风技术出色的队友一直在陪他练习，帮助大风技术出色的毕焜提升综合实力。

比赛时，毕焜从来不涂防晒霜，毕竟防晒霜有油性，他怕擦汗时蹭到手上，影响摇帆……当个人付出和团队协作达到完美融合时，期待的结果也随之到来。毕焜很认真地感谢在幕后支持自己的家人、教练和队友，用一句话总结了这次创造历史的历程，“没有优秀的个人，只有优秀的团队。当大家齐心为一个目标努力时，全世界都会为你让路”。

大计划

最爱和大风“硬刚”，去巴黎给奖牌换颜色

“我也不知道是我选择了帆板，还是帆板选择了我。”说起与帆板的缘分，毕焜有一点小茫然。

一切仿佛是注定的，出生在辽宁锦州的他，从小就对海有莫名的好感，或许和爸爸是海军有关系。“我小时候就被爸爸带去看海，再长大一点，大概七八岁的时候，一去海边玩就不想回家。”14 岁时，毕焜日益展露出的运动天赋，让家里人认真征求起了他的意见：“想不想练体育？”

回答当然是“想”。于是，毕焜遇到了帆板，一项可以在海面自由自在“奔跑”的运动。至于他的运动天赋有多出众，毕焜有点得意地举例：“像蛙泳、仰泳、自由泳，我都是先在电视上看到，记住动作要领后下水

练会的。”他的业余爱好几乎都和运动相关：骑自行车、登山、射箭……不能浪费自己的运动天赋是毕焜的态度，但迅速接了句表白：“我最喜欢的还是帆板。”

海和风都有自己的性格，摇帆的人也是。“顺着风来”是卢云秀的诀窍，“跟它硬刚”是毕焜的选择，“尤其是风大的时候，就特别想征服它”。只是风力超过 40 节时，他也会悻悻认输，“好吧，这次是你征服我了，我们下次再来”。

海和风是征服者，是被挑战的对象，同时也是严师，独立性和自控力正是它们给予毕焜、并反复锤炼至今的珍贵“礼物”。

如今，毕焜正和帆船帆板队在锦州隔离，这个大男孩已经计划好了之后的安排，并隔空向父母求奖励，“隔离结束后就该去参加全运会了，等全运会之后我要好好陪陪爸妈，陪陪家里人……我没啥给自己的奖励，我等着爸妈奖励我呢”。

至于再远一点的未来，他准备为巴黎奥运会“做一个大计划”，然后要为帆船帆板在中国的普及贡献一份力量，力争让这个小众项目变成大众项目。

巴黎奥运会给奖牌换个颜色，不仅是外界对毕焜的期待，也是他自己的。

“我也觉得那时候得给奖牌换个颜色了。”

“这么有信心？”

“那是，这次比赛把我自信打出来了！”

“毕焜的时代要来临了。”他半开玩笑半认真地说出这句话。

帆板小伙的骄傲无问西东，而海，容得下这份自信。

逐梦四届奥运会，32岁的巩立姣终于站上最高领奖台——

这块金牌分量足

河北日报　王伟宏

2021年8月1日，我省名将巩立姣以两创个人最好成绩的方式，摘得东京奥运会女子铅球金牌，不仅实现了我国田赛项目奥运金牌零的突破，也成为我省第一个田径项目奥运冠军。

巩立姣这枚沉甸甸的奥运金牌背后，有哪些不为人知的故事？奥运冠军梦圆之后，她又有什么新的打算？

圆梦东京——决赛前夜睡不着，走下赛场流下热泪

第一投，19.95米……第五投，20.53米；第六投，20.58米！

这是巩立姣8月1日决赛的成绩。最后两投，她两度刷新个人最好成绩。

不过赛后巩立姣在接受记者电话采访时表示，从成绩来说这场比赛还是有点小遗憾。“突破21米一直是我的梦想。2021年是我练田径的第21年，本想在奥运会这个高水平竞技舞台上完成21米的突破。”

东京奥运会周期，巩立姣继续雕琢滑步收腿等技术动作，同时狠抓小力量肌肉群训练等此前忽视的一些方面，专项成绩、综合体能都得到明显提升。在东京奥运会前的两年多时间里，她始终排名世界第一，各项世界大赛只要参赛绝不会让金牌旁落，只差一枚奥运金牌。

骄人的战绩让巩立姣对在东京奥运会圆梦充满信心。她说：“来东京之前，我感觉只要不出现重大伤病，这枚金牌就是我的。”

然而随着比赛日益临近，巩立姣却开始忐忑起来。

“昨天晚上没怎么睡，最多也就睡了四五个小时。”巩立姣说，决赛前一天晚上，她躺在床上怎么都睡不着。“毕竟这一年多国际比赛没有正常进行，很多对手的真实水平不知道，万一有人隐藏实力呢？”

既然睡不着，巩立姣就强迫自己在脑海中不停重复如何才能做到完美一投。“闭着眼，脑袋里像过电影一样，从头到尾一遍又一遍想技术动作。”

“成功和失败我都经历过了，还有什么可害怕的？”来到东京新国立竞技场，巩立姣给自己吃了颗“定心丸”，然后大步走进赛场。

“第一投还可以。其实第二投就想着冲一下，没想到犯规了。第三投、第四投也没超过 20 米，所以最后两投我想再拼下。”她回忆说。

于是，第五投上场前，她伸出缠着绷带的右手食指作了个“1”的动作。而后，便投出了 20.53 米的个人最好成绩。

“美国选手桑德斯一直瞪我，我也瞪她，气势不能怂。”巩立姣说，最后一投前，自己就已经确定获得冠军，之所以最后一投继续刷新个人最好成绩，多少也是因为受到桑德斯的刺激。

走下赛场，巩立姣用手拧了下自己的胳膊，确信不是在做梦。面对场边的镜头，她流下了热泪。“赛前我就跟自己说，如果输了一定不要哭；如果赢了，就随便吧。”巩立姣说，夺冠的场景虽然自己已预演过无数次，但当它真正到来时，还是无法抑制内心的激动。

这枚奥运金牌，让巩立姣完成了职业生涯中最重要的一块拼图，成就了她的世界大赛金牌“大满贯”。她在赛后也霸气地说：“能帮助女子铅球进入中国时代，我觉得自己的人生完美了。”

五年坚守——每天投掷 1 吨多的总重量，膝伤发作时上楼梯都困难

2008年北京奥运会，递补获得铜牌；2012年伦敦奥运会，递补获得银牌；2016年里约奥运会，第四名；2021年举行的东京奥运会，金牌！

这是巩立姣四届奥运会的参赛成绩。13 年的坎坷奥运路，她终于圆梦。

"没有什么比梦想更值得坚持，我说得对吧？"2017 年首夺世锦赛冠军后，巩立姣接受记者采访时，曾经两度说出自己"没有什么比梦想更值得坚持"的座右铭。如今梦想终于实现，巩立姣再次向记者提起这个座右铭时这样说。

没有什么比梦想更值得坚持，没有什么比坚持更考验意志品质。回想东京奥运会周期，巩立姣直言："这 5 年太煎熬了，尤其是对于我这样年龄大的运动员，真的是太难太难了。"

这 5 年里，她经历了走出里约奥运会阴影的煎熬，经历了老运动员克服伤病与体能的煎熬，又经历了奥运会推迟举办的煎熬。

作为一名老将，巩立姣直接需要面对的就是伤病和体能恢复问题。她告诉记者，长期训练导致自己的膝盖、腰椎都有一定程度的陈旧伤，这让她吃过很多苦头。

"巩立姣吃的苦远比新闻报道中多。"巩立姣在省队时的教练李梅素说，膝关节伤势发作时，巩立姣蹲起动作会受到影响，严重的时候上厕所、上楼梯都很困难。

"这个周期的训练理念有所变化，训练量也有所增大，而巩立姣的体能恢复不如年轻运动员。"李梅素说，东京奥运会周期，巩立姣每天训练的投掷次数都在200次以上，"有时候用标准的4公斤比赛铅球，有时候用5公斤甚至8公斤的训练铅球，所以巩立姣每天要投掷1吨多的总重量。"

近些年，巩立姣大多数时间在国家队训练，国家队科研保障团队不仅通过每天的康复治疗帮助巩立姣成功控制住了老伤恶化，还通过增长按摩放松时间等方式，让她在保持大运动量的同时体能能够及时恢复。

"我没事儿的时候就听梁静茹的《勇气》，自己给自己打气。现在我只想说，所有坚持都是值得的。"巩立姣幽默地说，"我的故事也说明，人真的一定要有梦想。"

两个新梦想——蝉联奥运冠军，带火我国女子铅球

2009 年全运会，20.35 米，她 20 岁；2016 年哈勒投掷赛，20.43 米，她 27 岁；2021 年举行的东京奥运会，20.58 米，她已经 32 岁。

这是巩立姣 3 个标志性的个人最好成绩。当很多人沿着“32 岁最后一届奥运会”的惯性思维思考时，巩立姣的竞技状态却突破了年龄桎梏。

“其实人们问我比较多的一个问题，就是回去以后会不会退役。我告诉所有人的答案都一样——只要祖国需要，我就会一直练下去，直到我练不动为止。”巩立姣说，我国年青一代女子铅球运动员中尚未出现能角逐奥运奖牌的优秀运动员，这也是她考虑自己继续坚持下去的根本原因。

如今，巩立姣又萌生了两个梦想——其一，是蝉联奥运冠军；其二，则是带火我国女子铅球。

“下届奥运会我才 35 岁，而今天登上领奖台的亚当斯都快 37 岁了。”巩立姣说，尽管已经预见到坚持下去的艰难，她对蝉联奥运冠军的新梦想还是有一些底气。

“我 12 岁开始练铅球，到现在 21 年了。我已经爱上它了，这辈子恐怕都不会再离开。”巩立姣说，即便有一天自己实在练不动了、退役了，她也不会离开铅球，还会从事与铅球相关的工作。

借助自己在东京奥运会夺冠这个热点，巩立姣还为女子铅球作了一次形象推广。她在赛后接受采访时说：“铅球虽冷，但每一位练铅球的胖子都有一颗炽热的心。请大家多关注我们这些胖胖的女孩子吧，多多去看铅球比赛。谢谢大家。”

首次参加奥运会即获一金一银的孙颖莎瞄准大满贯

“大心脏”是这样炼出来的

河北日报　王伟宏

2021年8月5日，在东京奥运会乒乓球女子团体决赛中，中国队以3：0战胜日本队，获得奥运会女团四连冠。如果说赛前这枚金牌还存在变数，那最大变数无疑就是近年来多次战胜中国队队员的伊藤美诚。在这场对决中，继在本届奥运会女子单打半决赛中相遇之后，孙颖莎和伊藤美诚再次遭遇，结果，伊藤美诚再次被河北姑娘孙颖莎拿下。

本场比赛，让孙颖莎终于成就了奥运冠军的梦想。加上此前的女单亚军，本届奥运会她已经获得一金一银。由此，这个拥有一颗“大心脏”的姑娘，也拥有了更高的目标——拿下奥运会女单冠军，乃至乒乓球世界大赛大满贯。

延续神勇状态，再次担当第一单打

中国队与日本队的这场对决前，最大的悬念是谁将担当双方的第一单打。

日本队最有实力的单打运动员非伊藤美诚莫属。谁担当中国队第一单打，将大概率遭遇伊藤美诚。中国队人才济济，孙颖莎、陈梦都具备担当第一单打的实力。

“决赛前，教练问我，有没有信心打一单，有没有信心再次拿下伊藤美诚？我说，行，没问题！”孙颖莎在赛后接受采访时说。

事实上，中国队在女团决赛用孙颖莎“捉”伊藤美诚有迹可循。孙颖莎的省队教练杨广弟说，孙颖莎的“大心脏”是出了名的，她在大赛中表现出的心理素质是能打硬仗的根本。

“更何况，孙颖莎对伊藤美诚有很大的心理优势。一周前的女单半决赛，她把伊藤美诚打得眼神都不对了，估计给她（伊藤美诚）留下了心理阴影。”杨广弟说。

决赛前，中国队在女团比赛中一直让孙颖莎担当第一单打，也有继续借助高水平赛事锻炼孙颖莎，让她挑大梁、打硬仗的打算。

2021 年 8 月 5 日的女团决赛，第一盘双打比赛中国队顺利拿下，众所期待的第一单打对决也随之到来。

“前两局比赛孙颖莎打得都比较顺利。虽然第二局中后期有一些艰难，但她保持住了良好的心态并连续得分。”杨广弟赛后分析说。

第三局比赛，孙颖莎出现了一些急躁情绪，伊藤美诚则充分发挥了自己的特点，扳回一局。

接下来的第四局比赛，孙颖莎毫不退让，不断吼着给自己打气，顶住了伊藤美诚犀利的攻势。

“第四局比赛孙颖莎虽然很轻松，但那局最为关键。”杨广弟说，孙颖莎在这局比赛中表现出来的稳定心态是制胜关键，这不仅让她稳住了阵脚，更逼得伊藤美诚暴露出了情绪不稳的短板。

“我也看到网上很多人叫我‘止藤片’，我觉得挺贴切的。”赛后，孙颖莎幽默地说。

5 岁开始练球，对乒乓球发自内心地喜欢

21 岁，第一次参加奥运会即获一金一银，而且是在人才济济的“国球”项目上，孙颖莎的成长经历让很多人羡慕。她是如何走上乒乓球之路的，又是如何快速成长起来的？

“孙颖莎 5 岁开始在和平西路小学练球，从最开始能把球挡回去，到

后来连续对拉 50 拍、100 拍，再到能参加市级、省级比赛，她付出的努力我一直都记得。”石家庄市和平西路小学乒乓球教练组组长张春欣回忆说，孙颖莎并非那批小孩中最有天赋的，但她凭借努力让自己成为了最优秀的一个。

2010 年，因为在全国少年赛上的出色表现，孙颖莎迎来了进入省队的机遇。

“当时从省内各地选来了 100 多名队员，我记得孙颖莎开始不是表现最好的，却给我留下了非常深刻的印象。”杨广弟说，100 多名队员中，孙颖莎年龄最小，个子也最小，但她在训练比赛中非常拼，不轻易放弃每一分。

“这是最让我印象深刻的地方，也是一名优秀运动员必须具备的品质。”杨广弟说，从那时起，他就认为孙颖莎是个好苗子。

很快，孙颖莎就证明她没有辜负杨广弟的期许。

26名队员最终留在了省队集训，他们大多是第一次离开父母独自在外。别看年纪最小，孙颖莎却表现得很“老成”，训练非常自律、非常刻苦。此外，她还展现出了更多优秀品质。

“我渐渐发现，她领悟能力特别强。”杨广弟说，他点出来的动作细微之处，孙颖莎不仅能快速理解，还能很快运用到实战中。

就这样，集训进行一个月后，孙颖莎的成绩就冲到了第一名。“从那以后，孙颖莎在队里第一的位置再也没人能撼动。”杨广弟介绍。

而在孙颖莎的妈妈高君敏眼中，女儿之所以能够自小结缘乒乓球并成长为奥运会冠军，最关键的是对乒乓球发自内心地喜欢。

“她打小就特别喜欢乒乓球，后来到专业队训练也经常跟我们分享自己的训练收获，放假回到家也不忘训练，每天都对着镜子练习动作。”高君敏说。

“补短”又“炼心”，三冲国家队才圆梦

很多人羡慕孙颖莎的成长之路一帆风顺。然而，她却表示，能站在奥运会赛场上的人，都不会一帆风顺。

“孙颖莎从来不服输，特别能坚持，这是她最宝贵的品质之一。”杨广弟透露，孙颖莎曾经两次冲击国家队未果，但两次走出阴影，终于在第三次闯进了国家队。

第一次，是2013年全国少年乒乓球锦标赛。当年13岁的孙颖莎表现抢眼，一路过关斩将，打进了女单决赛，最后却以3：4输给了当时已是国手、人高马大的王曼昱。

“仅仅一步之遥，孙颖莎与国家队失之交臂。”杨广弟解释说，当时的政策是拿到全国少年乒乓球锦标赛冠军才能进国家二队。

孙颖莎回忆，那次输球让自己一度消沉，后来在杨广弟的指导下才恢复如常，并立志补短板，再次冲击国家队。

“当时经过分析，我们认为孙颖莎的得分手段和能力偏弱。”于是，杨广弟为孙颖莎制定了一系列“补短”计划。

反手位转进攻，正手杀伤力，发球后正手抢攻，正手侧身转进攻，再加上交叉步大角度跑动步法训练，孙颖莎终于在这一系列训练中再次蜕变，逐渐能打出快、准、狠的正手进攻，并且使正手连续进攻成为其一大优势。

2014年全国少年乒乓球锦标赛，孙颖莎信心十足，却再次遭受打击——当时出了新政策，前两名就能进国家队，然而，孙颖莎却意外止步16强。

“比第一次更伤心，我甚至非常自责，觉得对不起教练的辛苦栽培。”孙颖莎回忆说。

然而，杨广弟没有对孙颖莎失望，他一边开导孙颖莎，一边总结——她还需要颗“大心脏”。

于是，随后的训练中，杨广弟想方设法给孙颖莎“添堵”，专门挑让孙颖莎打着难受的对手和打法让她去练，让队员们给孙颖莎的队友喊加油、给她嘘声……

“让她在训练中感受到不开心、沮丧、生气、失望、绝望等各种情绪，目的就是锤炼她的抗干扰能力。”杨广弟说，也就是在这样的“魔鬼”训练中，孙颖莎的心理稳定程度不断提高，逐渐变得“百毒不侵”。

就这样，2015 年全国少年乒乓球锦标赛，技术和心理都过硬的孙颖莎一鸣惊人，此后如愿进入了国家青年队。同年，因为面对劲敌连续上演大逆转，孙颖莎又被国家队相中。

“获得奥运会冠军已经成为过去，我的终极目标是大满贯。”孙颖莎说，此次东京奥运之旅让她收获颇多，其中最主要的是认识到了自己的短板。回国后，她将开始实施新一轮的“补短”计划。

30 岁第一次登上奥运赛场并夺得冠军的王涵

拼搏数载终于圆梦

河北日报　王伟宏

2021 年 7 月 25 日，30 岁的王涵第一次站在了奥运会赛场上，与队友施廷懋搭档，获得东京奥运会跳水女子双人 3 米板冠军。

当沉甸甸的奥运金牌挂到脖子上时，许多人通过电视镜头看到了王涵发自内心的笑容。可又有多少人知道，这名中国跳水队年龄最大的“奥运新人”，是如何破茧成蝶的?

两次与奥运梦想擦肩而过，这次格外珍惜

“跳完第四个动作的时候，我感觉就像是在做梦一样。真正拿到金牌的时候，我甚至还有一些恍惚。”赛后，王涵如此描述那种圆梦的感觉。

当日的女子双人 3 米板比赛，王涵 / 施廷懋经历了前两轮的谨慎适应之后，从第三轮开始一步步甩开对手，最终以领先第二名 25.62 分的明显优势夺冠。

为了这一天，王涵已坚持奋斗了多年。

她 2000 年接触跳水运动，2003 年首次进入国家队。“第一次进入国家队时，我就产生了参加奥运会并夺取金牌的梦想。”王涵说。

有梦想，就有可能。2009 年，王涵第一次出战世界大赛——2009 年罗马世界游泳锦标赛，就夺得女子 1 米板铜牌；2009 年跳水大奖赛深圳站，她与何姿搭档获得女子双人 3 米板冠军，并获得个人项目亚军。2010 年跳水大奖赛德国站，她与屈琳搭档夺得女子双人 3 米板冠军，并获得个人项

目3米板季军；俄罗斯站与加拿大站，两度摘得女子3米板冠军，两度与屈琳搭档斩获双人冠军……

而后，她的职业生涯终于与奥运挂上了钩——2012年伦敦奥运会、2016年里约奥运会，她连续以替补身份随中国跳水队出征，但两次都没能获得上场机会。

所以，对于东京奥运会的参赛机会，王涵格外珍惜。

尽管与施廷懋搭档以来，两人在世界大赛上几乎无一失手，王涵还是不敢有丝毫懈怠。特别是进入东京奥运会选拔赛后，她练得更苦了，终于如愿获得东京奥运会“门票”。

“终于迎来了7月，让我们一起为实现梦想努力吧！”2021年7月2日，王涵在社交媒体上表达了对奥运赛场的渴望。

大约半个月后，她的脚步踏进东京奥运村。那一刻，她心里无来由地冒出了这样一句话——“终于轮到我上场了”。当然，她也不忘时刻提醒自己：全身心投入训练，以在比赛中保持最好状态，而不要受什么其他情绪的干扰。

“她跟我说，到东京后一直觉得心里很平静，不是很兴奋，也不是很紧张，就感觉和平时的训练没什么两样。”经常与王涵保持联系的河北跳水队总教练李芳认为，王涵首登奥运赛场就表现近乎完美，与她的心态平和有很大关系。

东京奥运赛场上，当最后一跳结束冠军到手，与施廷懋紧紧相拥时，王涵才终于释然了，流下了喜悦的泪水。

“30岁了，经历过太多酸甜苦辣，终于拿到人生中第一枚奥运金牌。没忍住，感性了一回。”王涵赛后笑着回忆说，“拥抱的时候，我和施廷懋感谢了彼此，她感谢我和她搭档，我感谢她带我拿到人生中第一枚奥运金牌。”

第一次参加奥运会就拿到一枚金牌，王涵说，这对她意义非凡——“这是我回报祖国、回报所有在背后默默支持我的人的最好礼物。”

精益求精，两度重塑自我，终于大器晚成

颁奖仪式上，王涵和施廷懋互相为对方挂上金牌，王涵脸上的笑容如阳光般灿烂。

阳光总在风雨后——就像歌里唱的那样，如果不是她两度坚持不懈重塑自我，真不知道今天的这一刻会属于谁。

王涵曾3出4进国家队。

“被国家队退回省队，对任何一个运动员都是很大的打击。”李芳说，每次的“出”对王涵来说心里都像刀割一样，她甚至会产生一些自暴自弃的想法。

特别是2016年里约奥运会后，结束了又一次“陪跑”，休整完，国家队队友们又到北京相聚了；而王涵，又一次黯然回到了省队。

“因为当时感觉那可能是我最后一届奥运会了，所以有点消沉。”王涵回忆说，那段时间，自己感觉就连最熟悉的跳水动作都不会了，于是产生了退役的念头。李芳却很坚定地告诉她：再坚持一下，你一定能够大器晚成。

正是这句话，让王涵开始了一次难忘的重塑自我。

王涵4岁开始练体操，快10岁才改练跳水。虽然改练之初“上手”特别快，却留下了基本功不扎实的隐患，这导致她的技术动作完成质量无法与吴敏霞、施廷懋等队友相比，所以始终无法更进一步。

怎么解决这个问题呢？“她是老运动员，练多了体能跟不上，练少了起不到作用，所以不能用常规方法。”李芳说，她为王涵制定了有针对性的训练方法，先让王涵弥补最薄弱环节，进而重拾信心。

25岁的王涵，再次从基本功开始练起！

巧的是，没过多久，因为吴敏霞退役，国家队需要为施廷懋寻找一个双人项目的新搭档，王涵再次受到征召。

基本功还练不练？当然要练，这一次，短板必须补齐。但国家队肯定

不会再练这些初级内容了，李芳便当起了王涵“私教”的角色。

国家队每周只有周日一天休息时间。每到周日，李芳就从秦皇岛赶往北京，为王涵补课。每天 3 个小时的训练，王涵练的都是十多岁的小师妹才练的基础动作。就这样，用了 4 个月时间，她基本功不扎实的短板得到明显改善，还学会了独自练习基本功的训练方法。后来，她又坚持用了两年时间，终于完成这次重塑自我。

另一次重塑自我，是为了能与施廷懋成为最佳搭档。

2019 年，王涵成为施廷懋的双人项目搭档。双人比赛最重要的一条，是两人动作的同步。然而，这两位老将都已经有固化的技术风格，就连起跳高度都不尽相同——施廷懋的起跳高度低，王涵的高，王涵不得不降低起跳高度来适应施廷懋。

这看似不大的改变，对已经动作定型的王涵来说，可想而知有多难。

“刚开始压低起跳高度的时候，我感觉动作都快完成不了，整个空中翻腾的感觉都有了很大的变化。”她回忆。

为了能与搭档实现完美同步，王涵天天用心观察施廷懋的动作。施廷懋训练，她就看施廷懋做动作；训练结束后，她就看施廷懋训练的视频回放，然后在空荡荡的场馆里一遍又一遍地模仿施廷懋的动作特点。

“这个过程是很痛苦的，还好我坚持下来了。”王涵说，与此同时，施廷懋也在进行改变，两人相向而行，终于找到了最完美的契合点，这才有了在东京奥运会女子双人 3 米板上珠联璧合、近乎完美的表现。

接下来，王涵和施廷懋都将出战女子3米板个人项目比赛。对此，王涵说：“刚刚完成了一个梦想，接下来我会享受比赛。我们两人不管谁夺冠，金牌还不都是咱中国的！”

东京奥运会取得突破，李冰洁敞开心扉——

“我对未来充满信心”

河北日报　王伟宏

2021年7月29日，在东京奥运会女子4×200米自由泳接力决赛中，由杨浚瑄、汤慕涵、张雨霏和李冰洁组成的中国队爆冷夺冠，并打破了由澳大利亚队所保持的世界纪录。值得一提的是，游最后一棒的我省“00后”运动员李冰洁，顶住了美国名将莱德茨基的疯狂追赶，为中国队夺冠立下汗马功劳。

这枚金牌是如何炼成的？曾一度在大众视野消失的李冰洁，东京奥运会为何能强势回归？赛后，她在记者的电话采访中敞开心扉。

谈“意外夺冠”：教练临阵换将，队友们都争取游到最好

“想到我们可能会获得铜牌，但没想到是金牌。因为澳大利亚队和美国队都非常强，我们本来是围绕怎么冲牌来制定战术的。”回到奥运村，李冰洁仍然沉浸在“意外夺冠”的喜悦中。

难怪，因为过去六届奥运会女子4×200米自由泳接力项目的金牌，均被美国队和澳大利亚队分享。而这次中国队之所以能够爆冷夺冠，李冰洁透露，教练临时改变战术起了很大作用。

女子4×200米自由泳接力是集体项目，需要集体的力量。本来，中国队预赛有一套参赛阵容。在张雨霏获得女子200米蝶泳金牌后，教练临时决定：让自由泳成绩也不错的她“乘胜追击”，参加女子4×200米自由泳接力决赛。为了战术上的隐蔽，这个计划很晚才公布，不但对手不明

就里，就连张雨霏也是 7 月 29 日一早才知晓。

“其实早上教练决定决赛要换人，我们就知道有让我们冲击更好成绩的想法。”李冰洁说，全队原本是围绕加拿大队进行准备的，“因为她们是我们冲牌的最大对手。”

决赛中，或许是受张雨霏夺冠的鼓舞，与她并肩作战，大家都焕发了更好的状态，李冰洁更是游出了个人最好成绩。

“我们都看了雨霏姐在 200 米蝶泳比赛中的霸气夺冠，都激动地哭了。这让我们也下定决心，在 4×200 米自由泳接力决赛中，一定要游到最好，这才拿下了这枚意料之外的金牌。”她说。

这是一枚意料之外的金牌，也是一枚成色十足的金牌。

省体育局游泳跳水运动管理中心竞训科科长王晓玲分析说，这场比赛前三名的成绩都非常好，中国队以创世界纪录的成绩夺冠，银牌得主美国队也打破了该项目的美国纪录，澳大利亚队则打破了大洋洲纪录。

谈个人成长：“魔鬼训练”中被练到哭，终于走出低迷

夺得女子 4×200 米自由泳接力金牌后，首次参加奥运会的李冰洁已经手握一金一铜。她的这枚金牌，也是自 1992 年钱红获得巴塞罗那奥运会女子 100 米蝶泳金牌后，我省游泳运动员再次获得奥运金牌。

出生于 2002 年的李冰洁，2016 年训练水平就已经达到国内一流，但里约奥运会预选赛因为经验不足发挥失常，未能取得参赛资格。

2017 年，李冰洁开始大放异彩：先是在布达佩斯世锦赛上获得女子 400 米自由泳铜牌和女子 800 米自由泳亚军，当年的天津全运会上又独得 4 枚金牌，并且改写两项亚洲纪录，一时风头无两，被誉为“天才少女”。

然而，短暂的辉煌之后，因为青春期身体发育、更换教练以及伤病的影响，她再一次陷入低迷，先是在众多比赛中被王简嘉禾压制，2020 年初又因骨折受伤，此后一度消失于人们的视野。

这段时间，她是怎么熬过来的？

“即便在最低迷的时候，我也没有放弃站上奥运会领奖台的梦想。”李冰洁说，“那段时间虽然很失落，但我相信只要找到问题所在，就一定会回来。”

为了帮助李冰洁走出低谷、重回巅峰，省体育局为她量身定制了“天才少女计划”，包括体能训练、专项训练、心理恢复等，重点解决其体能、心肺功能等短板。省体育局游泳跳水运动管理中心副主任张路峰介绍说，为落实“天才少女计划”，2018 年，该中心成立了大约 10 人规模的李冰洁保障团队，其中包括专项教练、体能教练、队医、按摩师等。

“绝对是‘魔鬼训练’。”回忆起 2021 年春天在青海多巴国家高原体育训练基地的训练，李冰洁至今“心有余悸”。每天，她至少要进行 1 万米的游泳训练，有时候甚至游 2 万米。为了节约时间，她甚至吃饭都不上岸，吃完饭继续游。此外，每周还要进行三次高强度陆上训练，有时候，她还会有马拉松训练，不管刮风下雨，甚至下雪都要完成。

这样大运动量的训练，能完成吗？

“完不成不行啊，因为达不到训练计划要求就要挨罚。”李冰洁说，开始阶段她曾多次挨罚，在 400 米周长的标准跑道上，被罚跑过 10 圈、15 圈，甚至 100 圈。“有时候从早上一直跑到中午，边跑边哭。有时候会跑到吐。”

王晓玲回忆说，或许是执着于尽快恢复到巅峰状态，每一次被罚，李冰洁尽管不情愿，还是会逼着自己完成，哭只不过是她释放压力的方式。

就是在这样的磨炼中，李冰洁不但逐渐走出了情绪上的低谷，体能、心肺功能等也越来越好，训练成绩不断提升，信心也越来越足。

2021 年初，李冰洁重回赛场，接连在国内多项赛事中取得佳绩，顺利达到了多项东京奥运会 A 标。

回顾这段经历，李冰洁收获的不仅是成绩：“以前我是擅长什么就练什么，后来我知道哪里不行恶补哪里，才能有更大进步。”

在东京奥运会上的收获，更让李冰洁欣喜。她说：“我对未来充满信心。”

巩立姣　一枚等待了 37 年的金牌

燕赵都市报　宗苗森　田芸菲

这是一枚让中国体育等待了 37 年之久的金牌，也是一枚让河北体育等待了 37 年之久的金牌。

从 1984 年洛杉矶奥运会，河北选手李梅素获得女子铅球第 5 名开始，历经黄志红、隋新梅、程晓燕、李梅菊等一代又一代铅球人的努力拼搏，终于在 2021 年 8 月 1 日的东京奥运赛场上，由李梅素的弟子、同样来自河北的巩立姣拿到了中国体育奥运会历史上的首枚田赛金牌。37 年，10 届奥运会，从红颜到白发，从青涩到成熟，从追梦到圆梦，李梅素与巩立姣这对师徒，书写了中国体育的一段传奇。

绝对王者
决赛 5 投均可夺金

尽管巩立姣是东京奥运周期女子铅球项目的绝对王者；尽管她在预赛阶段，只用了十来秒钟，便汗不出气不喘地以第一名晋级决赛；尽管她在决赛的第一投，便达到了 19 米 95，但是，所有关心巩立姣的人，还是提心吊胆惴惴不安，因为在奥运会的赛场上，一切皆有可能。

事后证明，这些担心都是不必要的。决赛 6 投，巩立姣除了第 2 投犯规之外，其他 5 投最差也达到了 19 米 80——这是足以夺得冠军的数据，亚军美国选手桑德斯是 19 米 79，季军新西兰传奇老将亚当斯是 19 米 62。然而，为了避免伦敦奥运会上最后一投失去铜牌（当时现场成绩是第四名）的一幕重演，巩立姣最后两投分别投出 20 米 53 和 20 米 58，连续刷新个人最好成绩。在奥运会决赛的舞台上，巩立姣迎来了大爆发，将更快更高更强的奥林匹克精神，体现得淋漓尽致。

夺冠之后，巩立姣异常激动，几度落泪。“我就是冲着金牌来的，太高兴了，这一刻等得太久了，真是太煎熬了，坚持都是值得的，我的人生完美了。”巩立姣说，“我特别渴望和欧美选手同场竞技，这样才能证明我们的力量，比赛中那个美国选手（桑德斯）一直瞪我，我也瞪她，我的目标是突破 21 米，还是有点可惜。”

这枚金牌还有着更为重要的意义。这是中国体育代表团在奥运会历史上获得的首枚田赛金牌，实现了“零的突破”；这是本届奥运会上中国体育代表团夺得的首枚田径金牌；这枚金牌让巩立姣实现了大满贯，成为当之无愧的绝对王者。

巧合的是，参加了四届奥运会的巩立姣，成绩从第一到第四一个不落。河北省体育局局长张泽峰说：“如果说前面几届巩立姣拿到两枚奖牌的过程充满了太多变数，那么这枚金牌充分体现了‘实心实意’，体现了绝对的实力。”

前赴后继
师徒终圆奥运梦想

“我太兴奋、太激动了，我的弟子夺冠了，姣儿坚持到现在真不容易。她实现了自己的梦想，也实现了我们一代又一代人的梦想。”赛后李梅素激动的心情溢于言表。

1984 年洛杉矶奥运会，25 岁的河北选手李梅素以 17 米 96 获得第 5 名，而她，正是巩立姣的恩师，似乎有一种奇妙的缘分，以铅球为媒，把这对师徒的命运联结在了一起。

1988 年汉城奥运会，李梅素向前迈进了一大步，收获了铜牌，创造了中国田径的历史——这是中国选手首次拿到投掷项目的奥运奖牌。那一届奥运会落幕几个月之后，1989 年 1 月 24 日，巩立姣在石家庄获鹿县（现鹿泉区）的一个普通乡村出生。而彼时的中国铅球依然保持着非常高的水平——1992 年巴塞罗那奥运会，黄志红获得银牌；1996 年亚特兰大奥运会，隋新梅获得银牌。2000 年悉尼奥运会，程晓燕获得第 11 名。又过了一年，巩立姣进入石家庄市体校，接受正规的系统训练，同一年，她的师姐李梅菊在广州九运会上夺得金牌。

2004 年雅典奥运会，李梅菊无缘决赛位列第 10。一个半月之后，巩立姣入选河北省队，教练正是李梅素，伯乐与千里马终于相遇。之后的故事基本上就是这对师徒为了梦想，一步一个脚印向着奥运最高领奖台冲击的励志史，2008 年第五（后递补铜牌），2012 年第四（后递补银牌），2016 年第四，2021 年金牌……

从 1984 年 25 岁的李梅素，到 2021 年 32 岁的巩立姣，历经 37 年，十届奥运会，几代人的梦想，在这一刻成为了现实。

壮心依然
祖国需要就会坚持

32 岁，对于一名田径运动员来说，尤其对于中国田径运动员来说，绝对属于“高龄”范畴了，更何况是一位投掷项目的女运动员。不过，实现了梦想的巩立姣表示，只要祖国还需要她，就会一直坚持到练不动为止。

巩立姣说：“为了这枚金牌，我等待了 21 年，真的太难了，尤其是 2016 年里约奥运会失利之后，我平复了好长时间才重新站了起来。首先，我要感谢国家对我的培养，没有国家就没有现在的我。也要感谢我的团队，他们都很辛苦，所以这块金牌不仅仅属于我自己，更是属于每一个人。”

鉴于巩立姣的年龄，外界猜测她很有可能打完 2021 年的全运会，或者最多再打一届世锦赛就会退役，很难坚持到 3 年之后的巴黎奥运会。但也有人表示，铅球对年龄的要求实际上并不高，像李梅素投到了 42 岁，这次的亚当斯也已经 36 岁。对此巩立姣表示：“虽然随着年龄的增长，会有一些伤病等意外的状况发生，但我有过失败的经历，有过成功的经验，可以说什么都不怕了。女子铅球是个冷门项目，我希望用自己的热情把这个项目带火。我想证明现在是中国时代，女子铅球是巩立姣时代，我想说，只要祖国需要我，我就会继续下去，直到练不动为止。”

冠军背后

个中艰辛甘苦自知

李梅素一直在电视机前关注着巩立姣的表现，当弟子如愿夺冠之后，李梅素说："首先要祝贺她完成了梦想，等她回来之后，要给她一个大大的拥抱。"

李梅素说，她从 2004 年带巩立姣一直到现在，背后吃的苦是常人难以想象的。"人们只看到巩立姣站到了奥运会最高领奖台上，但她能够坚持到现在太不容易了。最明显的方面，一个是年龄大了，大运动量训练完之后的恢复问题；一个是伤病问题，她的膝关节、后背，包括骨骼、肌肉等等，只要铅球运动能用到的部位都有伤。比如膝关节受伤后，连上个厕所、上个台阶都很困难，生活上也会受到一定的影响，但即使如此，也要坚持完成每天的训练计划。"

李梅素表示，要特别感谢科技的进步和保障团队的完善，"单从训练量上来说，要比之前更大，但因为科技的发展带来了训练理念的改变，现在各方面条件都好了很多，还有专门的保障团队，白天训练完之后，晚上通过仪器、按摩、放松等手段，保证第二天的训练不受影响。另外，过去更重视大力量方面的训练，肌肉群等小力量的训练不够，如今通过体能的康复，力量、柔韧性等方面都有了很大提高"。

训练手段的改变，也导致了技术上的变化，李梅素说："专项能力加强了之后，拿起铅球时会感觉有一些轻便。比赛是 4 公斤球，我们平时训练用 5 公斤球，最大达到 8 公斤，这就是能力的增加。技术动作方面，姣儿原来滑步收腿偏小，如今要大一些，让投球时用力的距离更长。"

一起观看比赛的巩立姣的妈妈陈秋兰则说："等孩子回来以后，给她做点好吃的。炖红烧肉，包饺子，吃打卤面，还有棒子面粥，她小时候最喜欢喝棒子面粥了。"

“梦想”背后的故事

——孙颖莎奥运夺一金一银有他们的默默付出

体育生活报　张月霞

东京奥运会上，我省（河北）“00 后”小将孙颖莎获得了乒乓球女团冠军和女单亚军，特别是在与伊藤美诚的两场关键较量中占据绝对优势，捍卫了国乒荣誉，引起了国人关注，同时也实现了几代河北乒乓人的奥运金牌梦想。看着孙颖莎取得这些优异的成绩，省体育局乒羽中心主任董克清在欣喜的同时，也很欣慰：“在孙颖莎夺得奥运冠军的背后，不仅仅凝聚着运动员十几年如一日的艰苦训练和国家队从领导到教练组对她的培养，同时也与省体育局领导、中心备战团队有着密不可分的关系。要知道，在 3 年前，河北乒乓球运动员参加东京奥运会还仅仅只是我们的‘梦想’，更别说夺得奥运会冠军了。”

高屋建瓴
确定奥运参赛目标

孙颖莎成名于 2017 年，当时，刚刚升入国家一队，首次参加国际成人赛事的她因在日本公开赛收获女单、女双两枚金牌而一战成名。此后，亚洲青少年锦标赛夺得女团、女单、女双、混双 4 项冠军，奥地利公开赛女双冠军，世界青少年锦标赛女团、女双、女单冠军等 10 个国际赛事冠军的优异战绩，为孙颖莎的 2017 年增添了浓墨重彩的一笔。2018 年，经过短暂低迷期的孙颖莎再次被信任，被派遣出战雅加达亚运会，收获了团体和混双两项冠军；10 月，她参加了在阿根廷举行的第三届青奥会，包揽了青奥会设置的女单和混合团体两枚金牌。然而，这些成绩在人才济济的国家队还不具备太强的说服力，她需要在更权威的赛事中证明自己。

2018 年 12 月 14 日，河北省体育局党组书记、局长张泽峰在听取了乒羽中心关于孙颖莎参加年底国际乒联职业巡回赛的情况汇报后，首次提出了孙颖莎要实现东京奥运会参赛的目标要求。很快，从省体育局到乒羽中心，到运动队以及孙颖莎本人完成了目标的确立，思想的统一，形成了战斗的合力。“做好自己，立足当前，不留遗憾，珍惜和把握每一次锻炼机会”成为孙颖莎冲击东京奥运会的指导思想。

就在局领导提出“奥运参赛”任务目标之后，乒羽中心班子非常重视，连续两天召开支部会议，传达局领导的安排部署，根据重大赛事备战“一队一策一目标，一人一策一目标”的指导方针，实施精细备战、精准保障，成立了组织机构，明确了人员分工，并制定了奥运备战方案。从那时候起，中心的每一步决策都是在朝着实现“奥运参赛”的方向进发。

精心安排
把各项工作做到极致

2019 年，孙颖莎表现非常抢眼，获得了四个非常重要比赛的单打冠军，有全国锦标赛女单冠军，亚锦赛女单冠军以及日本公开赛、澳大利亚公开赛两站白金赛事的单打冠军，逐渐引起人们的关注。乒羽中心顺势推动各方面的工作，并为运动员提供全方位的保障。

“其实，在当时来说，我们的两名重点运动员孙颖莎和梁靖崑都还没有进入国家队主力层，因此，我们计划的第一步就是要先进入主力层，只有进入主力层以后，才有可能获得竞争奥运资格，从而获得奥运名额，实现奥运参赛目标。”董克清介绍说。

为此，他们采取了教练跟进的办法，即无论是国内还是国际比赛，凡是有孙颖莎和梁靖崑参加的，乒羽中心都派人跟进。孙颖莎的比赛派出的是杨广弟教练和领队郭嘉，梁靖崑的比赛则是霸州海润俱乐部总经理白洋。“只要有我省两名队员的比赛就积极跟踪、陪伴，为他们减压，让他们释放。甚至包括这次东京奥运会，按中心的安排也是有一线希望能去也要去。”同时，做到第一时间掌握信息，即掌握队员详细情况，包括身体情况、心理情况、技战术情况等，并同国家队教练及时进行沟通了解，配合国家队全方位做好相应保障工作。

在这种明确目标指引下，孙颖莎从不被看好，到实现弯道超车这个过程中，乒羽中心的方案越来越细，工作越来越积极。一开始，为了工作需要，他们建立了全运备战群、奥运备战群，成员有男、女队主教练、后勤保障人员等；直至名单正式公布，他们又建立了东京奥运夺金群，这个群里，只有乒羽中心主任董克清、主教练杨广弟和领队郭嘉。群的范围越来越小，目标越来越具体，人员越来越集中，他们工作的细致也可见一斑。

与此同时，在孙颖莎的备战和冲刺过程中，河北省体育局党组和张泽峰局长多次在不同场合，通过多种途径和方式给孙颖莎的备战团队加油鼓劲，解决了诸多实际困难，也激励着孙颖莎和团队成员在冲击东京奥运会的道路上勇往直前、不惧挑战。

“天道酬勤。现在看来，有局领导的坚定支持，有中心的方案对头，措施对路，目标明确，队员本人争气，特别是有中国乒协的关怀信任，有国家队教练组的无微不至，我们才能够从开始怀揣梦想，满怀激情地努力拼搏，到顺利实现目标，如愿拿下河北乒乓第一块奥运会金牌。”董克清感慨道。

耐心陪伴
炼就小魔王“大心脏”

从“确立梦想”到“追逐梦想”，从跃跃欲试到大胆去拼，再到实现奥运参赛目标并在奥运会上夺取一金一银，孙颖莎的每一步成长，都倾注了乒羽中心团体的细心呵护。其中就有来自河北女乒主教练杨广弟等人的陪伴。

作为孙颖莎的省队教练，从孙颖莎9岁起开始带她，杨广弟和莎莎可说是有着亦师亦父的感情。有了开心的事，师徒俩会第一时间分享；有了烦恼，孙颖莎自然也往往是第一个找杨广弟。在国家队的时候见不到面就在微信里聊，打全国比赛天天在一起，聊得更多。杨广弟看着孙颖莎长大，看着她一点点拼到国家队主力的位置，自然也最懂她的压力在哪儿，杨广弟非常清楚弟子虽然年轻，但是比其他小孩都要成熟一些，国家需要她，她自己也渴望能打奥运会，所以比赛里总是想表现到最好，无形中便有了一些包袱和压力，而杨广弟的角色就是帮她减减压。

2019年亚锦赛和东京世界杯团体赛，按照乒羽中心班子安排部署，主教练与领队飞往现场陪莎莎打比赛，为她加油鼓劲儿。

谈到对孙颖莎提供的支持，河北乒乓球队领队郭嘉说，其实在物质条件方面，国家队有奥运保障团队，有专门的体能、医务、科研等人员，有先进的器材设施，各方面都比省队好得多。“省队做得最多的就是陪伴她，怕她遇到什么心理问题受影响，开导她，使她的视野更开阔，心里的疙瘩能解得更快一些。不因为一些胜利而过早地产生骄傲自满的心理，也不因为一点短暂的挫折产生消极懈怠的思想，总之使她在大的方向上始终积极向上，始终充满激情，朝着心中的梦想坚定前行。所以，省队做的保障，就是心理上的支撑，精神上的鼓舞，使她的信心更强。当然，国家队和莎莎自己是主因，我们做的是一个辅助，我们做的，就是让她背后的支撑更厚实，更具有安全感。”

不只是主教练和领队，主任董克清也在时刻准备着倾听她的“心声”。“国家队教练跟进指导，我们中心上下配合，因势利导，鼓励她，为她排压，对她提出的问题进行妥善解决，为她顺利参加奥运会提供了强有力的保障。”

人们都说孙颖莎有颗“大心脏”，越到重大比赛，面对强劲对手这颗“大心脏”越强。殊不知，这背后有省体育局的关心支持，乒羽中心团队的耐心陪伴，有中国乒协领导的激励，国家队教练组的培养，大家齐心协力提供的有力支撑，才锻造出了孙颖莎在赛场上的“大心脏”。

寄予厚望

期待孙颖莎创造河北乒乓奇迹

2021年5月16日，中国乒乓球协会正式公布了东京奥运会参赛名单，孙颖莎参加团体和单打的比赛。国家女队主教练李隼在介绍名单产生情况时说：“孙颖莎作为国乒新生代中坚力量，对中国主要奥运对手保持优异战绩，其中有三次是在世界大赛中获胜（世锦赛、世界杯团体、世界杯单打），目前位列奥运资格排名第二位。她正是凭借近期世界大赛中的亮眼表现入选了奥运阵容。”作为专家组成员的国乒“大魔王”张怡宁也对孙颖莎给出了自己的见解：“非常有冲劲，打法特点非常突出，节奏方面和别人不一样，能用自己的节奏来打球，而不是特别慌乱，心理状态比较好，不可复制。”

带着这份信任和期盼，东京奥运会上，孙颖莎以强势的表现，用实力两次击败日本女单一姐伊藤美诚，为国乒女单包揽金银牌，为女团获得最终的冠军立下大功。谈到孙颖莎的表现，董克清表示：“我用六个字为她总结，就是‘无遗憾，不完美’。‘无遗憾’是完成了国家队的任务；‘不完美’是她有机会获得双金而未能实现。不过，孙颖莎还年轻，希望这块女单银牌能成为她今后发展的垫脚石，激励她走更远的路，攀登更高的山峰，创造出属于孙颖莎自己和河北乒乓球的奇迹，实现她自己梦想的同时，也创造出河北乒乓球的新辉煌！”

四战奥运　老将庞伟13年后再夺冠

体育生活报　冯晶

2021年7月27日，东京奥运会10米气手枪混合团体决赛打响，庞伟携手姜冉馨在4比8落后的情况下连续追分，并在最后一枪绝杀对手，实现逆转。这也是庞伟时隔13年再夺奥运金牌。

35岁的老将庞伟是第四次参加奥运会。此次东京之行，他的目标无疑是再夺金牌。他表示，将以一种更为老练的姿态，争取再圆一次奥运冠军梦。他的梦想终于实现了。

出道即巅峰的冠军之路

出生在河北保定的庞伟，自幼便对射击有着超乎常人的热爱，家里的手枪玩具数不胜数，庞伟小时候玩枪是出了名的，堆满玩具枪的家里简直像个“军火库”。一位街坊半开玩笑地对摆弄玩具枪的庞伟说，“你这么爱玩枪，干脆去练射击得了”。这个提议让庞伟动了心，也让庞伟的父母“走了心”。

经不起儿子的软磨硬泡，庞伟的父母通过多方打听，找到了保定市业余体校的张广伟教练。“既然孩子喜欢，就让他练练呗。”张广伟的这句话，没想到造就了一个奥运冠军。就这样，张广伟成了庞伟的启蒙教练。

可是射击运动跟玩枪不一样，射击对稳定性要求极高，为了增加握枪的稳定性，需要进行长时间的单一举砖练习，枯燥乏味可见一斑。每次练习结束后，手脚麻木是家常便饭。因为长久机械地握枪训练，虎口和手腕都是茧子，胳膊酸痛也是常有的事。在这里一块儿练习射击的小伙伴都因为训练太苦，纷纷败下阵来。可“爱枪男孩”庞伟却坚持了下来。他凭借爱枪的初心和一股子韧劲执着，在射击场上迅速成长，相继取得河北省射击“冠军杯”比赛冠军、全国青少年比赛冠军。

2002 年，庞伟在夺得全国青少年射击赛冠军后，进入河北省射击队，师从张胜阁。在张胜阁教练的悉心指导下，他不仅各项技战术水平有了大幅提高，沉稳气质也逐渐培养起来。在 2005 年 12 月举行的北京奥运会后备人才选拔赛中，庞伟再露锋芒，获得了男子手枪慢射冠军，引起了时任国家射击队总教练王义夫的注意。

出色的他被选中参加国家射击队集训，那一年庞伟才 19 岁。然而谁也没有想到，这位集训队里最年轻的运动员，即将开启他出道即巅峰的冠军之路。

射击新秀射落奥运金牌

2008 年北京奥运会，当年经验资历尚浅的庞伟并不是国家队最受期待的队员，但就是这样一位被称为“名不见经传”的年轻枪手，最终以 688.2 环的总成绩夺冠。

说起夺得这枚金牌的过程，庞伟依然印象深刻。在首个项目——女子 10 米气步枪失金后，大家把夺金的希望寄托在男子 10 米气手枪上。资格赛中，老将谭宗亮发挥失常，遗憾出局无缘决赛，庞伟以领先第二名 2 环的成绩排名资格赛首位晋级决赛。夺金的压力一下子压到了庞伟肩上。

决赛那天，庞伟发烧 38.4℃，其他人都穿短袖，只有他穿着长袖。身体状态不佳确实增加了比赛难度，但同时也降低了他对成绩的期望值，结果反倒激发了竞技状态。赛场上，当他看到其他对手很紧张，表情都很压抑时，突然释怀了，他告诉自己放开去拼，享受奥运会的过程和氛围。

尽管告诉自己要放开心态，但是比赛中庞伟的心态还是出现了起伏。

决赛中的第一枪他打得很紧张，紧张到能听到自己强烈的心跳声，胸口的衣服也在颤。9.3环，不是很理想。第一发打完他紧张地回头看一眼教练，教练没有什么表情。庞伟意识到自己要调整心态，放下紧张焦躁。之后的比赛，每打一发他都提醒自己，不要去想结果，专注于当下。射击比赛更多的是和自己比。最终，他为中国射击队拿下了这枚金牌。

“鹰的重生”开启职业新周期

2008年奥运会结束之后，庞伟进入了射击生涯的低谷期。2011年庞伟在世界杯赛选拔中虽打入决赛但因为排名第六而无缘世界杯；2012年伦敦奥运会他在男子10米气手枪比赛中仅获得第四名；2016年里约奥运会男子10米气手枪决赛中，庞伟最终摘得铜牌，接受采访时庞伟表示：“让国旗升了起来，没有让国歌唱起来，有点遗憾。”而在这之后庞伟也正式宣布退役。

然而，面对东京奥运会我国男子 10 米气手枪项目无人可以挑起大梁的窘境，2019 年，已经两年多没有训练的庞伟，选择重新以运动员的身份回归训练场。

复出也许因为不甘心，更加因为舍不得，但无关乎名利、无关乎地位，只是源于自己对射击的热爱、对祖国的热爱。

“这几年，他真的非常不容易。”庞伟恩师张胜阁说，庞伟这样的高水平射击运动员，一年的训练至少要打 4 万多发子弹，这还不包括只练动作不击发的训练量。

算下来，庞伟平均每天要打 100 多发子弹。不要以为这是件很简单的事，运动员平时训练都按比赛的节奏进行，每打一发子弹大约需要几十秒，因此每天仅实弹射击时间就要耗费两三个小时。再加上体能、心理等其他训练，有时候庞伟一天下来训练时长就有十多个小时。

这对于年轻队员可能不算什么，但对有老伤在身的庞伟来说，无疑是不小的挑战。“东京奥运会延后一年，对庞伟这样的老运动员来说需要承担更多。”

不过，庞伟用强大的毅力，战胜了困难。在东京奥运选拔周期，他凭借着总积分的巨大优势成功入围国家步手枪射击队东京奥运会最终队伍，成为四朝“元老”。

间断训练仍然能打出高水平实属不易，而这一切都源于庞伟对射击的热爱和爱钻研的好习惯，省射击中心运动队负责人说：“庞伟是罕见的有着超常大将之风的运动员，作为一名大满贯选手，他没有思想上的包袱，再次恢复训练是为了深刻体会射击项目内在精神，追求至高的思想境界，是真正对射击抱有无限热爱的优秀射击运动员。”

老少搭配双铜终变金

“升国旗奏国歌是我的理想，其实也就是想完成自己的一个梦，所以东京奥运会我会全力以赴。”此次参加东京奥运会的庞伟，是带着梦想来的。

在东京奥运会男子 10 米气手枪决赛中，庞伟拿到一枚宝贵的铜牌，职业生涯第 3 次站上奥运会领奖台。

混合团体的比赛中，庞伟和姜冉馨抓住了机会，从第一轮资格赛就进入状态，建立起领先优势，之后再没有给其他对手机会，排名第一晋级金牌决战。

随后在决赛中，庞伟和姜冉馨，一个是 35 岁的老将，一个是“00 后”小将，双双在拿铜牌的基础上又拿了一块金牌。

庞伟在赛后发文称：一块金牌一块铜牌，我的第四次奥运之旅结束了！经历了北京、伦敦、里约，站在东京的赛场上突然觉得自己“还是从前那个少年没有一丝丝改变”，心中的情怀也不曾改变，对射击运动的热爱也不曾改变。

这枚金牌，也足以为老将庞伟在这届东京奥运历程上画上一个圆满的句号。但在未来的奥运会中，他仍有机会去创造属于他的辉煌。

9 平方米 19 年
“中国蹦床第一人”的坚持

太原广播电视台　药童　晋扬

伴随着体操竞技馆里有节奏的掌声，董栋完成了自己奥运生涯的最后一跳。在赛场上，董栋的笑容像极了 2008 年北京奥运会初出茅庐时的模样。时光荏苒，如今他已经是 32 岁的“四朝元老”，但依旧怀揣着为国而战的初心。也许在旁人看来，银牌不像金牌那样耀眼，但对于董栋自己来说，超常的发挥已经让这个结果足够无憾，他已经成为了“蹦床传奇”。快车记者也通过视频连线采访到了董栋，一起来听听他的心声。

2008年，19岁的董栋初出茅庐，以一枚铜牌开启了自己的奥运蹦床之旅。伦敦奥运会，董栋首次站上奥运会最高领奖台，迎来职业生涯的巅峰。四年后的里约，他屈居亚军抱憾离开。东京奥运会，当同龄队友都已经退役或者转行，他却用来之不易的银牌为自己的奥运生涯画上了精彩的句点。四届奥运，一金两银一铜，董栋已经足够优秀。

采访：东京奥运会男子蹦床银牌获得者　董栋

“确实我已经是一个 32 岁的高龄，而其他的选手像白俄罗斯的冠军他才只有 20 岁，是 2001 年的，我比他大一轮。所以在这样的一种新的后辈冲击老将、老将要捍卫自己这种地位的高水平的最高的竞技赛场上，这种比拼较量，我还是对自己的表现非常满意的。”

东京奥运会男子蹦床项目，中国队派出了董栋和高磊两员大将作为“双保险”，但是高磊在预赛中腰伤复发，动作出现失误，未能晋级决赛，这时夺牌的重任就落在了董栋一个人的肩上。

采访：东京奥运会男子蹦床银牌获得者　董栋

“他当时出现失误以后对我来说其实压力非常大，变成了我独自去挑战决赛的 7 位选手，还有上一届的奥运冠军，其实也是在赛前自己没有预料到的。但是既然已经走到那了，那只能是坚定理想信念，然后全力以赴地去拼搏，我就和我的教练说，我说这还有什么好想的，就是全力以赴，拼了！”

拼了！这名 32 岁的老将说到，更做到了。从初登赛场的黑马，到历经磨砺的老将，32 岁的董栋历尽千帆，归来仍是少年。

采访：东京奥运会男子蹦床银牌获得者　董栋

“我觉得我是一个很幸运的运动员。为什么这么说，因为从我一开始，13 岁开始练蹦床，然后就遇到了好的教练，然后还有我国家队的教练蔡光亮教练，也是咱们山西的教练。这一路以来，他们给予我的这种方向上的指引和把控，才能让我走得这么长远。我觉得作为一名运动员，能够练到高水平，能够在奥运赛场上为国争光，我觉得这本身就是一件很难得的事情。”

2008 年获得北京奥运会铜牌的董栋或许不能接受输，但现在他早已学会了享受比赛。董栋说，他很喜欢“蹦床传奇”这个称号，成为一名伟大的蹦床运动员是他的梦想。在未来奥运会的赛场上，虽然不会再出现他飞翔的身影，但这个名字注定载入史册，成为后来者追逐、奋斗的目标。

采访：东京奥运会男子蹦床银牌获得者　董栋

“现在就很轻松很轻松。对的，真的很轻松很满足，正在享受这一次奥运会整个过程带给我的这样的收获，不管是焦虑的，紧张的，还是说获得了成绩，获得了大家的赞许的这种开心，我觉得这一切在现在来说都是一个享受的过程。”

汤慕涵：从长春游出来的“飞鱼”

长春日报　李木子

东京奥运会游泳比赛已全部结束，中国游泳队交出3金2银1铜的答卷，在所有参赛队伍奖牌榜中位列第四，居亚洲首位，圆满完成了比赛任务。其中，中国队在女子4×200米自由泳接力项目上夺冠并打破世界纪录最令国人感到惊喜。在4朵“金花”中，第二棒出场的汤慕涵是土生土长的长春人。汤慕涵的父亲汤士杰说：“孩子能为祖国争光，我感到非常荣幸！”

从小展露游泳天赋

每一个运动员夺冠背后都有属于自己的故事，汤慕涵能和游泳结缘并最终站上奥运会最高领奖台还要感谢母亲闺蜜的启蒙。

“她妈妈有一个闺蜜是运动达人，很多体育项目都有涉猎。在汤慕涵小的时候，这位阿姨就带着她尝试了不同的体育项目，从中发现孩子非常喜欢游泳，而且水感非常好，于是我们决定让她重点练习游泳。”汤士杰向记者介绍，“刚开始学习的时候，汤慕涵只用3天就学会了蛙泳。汤慕涵6岁时，有一次我们带她去游泳，故意把手牌丢进泳池，她一个猛子扎进去，一会儿工夫就把手牌捞了出来。当时场边的教练就很吃惊，详细询问了孩子的情况，我们也意识到她确实有一定的游泳天赋。”

专业教练慧眼识才

8岁时，汤慕涵被送进吉林省飞鱼游泳俱乐部进行训练，师从前职业运动员黄健庭。经过一段时间的训练，黄健庭发现汤慕涵是块好料，于是建议将孩子输送到专业队训练。“当时我们很纠结，不知道让孩子走专业道路会不会太冒险。大概又过了一年多时间，我们才下定决心，将孩子送到了八一队。”汤慕涵的母亲王慧艳告诉记者。

“当初刚刚接触这孩子的时候我就发现了她与众不同的一面，无论是水感、身体素质都明显强于同龄人，那时候我就非常看好汤慕涵。很开心她能夺得奥运会金牌，这是对她个人努力最好的回报。”黄健庭说。

王慧艳告诉记者，“那些年，黄教练从未缺席任何一节课。汤慕涵经常跟我们说，黄教练不仅是游泳教练，更是人生导师，教会了她很多做人的道理”。

爱吃妈妈做的饭包

11 岁进入八一体工大队后，汤慕涵每年只能回家一次。13 岁时，汤慕涵转战深圳体工大队游泳队，除了刚到深圳的时候对炎热气候难以适应外，汤慕涵很少向父母抱怨什么。“女儿从来不把训练中的苦和累当回事。”汤士杰说。

“虽然我们一有时间就视频，但见不到‘真人’还是挺想的。我几乎每两个月就会过去陪陪她，我担心孩子离家会不适应，后来发现，我的担心是多余的。”王慧艳说，在出征东京奥运会之前，汤慕涵打来电话，说想吃妈妈做的饭包了，“自从走上了这条路，汤慕涵回家的次数屈指可数。每次回来，我都会给她做她爱吃的饭包。”

长春愿培养更多游泳人才

2021 年 7 月 29 日夺冠当天，汤慕涵的父母在家收看了比赛直播，汤士杰坦言，嗓子都喊哑了。

“去东京之前，汤慕涵跟我们说，4×200 米自由泳接力有希望得金牌。预赛开始后，我和她妈都认为拿一枚银牌还是有希望的，能不能夺金心里没底。决赛时，我们一直在喊加油，最终夺冠的那一刻，真的太激动了！”

汤士杰告诉记者，在直播之后，他和王慧艳两个人一直都在观看决赛的回放，“具体多少次数不清楚了，但几十次肯定是有的。不管看了多少遍，每一遍都还是特别感动。”

还不满 18 岁的汤慕涵，拿到了人生第一块奥运会金牌，她的未来不可限量。对于长春来说，尽管现在没有专业游泳队，但吉林省飞鱼俱乐部早在 2016 年就开始和长春市体育运动学校联合办学，培养出了奥运冠军汤慕涵、全国冠军董馥玮，说明其已经走出了俱乐部培养专业人才的新模式。长春市体育局局长李晓杰也表示，今后会加大对俱乐部的扶持力度，借着汤慕涵勇夺奥运金牌的“东风”，让长春游泳开启新的篇章。

汤慕涵

青春出彩　璞玉含金

——访奥运会冠军汤慕涵和她的启蒙教练黄健庭

吉林日报　张政　张宽

第一次采访汤慕涵，是在东京奥运会女子 4×200 米自由泳接力赛后的混合采访区，中国女将们以打破世界纪录的成绩夺金，当时混合采访区摩肩接踵，中国队的“四朵金花”面对众多采访也是蜻蜓点水般匆匆而过。而近距离采访到汤慕涵是在 2021 年 8 月 1 日晚游泳比赛的最后一天，在观众席上，当日没有比赛的中国游泳队的全体教练员和运动员们在为中国泳军最后的比赛日呐喊助威。在众多运动员中，汤慕涵的身影出现在记者面前。

“非常感谢家乡父老对我的关注和鼓励。”戴着一副金属边眼镜，斯斯文文的汤慕涵面对记者给她带去的家乡问候，轻声细语地回答着。当记者问她第一次参加奥运会的感受时，未满 18 周岁的长春籍小将汤慕涵说，这是自己作为运动员的一次宝贵的经历，而且收获很多，“收获的不仅是一块金牌、一个第 5 名，更收获了征战大赛的信心”。对于自己今后的发展，汤慕涵表示：“这次比赛中的其他三位队友都有各自擅长的项目，也是其中的佼佼者，自己在专项上还有许多需要提高的地方。这次回国后，将在北京集中隔离 21 天，然后参加在西安举行的全运会，希望自己能够在全运会取得好成绩。”

2003 年出生的汤慕涵要到 2021 年 9 月才满 18 周岁。汤慕涵 7 岁那年，长春市体育运动学校的游泳教练黄健庭看到了正在游泳的汤慕涵，“我当时发现汤慕涵在水性、水感、领悟能力、协调性以及各项专项素质上都很突出。当初汤慕涵来到我们训练队里年龄偏小，但她是最不怕吃苦的，每天训练时都会注意力高度集中，反复枯燥的动作练习她都能努力坚持下来，这对于年纪较小的汤慕涵来说实属不易”。汤慕涵的启蒙教练黄健庭 8 月 2 日在接受记者采访时说。

运动员的成功不仅需要刻苦训练，天赋也非常重要。“汤慕涵随队训练大约半年后，她的进步非常快，无论是水感还是对泳姿动作的掌握，在同龄孩子中她是最出色的一个，这大概就是人们所说的天赋吧。”黄健庭说。“她11岁那年有一次到外地比赛，被八一体工大队游泳队看中并随八一队训练。13岁，汤慕涵正式加入深圳市体工大队游泳队，开始了自己专业运动员生涯。”黄健庭介绍。

13岁的小姑娘，独自到千里外的深圳，家长免不了担心，懂事的汤慕涵每天都给妈妈打视频电话，让妈妈放心。“除了刚到深圳的时候对炎热气候难以适应外，汤慕涵很少向家里抱怨什么。女儿从来不把训练中的苦和累当回事，只会因为没游好、教练批评她而难过。”在汤慕涵妈妈的心中，女儿是一个善良、懂得感恩的孩子。

东京奥运会前的国内选拔赛，汤慕涵表现出色，入选中国游泳队征战奥运会。“得知孩子即将为国征战，别提我和她妈有多高兴了。”汤慕涵的爸爸汤士杰对记者说，“汤慕涵初生牛犊不怕虎，在最高水平的国际赛事中能够完全放开手脚。汤慕涵和她的三位队友夺得金牌之后，我和她妈妈看了无数次的比赛回放，每次看的时候我们都热泪盈眶，我的孩子为国争光，真的为她和队友们感到骄傲和自豪。”

“7 月 26 日，在东京奥运会女子 400 米自由泳决赛中，汤慕涵以 4 分 04 秒 10 获得第 5 名，游出个人最好成绩。7 月 29 日，在女子 4 × 200 米自由泳接力决赛中，汤慕涵在第二棒中发挥神勇，前半程她紧紧咬住澳大利亚名将艾玛·麦基翁，在最后50米凭借强劲的后程能力实现反超，以头名优势与张雨霏完成交接，助力中国队以7分40秒33的成绩拿下金牌并打破世界纪录，这是一个非常惊人和高水平的成绩。”黄健庭说。

“对于游泳项目，长春市体育局这些年一直在不断布局和长远规划，努力培养后备人才。”长春市体育局局长李晓杰说，“汤慕涵的这枚奥运会游泳金牌来之不易，是包括家长、教练员、运动员和体育系统相关人员执着坚守的结果。目前，长春市运动学校和俱乐部之间已经展开联合办学，进行资源共享，优势互补，相信在各方共同努力下，长春市游泳运动的明天会更好。”

昨夜，这个 22 岁黑龙江姑娘让全国沸腾！

哈尔滨日报　张堃雷

8 月 5 日晚，东京奥运会乒乓球女子团体决赛，由王曼昱、陈梦、孙颖莎组成的中国队，以 3 比 0 横扫由伊藤美诚、平野美宇、石川佳纯组成的东道主日本队，摘得金牌。

这是中国体育代表团在本届奥运会获得的第 34 枚金牌，也是黑龙江省在本届奥运会上夺得的首枚金牌，更是王曼昱个人职业生涯中收获的第一枚奥运金牌。

王曼昱，1999 年 2 月 9 日生于黑龙江省齐齐哈尔市。本届奥运会，她作为替补运动员随队来到东京。比赛中，刘诗雯肘伤复发，她临危受命出战女团比赛，迅速进入状态，帮助中国队一路过关斩将。

就在王曼昱拿下中国队最后一局胜利的同时，齐齐哈尔市龙沙区的一栋居民楼中，一位 76 岁的老人和老伴一起举杯庆祝。老人的声音有些哽咽，他说早在 17 年前，他就预感到了弟子有一天会登上奥运会的最高领奖台。如今，他的心愿终于达成。

听 76 岁启蒙教练还原一个真实的王曼昱

老人名叫韩连贵，是王曼昱的启蒙教练。2004 年，5 岁的王曼昱被韩连贵领进了学习国球的大门。17 年来与弟子的点点滴滴，韩连贵如数家珍。

被大姨劝来的奥运冠军

“曼昱 5 岁了，该学点特长了，咱孩子不能输在起跑线上。”王曼昱的妈妈和大姨在街上闲逛，思量着给曼昱找个兴趣班学点特长，恰巧遇到了正在招收学员的韩连贵。

“那是2004年7月24日，这天我到现在都记得。曼昱的妈妈担心孩子不够高，学不了球，犹豫了好久。”韩连贵说，在他的提议下，当晚，王曼昱就被妈妈带到了俱乐部，看到比同龄孩子高出半头的王曼昱，韩连贵如获至宝。“这身高太够了，打乒乓球没问题。”

天赋过人又训练刻苦

“别看曼昱话不多，但她心里特别有数，跟很多耍小聪明的孩子比，曼昱的聪明是沉在心里的那种，她知道自己要做什么，能做什么。”韩连贵说，学过乒乓球的人都知道，一个小孩要想上球桌打对抗，必须经过拍球颠球、挥拍和多球练习，每一项技术都至少要训练半个月以上，才能掌握最基本的要领。

然而在王曼昱这里，所有的技术难点都不是问题，别人用10天半个月才能学明白的，她最多用3天就可以掌握。这一切让韩连贵喜出望外，“教了乒乓球这么多年，这样的天才我还是第一次见到。”

学习乒乓球半年，很多孩子连基础还没掌握，王曼昱就已经参加比赛了。在那届齐齐哈尔全市少儿乒乓球比赛中，王曼昱获得了第七名，进步神速。

成绩的取得并没有让王曼昱迷失，反而让她更加刻苦。“有时候说一个战术打20个球，她少打一个都不行。教练有时候想给她减轻训练量，她自己也会加回来甚至超额完成。”韩连贵说，有这样的积极性，这孩子想不成功都难。

8岁时打赢35岁老手

王曼昱家庭并不富裕，但对于学球这件事，她的家人给予了充分的支持。由于父母一直忙于工作，照顾王曼昱的重任落在了姥姥身上。无论三九还是三伏，不管狂风还是暴雪，王曼昱在训练这件事情上从未缺席、迟到和早退。

8 岁那年，在面对齐齐哈尔市男单四强、35 岁的男球手时，王曼昱以 3 比 1 赢下了对手，让所有人叹为观止。人们都在议论，齐齐哈尔在不久的将来就会迎来这座城市历史上首位夏季奥运会的冠军。果然，这些曾经的假想，如今都变成了现实。

爱吃锅包肉的乒乓女孩

韩连贵说，王曼昱就像自己的亲孙女一样。“知道她家的条件不好，很多时候在我这里学球我都会减免学费。曼昱对我也很亲，虽然不会像很多孩子一样跟我撒娇、逗我开心，但我能感觉到她对我的尊敬。”

从最开始骑着自行车驮着王曼昱，到开着夏利送她挑战高手，师徒两人一直保留着比赛结束后出去“撮一顿”的习惯。而那道王曼昱最喜欢吃的锅包肉，始终都是必点菜，从未改变。“基本齐齐哈尔打乒乓球的人都知道她喜欢吃锅包肉，即便是现在，她的口味也一直没变。”

王曼昱

浙江选手汪顺获男子200米个人混合泳金牌

不只“顺风顺水”，更是“千锤百炼”

浙江日报　沈听雨　周文丹　李娇俨　王波　竺佳　黄维

“我今天做到了！”7月30日上午，在东京奥运会男子200米个人混合泳赛场，宁波奉化小伙汪顺以1分55秒00的成绩成功摘金，刷新亚洲纪录。这也是中国游泳队在本届奥运会男子项目上收获的第一枚金牌。完赛后，汪顺说，在赛前自己说过“让国旗在东京飘扬，让国歌在东京奏响”，今天他“做到了！”

游到最后，感到内脏都在燃烧

1994年出生的汪顺，如今已是中国游泳队伍中的“老大哥”。

打开成绩单，汪顺的表现值得肯定：2015年喀山世锦赛以1分56秒81夺得男子200米混合泳铜牌，实现了中国男子选手在混合泳项目上的突破；2016年里约奥运会，以1分57秒05的成绩摘得男子200米个人混合泳铜牌；2017年游泳世锦赛再夺一枚200米混合泳铜牌。在国内泳坛，汪顺更是展现出在混合泳项目上的强大统治力，2021年全国游泳冠军赛在200米混合泳游出1分56秒78夺冠，这是汪顺出战全国冠军赛以来，第10次拿到该项目的金牌。

此次拿到金牌后，汪顺表示：“不可思议，像做梦一样，感谢祖国，感谢教练和团队。”

在游泳界流行着这么一句话：混合泳是游泳中的马拉松。因为疫情，东京奥运会推迟一年，对于汪顺来说非常不容易。“年纪增长带来最明显的变化，就是身体恢复的情况，以前睡一觉，体力恢复了，力量还长了，第二天整体状态都会特别好。现在睡一觉，身体感觉没有恢复过来，力量还掉了。但这是没有办法的事情。”汪顺说。

为了备战东京奥运会，汪顺不敢有一丝一毫的懈怠。在蛙泳、仰泳两个短板泳姿上，不断打磨技术，“每天游到最后，很难受很难受，感觉内脏都在燃烧。但是游完之后又会感觉很爽”。

让国歌在东京奏响，我做到了

这是汪顺的第3次奥运之旅，对他来说，“顺”字不只是“顺风顺水”，更是千锤百炼后结出的果实。而汪顺的成长，与3次奥运经历也有着特别渊源。

时光回溯到汪顺5岁时，父亲汪严守第一次带他去游泳。汪严守回忆：“看到水，他开始有点怕，我就把他扔下了水，没想到一下子就喜欢上了。”

2000年，宁波的游泳教练汤能能和罗瑞芬到宁波李惠利小学招游泳苗子，看中了汪顺。如今，汤能能依旧能清楚回想起当时招生的场景，“汪顺的水感、柔韧性、爆发力都比较好”。在汤能能看来，小时候的汪顺调皮但不捣蛋，跟他讲游泳技术他都会听，也很配合教练。

之后，汪顺一路到了浙江省队、国家队，师从著名教练朱志根，一步步都很踏实。2012年，汪顺在伦敦奥运会止步男子200米混合泳预赛，沮丧而归。但失意是短暂的，他很快就投入到更艰苦的训练中。上高原训练、到海外拉练，汪顺珍惜每一次机会，和朱志根也配合默契。终于他在里约奥运会赛场上，以“逆袭”的方式带回了一枚铜牌。5年后，从“铜”到“金”，他实现了要让奖牌变色的承诺。

熟悉他的人曾评价他：汪顺就是这样，他喜欢时不时创造一点惊喜。

父母特意买大电视看直播

赛后，汪顺还特别表达了对教练朱志根的感谢。“他已经64岁了，两鬓斑白，但无论是训练还是生活中都处处为我着想。”汪顺透露，就在决赛前夜，朱指导还在为自己“值班”——在运动员村，很多运动员、教练员训练或比赛回来较晚，朱指导唯恐影响汪顺的休息，就站在门口提醒“轻一点，轻一点”。

27 岁的汪顺还会冲向下一届奥运会吗？对于记者的提问，汪严守给出的答案是：之前只是一心备战东京奥运会，没有去想。“等儿子回来，我们听他的意见。他想继续努力，我们就全力支持他。”

多年以来，汪顺的父母也习惯了做“空中飞人”。汪严守告诉记者：“无论儿子到哪里集训和比赛，我们都会尽可能去现场为他加油助威。国内能去现场看的比赛都去过，国外也去过多次。”

2021 年 7 月 30 日上午，汪顺家里也早早就聚满了前来观看直播的亲朋好友。因为无法前往现场，汪严守还特意买了个 75 英寸的液晶电视，就是想看得更清楚些。他告诉记者：“虽然不在现场，但看直播时同样紧张，特别是最后 50 米冲刺时，手不自觉就握紧了，大声呼喊着加油。”

汪顺妈妈陈水芬也说，相比之前的里约奥运会，儿子的心态成熟了很多。就在汪顺出征前夜，陈水芬还写下了一封家书，字字见真情：儿子今天不平凡，以后的你会感谢今天勇敢的你……

举重“一哥”两届奥运摘金，期待第三次出征

占旭刚、石智勇师徒双双成为“奥运双金王”堪称神话

体坛报　黄维

果然不负众望、“石”破天惊！7月28日晚，在东京奥运会举重赛场上再次奏响中华人民共和国国歌、再次升起鲜艳的五星红旗。浙江举重名将石智勇，以抓举166公斤、挺举198公斤、总成绩364公斤的成绩夺得金牌。其中，挺举、总成绩分别打破由自己保持的世界纪录。

这是石智勇的第二次奥运之旅，这也是他的第二枚奥运金牌。里约奥运会，石智勇在男子69公斤级举重项目上拿到金牌，从此一“举”成名。这枚金牌成功拿下，也意味着继占旭刚、陈艳青之后，石智勇成为中国第三位连续两届奥运会夺金的举重选手。占旭刚、石智勇师徒双双成就“奥运双金王”更是堪称传奇。

出生于1993年的石智勇，由宁波培养、输送。他天赋出众，又特别能吃苦。进到浙江省队后，很幸运遇到了两届举重奥运冠军占旭刚，占旭刚成为了石智勇的师父与领路人。里约奥运会备战周期，占旭刚正在三门县挂职，白天当“（副）县长”，晚上当“教练”，石智勇终于在2016年里约奥运会上一“举”成名。

里约奥运会一战成名，极大地树立石智勇的自信心。之后，一路摘金、一路破纪录，成为他成长与进步最好的注脚。特别是2018年11月，举重

世锦赛上以抓举164公斤、挺举196公斤、总成绩360公斤拿到冠军，同时改写抓举、挺举与总成绩的三项世界纪录。之后的2019年，石智勇就五次改写男子73公斤级举重世界纪录。东京奥运会前，石智勇仍保持着男子73公斤级抓举、挺举、总成绩的世界纪录，分别是169公斤、194公斤与363公斤。

如今，昔日的主管教练占旭刚，已履职浙江体育职业技术学院院长，对石智勇的关心、关爱一如既往。占旭刚透露，这个“超长待机”的奥运备战周期，也给了石智勇充分的成长时间。在训练中，石智勇非常自觉、自律，一直都是自我高要求、自我大加压。“从原来单纯的小伙子，到现在能够独立思考、有自己的见解，为人处世也进步很大。”占旭刚对爱徒不惜溢美之词。

占旭刚透露，石智勇出征前一直受到拉伤的困扰，十分痛苦。“石智勇的意志坚毅，每天都在与伤病作斗争，每天都在咬牙坚持。”石智勇说，受伤后领导、教练给了他很多鼓励。占旭刚经常说的一句话是“精神不崩、意志不垮，你就是奥运冠军”。石智勇说，他也曾向教练表态：只要站上赛场，我就是个“疯子”，一定会把金牌拿下。

出征东京奥运会后，师徒二人也保持着密切联系。7月17日，“今天挺举140，力量还不大”；7月19日，“今天抓举150，仍然有点不太适应”；7月20日，“今天第一次上场地练习，感觉还不错，抓举150、挺举170”……这些都让占旭刚感到欣慰。他预感到，石智勇“二刷”奥运金牌的这天一定会到来！

赛后·快问快答

记者：之前了解到，你赛前也受到伤病困扰，情况怎么样？又是怎么调整伤病的？

石智勇：确实是这样。赛前拉伤了。十分痛苦，有十多天都不能训练。

心理压力也很大。怎么办？每两天去一趟教练房间，讨要“如何训练”的办法。我只要坚持和努力一定能扛得过去，奥运会比的就是心态。

记者：今天以破纪录的方式摘得金牌，是超常发挥还是“蓄谋已久”？

石智勇：是的。一直在憋着。总成绩363公斤，之前就达到这个水平。我就是想在这个奥运会上打破纪录。所以，当第一次挺举188公斤成功举起时，我一点都不兴奋（因为还没有打破纪录）。

记者：你已经是两届奥运冠军。追平了你的师父占旭刚的纪录。下届奥运会距今不过三年时间，你做好再去挑战的准备了吗？

石智勇：虽然年龄在增加，我也有不少的伤病，但只要有可能，我还是会坚持的。

汪顺："顺"是千锤百炼结的果

体坛报　黄维

汪顺，1994 年 2 月 11 日生于宁波市，中国男子游泳队运动员，主攻混合泳。

对汪顺来说，"顺"字不只是"顺风顺水"，更是千锤百炼后结出的果实。汪顺的成长，与三次奥运经历有着特殊的渊源。

时光回溯到二十多年前。1994 年出生在奉化的汪顺，童年时就跟着父母定居宁波市区。在宁波东门口商业幼儿园时，与同龄小朋友相比手长脚大，胃口也好，一餐吃一搪瓷碗。细心的父母，至今仍保留着他在幼儿园时生活、学习的珍贵影像资料。

汪顺走上游泳之路倒真是"顺风顺水"的。启蒙教练对汪顺有一句经典的评价：汪顺虽调皮，但不捣乱。

上伦敦　给人生"洗了把脸"

宁波市体校副校长王丹明从小看着汪顺长大。让他对小汪顺刮目相看是在 2006 年台州省运会上，原定的目标是 4 枚金牌，结果汪顺只拿到 2 枚。从赛场回到下榻酒店，12 岁的汪顺不肯下车，小大人一般说了一句"我不服气"。王丹明认定，这个孩子一定能成材！

之后，果然一路到了省队、国家队，师从著名教练朱志根，一步步都很踏实。2009 年，汪顺第一次随队到澳大利亚海外集训。全新的环境、理念，收到不错的效果。这个阶段对汪顺的成绩进步推动很大，也让年少的他信心满满。

2011年在山东日照全国锦标赛上，打破男子400米混合泳亚洲纪录，这成为汪顺新的起点。同年的南昌城运会上，一人独得4金，迎来高光时刻。太顺不一定会长顺，或许是期望太高，抑或大赛经验缺乏，在2012年伦敦奥运会上，汪顺遭到重大打击，只是给人生“洗了把脸”，沮丧而归。

更让汪顺伤心的是，从伦敦奥运赛场回来得知一个巨大的噩耗。一向疼爱自己的奶奶，已经在奥运会前两个月病逝。为了让他安心备战，一大家子一直瞒着汪顺。听闻这个消息犹如晴天霹雳，汪顺与爸爸抱头痛哭。奶奶一向对这个孙子疼爱有加。老人有一本珍藏的剪报，报纸上关于对汪顺的报道都被精心保存着；每次比赛看电视直播，老人都高兴得手舞足蹈。听说奶奶在弥留之际，还在念叨着自己的名字，这越发让汪顺伤心。

拼里约　收获第一枚奥运奖牌

从伦敦回来，汪顺找到宁波的教练，一度萌生退意，“我不想练了，想去读书”。这当然只是短暂的失意，很快他就“回心转意”。

上高原训练、到海外拉练，汪顺特别珍惜每一次机会。对于混合泳选手而言，体能与技术同样重要，体现的是综合实力。他也很明白，不只是刻苦就行，更需要用脑子去钻研。汪顺也特别感谢教练朱志根，他们情同父子、配合默契。一个负责制订计划，一个不折不扣执行，汪顺从没有让教练多操心。从伦敦奥运会到沈阳全运会，短短一年多，自信、开朗、充满拼劲的汪顺回来了，他在全运会赛场开张了“五金铺”。两年后的喀山世锦赛上，汪顺在男子 200 米混合泳项目上一举摘铜，实现中国男子选手在这个项目上的突破。

“一顺则百顺”，里约奥运会成为泳者汪顺特别的“成人礼”。22 岁的他，有了更明确的目标。这次，他从奥运赛场带回了一枚铜牌。这多少有点出乎意料。

汪顺就是这样，他喜欢时不时创造一点惊喜。

除了训练比赛，汪顺的好学与努力也值得点赞。跟训练一样，对于学习也是专注的。上海交通大学本科毕业后，汪顺又到北京体育大学读研究生，已经开始准备毕业论文，主题是"新冠肺炎疫情对运动员训练的影响与对策"。读完研究生，汪顺还打算读博，这也是他的志向。

战东京　志在必得的奥运之旅

东京奥运会的备战周期，从一开始汪顺就铆足了劲。

这五年来，在训练场上他从没有、也不敢懈怠。他一直在努力做最好的自己。在游泳界流行着一句话：混合泳是游泳中的马拉松。对这个项目，技战术、体能要求都很高，练得也特别苦。他不怕苦，只对金牌充满无限渴望。

2020年疫情发生以来，训练变得尤为艰苦。无论在杭州千岛湖、绍兴上虞，还是回到北京，无论在哪都与外界几乎隔绝，"除了训练外都不知道还能做什么"。汪顺偶尔也有抱怨，但他从没有浪费与虚度光阴。再是苦、难、累，汪顺仍日复一日、年复一年坚持着。汪顺非常清楚，世界泳坛的竞争变得越发激烈，尤其在奥运赛场上，他需要用实力、用勇气去突围，去证明自己。对于汪顺来说，这次奥运之旅已经准备好了。

妈妈陈水芬在儿子出征前夜，午夜时分写下一封家书，几多期许、几分疼爱一一溢于言表，字字见真情、句句是良言——

儿子今天不平凡，以后的你会感谢今天勇敢的你！

背靠伟大的祖国，雄赳赳、气昂昂跨出国门。儿子你是时代的幸运儿，一次次为国征战，为理想拼搏，爸妈为你骄傲！爸妈祝愿我儿赛出中国人的底气、勇气、志气！

儿子出门在外要做到胆大心细，疫情防控时时放在心头。

放下心中杂念，平常心待之，吃饭时吃饭，睡觉时睡觉，拼搏时拼搏。妈妈一直相信人的能量是无限的，人的意志力是最强大的，我们中国人越战越勇！

爸妈爱你！一切顺利！

这是一次志在必得的奥运之旅。泳者汪顺，勇者必胜。

听羽毛球新科奥运冠军的父母讲述——

陈雨菲："羽"毛，是怎么"飞"上天的?

体坛报　黄维

陈雨菲，1998 年 3 月 1 日出生于杭州市桐庐县，中国羽毛球队女子单打运动员。

杭州市桐庐县。梧桐公寓，陈雨菲的家。栽下梧桐树，引来金凤凰。此刻，从东京奥运会赛场，飞回了一只"金凤凰"。

8 月 1 日，东京奥运会羽毛球赛场，陈雨菲获得女单冠军。这位看上去文静、清纯的 23 岁姑娘，怎么都无法与球场上"杀气腾腾"的形象连在一起。

"羽"毛，是怎么"飞"上天的？！听听陈雨菲父母的讲述——

调皮："比一般男孩子都要调皮"

陈雨菲看上去文文静静，但在爸爸陈哲眼里，她从小"比一般男孩子都要调皮"。好好地走在路上，她偏要走高低不平的路，父母看来既生气又好笑。小雨菲也不怕疼，偶尔摔一跤或者打针从来不哭。

这么顽皮的孩子怎么办？父母商量，去练练体育吧，或许还是"投其所好"。

2004 年，杭州陈经纶体校到桐庐选材。一开始是招体操苗子，还在上幼儿园的陈雨菲脱颖而出，结果到了杭州被羽毛球教练康平"相中"。爸爸陈哲连声说"好"。

成长：“你们女儿是缸里的咸菜——必须要用石头压着”

就这样，陈雨菲在杭州陈经纶体校待了两三年。才六七岁的孩子，一个人生活、训练。“一个星期不见，去的时候脸是圆圆的，接回来时变成尖尖的。”妈妈赵根凤的眼泪忍不住掉下来。陈雨菲自己倒不觉得苦，每天练习基本功，练挥拍、练脚步，日复一日、年复一年。庆幸的是，天赋不错，尤其是协调性、柔韧性很好，对于球的处理也很细腻，因此进步很快。

9 岁，陈雨菲进入浙江省羽毛球队。不到十岁的孩子还不太懂事，训练中时常不够专注、身边人似乎没有办法给她更大的压力。教练告诉家长，“你们女儿是缸里的咸菜——必须要用石头压着”。教练也知道陈雨菲的个性，所以训练中盯得特别紧，还经常“开小灶”。

教练成了陈雨菲这缸咸菜的“石头”。家长也积极配合教练。陈哲夫妇为了让女儿打好比赛，只要是国内的赛事几乎都陪着，从金华到嘉兴，从上海到天津，给女儿最大的关心与鼓励。羽超联赛在宁波奉化举行时，有时一个星期连着有两三个主场，陈哲夫妇就一直陪着。

斗志：“林丹都被国家队退回过三次，我一定好好练”

14 岁左右，陈雨菲打进了国家青年队，一下子变得懂事，也有了自己的目标。训练变得更加自觉、刻苦。不过，2014 年她还是遭遇了一次重大打击。

那是在上海举行的一次比赛，代表国青队的陈雨菲输给了地方队选手，整个过程毫无斗志。国青队有意考验陈雨菲，作出“退回省队”的处理决定。在回杭州的高铁上，给父母打电话时她哭得稀里哗啦。回到省队，陈雨菲一边继续训练，一边也认真反思，很快调整了心态，她对妈妈说：“林丹都被国家队退回过三次，我一定好好练。”两个月后，省队教练王琳送陈雨菲回北京，鼓励她：“希望去北京是我们俩，回来时是我一个人。”

陈雨菲认真地点了点头。到北京后，通过一场一场对抗赛，陈雨菲凭实力留了下来。

这段经历，极大地激发了陈雨菲的斗志。后来虽然也接连遭遇过挫折、经历过低谷，但陈雨菲都能泰然处之。在球场上，之前缺乏个性、柔软的陈雨菲，变得越来越霸气。与陈雨菲同时代的女单选手何冰娇，一度是她的“克星”，陈雨菲简直是“逢赛必输”。陈雨菲为此专门研究对方的打法特点，不仅是防守反击上越来越出色，赛场的意志品质也淋漓尽致地体现出来，逐渐从发怵到自信，东京奥运会半决赛上赢下何冰娇就是很好的一例证明。

原本陈雨菲的反手能力比较弱，身体又比较单薄，这些都是短板。技术、能力上，陈雨菲一向精益求精，尤其是不断加强力量训练，速度不快、力量偏弱等问题得到很大改变。陈雨菲偏瘦，在拉锯战时体能的短板会越加显现，为了增重，饮食上从不挑食，有时还逼着自己进食。

尤其这几年，陈雨菲的担当精神更强。2017 年天津全运会，当时还不到 20 岁的她对女单金牌充满无限渴望，她觉得自己应该给浙江队争取更大荣誉，于是与教练一起一遍一遍看比赛录像、研究对手的打法与攻克的办法，最终把这枚分量很重的金牌拿回了家。2018 年的尤伯杯、2019 年的苏迪曼杯，中国选手主场作战，陈雨菲每场比赛都打得很好，她认为“在主场就是不能输球”。2020 年的全国锦标赛也一样，她不想输给任何一个对手。

最爱：看电影，还“遥控”爸妈“同乐”

对于陈雨菲来说，这么多年的运动员生涯，除了训练就是比赛。妈妈心疼地说：“一年都回不了一两次家，最多住两三天就得回队。”

运动员的日子是单调、枯燥的。不过，陈雨菲有自己的兴趣爱好：看电影。如果不是比赛季，每个周末她都会去看一场电影。陈雨菲对爸妈说：“你们别以为这是浪费时间，这恰恰是我最好的减压方式。”与爸妈通电话时，有时也会聊到观影心得，饶有兴致。不仅如此，陈雨菲有时还会“遥控”爸妈“同乐”，“这电影不错，我帮你俩订好票了，一起去看场电影吧”。女儿孝顺着的爸妈，应该是最幸福的。

总教练孟关良的 188 天

体坛报　黄维

当徐诗晓、孙梦雅不约而同地把奥运金牌挂到孟关良的脖子上时，这位憨厚的绍兴汉子摩挲着、注视着，激动得无以言表。

8 月 7 日，东京奥运会赛场上，中国组合徐诗晓 / 孙梦雅在女子 500 米双人划艇决赛中，后来居上、奋力冲刺，夺得一枚宝贵的金牌。这是中国皮划艇奥运历史上的第 3 金，也是继 2008 年北京奥运会后，时隔 13 年收获的首金。

此时此刻，孟关良怎能不激动？站在东京海之森水上竞技场上，孟关良的思绪拉回到 2008 年北京奥运会。时年 32 岁的孟关良，与搭档杨文军在男子 500 米双人划艇项目上蝉联了金牌。2004 年，也正是由他与杨文军在雅典奥运会上，实现中国皮划艇运动奥运金牌零的突破。

站上东京奥运的赛场，孟关良的身份是皮划艇国家队总教练兼女子组主教练。迄今，中国皮划艇队总共摘得 3 枚奥运金牌。每一枚，都与孟关良有着特有的情缘——孟关良与队友夺得了 2 金，他麾下的弟子又摘得 1 金。在东京赛场，1 金 2 银创造了中国皮划艇奥运史上的最好战绩。

这是历史的传承与弘扬，也是天道酬勤。

孟关良，现任浙江省体育局水上运动管理中心主任。2021 年 2 月初的一天，他刚从外地比赛回到杭州，接到一个电话，接受一项任命：出任国家皮划艇队总教练兼女队主教练。目标就是在东京奥运会上摘金夺银！

这个消息有点猝不及防。孟关良说，一点思想准备都没有，不过自己很快冷静下来。他太清楚这种信任的分量，更清楚肩上的担子。很快，春节的喜气还没有淡去，孟关良已经收拾行囊，离开妻子、儿子和不到半岁的女儿，一路北上“履新”。

再次见到孟关良，就是在这次东京奥运会赛场上。瘦了一圈、黑了一圈，原本留着是平头，现在有些野蛮生长，两鬓还略显白发。孟关良在弟子争金夺银后，才吐出了“累”字、“忙”字。

备战、决战东京奥运会的 188 天，孟关良所有的世界就是北京顺义的国家队训练基地。他调侃，自己的身份不仅仅是“总”，还有“主”。总教练是总体部署、谋划、把控，主教练则是具体执行、落实、协调。孟关良两者兼而有之，因此他更多是出现在训练场上，任何的指导都是亲力亲为，与运动员日晒雨淋在一起，“每天在水上的训练都在 20 公里以上。对每一个动作、技术细节，与运动员、教练员不分白天晚上探讨与交流”。

作为起源于英国的皮划艇运动，长期以来被欧洲国家垄断，英国、法国、匈牙利等都是传统强国。在奥运赛场上中国运动员争金夺银，不说是“虎口拔牙”，至少也并非那么容易。“我们这次的备战总体做得很实，赛前预估有 4 个争金夺牌点。”

7 月 27 日，是中国皮划艇队出征的日子。在北京，孟关良率领 15 名运动员高呼口号，表达坚定信念与必胜信心。当时记者就问过孟关良，在东京奥运会赛场上会有惊喜吗？他卖了个关子：让我们拭目以待吧！

11 天后，孟关良东京圆梦。除了徐诗晓 / 孙梦雅的这枚金牌外，8 月 3 日刘浩 / 郑鹏飞在男子双人划艇 1000 米项目上摘得银牌，这是中国皮划艇队时隔 13 年再获奥运奖牌；8 月 7 日，刘浩在男子 1000 米单人划艇中再摘得一枚银牌，这是中国男子单人划艇的第一枚奥运奖牌。

孟关良的 188 天，比金子更闪亮、比金牌更珍贵。

中国举重队副主教练邵国强，上得了赛场进得了厨房

两位奥运冠军背后站着一位退休返聘的浙江教练

钱江晚报　杨静

石智勇夺得举重男子73公斤级冠军、打破世界纪录，李发彬在男子61公斤级夺冠……两个奥运冠军的背后是同一个教练——退休返聘的65岁中国举重队副主教练邵国强，“我们团队已经返回北京，一周以后各自在隔离区重新恢复训练，因为全运会马上就要开赛，任务真的很紧迫”。

上场前一碗鸡汤面　是他精心准备的贴心餐

7月28日晚上，在东京奥运会举重比赛现场，浙江选手石智勇霸气无敌再夺奥运冠军。赛后他表示，称重后最开心的是享受教练邵国强的鸡汤面。究竟是一碗怎样特别的面条，让这位两届奥运冠军心心念念?

“其实也没什么特别的，杭州人都喜欢吃面，这就像大家平时吃的用鸡烧的高汤面啊。”面对钱江晚报记者的好奇，邵国强回答得很平静。

在里约奥运会上，石智勇夺冠的项目是69公斤级，而本届东京奥运会参加的是73公斤级。很多人不知道的是，当时参加69公斤级，石智勇需要控制体重，每天只能吃个六七分饱，这次级别升了，控体重相对来说没有以前那么辛苦。

专业运动员长年累月训练非常辛苦，虽然运动队的伙食不错，邵国强隔三岔五会炖点红枣桂圆羹之类的餐食，给大力士们“补力”，而石智勇

提到的鸡汤面则是比赛上场前的能量补充。因为从称体重环节到上场比赛，其间一般要隔两小时，这时候吃碗鸡汤面，他们的胃会舒服，身体也能很好地吸收。

于是，只要有比赛，邵国强都会给弟子们烧鸡汤面。“这次去日本比赛也是照旧，我还特地去买了个当地能用的电饭煲。”

奥运会后紧跟着全运会　和妻子只能微信上沟通

队员们能经常品尝到邵国强教练精心烹煮的美食，不过家人们则没了口福，因为这九年一直聚少离多。

“聚在一起的时间屈指可数，他们过年都不休息的。前两年参加完国际大赛，有时有一周左右的调整，他会回家。后来随着奥运临近，就没有休息了。我们就在微信上见面，早上问个好，晚上视频聊聊天。”在浙江省体育局住宅区邵国强的家中，已退休的妻子虞旦平独自忙着照顾放假在家的 5 岁小孙子，酒柜边挂着的一堆参赛证见证着丈夫这些年带队南征北战。

邵国强是浙江海宁人，从小练习举重，于 1974 年入选省举重队。在他当运动员期间，曾多次在全国举重比赛中夺得冠军，并多次打破全国纪录。退役之后，一直在浙江省体育局重竞技运动管理中心工作，现任中国男子举重队副主教练，本次东京奥运会带训的石智勇、李发彬均获得了冠军。

东京奥运会，原本虞旦平准备和儿子、孙子一起去看比赛的，后来受疫情影响，赛事推迟一年举行，一家人的日本行也只能搁浅。中国举重队于 7 月 19 日到达东京，让虞旦平最记挂的还是邵国强的身体，“他之前因为房颤动过手术，怕他太累压力太大睡不好”。

于是，两人聊天时不谈运动队只谈家里琐事。在虞旦平心目中，邵国强厨艺好，还是个很细心的男人。两人结婚后，家中事都不用自己操心。

自己怕晕车，平时连公交都不敢乘，独独坐邵国强开的车，很平稳从不会晕。不过，从9年前开始，邵国强先去宁波，再到北京，常年在外带训，就只能靠自己了。

这次去东京，邵国强一直待在奥运村，回国前特地去给孙子买了吉祥物，“他出生后，我一直在外面，希望以后有时间就多陪陪他”。

徐嘉余，辛苦了

钱江晚报　宗倩倩

看着走进混采区的徐嘉余，脚步缓慢，他依然没从刚刚的比赛中缓过来。东京奥运会男子100米仰泳决赛中，徐嘉余以52秒51的成绩获得第五名。

没有站上领奖台，面前的徐嘉余难免有些失望。对着混采区的记者，隔着两米的距离，说自己很遗憾，也很可惜。

其实我们都知道，52秒51已经是他在2021年的最好成绩，而且还是在带病上阵的情况下——徐嘉余的胃病是老毛病了，预赛时出现呕吐，是坐着轮椅离开的。

对于自己的实力分析，徐嘉余十分坦诚。他用“难以企及”和“难以达到”来形容自己与优胜者的距离。他说，自己也是拼尽全力想去争取奖牌或者更高的位置，但是没有能创造新的奇迹。

这就是竞技体育的残酷。前一天晚上，我已经在乒乓球混双决赛后的新闻发布会上感受到了一次。许昕和刘诗雯在空气几乎凝固的发布厅里，一个字一个字地复盘比赛，讲自己哪个球做得不够好，讲自己哪一分应该拿下，讲自己对不起大家。

站在我面前的徐嘉余，心里肯定也是难过的，也是疲惫的，但还是弯下腰，只为能让自己离托盘里的录音设备（由于疫情，混采区运动员和记者的距离被设置为两米，为方便录音，志愿者会将录音设备摆到托盘里，放到运动员面前）近一些，方便收音。

这个举动，真的很暖心。

徐嘉余

她六岁到了体操学校哭着不肯走，凭擅长的平衡木最后拿下奥运会门票

爸妈心里的“小棉袄”，教练嘴中的“管小胖”

钱江晚报 张峰

石首市位于湖北省中轴线南端，刚刚在东京奥运会女子平衡木上夺金的管晨辰就出生在这里。大部分人对这个地方很陌生，但距离这里160多公里的仙桃，却是闻名的中国体操之乡。

去体操学校试了试 管晨辰哭着不肯离开

“石首是个小县城，体育并不受重视，家里也没有体育传统。6岁那年有次看体操比赛，她说想学这个。我当时以为她就是看个新鲜，答应带她去试试。”妈妈黄新华回忆道。

第二天黄新华带女儿到了隔壁县的仙桃市李小双体操学校，学校老师让管晨辰做了几个劈腿下腰动作，说年龄稍微大了点，但身体平衡性柔软度还不错，可以留下试试。

黄新华想回家再商量下，谁知道管晨辰当时就不肯走了，蹦床、单杠这些体操器械吸引了她，她哭着不肯走。就这样管晨辰留在了体操学校，学费还是过了几天才交的。

“给你三年的时间走出仙桃，练不出来就回学校好好读书。”黄新华跟管晨辰约定。

7 个月后管晨辰被选送到武汉体育学院。此后管晨辰先被选入宁波体校，2012 年又被输送到浙江省体育职业技术学院体操系，成为浙江省体操队队员。

爸爸 5 年没见过女儿　平时靠视频联系

到了浙江队，管晨辰回家时间很少了。2017 年管晨辰入选国家队之后，与父母见面的时间就更少了，平时靠电话视频联系。黄新华最近一次见女儿是 2019 年 5 月，爸爸最近一次见女儿还是 2017 年春节。

2021 年 5 月管晨辰在成都有个比赛，黄新华夫妇实在忍不住，偷偷去看了女儿一次。“像特务一样戴着帽子口罩，在看台上还生怕她认出来。好不容易赛后在教练的帮助下见到她。”那天黄新华在朋友圈写道：“整整两年不见，候了六天就为看你一眼，还没待上半小时，实属不易啊！”

在妈妈黄新华眼中，管晨辰是个暖心的姑娘，“她曾经在日记里写道:‘我要好好练体操，练好了我就可以保护好我妈妈。’当教练告诉我这件事的时候，我当下就泪流满面，真是太感动了”。

教练嘴里的“管小胖”　有点小倔强，不服输

在浙江省体操队主教练陈红眼中，这个 2004 年出生的小姑娘性格有些小倔强，不服输。

“她机灵，天赋好，平衡感好，空中姿态也稳。”陈红告诉记者，管晨辰最擅长的是平衡木，这次能最后时刻搭上去东京奥运会的末班车，靠的就是平衡木上的亮眼表现。

“她是个很开朗的小姑娘，古灵精怪，我们都喊她管小胖。她来的时候年纪小，训练却十分刻苦。偶尔有点小情绪，很快就能焕发斗志，生龙活虎地练下去。”

陈红告诉记者，这也是管晨辰成为优秀运动员不可或缺的优点。

管晨辰

万济圆：奥运梦圆

夺得东京奥运铜牌，创造浙江篮球历史

体坛报　黄维

如果把时光回溯到一个月前，万济圆还不敢想象自己能站上奥运赛场，更不会想到自己会挂上一枚沉甸甸的奥运奖牌。

东京奥运会，19 岁的万济圆梦想成真。7 月 28 日，在东京青海城市体育公园，由万济圆与其他三名队员组成的中国队，在三四名对决中咬牙赢下，以 16 比 14 战胜法国队捧得一枚宝贵的奖牌。这是中国大球（足篮排）项目在本届奥运会上争夺的第一枚奖牌，同样也是浙江篮球在奥运史上的新高度。

三人篮球是奥运会新设项目。2021年中国篮协组织开展严格的奥运选拔赛，10名国家队队员分别在上海、四川成都与江苏张家港举行了3场选拔赛，凭借出色表现，万济圆成功入选。纵观整个奥运赛程，万济圆是队伍的重要力量之一。在循环赛中，中国队取得4胜2负的成绩，直接晋级半决赛。半决赛对决俄罗斯奥委会队，以14比21惜败。不过，很快在三四名决战中调整状态，最终中国队赢下比赛，摘得铜牌。

2002 年出生的万济圆，最初由诸暨骏马篮球学校培养。诸暨是全国篮球城市，篮球氛围十分浓厚，最近一个赛季的 CBA 联赛也由诸暨承办。“身体素质不错，协调性也好，性格外向，还有点萌。”这是诸暨市少体校教练郭群兰见到万济圆时的第一印象。

经过几年打磨，2013年万济圆被输送到浙江女篮。浙江女篮教练殷彩

萍介绍，一进队时各方面并不出挑，“球感一般、脚步慢，且预测身高也不是特别理想”。不过，很快地万济圆优良的特质就表现出来了。在浙江女篮主教练顾佳晴看来，身高不占优势、技术也不是最棒的万济圆，“踏实”与“吃苦”是最大优点，也是最终站上奥运赛场的关键所在。顾佳晴介绍，体能曾经是万济圆的短板，每周三四次的跑步拉练对她而言很吃力，但她一直都在咬牙坚持。技战术上善于钻研，球感、场上的表现都进步很快。

2018年，万济圆开始随浙江队征战WCBA，是当时全国最年轻的队员之一。“恰逢WCBA赛制进行改革，允许每支队伍有一名16岁年轻队员参加，但必须经中国篮协同意批复。”顾佳晴介绍，三个赛季的WCBA经历让万济圆迅速成长。目前她仍是队伍中最年轻的队员，但已经是4号位的绝对主力。

相比于五人篮球，三人篮球对球员的体能、灵活性、技术要求更高。在备战期间，万济圆体重减了 5 公斤。除教练帮她制定个性化的方案、增加无氧训练外，万济圆几乎“戒”掉所有的零食。殷彩萍说，万济圆把征战奥运看得很重，就是为了以最好状态为国争光。

除了征战奥运、勇夺铜牌，万济圆另有“双喜”：2021 年她刚被北京体育大学录取；之前的全运会预赛上，万济圆帮助队伍以六战六胜战绩小组出线。

万济圆

剑客兰明豪、俞乐凡
随中国男子重剑队取得奥运入场券
东京奥运会，安徽重剑出击！

新安晚报社　陈牧

北京时间2021年3月23日晚间，由董超、兰明豪、王子杰和俞乐凡组成的中国男子重剑队，在2021喀山重剑世界杯暨东京奥运会重剑项目积分赛最后一站比赛中以45比39击败俄罗斯队，在收获一枚铜牌的同时，也顺利拿到了东京奥运会参赛资格。记者了解到，四名队员中的兰明豪、俞乐凡均来自安徽。24日晚间，在队员们启程回国之前，新安晚报、安徽网、大皖新闻记者连线了远在俄罗斯喀山的男子重剑主力兰明豪，他也在第一时间分享了取得奥运入场券的经历和感受。

守得云开取得奥运资格

记者了解到，在喀山世界杯之前，中国男子重剑队排名世界第八位，而日本队和韩国队分列第四位、第五位。外界的声音称，中国男子重剑队出线的希望不是没有，只是条件非常苛刻。

在取得奥运会参赛资格当天，中国击剑协会官博转发了简介为“中国男女重剑队”的账号发布的微博，微博中称：“五年前的今天，没有人看好世界排名23的中国男重，谁也不敢想象我们最终能晋级奥运会，但我们相信自己。”当晚，兰明豪发了一条朋友圈，兴奋之情溢于言表。“五年的努力，等待就是这一刻……2021.7.23东京，我们来了。”

“当时打的时候没有想太多，没有想着太多负面因素，享受比赛过程，把注意力集中到比赛中。”经历了一天的休整，兰明豪的声音还略显疲惫，比赛结束后队员正在准备回国手续。男子重剑团体比赛讲究战略和打法，他们要做的就是在落后的情况下扭转局面，领先的时候扩大局面。赛后盘点比赛表现，兰明豪认为自己在跟法国队的比赛中帮队友扩大了优势。安徽省体育局也在赛后发文称，与俄罗斯展开的铜牌战中，兰明豪第9局收底出战，发挥出色，不断拉大比分，取得领先优势。至此，中国男子重剑的世界排名已经提升到了第六位。

对于东京奥运会，兰明豪直言进入奥运会的目标已经实现，那么接下来就是在奥运会上奋勇争先。“奥运赛场上都是强劲对手，我们还是会以平常心参加比赛，争夺每一场比赛的胜利。”金牌梦想也是每一位队员的期待，“现在我们考虑的还是把每一场打好。”

调整心态韬光养晦一年

事实上，因为受到疫情影响，此次东京奥运会推迟一年举办，对兰明豪在内的运动员们既是挑战也是机遇。包括此次前往俄罗斯比赛，因为航班停飞等影响，队员们辗转四趟飞机，耗时 46 小时从北京到达比赛地俄罗斯喀山，队员们的身体、心理都经历着各种磨炼。

兰明豪告诉记者，其实在 2020 年同期，这场资格赛就应该举办。当时国家队正在国外训练比赛，本来前几站还算顺利，大家信心满满地准备拿到足够的积分回国过年，没想到各种不利的信息纷至沓来，队员们孤悬海外，最后一站全队都发挥不佳。而彼时，国际剑联宣布全球击剑赛事全部取消，随后东京奥运会也宣布延期。

不知道能否取得奥运会参赛资格，不知道奥运会何时举办，一连串不确定的消息传出，对于队员们来说，心理压力都很大。“击剑运动是日复一日的训练，知道消息后肯定会有失落感，谁都想尽快知道结果，毕竟已经备战了四年时间。”那时候外界也传出了中国男子重剑出线希望仅剩理论可能的说法。

虽然有失落的情绪，但是兰明豪和队友们利用这一年调整心态，不断增加优势。“大家互相鼓励，每个人都练得很认真。”在我国疫情防控取得重大胜利之后，通过中国剑协的不懈努力，国内击剑比赛终于恢复了。兰明豪连续取得江苏南京和山东蓬莱两站冠军赛男子重剑项目个人冠军。

记者了解到，此次东京奥运会确定闭门举办，这意味着不再有海外观众能到现场为队员们加油，在略感遗憾之余，兰明豪的心态也不错，“重剑不属于特别激烈的对抗性运动，所以观众本来就不多，到时候就让不上场的队友们给我们打气吧”。

十年磨剑领悟运动精神

作为一名地地道道的合肥小伙，兰明豪出生于 1996 年，2006 年开始走上击剑道路，近两年来，他已成为中国男子重剑队的绝对主力。“上小学的时候，放暑假没事干，主要是为了锻炼身体，当时根本也不知道啥是击剑。”后来因为协调性不错，做动作和跑动很流畅，就被教练相中，师从曾培养出亚锦赛冠军焦云龙的合肥市业余体校击剑教练刘业霞，一路进阶。

不过在 2015 年摘得全国首届青运会男子重剑个人冠军，进入国家队之前，兰明豪回忆，他也经历过很长一段的“至暗时刻”。准备当年高考又来不及，击剑又没成绩，是去是留成为了横在全家面前的又一次抉择。

兰明豪母亲回忆，当时安徽队的人文环境很好，大队员都是很耐心地指点兰明豪，教他怎么过招怎么打，教练们也是耐心等待兰明豪的成长。2015年全国首届青运会来了，兰明豪作为省队非种子选手参赛。没有任务，没有指标，完赛即可。这可能是他第一次参加大型赛事，也是他最后一次参加比赛，似乎是在预备为他的运动生涯画上一个句号。“当时我就像黑马一样一下出来了，突然就懂了比赛到底是什么。”兰明豪说击剑不仅考验的是技战术，还有心理的博弈，谁的心态更好，就能发挥出更强的水平来。“而且比赛的过程比结果重要太多了，这也是我的领悟，是运动的精神。”

随后，兰明豪的运动成绩也不断突飞猛进。在国家队的训练是非常枯燥无味的，十年磨一剑。平时除了训练，还要研究对手的技术录像。这次中国重剑男团的三位主力年龄分别是 33 岁、25 岁、25 岁，处在这项运动的黄金阶段。兰明豪认为，这些年自己的经验和心态都愈发成熟，“我感觉自己目前还有上升的空间。”

薪火相传安徽队有潜力

在斩获东京奥运会团体赛参赛资格的同时，中国男子重剑还收获 3 张个人赛门票。兰明豪、俞乐凡两名安徽选手最终能否出现在东京奥运会赛场，还要看国家队最后安排。值得一提的是，2016 年里约奥运会，安徽选手焦云龙就是作为唯一一名中国男子重剑选手出战。

这些年，兰明豪也与安徽省击剑队互动交流频繁。“我会和他们汇报训练情况，分享训练心得、方法，包括一些选手的特征等。”在兰明豪看来，安徽击剑队很强，这些年不论是技术和打法在全国都是顶尖的。中国男子重剑队四名队员中，除了兰明豪，作为替补队员的俞乐凡也来自安徽。“目前安徽击剑队的队员们年龄普遍还比较小，我认为他们还有成长的空间，需要时间的历练。”

击剑运动虽然小众但目前也有走向大众的趋势。兰明豪观察，目前合肥也有一些俱乐部甚至一些小学开设了击剑课程。对于孩子们学习击剑，他建议最重要的还是注意安全。击剑与乒乓球等运动相比，上手更难。顶着“贵族运动”头衔的击剑给人的感觉似乎有些遥不可及，兰明豪却说它的门槛并不在装备，“基础上手的话，国产的装备一套下来差不多五百块钱，其实门槛并不高，还是在于后续的学习与坚持”。而这项运动也带给了他阳光自信的气质，这才是多年运动中最珍贵的东西。

对于从未亲身接触过这项奥运项目的普通人来说，从事重剑运动到底是什么样的体验？只看到赛场中两个人全副武装在跑跳间一决胜负。记者把问题抛给兰明豪，他描述了这份再熟悉不过的感受——当重达两三斤的防护面罩戴在头上时，首先你会感觉脖子很重，一瞬间世界突然暗了下来。于是你所有的注意力都会集中到三米以内的对手身上，还有他手上的那把剑。紧接着，亮剑。

中国第一人！王春雨闯入女子800米决赛

省队教练评价：比赛型选手，有望冲进前三

新安晚报社　陈牧

在7月31日晚结束的东京奥运会田径项目女子800米半决赛中，安徽姑娘王春雨以1分59秒14的成绩获得小组第二，成功晋级女子800米决赛，不仅刷新了她的个人最好成绩，也创造了中国选手首度晋级奥运会女子800米项目决赛的历史。8月1日新安晚报、安徽网、大皖新闻记者连线了王春雨的省队教练郑晓峰，他对徒弟的状态很满意。师徒俩连夜通了一个小时电话，讨论比赛的情况。对于8月3日的决赛，郑晓峰比较有信心，“她进入前五应该没有问题，如果状态特别好，还有冲进前三的可能”。

进决赛在意料之中

7月31日晚上，在成绩出来之后，郑晓峰和王春雨的电话都被打爆了。

8月1日凌晨两三点，师徒俩才聊上。“这个成绩是在我预期中的。”郑晓峰毫不掩饰对爱徒的信心。

在半决赛中，王春雨选择了极具压迫性的战术，比赛开始不久后就占据领跑位置，为自己争得主动。凭借着高超的技术和超强的身体素质，王春雨在最后150米进行加速冲刺，最终以1分59秒14的个人最好成绩成功晋级。

“决赛肯定不会采用这个战术了，前面跟住，后面拼起来，要利用她

的速度优势争取名次。”郑晓峰告诉记者，在前两轮的预赛和半决赛中，王春雨的状态都有所保留：第一枪进前三，第二枪进前二就可以了，把最好的状态留给第三枪。

记者了解到，在晋级决赛的 8 名选手中，王春雨成绩排在第五名，对于决赛，她在接受采访时表示：“哪怕我跑不动了，走下来也是第八，但我觉得我在决赛不可能是第八名，决赛上我想拼个更好的名次！”

郑晓峰分析，根据参赛运动员的水平和能力，决赛中王春雨进入前五应该没有问题，“如果她状态特别好，还有冲进前三的可能”。郑晓峰认为，竞技体育偶然性很大，届时就要看运动员的状态了。

她是“比赛型选手”

在当晚的沟通中，郑晓峰觉得王春雨的状态不错，心理素质也很好，属于“比赛型选手”。

这也让他想起了 2011 年 7 月 10 日，他第一次带着王春雨出国，参加在法国里尔举行的世界少年田径锦标赛，当时她以 2 分 03 秒 23 的成绩获得女子 800 米亚军。那场比赛有 42 人参加，王春雨赛前排第 39 名，成绩不算太好。“最终她拿了第二名，事后她跟我说，自己还有可能争取冠军。”王春雨的自信也让郑晓峰觉得这个孩子是个好苗子，比赛的压力反而能够成为她的动力，点燃她的“兴奋感”。

这次进入决赛之后，被问及如何完成这个目标，王春雨提及了自己的付出。“跑 800 米，就是要看自身的努力和付出有多少，不是随随便便就可以进决赛，不是随随便便就可以拿冠军。付出很重要，成绩足以证明我的付出。”

王春雨的父亲王东海曾在接受采访时表示，女儿最大的特点就是能吃苦。每天早上 6:30，王春雨在家里没有人叫起床，自己起来训练，每天训练量她都按要求完成，晚上 9:30 睡觉，也是天天如此，非常自觉。下雪天的时候，旁边学校操场上都是雪，王春雨穿着普通的球鞋去练习跑步，回来的时候鞋子里全是水。

在郑晓峰看来，王春雨目前正处于“黄金阶段”。而且练到她这个水平几乎没有受过伤的运动员已经很少了，这也是她目前非常突出的优势。

遵循规律训练精细

这些年郑晓峰也对她的成长保持着非常冷静和清醒的认识，遵循运动员成长客观规律，“从少年儿童到成年再到高水平运动员每个阶段训练都特别精细”。

从 2010 年开始，王春雨在国内外大赛中崭露头角，并逐渐成长为国内女子 800 米项目顶尖的运动员。2011 年第七届全国城市运动会，年仅 16 岁的王春雨又以 2 分 01 秒 34 的成绩获得冠军。这一成绩超过了当年亚锦赛冠军的水平，距离伦敦奥运会 B 标只差了 0.04 秒。当时国际田联在官网对王春雨给予高度评价。文章中连用三个“BEST”进行了评价，并把她誉为“王军霞的接班人”。

郑晓峰说，当时她年龄还比较小，还不能练习专项，应该再经过 1 至 2 年或者 2 至 3 年的基础训练和提高，才能让她去练习专项、登上国际大赛的舞台，只有这样才能有助于她今后取得好的成绩。

田协发来感谢信

记者从安徽省体育局了解到，在女子 800 米半决赛过后，中国田径协会也向安徽省体育局发来感谢信。信中表示：热烈祝贺安徽运动员王春雨在第 32 届奥运会田径项目女子 800 米半决赛中，以 1 分 59 秒 14 的成绩闯入决赛，创造了中国田径在奥运会首次进入该项目决赛的历史。

记者从安徽省田径游泳运动管理中心了解到，他们也感到很振奋，期待王春雨在奥运赛场取得好成绩，并在全运会上再获殊荣。

据悉，女子 800 米决赛将于北京时间 8 月 3 日晚上 8:25 开始，期待王春雨取得佳绩。

王春雨

个人最好成绩！中国最好成绩！

王春雨女子 800 米拿下第五

惊雷一声“春雨”来

新安晚报社　陈牧

东京奥运会，备受关注的安徽姑娘王春雨亮相女子 800 米决赛，为中国田径再次创造历史。她以 1 分 57 秒 00 的成绩获得第 5，再次刷新个人最好成绩，此前，她以 1 分 59 秒 14 闯进半决赛。虽然无缘领奖台，但是作为闯进奥运会女子 800 米决赛的中国第一人，王春雨已经创造了历史，开创中国田径新里程。

现场

个人最好成绩提高两秒多

早在半决赛时，王春雨的表现就已经创造了历史。7 月 31 日晚，在东京奥运会女子 800 米半决赛中，安徽名将王春雨以 1 分 59 秒 14 的成绩排名小组第二，成功晋级决赛，并刷新个人最好成绩，这是我国运动员首次闯进奥运会女子 800 米决赛。

记者了解到，在晋级决赛的 8 名选手中，王春雨成绩排在第五名，对于决赛，她在接受采访时表示：“哪怕我跑不动了，走下来也是第八，但我觉得我在决赛不可能是第八名，决赛上我想拼个更好的名次！”

记者注意到，在预赛和半决赛中，王春雨头上都系了一个红色的蝴蝶结，在决赛中她依然系着红色的蝴蝶结，延续着好的兆头。决赛高手云集，

3 名英国选手以及牙买加和埃塞俄比亚选手的实力都非常强，王春雨在第 2 道，身边是美国选手和英国选手。王春雨的出发表现不错，在前 400 米紧紧跟住了大部队。400 米过后，大部分选手开始加速，王春雨有些掉队，不过在最后 200 米时，王春雨有一个明显加速，最终获得第 5，创造历史，成绩是 1 分 57 秒 00，将个人最佳战绩提升了 2 秒 14，这是一个巨大的突破。

后方

村民齐聚为她加油助威

8 月 3 日决赛当天，宿州埇桥区符离镇四山村洋溢着热闹喜悦的氛围，村民们准备好了国旗，给一路从宿州乡间小道跑进国际赛场的小丫王春雨加油。

王春雨的父亲王东海告诉记者，村里很热闹，他心里也好激动。“我们市里面的领导，我女儿省队的教练郑晓峰，还有村民们都来我们四山村委会为王春雨加油助威。”村民们也通过电话对王春雨喊话，“姑娘你是咱们宿州的骄傲。”

进入决赛后这几天，王东海都没敢和女儿通电话，“我怕影响她，想让她静心比赛”。去东京之前，王春雨对父亲讲：“争取跑进决赛”，如今愿望已经实现，王东海觉得女儿还是挺争气的。“跑进决赛是国家、各级领导的支持，还有她自己努力的结果，是不错的。”王春雨的父亲欣慰地表示，“孩子十几岁就跟着郑老师训练，能坚持到现在也不容易。”

为了备战奥运会，她的训练一直都是紧锣密鼓的。在去东京参加奥运会之前半个月，她匆匆回了一次家，因为奶奶生病住院，她心里很是不舍。不过因为时间安排紧张，仅在家停留了一天就匆匆返程。如今取得这样的好成绩，王春雨突破了自己也创造了历史。借助新安晚报、安徽网、大皖新闻的平台，王东海也给女儿送上了祝福：“希望她再接再厉，做最好的自己。”

成长

从希望之星到田径明星

新安晚报也一直关注王春雨的竞技之路。早在2010年淮南省运会上，年仅15岁的王春雨横空出世，备受关注。当时，小春雨不仅仅在800米项目中轻松夺冠，在1500米等项目中也表现出色，共夺得5枚金牌。省运会还没有结束，江苏、上海、辽宁等地的教练便蜂拥而至，挖起了“墙脚”。不过，经过努力，安徽最终留住了这颗“希望之星”。

随后的2011年，王春雨便在国内赛场上崭露头角。在当年年初的全国室内赛南京站比赛中，王春雨以2分05秒66的成绩勇夺冠军。7月份，王春雨前往法国里尔参加了世少赛，不仅夺得800米银牌，而且将个人室外最好成绩提高到了2分03秒23。七城会是2011年的重头戏，代表合肥参赛的王春雨让不少身经百战的“大姐姐”们吃了一惊，2分01秒34的成绩，甚至高出当年神户亚锦赛冠军0.07秒。她的表现得到了国际田联的关注，国际田联在其官网上赞许道，“这是有史以来由中国16岁选手创造的最好成绩！”

这些年安徽省队教练郑晓峰也对她的成长保持着非常冷静和清醒的认识，遵循运动员成长客观规律，“从少年儿童到成年再到高水平运动员每个阶段训练都特别精细”。截至目前，王春雨已实现了亚运会、亚洲田径锦标赛、亚洲田径大奖赛、全运会、全国田径锦标赛、全国田径冠军赛、全国室内田径锦标赛、全国田径大奖赛、全国大运会女子800米“金满贯”。此前最好成绩1分59秒18，排名2021年该项目亚洲第一。

未来

硕士毕业将任教安师大

王春雨除了是一名运动员，还是安徽师范大学体育学院2018级硕士研究生。记者从安徽师范大学了解到，王春雨在2021年研究生毕业后，已通过社会公开招聘考试，将在安徽师范大学任教。“学校很珍惜这样的人才，她是安师大的骄傲。”

据介绍，根据初步安排她留校任教后，主要负责田径专项的教学工作，课业方面要求会和其他教师一样。对于接下来是否继续参加比赛项目，校方表示主要看国家安排以及她本人的意愿，学校方面也会继续大力支持。

昨晚，该校也组织师生共同观看比赛，为她呐喊助威送上祝福。现场的安徽师范大学运动训练专业田径老师娄道舰曾带王春雨参加全国大学生运动会，他毫不吝惜对王春雨的赞赏：“她身上具备了优秀运动员的所有素质，坚韧、自律、刻苦。我们为她骄傲。”

王春雨：我会跑得更快，巴黎见！

新安晚报社　陈牧

8 月 3 日晚，安徽名将王春雨在东京奥运会女子 800 米决赛上，以决赛第五名创造了中国选手在该项目奥运历史上的最好成绩。在感慨、感谢和复盘中一夜未睡的王春雨，8 月 4 日回国，备战全运会。回国前，王春雨接受了新安晚报、安徽网、大皖新闻记者的电话专访，巴黎奥运会，她会跑得更快。

有遗憾，但还有提升空间

奥运会女子 800 米决赛跑道上堪称强手如林。比如 2021 年世界最好成绩创造者、美国选手埃辛·穆等。决赛中王春雨一度冲在第二位，但在最后冲刺关头，所有选手都在发力，最终王春雨第五个冲过终点，成绩是 1 分 57 秒 00，再度刷新了她个人最好成绩。

“其实决赛场上没想到会跑到 1 分 57 秒，当时还是考虑名次多一点。”电话那头王春雨声音甜美，几乎听不出大赛后的疲惫。她告诉记者，这个成绩对她个人而言已经非常好，足够站到一流水平的位置，“有一点可惜，但还是开心的。”

王春雨告诉记者，在赛后并没有感到很累，这其实也说明她还有提升的空间，“我还需要国际大赛来磨炼，有了这个成绩做基础，其实登上领奖台很快了吧！”王春雨毫不掩饰对自己的信心。

埃辛·穆以 1 分 55 秒 21 的成绩获得金牌，英国选手霍德金森以 1 分 55 秒 88 获得银牌，另一名美国选手罗杰斯以 1 分 56 秒 81 收获铜牌。王春雨与铜牌获得者的成绩仅有微小差距。

重出发，九月再战全运会

回顾这次东京奥运会赛场三枪的表现，王春雨认为可圈可点。“预赛很轻松，半决赛还是有点累，因为这两场比赛是连在一起的。”

经过三天的休整，到了决赛阶段，按照教练的战术考虑，处于2道的王春雨原本需要跟紧3道美国选手埃辛·穆，但是因为抢道没有实现。在她看来，如果战术没有被打乱，落实成功的话，可能名次会更好。

“不过赛场上的情况，也不会跟我们设想的一模一样，有遗憾才有动力。”回国之后，他们还会组织复盘总结。王春雨说，虽然没有登上领奖台，但这个成绩以及当时自己的身体状况，也是自己比较看重的地方。

4日回国的王春雨，结束隔离后的下一个目标就是九月份的全运会，“这是2021年最后一场比赛，结束后就可以好好休息了”。

再追梦，巴黎奥运很有戏

从安徽宿州的乡间小道，一路跑到奥运赛场，王春雨用了十年时间。赛后，一夜无眠的她发了条朋友圈。“十年的时间走上世界多少有一点太迟，不过没关系呀，时间还多，自己正青春……王春雨属于世界舞台，我的梦想在巴黎，继续做一个勇敢追梦的女孩子。”

对于巴黎奥运会，王春雨充满渴望。虽然目前还有诸多不确定性，但这也是竞技体育本身的魅力。

在备战东京奥运会时，王春雨一度感到竞技状态不是很好，后来奥运会推迟一年，她也有了更多的训练时间。在这一年中，她也很幸运碰到了苏炳添的主管教练兰迪，帮助她在十个月的时间内提高了很多。

“他一直为我出训练计划进行指导。”王春雨说，在中方教练和外籍教练的共同帮助下，她看到了希望，也证明了自己，“毕竟每个人都想往世界舞台上走。”

没伤病，期待成绩再突破

作为中国女子中长跑的“独苗”，王春雨被寄予了厚望，“我觉得在成绩上肯定还会有突破，当然也要看接下来的训练”。

一向以训练刻苦著称的王春雨想法很纯粹。小时候觉得跑步是件好玩的事情，后来发现自己有这个天赋，一直以来她对训练各方面都比较认真，很少偷懒。“我每天除了吃饭睡觉，大体都是围绕训练开展的。”在她看来，任何行业都不容易，都很辛苦，坚持下去才能上场比赛发挥出好成绩。

王春雨感到自己是幸运的，对于运动员来说最害怕的是伤病，但她练了十几年，都没有伤病，这也是支撑她梦想之路的优势之一。

赛程结束，东京奥运会对她来说已经翻篇。这个一路扎着红色蝴蝶结跑进奥运赛场的姑娘，也曾少女心爆棚。她看到奥运村有做美甲的，就想着进入决赛就去做一个，不过没有看到自己心仪的款式，“留一点遗憾吧，回国再做”。赛后一度眼里有着泪光的姑娘，又笑了起来。

百舸争流 奋楫者进

——记东京奥运会冠军江西健儿徐诗晓

江西日报社　记者李征　实习生曲佳莉　王媛

“我一定要让五星红旗在东京奥运会赛场上升起来！”东京奥运会开赛之前，铅山姑娘徐诗晓自信地说。

8月7日，日本东京海之森水上竞技场，五星红旗迎风飘扬格外夺目。徐诗晓兑现了承诺，她与搭档孙梦雅登上了奥运最高领奖台，她们以1分55秒495的成绩，夺得女子双人划艇500米冠军。2017年国际奥委会将女子划艇列入东京奥运会的比赛项目，徐诗晓、孙梦雅为中国皮划艇队拿下了奥运会大家庭新项目的第一枚奥运金牌，创造了历史！

农村女孩　立志争光

2021年29岁的徐诗晓是中国女子划艇的领军人物，在上饶铅山长大。母亲周雪莲是铅山县永平镇陈家寨人，一个地道的农妇。父亲徐良顺在永平铜矿工作。

8月6日，在徐诗晓铅山老家，笔者见到了周雪莲和徐良顺。这一天，徐诗晓和队友在奥运赛场上以预赛第一名的成绩，顺利晋级女子双人划艇500米半决赛。

周雪莲小心地从房间里拿出了徐诗晓之前在各大赛事中获得的奖牌，足足放满了一桌面。每块奖牌徐诗晓都非常珍爱，小心地用透明薄膜包裹好。

“其实她小时候身体不太好，和她爸一样患有支气管炎。当时家里赚得不多，有收入就存着，攒起来给她看病。”周雪莲回忆，她常常背着年幼的徐诗晓，走几公里山路去医院打针。

性格要强的徐诗晓却从不示弱，懂事的她在三四岁就开始帮着周雪莲分担家务农活，砍柴、割野草样样都会。七岁的徐诗晓已经能扛着重重的柴回家，她的身体也渐渐好起来。常年的农业劳动，无形中增强了她的体质，不知不觉，身高比同龄人高，身体结实，胳膊有力。

“刚上初一的徐诗晓个子就比同年级女生高得多。她力气大，铅球能扔九米远。”徐诗晓的初中体育老师吕尚荣一眼便看出徐诗晓的体育特长。

徐诗晓读初二时，余干县的国家水上训练基地来铅山选拔人才，凭借出色的身体素质，徐诗晓由铅山县体育局选送，最终成为一名皮划艇运动员。

一个13岁的小女孩送到外地训练，父母不放心，更舍不得。采访时，笔者问及此事，父亲徐良顺眼眶湿了，哽咽着不说话。“孩子各科成绩优秀，参加体育训练会影响孩子的学业。”周雪莲听到别人的话，心里打起了退堂鼓，又去咨询铅山三中体育教师吕尚荣以及班主任吴凤。最后，还是徐诗晓说出了自己的心里话：“我从小就热爱运动，愿意加入江西省水上运动管理中心划艇队，成为一名运动员，为国争光！”

退役复出　意志坚强

2005 年，徐诗晓正式成为省水上运动管理中心划艇队队员。

这时候，全国冠军就是她心中的一个梦。为了实现梦想，不论是冬三九、夏三伏，她一直坚持在训练的第一线，双手已结满老茧，却从未喊苦喊累。2007 年 10 月，第六届全国城市运动会在武汉举行，年仅 15 岁的她，尽管进行皮划艇训练才一年多，却凭着初生牛犊不怕虎的劲头，获得了金牌。此后的徐诗晓在训练场上继续努力奋斗，与汗水为伴，多次获得全国冠军。

由于女子划艇在当时未列入奥运项目，加上多年训练留下的伤病，2013 年徐诗晓选择了退役，带着遗憾离开了钟爱的划艇运动。退役后，徐诗晓在南昌某公司工作。聪明肯干的她，很快在新的工作环境里干得风生水起，成为这家公司的高管。

2017年3月，国际奥委会宣布女子划艇项目正式进入奥运大家庭。第十三届全运会同样新设了女子划艇项目。此时，已经退役并有稳定工作的徐诗晓接到通知希望她能恢复训练，毅然决定重拾船桨。这需要决心和勇气，毕竟她已经停训3年多，而且离第十三届全运会只剩下4个多月的时间。

徐诗晓不得不与时间赛跑：每天清晨、上午、下午、晚上分 4 次训练，每天训练完躺在床上，浑身像散架一样，根本无法入睡。膝盖长时间跪在船上，肿得像个气球，每次训练完都要进行冰敷。战高温、耐酷暑，有几次高强度训练，她都累得两眼一片黑，但她没有放弃，暗地里与自己较劲。经过短短 4 个多月的训练，凭着坚强的意志和超人的付出，2017 年 9 月在天津举行的全运会上，她一举包揽女子划艇两枚金牌，为我省争光。

全运会上大放光彩，让徐诗晓成功入选国家队。2019 年世锦赛她和孙梦雅搭档，一举夺得世锦赛冠军，同时获得东京奥运会参赛资格。从此，她的奥运目标越来越清晰。

江西首金　奋斗故事

2021 年 8 月 7 日，迎来立秋节气，也是秋天的第一个节气。

这一天，东京奥运会女子双人划艇 500 米半决赛、决赛将在海之森水上竞技场举行。

铅山县行政中心会议室坐满了徐诗晓的家人、老师，他们手握国旗，紧盯电视荧幕，等待着徐诗晓的入场。

“预赛她们拿了第一，赛后诗晓给我打电话，说她在比赛中只用了七分力。”周雪莲说，她对徐诗晓进入决赛有信心。果然，徐诗晓、孙梦雅在半决赛中一路领先，以第一名的成绩进入最后的决赛。

决赛，是一场巅峰对决，八条艇逐渐划入起跑水道。

“诗晓在第五道！”眼尖的哥哥徐诗远指着荧幕喊，观看现场一下子安静了。

决赛打响。徐诗晓在前面领桨，孙梦雅在后面跟桨，两人配合默契。“中国加油！徐诗晓加油！”会议室观看比赛的每一个人都在激动地呼喊，都在为徐诗晓加油，为中国队加油。

200 米后，两人逐渐确立了领先位置，一直到划艇冲过终点。1 分 55 秒 495，冠军！这个成绩刷新了此前她们在预赛中取得的 1 分 57 秒 870 的奥运会最好成绩，奥运会历史上第一块皮划艇静水女子双人划艇 500 米项目的金牌属于中国，这块金牌也是江西健儿在本届奥运会的首金。会议室沸腾了，大家手里国旗的红色成为会议室最热烈、最骄傲的色彩。

百舸争流，奋楫者进。这，就是徐诗晓，一个江西姑娘对奥运梦想奋斗不懈的励志故事。

教练：鲍珊菊是拼出来的

河南日报　黄晖　李悦

8月2日下午，东京奥运会场地自行车女子团体竞速赛金牌战中，河南姑娘鲍珊菊搭档上届冠军钟天使，以31秒895的成绩将金牌收入囊中，为河南自行车拿下奥运第一金。

8月3日，河南省自行车队场地自行车短距离组主教练、与中国自行车队一起征战奥运的高亚辉在备战间隙，通过网络接受了几位家乡记者的采访。作为亚洲锦标赛冠军以及第十届、第十一届全运会3枚金牌得主，高亚辉从2009年起出任河南省自行车队场地自行车短距离组主教练。

夺冠后第一句话“我是不是在做梦啊”

一天之后说起夺冠现场，隔着屏幕都能听出高亚辉的喜悦：“我就在现场啊，对她当时的表现非常满意。看着队员骑出的成绩，心里非常踏实、非常开心，能为国家拿到这块宝贵的金牌，作为教练，也是最大的荣誉。”

高亚辉回忆：“鲍珊菊夺冠后的第一句话是‘我是不是在做梦啊’？感觉惊喜来得太突然，我相信在那个时刻，之前承受的所有的苦、累、痛都化为零了，只是享受着自己成为奥运冠军的那一刻。”

1997年11月出生的鲍珊菊，2013年7月进入河南省自行车队，一直跟随高亚辉进行训练。“如果说天赋，她并不像很多国内运动员那么有天赋，她能做到的就是肯吃苦、肯拼。”高亚辉认为，目前鲍珊菊团体竞速赛第一圈的成绩可以说是全世界最好的。不过，第一次参加奥运会的她，还是有不成熟的地方，需要在接下来的训练和比赛中，以奥运会冠军作为标准，更严格要求自己。毕竟，拥有更沉稳的脚步、更有力的翅膀，才能越走越远，越飞越高。

面对荣誉，高亚辉也不忘提醒弟子莫忘初心：“从领奖台上下来的那一刻，她依旧还是那个鲍珊菊，不要改变初心，不要改变对自己的想法和对未来的憧憬。”

备战奥运期间曾经因病中断训练

据高亚辉介绍，河南自行车队从2017年全运会结束以后就开始备战东京奥运会，但2018年鲍珊菊生了一场大病，休息了半年多，“这对她来说是个考验，要面对的问题很多，包括还要不要继续练下去。通过这次休息，她对待训练的心态彻底放开了，因为毕竟只有训练才能给她带来更好的未来”。

大病之后重新投入训练的鲍珊菊更加刻苦。2020年下半年，受疫情影响而停摆的国内赛事有序重启，“复出”的鲍珊菊开始展现出更强大的实力。2020年9月，鲍珊菊在中国场地自行车联赛中四次刷新成年女子250米、成年女子500米计时赛两个项目的全国纪录。2021年4月，作为奥运选拔赛的中国场地自行车联赛总决赛在浙江长兴举行，实力超群的鲍珊菊作为第一棒与奥运冠军钟天使搭档，组成国家队联队出战女子团体竞速赛，最终力压群芳，一系列出色表现为鲍珊菊最终入选中国自行车队奥运阵容加了分。

“奥运备战很残酷，优秀的运动员很多，她能够代表国家队参加奥运会，真是拼出来的，很不容易。”高亚辉感叹。

征战奥运河南替补同样具备强大实力

东京奥运会，作为场地自行车女子团体竞速赛替补队员出征的河南选手郭裕芳同样实力不俗。她不仅获得过亚洲锦标赛、场地自行车世界杯赛冠军，还打破过成年女子500米个人计时赛全国纪录，并与鲍珊菊搭档夺得 2021 年全国场地自行车锦标赛成年女子团体竞速赛冠军。

对于这名弟子，高亚辉同样赞誉有加："郭裕芳这次作为替补，承受了很大的压力，因为奥运会只能两个人上场，如果说两个人在比赛前出现任何的状况，郭裕芳必须全力以赴顶上去，我相信她上去也能把这块金牌拿下来。但这就是竞技体育啊，我相信通过这次奥运会的历练，会让她更成熟，对如何走好今后的路目标也更坚定。冠军领奖台上只有那么几个人，必须要让自己成为最优秀的。"

回国隔离后备战全运会只剩八天

一场突如其来的疫情让奥运会延期到了 2021 年，与全运会"史无前例"地挤在了同一年，给竞技体育的备战、调整带来了巨大挑战。由于第十四届全运会场地自行车比赛将提前于 9 月 10 日至 14 日在河南洛阳举行，所以挑战就更为艰巨。

高亚辉告诉记者："我们回国以后要在北京隔离三周，留给我们准备全运会的时间只有八天，这种情况，对运动员是一个很大的挑战。本次全运会，鲍珊菊、郭裕芳、钟天使这套奥运阵容还会继续配合出战。全运会的目标肯定是金牌，我相信她们能做到，也希望看到她们再次刷新纪录。"

13 年没回家过春节终圆奥运梦

吕扬为河南夺得奥运首金 希望家乡人民加油渡过难关

大河报　王玮皓　李鑫

7 月 28 日上午，东京奥运会赛艇女子四人双桨比赛中，河南姑娘吕扬携手崔晓桐、张灵和陈云霞，以 6 分 05 秒 13 成功夺冠，这是中国体育代表团的第十金，也是属于河南的第一块金牌！

吕扬：拿着这块金牌，感觉所有的不容易都变得容易了！

“我们准备了 5 年，就是奔奥运会冠军去的。我想把这 12 年所有的努力，在东京奥运会上完美地绽放一下。”赛前，吕扬信心十足。

东京，是吕扬第二次征战奥运赛场。2016 年里约奥运会上，吕扬和队友获得赛艇女子双人双桨项目第 11 名，没能进入 A 组决赛。有过奥运会的经历，吕扬逐渐成熟起来，“经历过了，渐渐知道如何解决问题了，不论是技术上，还是情绪上、心理上，遇到问题就知道为什么会出现，要怎样去解决”。吕扬说。

2019 年，她和崔晓桐、张灵、陈云霞开始配艇，赛艇世界锦标赛、全国赛艇锦标赛、赛艇世界杯系列赛……两年来，四人组合在国内外赛场上所向披靡，几乎保持全胜纪录。

7 月 28 日上午的决赛中，中国组合起步非常沉稳，在 500 米计时点建立了领先优势。随后中国组合渐入佳境，1000 米时已经领先第二名 1.96 秒。

1500 米时，领先了 4.07 秒，拉开身后近两条艇的距离。冲刺阶段，中国组合一骑绝尘，6 分 05 秒 13 的成绩，创造了新的世界最好成绩，足足领先第二名 6.23 秒。

2008年北京，中国赛艇正是在这个项目上实现了奥运金牌“零的突破”，13年后，这枚金牌重归中国！夺冠之后，吕扬激动地说：“大家感觉看起来很容易，但背后的不容易只有我们自己知道，今天拿着这块金牌，感觉所有的不容易都变得容易了！”

教练：赢得潇洒，都在预料之中

“从启航到冲线，整个过程非常从容，在桨频低于对手的情况下一直保持领先，赢得太潇洒了！”赛艇冲过终点线瞬间，在位于信阳市南湾湖畔的省水上运动管理中心观看直播的人们沸腾了，吕扬的教练、小队友们欢呼雀跃，一起为吕扬喝彩。

7 月 28 日一大早，数十名运动员和教练员就守候在会议室的大屏幕前，运动员出场、启航、冲刺，赛道上的每一个镜头和每一次调整，都牵动着现场运动员和教练员的心。

赛艇女子四人双桨决赛开始，看到吕扬亲切的身影，现场气氛再次紧张起来。“赛艇比赛中，半个艇身的领先优势，就很难追上。”看着中国队领先优势不断扩大，大家悬着的心都逐渐放下。直到赛艇冲过终点线，现场沸腾了。

赛后，吕扬和队友们立即被前方媒体包围。尽管如此，吕扬还是设法抽身，拍摄了一段视频传回河南。吕扬在视频中说：“很感谢家乡人民的支持，在新闻里看到河南正遭受洪灾，希望家乡人民加油，早日渡过难关。”

“吕扬是从信阳开始的赛艇运动生涯，她夺得奥运冠军，对小一辈的队员们，是一个巨大的鼓舞。”吕扬的赛艇启蒙教练叶旭东告诉记者，水上运动是一项艰苦的运动，水上训练基地实行的是半封闭式管理，运动员半个月才能外出一次，不管春夏秋冬，每天都要接受高强度的体能训练。“看看我们的运动员，个个皮肤黝黑，都是长期训练暴晒的结果。”

远在日本比赛现场的国家赛艇队教练赵同保告诉记者，“这场决赛，运动员的信心、心态、专注度、战术执行都非常好，全程领先在预料之中”。

父母激动洒泪：13 年没在家过春节，回家要给吕扬包饺子！

28 岁的吕扬来自漯河市临颍县瓦店镇，父亲吕大伟年轻时曾是田径队员，身高 1.83 米的吕扬遗传了父亲的运动基因。“吕扬夺冠那一瞬间，我和她妈妈都落泪了。”赛后，吕扬的父亲吕大伟在电话中格外激动。

吕大伟告诉记者，目前老两口正在北京录制节目，在电视里见证了女儿夺冠的一幕。因为吕扬赛后要进行兴奋剂检测，所以赛后没能第一时间跟女儿联系。不过赛前，他和吕扬在微信上进行了简单交流，“我鼓励她放下包袱，好好比赛，争取拿下金牌”。

从 2008 年开始练习赛艇，吕扬基本上每年只能回家一趟。“当年所有的比赛打完之后才能放假，一般回家待 3 天就走了。”吕大伟说，吕扬没有在家过过一次春节。平日里每次打比赛之前，都会跟家里发微信。

吕大伟说，吕扬的性格非常稳重，像妈妈，“孩子非常朴实，很听我们的话。她手心里都是厚厚的茧子，回家之后手都握着拳，不想让我们看到”。

“饺子、油馍、菜馍，这些都是她从小就爱吃的。等她回来，妈妈要准备家乡的风味饭，迎接她凯旋。”父亲说。

"吕"创佳绩 精彩飞"扬"

郑州日报 陈凯 刘超峰

7月28日，在东京奥运会女子四人双桨赛艇决赛中，河南赛艇名将吕扬与队友崔晓桐、张灵、陈云霞默契配合，一路领先，最终以6分05秒13的成绩勇夺桂冠，创造了该项目的世界最好成绩。这枚金牌是中国体育代表团在东京奥运会上斩获的第10枚金牌，也是河南选手在本届奥运会上摘得的首枚金牌，同时也是河南水上项目在奥运会上获得的首枚金牌。

"半路出家" 神箭手转项赛艇手

吕扬的父亲吕大伟曾经也是一名运动员，受父亲的影响，吕扬从小就喜欢体育。不过起初，吕扬练习的并非是赛艇而是射箭。2005年，刚上初中的吕扬就被漯河市体校射箭教练选中，进入该校射箭队，2008年获得河南省青少年射箭锦标赛铜牌。

2008年恰是北京奥运会的举办年，在这届奥运会上，中国在赛艇女子四人双桨项目上首夺奥运会金牌，实现了历史突破。正是在这一年年底，河南省水上运动管理中心教练到漯河市体校选材时，一眼就相中了身体条件非常出众的吕扬。就此，吕扬从一名神箭手转项成了一名赛艇手。尽管是半路出家，但是运动天赋异禀的吕扬很快便在赛艇项目上崭露头角。

"吕"创佳绩 老茧手磨出大满贯

都说赛艇运动员很苦，常年在外训练不回家早就成为习惯，皮肤被晒得黝黑也属"标配"。其实最能反映赛艇运动员训练辛苦的正是他们布满老茧的双手。吕扬同样有着这样一双手，这是她辛苦付出的最好见证，也是她能“吕”创佳绩的“法宝”。

赛艇项目运动员长年累月的训练都是靠双手划动船桨完成的，在桨柄的摩擦下，双手早就被磨得老茧摞老茧。而且每一次更换新桨，对于赛艇运动员都是一种折磨，这意味着他们又要磨破双手，去“盘”新桨——磨出适合自己手形和习惯的船桨。就是在老茧一次次被磨破，一次次又长出新茧，再被磨破……周而复始的循环下，吕扬的成绩不断提高，并于2013年进入国家队，此后多次在国内外大赛中取得佳绩。

2014年，吕扬与国家队队友搭档，斩获亚运会女子双人双桨冠军。2016年，吕扬参加了里约奥运会女子双人双桨项目，虽然没有取得理想成绩，但为后面比赛积攒了宝贵经验。2017年第十三届全运会，吕扬获得了女子双人双桨项目的冠军、四人双桨项目的亚军。自2019年与崔晓桐、张灵、陈云霞搭档后，吕扬所在的这条艇可谓是“无敌战舰”，在一系列国内外大赛中从未让冠军旁落。

现在，吕扬已经集全运会冠军、亚运会冠军、世界杯冠军、世锦赛冠军、奥运会冠军于一身，成为女子赛艇“大满贯”得主。吕扬激动地说：“感觉大家看起来很容易，但背后的不容易只有我们自己知道，今天拿着这块金牌，感觉所有的不容易都变得容易了！”其实，吕扬所言的“背后不容易”正是一次次的辛苦付出，而她的赛艇“大满贯”不也正是老茧手磨出来的吗?

值得一提的是，吕扬在东京奥运会夺冠后第一时间向受灾的家乡人民，表达关切和祝福，为家乡河南加油。她说：“在新闻里也看到了河南的洪水灾情，希望家乡人民加油，早日渡过难关!

精彩飞“扬” 赛艇人期待更出彩

“前两天我们专门从山道镇上牵过来一条有线电视的线路，为的就是一起观看吕扬的比赛。”在牡丹江莲花湖，正带领河南赛艇一线队备战第十四届全运会的河南省水上运动管理中心副主任韩伟告诉记者，“当地条件比较艰苦，我们看的还是以前老式的电视，不过这都不重要了。当看到吕扬和队友一起划着中国赛艇第一个冲过终点时，大家兴奋极了，互相拥抱在一起。”

第十四届全运会只剩40多天，河南省水上中心的队伍或是在家训练或是外出训练，但大家无论身在何处，都有一个共同心愿——围坐在电视机旁，见证吕扬在东京奥运会上创造历史。正如河南省水上运动管理中心主任郗存洲所言：“吕扬的这块金牌是河南水上项目的第一块奥运金牌，为河南水上项目的发展创造了历史，开创了先河。”

吕扬东京奥运会上演精彩飞“扬”时刻，更激励和鼓舞了河南赛艇人。从第十三届全运会斩获金牌打了翻身仗后，这些年，在河南赛艇人以及社会各界的共同努力和帮助下，我省赛艇项目更取得了突飞猛进的进步。这一次吕扬奥运会上夺金，也使得河南赛艇人更加明确了今后的目标，同时也会让更多人去了解、认识、参与赛艇项目，为河南水上项目选拔更多优秀后备人才打下基础。

吕扬的弟弟吕子文就是受姐姐影响开始从事赛艇项目训练的，同样具备出众运动天赋的吕子文年龄不大，就已经是河南男子八人艇项目的重点桨手。在电视机前看到姐姐在奥运会上勇夺金牌，吕子文备受鼓舞，他激动地对记者说：“我非常兴奋，姐姐真的太棒了，我一直把她当作偶像，她也会激励我向全运会冠军发起冲击。”

精彩飞“扬”只是短暂的一刻，河南赛艇人已经把目标瞄准了40多天后就要开幕的第十四届陕西全运会。“吕扬在奥运会夺金，给我们河南赛艇人带来了更大的动力。这就是榜样的力量，我相信我们一定会团结一心，全力以赴，也期待着我们在全运会上更加出彩！”郗存洲满怀信心地说。

这一天等了17年

郑州日报　陈凯　刘超峰

“菲菲确实很不容易，她等这一天已经等了17年了！回家给她包饺子！”7月29日，在河南省体操运动管理中心会议室，刚刚观看完女儿芦玉菲东京奥运会体操女子全能比赛直播的吴喜凤眼含热泪地说。

东京奥运会体操女子全能比赛直播开始，河南省体操中心领导以及部分教练员、运动员早早等候在中心会议室的投影仪银幕旁，大家手中拿着“菲菲加油”“鲈鱼、鲈鱼勇争第一”等标语牌，兴奋地时刻准备着为队友芦玉菲加油，吴喜凤也在他们中间。

芦玉菲开场比的第一个项目是高低杠，或许是受团体决赛掉杠的影响，芦玉菲再次在该项目中掉杠，这样的失误也直接影响到了她后面的比赛。平衡木的比赛中，芦玉菲也出现了险些落木的大晃动。最终，芦玉菲仅获得了东京奥运会体操女子全能的第18名。

在银幕上看到芦玉菲掉杠的一瞬间，现场所有人都不约而同地发出了“啊”的惋惜声。看到自己的女儿又一次重重地摔在垫子上，吴喜凤的眼圈瞬间红了。“当时我特别心疼，心疼女儿。为了能站在奥运会的赛场上，她等了17年！”回忆起女儿一直坚持下来的辛苦付出和诸多不易，吴喜凤五味杂陈。

2000年出生的芦玉菲2013年初登体操全锦赛舞台，灵气十足的她一鸣惊人。随后在2015年第一届全国青年运动会赛场上，芦玉菲大放异彩，斩获一金一银两铜，用一系列高难度、高质量的动作，让体操界记住了她。

可惜的是，到了2016年里约奥运会周期的备战阶段，她却遭遇了一次次伤病的侵扰，不仅影响了国内赛场的表现，也错过了多场国际赛事，最终遗憾地错失里约奥运会参赛机会。

其实正如芦玉菲此前在接受采访时所说："伤病不可怕，软弱才可怕！"郑州姑娘在教练组的帮助下始终没有放弃，一路坚持，百折不挠，并用顽强的毅力坚持了下来，最终梦想成真——站在东京奥运会的赛场上。

虽然初登奥运会赛场的芦玉菲没有展现出个人最强的实力，但是能参加东京奥运会，她已经创造了河南体操女队的历史。"谢谢每一个支持、关心菲菲的人，感恩、感谢大家！"吴喜凤动情地说。

现场有媒体问，芦玉菲回家后会给她做什么好吃的时，吴喜凤毫不犹豫地说："回家给她包饺子！"

河南省体操中心队医杜冲告诉记者，东京奥运会之前，芦玉菲的伤病并无大碍。由于不能随队前往东京，杜冲只能跟国家队的保障团队沟通了解芦玉菲的伤病情况，那边的反馈是芦玉菲的比赛并没有受到伤病的困扰。"竞技体育就是这样，除了伤病因素外，竞技状态、临场发挥都会影响最终的比赛结果。"杜冲如是说。

接下来芦玉菲还有高低杠的决赛要参加，让我们一起祝愿菲菲能在这个项目的比拼中克服此前两次掉杠的心理阴影，调整好心态、状态，争取在个人东京奥运会最后一个比赛项目中把最好的一面展现出来。正如与芦玉菲同一批的队友刘津茹所言："我相信菲菲能及时调整好自己，把自己的特点发挥出来，菲菲加油！"

喊话河南老乡！
来看奥运会亚军尹笑言的隔离生活

河南广播电视台　谢昱炜

中国体育代表团向河南省委、省政府发来一封感谢信，信中提到："河南健儿不畏强手，敢打敢拼，充分诠释了奥林匹克精神与中华体育精神，为中国体育代表团取得优异成绩作出卓越贡献。"回国后正在隔离的东京奥运会空手道女子61公斤级银牌得主尹笑言，接受了大象新闻记者的采访。

首次奥运之旅令人兴奋，见到了儿时偶像郎平

"第一次参加奥运会对我来说是激动的，兴奋的。正因为是第一次参加，所以没有任何包袱，当时的想法就是一场一场地拼、一场一场地搏，能多打一场就多赚一场！没考虑那么多结果。"尹笑言告诉记者，这次奥运会之旅令她开心和兴奋，整个过程都按部就班，和平时比赛差距不大。

一头干练的短发，略显消瘦的身材，加上微笑时腼腆的表情，或许你很难看出来，这个姑娘就是中国空手道的领军人物——尹笑言。赛场上，她攻势犀利，技术全面，出色的表现让她长期位居空手道 61 公斤级世界第一，还被许多网友称为空手道的"天花板"。

8 月 6 日，东京奥运会空手道女子 61 公斤级比赛中，河南姑娘尹笑言在决赛中与塞尔维亚选手普雷科维奇战成 0 ∶ 0，在最终裁判判定中遗憾负于对手，获得了一枚银牌。由于空手道项目是第一次成为奥运会正式比赛项目，所以这枚银牌，也是中国在奥运会上具有历史性的一枚奖牌。

“无非就是综合性运动会，所有项目都集中吃住罢了。”在奥运村里，尹笑言还见到了儿时的偶像郎平，“也算是圆梦了。”

从排球转型空手道，陪练时期打下坚实基础

尹笑言的父亲在此前接受大象新闻记者采访时说到，女儿从小学开始练习排球，14 岁时，恰逢河南省成立空手道队，教练挑苗子时，觉得她身体素质各项方面都不错，就把她选走了。

“就是这样一个巧合，我成为中国空手道队的第一批运动员，并且一直坚持到现在。”尹笑言说，这一路走来有很多困难，从开始什么都不会，什么都不懂，从排球转型到对抗项目挑战还是蛮大的。

“刚开始完全不会打人，很怕，很胆小，后来教练告诉我要想打人先学会挨打，我可是纯粹挨打挨出来的！”尹笑言从进队起，陪练就做了五六年，正是这几年的历练，给她日后的技术打下扎实的基础，才让她一路走到现在。

“那些年对我的磨砺是功不可没的，没有这几年的沉淀，就没有现在的我！在这几年里我学会很多，无论是技术层面、心性，还是心态都让我成熟稳重很多，褪去了同龄人身上那种浮躁，学会了珍惜，珍惜现在所拥有的一切，后面才会让我稳稳地打好每一场比赛！”

场上场下截然不同，愿意分享经验给后辈

尹笑言表示，赛场上下的自己完全不同，分得很清楚！“上了那块 8 乘 8 的比赛场地，对手就是我最大的敌人。因为我知道自己平时训练付出那么多，最终要通过这块场地展现自己，所以会拼尽所有能力去展现。”

私下里，尹笑言喜欢跟队员们玩在一起，因为她经历过这个阶段，所以她们想什么一眼就能看出来。因为曾经做过多年的陪练，所以更愿意把自己放的很低，与小队员去接触，“只要她们需要，我特别愿意把自己这些年来的经验分享给其他的队员”。

尹笑言在一些新兴事物上有不明白的地方，也会第一时间问这些年轻队员。“大家相处得很好，没有任何隔阂，在年轻队员心里，我就像一个大姐姐，因为没她们潮，可能还是一个比较土的大姐姐。”

父母义无反顾的支持，让自己更有动力走下去

在隔离期间，尹笑言给自己安排得井然有序，每天除了根据教练组帮她制定的训练计划进行训练外，她也有更多的时间做一些自己喜欢的事情。在社交平台上，我们也看到尹笑言通过短视频跟大家分享了自己隔离期间的日常。

记者在采访尹笑言父亲的时候，他还自豪地向记者展示了女儿这些年获得的奖牌，“因为女儿这些年一直在备战训练，每年见面只能按天数”。尹笑言父亲说，“她走到今天不容易，吃了多少苦没有人比她更清楚，做父母的也肯定要全力支持她！”

尹笑言表示，虽然这次奥运会留有遗憾，但对于父母来说，输赢不重要，那个时候只要她平安回国，才是父母最在意的。

“这些年父母给我的永远都是支持、鼓励的话。他们越是这样义无反顾地支持我，反而让我觉得自己要更加努力，才能对得起他们。”

据了解，第十四届全运会空手道项目的比赛将于 2021 年 9 月 17 日在西安开赛。尹笑言在隔离结束后，也会回到河南省队报到，进入全运会的封闭训练备战。

“全运会我肯定会继续全力去完成，因为奥运会就有遗憾，不想自己再有遗憾留在比赛场地了，所以全运会一定会全力以赴的！”尹笑言坚定地对记者说。

射落首金 “比心”杨倩圈粉无数

湖北日报　张诗秋　胡革辉

射击台上，她表情冷峻，气定神闲；走到台下，她笑靥如花，卖萌俏皮。奥运第一天，中国第一金。拿下东京奥运会首金女子10米气步枪金牌的“00后”选手杨倩，不仅枪打得准，言谈得体，人还可爱，简直就是父母、教练、观众眼中人见人爱的“宝藏姑娘”。

冷静素质　这是一位“大心脏”枪手

7 月 24 日上午的资格赛，杨倩以 628.7 环、排名第六的成绩跻身决赛。决赛过程十分残酷，最后一轮的两枪之前，原本站在射击台上的 8 名选手已逐渐被淘汰，此时只剩下杨倩和俄罗斯选手加拉什娜，且在打出决赛第一枪过后，后者还领先杨倩 0.2 环。

决定命运的最后一枪！杨倩打出了 9.8 环，成绩并不理想，这一枪却弥足珍贵——正是凭借这 9.8 环，杨倩力压最后一枪只打出 8.9 环的加拉什娜，以总分 251.8 环反超对手的 251.1 环，上演绝杀，这个成绩也创造了新的奥运会纪录。

比赛刚一结束，回过头看着看台方向的杨倩，脸上没有任何表情，或许因为最后一枪打得不够理想，她并不清楚自己夺冠与否，甚至看起来还有点沮丧。当她取下耳塞，见到看台上中国助威团的庆祝场面时，她这才确信自己真的夺冠，随即高举双手跳了起来。短暂的欣喜过后，小姑娘立即收拢笑容，接连鞠躬，表达感谢之情。

自控能力 “清华女神”名不虚传

在颁奖仪式上，国际奥委会主席巴赫为杨倩颁奖。自己戴上金牌后，杨倩非常激动，在这即将定格历史的瞬间，现场摄影记者示意杨倩，希望她能摘下口罩，做出一个咬金牌的动作，杨倩稍稍犹豫后，并没有满足他们的要求，只是将金牌放在口罩边，象征性“咬”了一下。虽然口罩遮住了大部分面容，但透过眼神，人们仍能感受到杨倩此刻满脸的笑意。

2000 年出生在宁波的杨倩 16 岁时就被特招进入清华附中射击队，18 岁成功考入清华大学经济管理学院，目前在读大三。大学期间，杨倩从未因训练耽误学习。疫情期间，在国家队备战时，她也没落下过学校的网课，杨倩曾表示，射击能激发她的斗志，每一次成功不仅带给她成就感，也让她有挑战更高目标的动力。

如今，杨倩的清华学霸身份之外，又多了一个头衔——奥运冠军。说起自己的学业，杨倩赛后透露，自己在国家队备战期间申请了休学，等比赛结束再重新回到校园中继续学习。

可爱气质 人人都爱的卖萌姑娘

颁奖仪式上，现场 DJ 还没念出冠军名字时，期待已久的杨倩便“迫不及待”地迈开了右腿，准备踏上领奖台。也许是意识这一动作有点超前，杨倩耸了耸肩，不好意思地收回了腿。直到 DJ 念出“杨倩”二字，她这才踏上最高领奖台。面对镜头，杨倩双手上举，在头顶上频频做出“比心”的动作，一时圈粉无数。

赛后来到混采区，经验不足的杨倩带着一脸笑容直奔熟悉的中国媒体，完全忘记了先要接受国际电视媒体采访的流程。经过提醒，她这才返回指定区域接受完采访。在中国媒体面前，小姑娘完全放松下来，她的美甲也成了关注的焦点。原来，她赛前专门做了美甲，现场媒体也不禁戏称“指甲越粉，开枪越稳”。

当有记者问及“为什么微博昵称取名‘杨大妞’”时，杨倩一边大笑一边不自觉地摸着头绳上的小胡萝卜饰品说，“我平时就是大大咧咧的性格！”不过，杨倩又强调，“学习和比赛训练时，我可不会这样，我能静得下来，认真对待”。

聊得正欢，在中国射击队工作人员的催促下，杨倩只好连声说着“对不起”，结束了这次采访。接下来，杨倩还要和队友一起在27日的10米气步枪混合团体项目去争取佳绩。

飞跃 3 米板

——王宗源的这两年

湖北日报　张诗秋　胡革辉

如果东京奥运会没有延期，19 岁的王宗源或许没机会站到东京赛场，更不可能站上最高领奖台。但机会总是留给有准备的人的，不到两年时间，他迅速成长，令人信服地完成了从无名小将到奥运选手，再到奥运冠军的完美蜕变。

一年前机会降临

2001 年 10 月出生的王宗源还未满 20 岁，对于中国男子跳板选手而言略显稚嫩，然而训练上的刻苦以及少年老成的性格，让 2016 年才进国家队的他，从近 20 名小将中脱颖而出。

受新冠肺炎疫情的影响，一切都处在变化中，诸多不确定因素让中国跳水“梦之队”不得不做出改变。为了当时悬而未决的东京奥运会，以及更远的 2024 年巴黎奥运会，名不见经传的王宗源被推到了台前。

一年间创造机会

东京奥运会延期后，中国跳水队宣布重启奥运选拔的那天，王宗源和老队员的反应截然不同：“过去的成绩归零，说明我可以和谢哥（谢思埸）、缘哥（曹缘）站在同一起跑线上了。”王宗源意识到，机会向自己招手了。初出茅庐的他很快便崭露头角，在 2020—2021 年举行的三站奥运会选拔赛上，双人项目他包揽 3 金，单人项目揽获 2 金 1 银，并在武汉站成为世界首个突破 600 分大关的运动员，奥运入场券水到渠成。

正式加盟奥运“梦之队”，备战压力剧增，磨合成了王宗源和谢思埸这对新组合要闯的第一关，王宗源说：“和老队员配对，我怕拖后腿。”但不服输的他立刻就找到了解决办法：“加倍努力，多和教练沟通，多配合，达到师兄的水准。”

王宗源开始增加动作难度，虽然当时成功率不太高，但成绩得到大幅提升。目前，王宗源已成为男子3米板动作难度系数最高的运动员。在有所收获的同时，新的困难来了：体重增加，腰伤加重。在团队的共同努力下，他挺了过来。

踏实、淡定，对自己要求高，训练刻苦……这是谢思埸对王宗源的评价。

一年后把握机会

在东京夺冠后，两人久久拥抱。颁奖典礼两人互相挂上金牌，回想起这一瞬间，王宗源也感觉不可思议：“这是我第一次参加奥运会，这是我的梦想，现在实现了。”更令他激动的是，作为湖北老乡，中国第一位奥运跳水冠军、国际泳联副主席、中国泳协主席周继红担任颁奖嘉宾，给这份殊荣再添亮色。

在混采区获悉在武汉观赛的妈妈喜极而泣，许诺要给他炖上最喜欢吃的山药排骨汤时，王宗源特别感动：“是家乡、家人和各方面一直在支持着我，每天都嘘寒问暖，有他们的支持，才有现在的我。”

2019 年加冕中国跳水队第 100 位世界冠军；2021 年，成为男子 3 米板突破 600 分大关的世界第一人；东京奥运会，他又成为我省时隔 21 年后的首位男子跳水奥运冠军……一步一个脚印走下来，王宗源还有更多惊喜等待着去创造。

王宗源

从默默无闻到人人喜欢

——汪周雨长成记

湖北日报　杨然

宜昌市宜都陆城镇位于清江与长江的交汇处，汪周雨的老家就在交汇处的牛角尖尖上。在她随队出征东京之时，湖北日报全媒记者来到陆城镇，探访这位湖北举重明星的成长之路。

和大多数奥运冠军不同，汪周雨从小并非教练们眼中难得一见的“好苗子”。她有独特的天赋，但当时并不足以成为焦点，在平淡中进取，在平凡中超越，汪周雨这块奥运金牌更显弥足珍贵。

清江边的“孩子王”

1994 年 5 月 13 日出生时，汪周雨只有 6 斤重。

千禧年前后的陆城小镇，没有宽阔的马路，保留了更多“野趣”。这样的生活环境，正对了汪周雨的路子。她性格“野”，别的女孩玩布娃娃、玩过家家，她只跟男孩子玩，钓鱼摸虾、骑车游泳，后来，连比她大的男生都喜欢跟着她玩。

家门口就是清江，汪周雨胆子大，天热了就跑到水边扑腾，自己学会了游泳。汪周雨的妈妈李亚萍回忆，女儿两岁后就没留过长头发，像个“假小子”。

别看汪周雨大大咧咧，却挺有商业头脑。上小学时，家里开着小卖部，她留意同学们爱吃哪些小零食，回家就告诉妈妈“商业情报”，母女俩一起去进货，采购回来的零食大受欢迎，小卖部生意红红火火。周末，汪周雨帮家里守店，有人来买东西、打电话，她把账算得清清楚楚，像个小管家。

有胆量、够独立，在宽松的成长环境下造就的这些特质，成为她进入运动队后宝贵的财富。

“火箭班”来了旁听生

汪周雨举重启蒙从宜都市少儿体校开始，那一年她上小学六年级。

记者探访她当年训练的举重房时，发现那里已被改造成一个印刷公司，门前跑道成了停车场。而汪周雨的启蒙教练熊武华转型教游泳，正值盛夏，体校游泳池满是孩子。

熊武华发现汪周雨，是因为她跑得快。爆发力好、速度快，这是汪周雨给熊武华的第一印象。后来的历任教练都认为这是她最有优势的身体天赋。

但汪周雨个子不高，教练认为她练田径难出成绩，鼓励她练习举重。2008 年夏，在熊武华的推荐下，汪周雨进入宜昌市体校，师从赵杰。赵杰当时觉得，这丫头练举重时间短，技术动作瑕疵多，腿部力量不足。初来乍到的汪周雨，并不拔尖。

汪周雨不服输，闷头练，坚持每晚写训练日记，不断反思、总结、提升。2009年4月，她在长阳的比赛中一鸣惊人，抓举69公斤，挺举91公斤，那时，她入队不到一年。

2010 年，汪周雨获得在省队集训的机会。当时省队人才济济，汪周雨就像一个“火箭班”的旁听生，天赋不被看好，技术不算突出，只是凭着坚毅的性格，日拱一卒，用了四年时间得到认可，成为正式队员，并于同年入选国家队。

妈妈贴心的“运动夹克”

多年来，汪周雨与家人聚少离多。进国家队后，每年春节她都在训练中度过，一两年才能回家一次。相见虽难，但汪周雨和妈妈的关系却非常亲密。都说女儿是妈妈的贴心小棉袄，而汪周雨更像是贴心的“运动夹克”。

2017年天津全运会，汪周雨邀请妈妈到现场观赛，李亚萍第一次在现场见证女儿大赛夺金。全运会后，她带着妈妈到云南旅游，买机票、租车、订客栈，都是她一手操办。“我们在大理、丽江一起逛古镇、买衣服。”李亚萍尤其难忘的是，汪周雨专门租了辆电动车，骑车带着她在洱海边兜风，两人无话不谈，既是母女，又像闺蜜。

母女俩风格迥异，李亚萍爱穿裙子，温柔秀气，汪周雨常年运动休闲装，潇洒大气。“周雨长大了，每次带我出去，都是她照顾我。”李亚萍说。汪周雨还给妈妈买了台高级轿车，她自己却因为训练比赛任务繁忙，学驾照的时间都没有。

东京奥运会，汪周雨原计划请家人去东京观赛，因疫情无法成行。奥运会后，汪周雨将隔离封训备战全运会。李亚萍期待女儿能再接再厉，在陕西全运会创造佳绩。到时候，家人团聚，妈妈将给汪周雨做她最爱的土鸡汤。

汪周雨

为了梦想，曾追着摩托车跑！

第 7 名的他同样是成功者

楚天都市报　记者徐平　实习生饶雨妍

“为了降体重和提高心肺功能，那段时间，我用奔跑能力好的队员或摩托车带着他跑，训练特别艰苦……”这一幕，至今让武汉体育学院教授、国家级教练员沈红飞为之感叹，“我觉得每一位能站在奥运赛场上的运动员都是成功者，不管他们能否夺得金牌，这其中就包括刘荡。”

在出征东京奥运会的 24 名湖北运动员中，有 6 名来自湖北赛艇队，刘荡是其中一员。7 月 28 日，在东京奥运会赛艇男子四人双桨 B 组的决赛中，刘荡与队友共同努力，获得第一，最终排名该项目的第 7 名。虽然无缘奖牌，但努力过，就不后悔！

徐州—武汉

从业余体校到武汉体院

2006 年 5 月，沈红飞去外地招生，在江苏徐州体校，他注意到了一个大个子男生——刘荡。彼时的刘荡年仅 16 岁，身高却达到 1 米 92，当时在体校中练习投掷铁饼和铅球。在沈红飞的眼中，这个大个子男生是个赛艇的好苗子，经与刘荡的教练沟通、协商，刘荡来到了武汉体育学院竞技体校中专部，正式开始了他的赛艇生涯。

2009 年，因遭遇到轻量级、公开级队伍的分配变故，还未在大赛上取得过成绩的刘荡内心迷茫，也不愿和其他教练一起训练，便决定放弃赛艇事业，回家务农。得知此事后，沈红飞做了大量的思想工作，最终劝刘荡重回水上，这才让刘荡有了圆梦奥运的可能。

从本科到研究生，刘荡一直就读于武汉体育学院。因为备战全运会和奥运会的原因，刘荡推迟了毕业时间，至今他还是2017级的在读研究生。未来，刘荡想从事与赛艇运动相关的工作，因为他已经深深地爱上了这项运动。

武汉—东京

从一张白纸到奥运健儿

从未接触过赛艇运动的刘荡，在沈红飞的悉心指导下，慢慢成长为一位具有一定实力的赛艇运动员。

“他性格温良，特别能吃苦！”这是沈红飞对昔日弟子的评价。沈红飞告诉记者，初到学校时，刘荡所面临的首要任务就是降体重、提高心肺功能。为达到预期目标，当时刘荡跟着奔跑能力好的队员，或追着引导的摩托车跑，训练过程十分辛苦，但刘荡从不叫苦叫累，而是咬牙一天天地坚持下来。到后来刘荡去湖北赛艇队时，其测功仪成绩排名全省第一。

这些年，刘荡一步一个脚印，从省队到国家队，从全运会亚军到亚运会冠军，直到这一次随中国赛艇队出战本届奥运会。在男子四人双桨项目上，中国队所面临的对手非常强大，刘荡与队友历经预赛、复活赛，未能跻身到前六名。“的确有些遗憾，希望他们继续努力，不放弃，在今后的大赛中继续为国争光。”沈红飞说。

爱美的小公主练举重
生活中喜欢别人叫她“汪哥”

为了奥运　增重20斤

楚天都市报　林楚晗

87公斤级冠军花落湖北，汪周雨又是一个怎样的小姑娘？极目新闻记者采访了汪周雨的妈妈李亚萍和启蒙教练熊武华。

小公主“被逼”练举重

湖北宜昌宜都市，一个美丽的小城。1994年，汪周雨出生于此。小学五年级在一次学校的运动会上，爆发力极强的汪周雨让启蒙教练熊武华眼前一亮。用熊武华的原话来说，“这小孩我一眼就看中了，她的爆发力、肌肉线条、眼神等等一系列，是练习举重的好苗子”。

为了抓住这个好苗子，熊武华没少往汪周雨家里跑，还发动身边认识汪周雨家里人的朋友一起劝说。“幸好工作做通了，不然真的太可惜了。汪周雨练习举重绝对比跑步要能出成绩得多。”

当年，汪周雨和家里人其实并不乐意学举重。汪妈一提起这事就哈哈大笑地说：“一看到熊教练的身材就不想让孩子练习举重。练习举重会让人变胖。汪周雨从小就是全家人的‘团宠’，家里的小公主，我们也怕练习举重太辛苦了，怕孩子受不了，不过后来发现这些担心都是多余的。”

喜欢别人叫“汪哥”

国家举重队训练馆，一眼望过去，训练台、储物柜收拾得最干净的，一定是汪周雨。

“这是一种生活态度，汪周雨比较讲究这些。”房间里哪怕放几瓶矿泉水也要码齐，会定制专门的柜子摆放自己的小手办，训练馆里自己的举重鞋、腰带、护腕、训练器材等都一一摆放在固定位置，汪周雨似乎有那么点“强迫症”。“所有东西收拾得整整齐齐。”关于女儿讲究这点，得到了汪妈的印证。“汪周雨是个特别讲究，特别爱干净的女孩子，她的东西永远都是整整齐齐的。”

“汪周雨从小就是个孩子王，小朋友都喜欢跟她玩，现在在国家队也是一样，总是能和孩子们打成一片。因为霸气，队里甚至还给她起了一个外号，叫‘汪哥’，她不喜欢别人喊她汪姐，觉得不霸气。”汪妈情不自禁，也习惯叫起了“汪哥”。

为东京奥运增重 20 斤

因为国际举联调整举重级别，汪周雨“升级”至 87 公斤级。在从 76 升级到 87 公斤级的过程中，汪周雨也曾备受煎熬。其实比孩子更煎熬的是父母，“你想想，哪个女孩愿意接受随随便便涨个 20 斤体重？但是为了备战东京奥运会，为了自己多年的奥运梦想，汪周雨想通了，义无反顾”。

谈及女儿，汪妈总是满脸笑容，散发出一股骄傲和自豪，眼眶有些湿润：“孩子那么小离开家，一个人训练，每天举铁砣子，就是举一座座山，很辛苦。孩子特别孝顺，每次回家都给全家买很多礼物，总是说我们生她养她不容易，希望能在自己的能力范围之内让家里人过得好一些。”

千锤百炼，问到女儿会拿个什么牌？汪妈的虎气也爆发出来：“没有对手。要说有，那就是汪周雨自己，就是要战胜自己，牌就是东京奥运会上 87 公斤级金牌！”

襄阳小伙王宗源跳水双人3米板夺冠

东京奥运湖北首金

楚天都市报 林楚晗 徐平 胡革辉

他继承了湖北体育奥运“届届见金”的光荣传统！

在北京时间2021年7月28日进行的东京奥运会男子双人3米跳板决赛里，湖北选手王宗源携手广东选手谢思埸以467.82分夺冠，为湖北赢得东京奥运会的首金，延续了湖北届届见金的神奇纪录。

与王宗源聊起了家乡话

完成最后一跳冠军在握时，王宗源没有流泪；登上领奖台时，王宗源仍然忍住了泪水；赛后面对极目新闻记者说起家乡话时，王宗源的眼眶不禁湿润了起来……

比赛刚一结束，王宗源正在场边收拾衣物，面对极目新闻记者赛后采访的邀约，他爽快地答应。

“我也说家乡话吧？”见记者说着家乡话，王宗源操着一口不太地道的襄阳话笑着问。“可我长年不在家，家乡话已经说得不太好了！我只有回到襄阳，才能完全找到那个感觉！”说完，王宗源大笑起来，显得有点不好意思。

一番家乡话的聊天，王宗源似乎逐渐放松下来。

面对镜头，王宗源用家乡话情不自禁地表达着对家乡人、对父母一直以来对他支持和鼓励的感谢。这段不足40秒的画面，记者录了两遍。当王宗源指着那块沉甸甸的金牌，说起自己现在“非常激动、非常兴奋”时，他的声音变得有些哽咽，眼睛不停地眨着，眼眶也有些湿润。

短短几秒钟后，王宗源又很快控制住了自己的情绪，激动、幸福的泪水终究没有当场流下。

转身与记者告别时，王宗源带着自信的笑容，朝记者挥了挥握紧的拳头，“我会更加努力的，一直继续下去！”

省体育局见证金牌诞生　“他凝聚了湖北体育人的心血”

7 月 28 日下午，在湖北省奥体中心，省体育局相关领导以及来自游跳中心的运动员、教练员，以及王宗源的父母、启蒙教练等一起见证了东京奥运湖北首金的诞生。

“大家所看到的是运动员登上领奖台的荣耀时刻，但在这背后，凝聚了运动员巨大的努力与牺牲。此外，为了实现湖北届届见金的目标，在这个奥运周期内，湖北省体育局进行了项目布局、科学选材，并加大了体能训练的力度，以及运动员的后勤保障等工作，最终收到了成效。”湖北省体育局党组书记、局长胡功民如是说。

湖北省体育局游跳中心主任朱庆民告诉记者，王宗源之所以能在难度和稳定性达到世界顶尖水准，主要在于刻苦训练。“虽然奥运会也是他第一次参加，但我对他一直充满了信心！”

爱吃山药炖排骨　懂事得让人心疼　“00 后”王宗源有点小时尚

有着极高天赋的难度王、懂事乖巧的暖宝宝、有点偶像包袱的时尚少年……这三个标签放在王宗源的名字前面，你很难和镜头里那个在比赛中“稳”得如老干部一般的王宗源联系在一起。通过王宗源父母和启蒙教练等人的讲述，你可以全面了解这位湖北奥运英雄的故事。

来自汉江的“浪里白条”　天赋过人的“难度王”

“生在汉江边，勇做水中娃”，要说王宗源和跳水之前的渊源，还要从他 3 岁开始说起。

王宗源是湖北襄阳人，自小便“泡”在汉江边。3 岁时王宗源已经和父亲王迎飞在汉江里玩水游泳了。4 岁开始王宗源进入襄阳体校进行体操学习，他的启蒙教练张永刚发现，“这孩子有学习跳水的天赋”，继而王宗源转学跳水。当时在转学跳水的时候，母亲很尊重王宗源的意见，当问到喜欢体操还是游泳时，年幼的王宗源却无比坚定地回答：“我喜欢跳水，因为我在汉江边住！”

对于王宗源的初印象，张永刚说：“他是个有点内向安静的孩子。在同一批小孩里很特别。他的专注力和领悟性很高，总是认真听教练的指令并很快能明白意思并做出反应。”

7 岁时王宗源进入湖北跳水学校，10 岁进入湖北跳水队，在武汉一待就是 8 年，15 岁进入国家队。2015 年，在参加青运会男子 10 米跳台比赛时，王宗源不小心伤了手腕，但是王宗源靠自己的拼搏和毅力，很快找到了新的方向——练习跳板。“10 米跳台对他的手腕伤养伤不利，他改练跳板，一般的运动员要 4 年才能找到板的感觉，王宗源只用了一两年就找到了板的感觉，可见他的悟性是多么高，他就是有天赋。”张永刚说。

一路走来，王宗源的动作质量和动作难度越来越高，状态也越来越稳，他的动作难度系数加起来，在世界排名前列，网友们也给他取了一个外号——“难度王”。

懂事得让人心疼　最喜欢吃山药炖排骨

儿行千里母担忧。多年来，王宗源独自在外训练打拼，赵毅和王迎飞一年都难以见到儿子一次，牵挂让人“相思成灾”。

在母亲赵毅的眼里，王宗源是个极其乖巧懂事听话的孩子，用她的话讲，“这孩子懂事得有点让人心疼”。由于父母工作忙，从 4 岁开始，王宗源就开始住校，这也让赵毅的心里很不好受：“现在回想起来，总觉得亏欠孩子太多太多，那么小就一个人。”

王宗源去武汉后，赵毅和王迎飞每周末都会去武汉看望儿子。每次发现儿子因训练身上青一块紫一块并绑满绷带时，赵毅都心疼地直落泪：“说真的，现在回想起这些，我还是会想流泪。这孩子太懂事了，从来不和我们说他训练有多苦多累，每次我问他疼不疼时，他都对我说，‘妈妈，真的不疼，我都习惯了。’”

赵毅向极目新闻记者透露，王宗源最喜欢吃的菜就是她烧的山药炖排骨，这也是王宗源每次回家必点菜No.1，她笑着说：“源源，等比赛结束后，爸爸妈妈炖排骨等你回家！”

很在意自己的发型　“帅到飞起”的时尚达人

翻看王宗源的微博，内容不多，大多都是平日的生活以及记录和队友们训练的点滴。

这个大男孩私下里和所有青春期的大男孩一样，衣着时尚，在没有训练的日子里与队友来到北京时尚潮牌汇集地三里屯，拍拍照、打打卡，训练时，又会投入到紧张的训练当中。

熟悉王宗源的粉丝都知道，王宗源是个有点“偶像包袱”的偶像，在每次站上领奖台之前王宗源都会弄一个帅气的发型，对于这一点，他自己也笑着说，“对，我还真的挺在意自己的发型的，有点偶像包袱”。

一掷下班？其实彻夜难眠

长江日报 张琳

20 米 53！当现场屏幕上显示出这个数字时，全场沸腾了。巩立姣也紧握双拳大声嘶吼起来。这一吼，她在过往 21 年的坚守，四战奥运的艰辛和伤痛，都得到了释放。

奥运会女子铅球比赛规则是，超过 8 人参赛的情况下，每人先投 3 次，然后以成绩排序，前 8 名从低到高依次再投 3 次，以 6 次最高成绩定名次。

巩立姣进入状态极快，第一投就投出了 19 米 95 的成绩。事后证明，这个成绩已足以将巩立姣送上奥运会的最高领奖台。但是，有着前三届奥运经验的巩立姣不敢松懈。“直到第五投后，我的心才放下来。之前虽排在前面，但还是很忐忑的。”巩立姣吐露心迹说，“美国的拉姆塞还是很有实力的，她那旋转式的投法可没谱，万一整个啥幺蛾子……而且她每次投前巨有仪式感，还会狠狠地瞪着我，我肯定要回瞪过去，气势上咱绝对不能输！”

除了目光回敬，气势上不输外，更重要的是场上用成绩碾压对手——20 米 53，刷新了巩立姣个人职业生涯的最佳成绩，此前她的最好成绩是 20 米 49。

所有的选手结束比赛，无人能超越 20 米 53 的成绩。这意味着，巩立姣的第六投不用投已是冠军。但此时的巩立姣已进入无敌状态，没有人可以阻止她前进，她还要挑战一下自己的极限。

第六投，巩立姣投出 20 米 58 的成绩，继续刷新个人最好成绩，同时将金牌收入囊中。值得一提的是，这是中国体育代表团在东京奥运会获得的第 22 枚金牌，同时也是中国奥运史上首枚田赛金牌。

“站在奥运最高领奖台上是我的理想。21 年前刚开始练铅球时，我的理想只是拿到省冠军，后来是全国冠军、世界冠军。这么多年下来，我的理想一个个实现了。当上一个理想实现时，我就调整下一个。之前参加了三届奥运会，从第四名到银牌我也都有了，只差一块金牌。今天，我做到了，这一刻，之前所有的付出和泪水都值得了。”说到这里，32 岁的巩立姣的声音有些哽咽。“是的，如果非要用一个词来形容此时的心情，那就是值得。人间值得。”

巩立姣资格赛过得非常轻松，被外界戏称“一掷下班”。但其实，压力还是令她彻夜难眠。决赛前的一夜，她失眠了。“睡得不好，脑子里一直在过动作，注意事项。20 多年就看这一下了，我不想出现任何失误。”她说，“好在影响不大，一到体育场我就兴奋起来了。”

记者问，夺冠后，此时此刻最想做的事情是什么？她说：“现在最想做的就是在日本东京的这座体育场里升起五星红旗，唱起《义勇军进行曲》！”

她还感慨道：“啊，一切都像梦一样，到现在还有点不敢相信呢，先别慌，让我掐一下自己。我之前说过，比赛比不好是噩梦，比好了就是美梦。今天是一个美梦，希望这个美梦能再长一些。”

美梦成真，接下来巩立姣有什么打算呢？她说：“虽然我年纪也不小了，但很幸运我目前没太大的伤病。所以，如果祖国还需要我，我的状态也一直能够保持，我想还会再坚持一届奥运会吧。这可能是我新的小目标。万一蝉联了呢？”

巩立姣最后表示：“铅球训练是非常枯燥的，我们每取得一点成绩，都是经过百万次的投掷训练来的。铅球相对而言是个冷门项目，让它从现在开始火起来吧。希望大家能多多关注我们这些胖胖的女孩子吧，其实我们都很善良和可爱的。”

闫子贝教练郑珊：不要哭，我们要笑！你是最棒的

长江日报 张琳

7月31日，在刚刚结束的奥运男女混合4×100米混合泳接力决赛中，由徐嘉余（仰泳）、闫子贝（蛙泳）、张雨霏（蝶泳）、杨浚瑄（自由泳）组成的中国队以3分38秒86的成绩夺得银牌。英国队以3分37秒58夺金，并打破中国队保持的世界纪录。

赛后，在面对央视镜头时，小闫也忍不住流下了眼泪。闫子贝告诉长江日报记者："没拿到金牌，还是觉得非常遗憾，有点对不起教练，没有让教练成为奥运冠军的教练，很可惜。这也是我离奥运金牌最近的一次。我已基本上发挥出了最好的水平，比最好的单项成绩只慢了那么一点点。"

决赛闫子贝是第二棒。他下水时，中国队处在第三位。后面经过闫子贝奋力追赶，中国队追到了第二位。"我觉得还可以游得更快一些，哪怕是一秒半秒，也能给第三棒的张雨霏多一点点时间。因为张雨霏的对手是一位男选手，速度上肯定要吃亏的。"比赛结束好久，闫子贝仍在自责。

看到闫子贝流泪，在场的中国记者也忍不住安慰他："别自责了，挺好的。奥运会的银牌，已经是一大突破了。"许多人在网上送上宽慰的话，他在国家游泳队的师姐傅园慧说："加油，阿贝！"

闫子贝说的教练就是他在湖北省队和国家队的教练郑珊。比赛当天，郑珊一直在现场关注着弟子的表现。她点评说："阿贝发挥算正常吧，他接力最好成绩是57秒98，今天游出了58秒11。已经很尽力了。"得知

闫子贝泪洒赛场，郑珊也有些激动。

说起来，同为湖北人的郑珊已经执教闫子贝超过 10 年了。这么多年，他们不是母子却早已胜似母子。

“到 2021 年，他跟了我已经 17 年了，我太了解他了。”在郑珊眼中，闫子贝是一个性格内敛却十分懂事的孩子，“他头脑特别聪明，是一个自我要求特别高的孩子，也希望我能开心”。郑珊动情地说，“这孩子坚持到现在非常不容易。在生活中，阿贝的喜怒哀乐我一看就知道，这么多年走到现在两人已经非常默契了，阿贝也非常知道我对奥运冠军的渴望。看得出来，他非常想突破自己，可惜只差一点点，他对自己也不太满意吧”。

面对“乖孩子”闫子贝，平时训练和生活中，性格要强的郑珊也会选择“松紧结合”的方式。当闫子贝对自己放松要求的时候，她就会进行严格管理，比如没收手机。但当闫子贝内心充满斗志，默默努力时，郑珊也会用不同的方式为他减压，制造一些小惊喜，调节爱徒的情绪。

“一般我的孩子们突破了自己以往的最好成绩，才能得到我的奖励，但我这次决定奖励他，这是对他的认可，虽然是块银牌，但这毕竟是奥运会，压力和对手实力都不一样。”郑珊说。记者问，这次给闫子贝什么样的奖励。郑指导说：“先保密。”

为了确保闫子贝的训练生活，从 2020 年开始，郑珊的爱人、武汉市体育局的工作人员韩红星也被借调到北京，主要负责郑珊和闫子贝的后勤保障工作。郑珊和韩红星的儿子在海外留学，夫妻俩就把闫子贝当成了自己的另一个孩子。

因为疫情的原因，韩红星这次没能随中国队前往东京。他是在电视机前收看的这场比赛。“阿贝这孩子很懂事的，看了他的采访我也流泪了。我想告诉阿贝，不要哭，你已经是最棒的了。回北京来，叔叔还给你烧最喜爱吃的红烧鳜鱼！”韩红星说。

男女 4×100 米混合泳接力已经落幕，但闫子贝奥运比赛还未结束。8 月 1 日，他还将参加男子 4×100 米的混合接力。“对手实力都很强，希望阿贝能迅速调整心态，重新投入新的比赛。比赛还未结束，我们还要继续拼搏。”郑珊告诉长江日报记者说，“我一听说他接受采访时哭了，我马上叫人带话给他，过一会儿看见我不要哭，因为他一哭，我肯定也要哭，我希望这次我们能够笑，能够开心！”

闫子贝

“梦之队”王宗源追梦无止境

湖北体育　刘璐

东京奥运会，湖北小将王宗源搭档谢思埸，以总成绩 467.82 分夺得跳水男子双人 3 米板金牌，为中国体育代表团斩获第 11 金，也为湖北摘得首金，延续了中国自 1984 年参加夏奥会以来湖北“奥运届届见金”的辉煌。此外，王宗源还夺得了单人 3 米板银牌。首次参加奥运会的王宗源，成功追上“梦之队”的前辈们，而追梦并非手到擒来，每一个看似一帆风顺的成绩背后，都蕴藏着无数的艰辛。

刻苦训练　梅花香自苦寒来

穿上救生衣、套上游泳圈、戴上浮袖，再用绳子系上“双保险”……炎炎夏日，在家带娃的奶爸王迎飞突发奇想，与 3 岁的儿子王宗源来了一场横渡汉江的游戏，从此，王宗源与水结缘。

为了让身体强壮一些，王宗源 4 岁时，被父母送入襄阳市体育运动学校学习体操，2008 年转入湖北跳水学校，2011 年进入省跳水队。

天津全运会，王宗源的表现得到国家队的关注，那一年，王宗源来到了国家队。在跳水馆，以往那些只在电视上见过的奥运冠军、世界冠军就在自己面前训练，王宗源蒙了，“我得知自己要来国家队，觉得不可思议。后来在训练场看到老队员们那么刻苦训练，而我只是个毛头小子，什么都不会，在大神面前展示自己的水平，很怕丢脸”。

一切从零开始，渺小的感觉让王宗源度日如年，那段时间他觉得无比艰难，心中郁闷。朋友、父母的开导，他才找到了前进的方向。“我觉得只要自己努力，会像老队员们一样把动作跳到最好、最完美。”每天他早早来到训练馆，又是最后一个离开，只要有时间，他就一直在训练。就连午休时间他也不放过，想着怎么避免之前出现的问题，在哪些细节上还要再抠，入水效果怎么再紧一些，有了战胜困难的心，他再也没停下脚步。

不负苦心　迎来“开挂”时光

时间的迁移，王宗源慢慢适应了国家队的训练强度，竞技水平快速提升，开启“开挂”的运动生涯。

2019 年，王宗源在光州世锦赛男子 1 米板决赛中夺冠，成为中国跳水队第 100 位世界冠军。

能拿金牌了，王宗源有了自信，训练之余也学会自我解压。比如找朋友聊聊天，约着打打游戏上上分，偶尔也会看看综艺放松心情。和其他“00后”一样，生活中的王宗源喜欢时尚，喜欢社交媒体，喜欢跳舞，喜欢扮酷，偶尔也会拍VLOG秀秀自己的腹肌。每次站上领奖台，他都要摆弄摆弄发型，“发型不能乱。”他笑着说。

疫情暴发，队员们在国家队封训。王宗源口中的“谢哥”开始充当队里的“Tony 老师”。“当时没别的办法，头发太长了不能看，只好拜托谢哥帮我剪一下。”王宗源调侃道，“谢哥剪得还是可以的，幸好没给我推平。”

机会总是留给有准备的人，奥运会延期一年给了王宗源等年轻选手机会，他刻苦训练、成长迅速，以分外抢眼的表现闯入大众视野。在2020年10月至2021年5月举行的三站奥运选拔赛上，王宗源共斩获单人3米板2金1银和双人3米板2金，其中在2021年1月的武汉站，他与谢思埸搭档创双人3米板504.24的高分纪录，后在单人3米板以609.55分夺冠，成为世界上首个突破600分大关的选手。

一路走来，王宗源的动作质量和动作难度越来越高，状态也越来越稳定。“和谢哥配对，我的压力会大很多，因为自己的动作没达到谢哥那样的高标准，所以要在训练中付出更多，才能努力捍卫中国跳水队的荣耀。”言谈中，不难看出王宗源更多的是担心自己拖了双人成绩的后腿。

出征东京　以“大心脏”适应一切

7 月 19 日，王宗源随国家跳水队踏上了东京之旅。

对于自己的奥运首秀，王宗源展现出了“大心脏”，“特兴奋！但对疫情还是有点担心，害怕身边的人有感染”。进入奥运村后，王宗源道出了自己的担心。

第一天到陆上训练馆，王宗源和队友一同用国内带来的器械很快将准备区布置得有模有样，然后全身心投入训练。场馆不太宽敞，还要供三个国家训练，中美英三国在同一个馆。除翻腾转体外的专业动作，王宗源需要时刻戴口罩，这让他有些不适应，但只能自我调适。下午 4 点半，中国队开始适应性训练，第一次感受奥运会正赛器械。训练器械有限、时间又很紧，需要选手们尽快适应节奏。对于仅有的一个小时，王宗源一直在专心寻找与“在家”时的相异之处，想办法克服。

白天专心训练，晚上睡得很香。但比赛前一天，王宗源突感焦虑。“刚来这里没感觉到紧张，那天突然一下就控制不住自己，脑子里一片空白。我一直暗示自己，还是要找回感觉。那晚还是睡得很舒服，醒来后感觉没那么紧张了。”

大鹏展翅　奥运首秀收获颇丰

7 月 28 日，王宗源迎来了奥运生涯第一战。在双人 3 米板比赛中，王宗源和谢思埸排在第七位出场，比赛开始就一直以绝对优势领先。四轮过后分数上逐渐拉开了与第二名美国队的距离。第五轮动作 207C，王宗源出现小失误，领先优势被缩小。上岸后，王宗源很慌甚至有些烦躁，谢思埸对他说：“不要紧，你把心态调整好，把状态慢慢找回来，不要着急，最后一个动作是我们最拿手的。”

谢思埸和教练的话让王宗源吃了定心丸，最后一跳，王宗源眼神坚定走上跳板，与谢思埸的动作高度一致，完成最后一跳得到了 99.18 分，最终以 467.82 分夺冠。成绩出来的那一刻，王宗源仰天长啸，把压抑的心情释放了出来，与谢思埸紧紧地拥抱在一起。

激动之后，等待他们的还有单人项目的比赛。拿下双人金牌，对于两人来说意味着可以更好地面对单人的比赛。

8 月 3 日，在单人 3 米板决赛六轮比赛中，谢思埸稳稳占据第一，第二名的争夺在王宗源与英国选手拉尔夫之间展开。三轮后，王宗源锁定第二，最后一跳他的难度系数是高达 3.8 的 109C，起跳果断充分，一连串空翻十分舒展，入水无可挑剔，得到过百的 102.60 分，总分 534.90 分，为中国队提前拿到金牌。最后出场的谢思埸完美一跳得到与王宗源同样的高分。最终谢思埸以 558.75 分获金，王宗源以 534.90 分摘银。

“感觉像做梦一样，突然站在了最高领奖台，但是过程是漫长的。我会一步一步脚踏实地走向未来，期待巴黎再见。”梦幻一样的夺冠经历，再一次让王宗源坚定了信心。回国后，他在隔离房间进行体能训练，为陕西全运会做准备。他现在的期待，是全运会结束后与父母团聚的那一刻。

从坐轮椅回到带金牌回
汪周雨满满感恩心

湖北体育　彭青

东京奥运会举重赛馆，汪周雨去过两次。第一次是 2019 年 7 月上旬参加奥运场馆测试赛暨奥运资格赛，第二次就是 2021 年 7 月下旬参加奥运会比赛。第一次去是坐着轮椅返回，第二次去是带着金牌返回，二度往返间发生了什么？

伤痛碰到汪周雨也成祥云高照

2019 年是中国举重队马不停蹄满世界征战奥运资格之年。东京为筹办奥运会，将东京国际会议中心改装成举重赛馆，2019 年 6 月改装完工，7 月初举行了奥运场馆测试赛暨奥运资格赛。

7 月 7 日下午，汪周雨在女子 87 公斤级决赛中，以抓举 125 公斤、挺举 153 公斤、总成绩 278 公斤轻松夺冠。晚上回宾馆准备收拾行李回国，狭小的房间里，用电热壶烧水得放在地上。匆忙之中，汪周雨绊到了电线，那壶刚刚烧开的沸水全泼到她的一只脚背上，队医紧急进行烫伤治疗处理，她痛得无法走路了。

东京机场，她坐的是机场提供的轮椅，北京机场，亦坐轮椅，回到运动员公寓拄着拐棍上楼。

东京赛馆，那可是奥运赛馆，第一次去居然坐轮椅回，什么兆头？汪周雨大大咧咧一笑："预示我苦尽甜来，第二次去会带着金牌回！"

汪周雨每周两次去医院治疗换药，一个多月后终于痊愈。恢复正常训练不足一个月，便出征泰国世锦赛，这是奥运会的前哨战。9月26日晚，汪周雨在决赛中以抓举120公斤、挺举158公斤、总成绩278公斤俯视群英。

奥运延期有人喜有人忧　汪周雨专注于提高实力

2020 年原本是东京奥运之年，但新冠肺炎疫情迫使国际奥委会在距奥运会开幕仅剩四个月时，宣布延期一年。一年时间，对运动员来说会发生太多难以预料的事，奥运选手中，准备好了的为未知的一年忧，没准备好的则为还有时间喜。

汪周雨在 2019 年全年打遍天下无敌手，属于准备最充分的人。奥运延期的消息让她在第一时间有点失落感，但很快专注于国家队的封闭训练，对技术精雕细琢，对训练水平提升再提升。没比赛可打，就将队内测试当成大赛打，打完后找问题在训练中改进。

功夫不负有心人，2020 年 10 月中旬，全国女子举重锦标赛终于开赛。久违了的比赛让汪周雨激情迸发，抓举 126 公斤、挺举 160 公斤、总成绩 286 公斤，连夺三金连破三项她自己保持的全国纪录。总成绩比她在一年前的世锦赛上提高了 8 公斤！

运动员的临赛状态与比赛成绩都会有起伏，汪周雨所提升的训练实力，能否在国际比赛中打出来？

2021 年 4 月下旬，亚洲举重锦标赛在乌兹别克斯坦举行，女子 87 公斤级的顶尖选手们全在亚洲，这也是东京奥运会的前哨战。汪周雨完美复制了在全锦赛上的三项成绩，仍然是一骑绝尘无敌手，总成绩 286 公斤，已成为她的标配。

奥运村里每晚煮面条吃　莫名的焦虑来自等待

7 月 19 日，汪周雨随同中国举重队出征东京。

汪周雨打 87 公斤级，出征前的体重是 86.5 公斤。举重选手赛前要少吃降体重，汪周雨却要靠强迫自己多吃来保持体重。入驻奥运村后，汪周雨对运动员食堂的牛肉、披萨、汉堡和咖啡有新鲜感，吃得很香，但几天后就开始想念中国伙食了。为了保持体重，汪周雨每晚在房间里煮面条加餐。

汪周雨是首次参赛奥运会，但主教练王国新久经沙场带出多位奥运冠军。出征东京前的训练，是反复模拟奥运会比赛。奥运会气氛给选手的特有压力，没经历奥运会的运动员无法想象。如何应对奥运会的心理压力，王国新也反复讲解和叮嘱。

汪周雨不曾料及，早已知道的必须等待的比赛日，却让她焦虑了。7月23日开幕式后的第二天，举重就开始投入了比赛。87公斤属大级别，赛期是举重比赛的最后一天8月2日下午。汪周雨每天到赛馆边的训练馆训练，却从不进入比赛馆。王国新说，赛馆内的一切，如2019年的测试赛完全一样，到比赛时再进去能增加兴奋感。

队友们不断地夺金，汪周雨技痒难熬，掰着指头数日子时间好漫长呀。训练时还好，但回到房间，寂寞难耐，房间里没有电视，又无心情聊微信，连在北京时每晚和妈妈的视频也免了。队友的夺金、自己将要进行的比赛，上次来东京坐轮椅而归，杂乱的念头、莫名的焦虑仿佛让时间凝固了。

湖北重竞技中心支援给王国新教练组的队医钱程，受名额限制这次没能来东京，与钱程聊聊微信是汪周雨与外界的唯一联系。钱程很懂心理学，不提比赛只聊天。

王国新察觉到了她的焦虑不安，晚餐后陪她在村内散步闲聊，彼此拍照，让她放松心情。

8月2日终于来了，13天的等待终于结束了。

赛前称体重，汪周雨特意吃饱了去，结果是84.2公斤，比来时减少了2公斤。

奥运夺金者谁不觉得梦幻？只有汪周雨很自责

汪周雨奥运夺金的比赛过程，如同她所有的大赛一样，基本都是同一个模式：其他选手的三把比赛几乎都结束了，她才上场开把，开把成功就锁定冠军，然后就是不断挑战自己冲击新高度。

她怎么也没料及，在煎熬中等来的比赛，抓举开把115公斤抓起后居然没站住，失败。回到后场，中国队教练张国政调侃说："115公斤都能举失败，太丢人了，回去得写检讨。"汪周雨摇摇头，王国新叮嘱了两句技术上的话，汪周雨再次上场，轻松成功。第三把120公斤，一气呵成，以领先第二名4公斤的优势转入挺举。

挺举开把145公斤，成功。总成绩达到265公斤，事实上已经高于银牌得主2公斤夺金成功。第二把150公斤，一吼而起，第三把表演性的160公斤失败，最终以高于对手7公斤的总成绩夺冠。

汪周雨习惯性地觉得夺冠很正常，很自责的是怎么才270公斤的总成绩？混采区，众多记者面前她脱口而出："我战胜了对手，输给了自己。抓举115公斤开把，平时随意举，今天却失败了。"

随后，《湖北体育》记者与她连线，她说："今天抓举开把有点蒙，第二把才找到了比赛状态，后面就正常了。夺冠后我觉得很正常，我习惯在每次比赛完后，立即想有什么问题，需要怎么改进？今天的成绩太差了，问题出在哪里？直到站上领奖台戴上了金牌，才感觉到了这是奥运会，这枚金牌的意义不是其他比赛所能比的，内心的自责感才释然了一些。两年前来这里打测试赛，我坐轮椅回去的，这次要带着金牌回去了。"

回首一路走来　汪周雨满满感恩心

8月4日汪周雨回国后，在国家队运动员宿舍中封闭隔离21天。每天，她在房间里练杠铃、哑铃和体能，还为那些居家隔离的人录制室内健身操。

汪周雨说，这21天的寂静，让她沉下心来回想了好多事，从儿时练田径开始，从宜都到宜昌体校，再到省队、国家队，一路走来各级教练、领导对她都很关爱很支持，从而让她的训练之路很顺利。要说坎坷，发生在2019年初，王国新教练要她从75公斤级改打87公斤级。那时谁都不知道奥运会要延期一年，要她在距奥运会还剩一年多的时间去面对一个全新的大级别，她感到茫然。体重一下子要长那样多，她也不知道自己能否适应。

汪周雨说："那段时间确实难熬，好在王国新教练夫妻俩都特别关心、照顾我，省体育局和重竞技中心领导都不断地做思想工作激励我，让我有信心坚持下来。不然，哪能拿到这枚87公斤级别的金牌？这枚金牌真的属于国家、湖北省、家乡、父母还有所有给予过我帮助的你们，我不过是做了每一个运动员应当做、也都在做的事。"

展望即将到来的全运会，汪周雨说："现在离全运会开幕不到30天，我必须尽可能保持好状态，全运会的对手也很强大。打完全运会再调整吧。队里说，春节会放假，好期待呀，我有多少年没在家里过个年了？"

情系湖北游泳奥运情结

闫子贝绷不住泪洒赛场

湖北体育　彭青

7月31日，男女4×100米混合泳接力决赛，中国队夺得银牌。接受采访时，徐嘉余、张雨霏和杨浚瑄为没能夺金面露遗憾，唯有闫子贝突然失声而哭。至今不为外界所知的是，中国队为夺这一金做好了充分准备，而闫子贝的心痛则出自湖北游泳奥运金牌情结。

外界都不看好中国队混接能夺金

闫子贝在7月25日男子100米蛙泳决赛中以58秒99的成绩获得第6名，创下中国男子蛙泳最佳奥运成绩后，立即将全部精力转入男女4×100米混合泳接力的预赛和决赛中。

外界普遍认为中国队这个项目能拿到铜牌就到顶了。2020年全国游泳冠军赛上，国家队精心部署的混接最佳组合徐嘉余、闫子贝、张雨霏和杨浚瑄游出了3分38秒41，打破世界纪录。

然而，此后混接组在国内两次争霸赛和2021年5月的奥运达标赛上，成绩却再也上不去，后退到了3分44秒。与此同时欧洲游泳锦标赛，前三名的成绩都很接近，英国队的夺冠成绩差一点就破了中国队的世界纪录，美国、澳大利亚和加拿大等游泳强国对混接更是虎视眈眈。

中国队在低调的赛前备战中，混接组的四人训练状态均走向高峰。接力，拼的是四个人都能发挥最佳水平。奥运会上，为了全力冲击混接金牌，徐嘉余放弃了200米仰泳，张雨霏放弃了加赛进入50米自由泳决赛的机会。四人聚焦聚力，在7月30日晚的预赛中以第四名的排位顺利晋级决赛。

决赛惊心动魄跌宕起伏

混接决赛，中国队在第三道出战。

第一棒仰泳徐嘉余和美国队的奥运百米仰泳冠军墨菲拼争，前50米徐嘉余紧随墨菲第二个转身，后半程意大利队反超上来，中国队第三个交接棒。第二棒蛙泳，闫子贝与英国的世界蛙王皮蒂交锋，虽未能战胜皮蒂，但他后半程奋力赶超，拼出了自己的最好成绩58秒11，中国队第二个交接棒。第三棒蝶泳，张雨霏前50米快速超越率先转身，冲刺时被英国队男选手盖伊逆转反超，中国队仍处在第二位交接棒，第四棒杨浚瑄紧逼英国队，但冲刺时被拉大差距，澳大利亚队也眼看就要反超上来，杨浚瑄抢先触边。

英国队以3分37秒58夺金并打破中国队保持的世界纪录，中国队以3分38秒86获银牌，澳大利亚队以3分38秒95获铜牌。

中国队以1秒28之差未能夺金。400米的赛程， 这个差距不小也不大，这让四名队员难掩失望之情，皆言“如果我能游得再快一点……”

闫子贝失声而泣，为何他的痛会重于队友们?

身系湖北游泳人的奥运金牌情结

湖北游泳奥运金牌情结始于1996年亚特兰大奥运，刘黎敏在女子100米蝶泳决赛中以百分之一秒之差惜失金牌。刘黎敏的这枚银牌，点燃了湖北游泳人奥运夺金的梦想。25年来，一代代运动员、教练员为此而奋斗。

闫子贝在痛哭中脱口而出：“我没能让我的教练尝到金牌的滋味……”

郑珊教练将这个电视视频剪辑下来保存，她说我们再苦再累也能坚持下来，因为心中有梦想。

混接颁奖结束后，《湖北体育》杂志记者连线了闫子贝，他已从没能夺金的失望中平静下来。他说："我也不知道当时就怎么绷不住，就哭了。只有我们队员最清楚，教练为夺金梦想付出了多少艰辛啊。这次也是我离奥运金牌最近的一次，没能拿到实在是可惜了。"

奥运会结束回到北京，闫子贝的精力已全部转向全运会。闫子贝将在全运会上出战 100 米、200 米蛙泳，男女混合接力和男子 4×100 米混合接力。四个项目要游 10 枪，一天比赛多项的情况会多次出现。

闫子贝的竞技状态在奥运会上达到一个顶峰，体能和精神的极大消耗需要一个恢复期，但奥运会、全运会两个大赛间隔仅 40 余天，回国后防疫封控需要 20 多天待在房间无法下水恢复。国内蛙泳有些高手，与闫子贝的实力原本就很接近，他们按部就班训练扎实，将毕其功于全运会一役。

天津全运会，闫子贝夺得两金。展望陕西全运会，闫子贝表示，要在这么短的时间内，重新把训练水平和竞技状态调整回高峰，难度确实很大。他说："困难再大也要尽全力去拼，运动员就是要不断挑战自我、突破自我。我有信心为湖北再拼回金牌。"

闫子贝

蝶变·追梦·破浪

——探寻尹成昕的花游成长之路

湖北体育　刘璐

里约奥运会银牌、世锦赛金牌、亚运会金牌、全国锦标赛和冠军赛金牌……在花样游泳领域，湖北金花尹成昕获得过不少荣誉，但她从未停止前进的脚步，在逐梦的路上乘风破浪。

出战东京　精彩演绎

东京奥运会，中国花游八位姑娘在以中国传统乐器琵琶演奏的背景音乐中，演绎出了《巾帼英雄》的气魄，以总分193.5310分夺得银牌，尹成昕参与其中。

8月6日晚进行的集体技术自选比赛中，尹成昕与队友冯雨、呙俐、黄雪辰、梁馨枰、孙文雁、王芊懿、肖雁宁组成的中国队，伴随着《我爱你中国》的背景音乐，用激情和力量演绎《追梦》。中国队开场就是一个高难度的托举，在水中缓缓舞动，队形变化清晰准确，必做动作整齐划一，双人托举控制稳定，难度和表现力兼具，以总分96.2310分排名第二位。

次日晚的集体自由自选决赛，尹成昕再次与队友一起在《巾帼英雄》的乐曲中梦幻角逐。中国队出场，服饰与气场让人眼前一亮。随着穆桂英大破天门阵的背景音乐，八位姑娘轻盈入水，水中的动作精准同步，无论是动作编排与表现力，都给人以力与美的视觉享受。最终中国队获得97.3000分，与集体技术自选所获的96.2310分相加，总分为193.5310分，夺得银牌。

克服短板　迎来蝶变

1995 年，尹成昕出生于湖北武汉。6 岁时，尹成昕便开始了自己的游泳生涯，和大多数的孩子一样，刚开始只是为了强身健体。没想到，尹成昕被“水中芭蕾”花样游泳所吸引。2008 年，她从省崇仁业余体校进入湖北省花样游泳队，2010 年进入国家青年队集训，2014 年入选国家队。

进入国家队后，17 岁的尹成昕成了队里最小的队员。她性格内向，表现力不够，加上当时的日籍主教练对她的体形不满意，年少的尹成昕一直不受青睐。但她前进的脚步从未停歇——每天提前 2 小时来到训练场，进行跑步和拉伸运动；下午训练结束后，还进行减重运动，一跑就是十公里，并同步控制饮食，直到减重成功。在获得教练认可的同时，尹成昕也越来越自信。

2016年，尹成昕出战里约奥运会花样游泳比赛获得银牌。2017年，她与队友为中国斩获首个世锦赛花样游泳冠军，实现历史性突破，之后的她势如破竹——2018年亚运会花游集体项目金牌、2019年世锦赛花游银牌、2020年全国花游锦标赛冠军和2021年全国花游冠军赛冠军。

从未止步　期待突破

奥运会延期，国家花游队调整训练内容和强度，重新划分训练板块。陆上摇呼啦圈与水中潜泳接力，穿大码运动鞋负重做水中芭蕾腿动作接力，水中双腿夹瑞士球倒立转圈接力……疫情期间，尹成昕苦练体能、细抠技术、磨合编排，更在趣味训练中“加码”练习，以更自信的心态迎接奥运。

日常训练中，尹成昕一天要在水里待上 8 至 9 个小时。此外还要进行体能训练、柔韧、舞蹈、自选模仿等陆上训练。为缓解压力，尹成昕会用看书听音乐的方法自我调节。

东京奥运之旅让尹成昕感慨：“所有的坚持都有特殊的意义，感谢所有关心我爱我的人！”世锦赛冠军、奥运会亚军的荣誉并未让尹成昕停下脚步，从东京回国后，尹成昕在隔离房间投入了训练，备战全运会。

女子八人艇追平奥运史上最好成绩

王子凤巨蕊加速冲刺陕西全运

湖北体育　胡迪凯

赛艇运动中，八人艇项目向来被视为“皇冠上的明珠”，7 月 30 日，东京海之森水上竞技场迎来赛艇收官日，在奋力一搏之后，我省王子凤、巨蕊和队友斩获东京奥运会女子八人单桨有舵手铜牌，追平了 33 年前汉城奥运会该项目中国队最好成绩。

时隔 33 年中国队再夺铜牌

东京奥运会女子八人艇共有 7 支队伍参赛。预赛分两组进行，每组第一晋级决赛，剩下的进入复活赛。中国队在第一组第 2 赛道登场，最终以 6 分 10 秒 77 获第三，进入复活赛。

复活赛中国队在第 2 赛道出发，最终以 5 分 55 秒 69 晋级决赛。

决赛的6条艇加上舵手，共有54名队员角逐奖牌。中国队位于第6赛道，前半程，中国队处在第四位，进入后程，中国队与美国队拼争第三位，双方齐头并进杀进最后500米。250米冲刺，中国队提高桨频全力一搏，最终以6分01秒21获得铜牌。

八人艇是世界公认的与三大球并列的集体项目，中国队在 1988 年汉城奥运会上夺得铜牌，但自 2008 年开始连续三届无缘奥运赛场，直到本届才再次夺得参赛资格。

时隔 33 年，中国队再夺该项目铜牌，走上领奖台时，回想这 33 年漫长而艰难的历史，王子凤、巨蕊与队友们都流下了热泪。

“女子八人艇，中国队行！”

东京奥运会开幕前两个多月，国家体育总局授旗成立中国赛艇八人艇国家队，要求精选女子双人双桨、双人单桨、四人单桨和八人单桨4个项目中能力最强的选手组成女子八人艇新阵容。

我省王子凤、巨蕊作为在国家队主攻女子四人单桨的选手被调入八人艇，全新组队的八人艇，其他七人均来自不同省市，唯有湖北独占两人。

训练20余天后，中国队赴瑞士参加奥运资格赛最后一站世界杯，最终她们以第一名身份夺得奥运入场券，王子凤、巨蕊两个“90后”获得了首次登上奥运赛场的机会。

巨蕊说：“从拿到奥运资格到站上奥运领奖台，感觉像梦一样。女子八单三届没进入奥运会了，我们这支全新的队伍，组队时间很短，之前也没配合过，取得这样的成绩太不容易了。”

王子凤说：“世界杯是我们初次亮相世界大赛，说实话不那么有底气，毕竟没交过手，但结果出来却拿到了奥运资格，我们信心和底气都慢慢起来了。东京的比赛，水域、风力相较国内而言划得更轻松，但整个赛程很长，心里也有些焦虑，最终如愿站上领奖台，我们的拼搏是值得的。”

从东京回到湖北红莲湖的中国赛艇队结束隔离期后，王子凤、巨蕊和队友们也开始恢复水上训练，此刻，姑娘们的心里话是：“东京比完回国我们不敢有丝毫松懈，因为还有不到一个月就要参加陕西全运会。东京之行我们奋力一搏，告诉全世界，女子八人艇中国队行！陕西之行我们也将全力以赴，争取突破自我创得佳绩，为湖北增光添彩。”

大“利”出奇迹!

湖南日报　蔡矜宜

大“利”出奇迹！谌利军，“胜”利军

7月25日晚的东京国际论坛大楼，瞬间从一片寂静到全场沸腾！当晚，男子67公斤级A组决赛中，安化伢子谌利军在抓举结束落后6公斤、挺举最后一举前仍相差对手11公斤的情况之下，上演精彩的“绝地反击”，以332公斤的总成绩霸气夺冠!

这是中国举重军团在东京奥运会上的第 3 金，也是继侯志慧之后，奥运湘军拿下的第 2 枚金牌。

从 62 公斤级到 67 公斤级，块头和内心都更强大了

“想到了对手这么强，没想到的是，自己抓举的失误。”赛后，谌利军回顾起比赛过程，仍心有余悸。

本场较量，主要在 62 公斤级世界纪录保持者谌利军与哥伦比亚选手莫斯克拉之间展开。

比赛开始后，谌利军抓举第一把成功举起 145 公斤后，第二、三把均告失败。记者在现场观察到，他一出场嘴唇显得很干，看上去有些紧张，完成动作也有些着急。抓举结束后，谌利军落后暂列第一的莫斯克拉 6 公斤。

到了优势项挺举，为了扳回局势，谌利军拼了！第一把，175 公斤，妥妥举起。但对手莫斯克拉的最终成绩达到 180 公斤。

此时，摆在谌利军面前的是 11 公斤的差距！这在举重赛场几乎是“不可能完成”的公斤差。

但，他做到了!

豁出去的谌利军，几乎是冲上台去完成了这惊天一“举”!

这样的超级大逆转，是怎样做到的?

“休息的时候，教练跟我说‘挺举轮到你上了，没问题，你行的!’正是这句话让我信心大增，我意识到接下来是该我发威的时刻了!”

从里约到东京，从62公斤级调整到67公斤级，谌利军明显比5年前更强壮了，更重要的是，他的内心也更强大了!

苦尽甘来，终将伤疤熬成“胜利的勋章”

“把身上的伤疤锻造为胜利的勋章!”

蛰伏5年后，谌利军终于在东京苦尽甘来，兑现了他的出征誓言。

在谌利军的右上臂，挂着一条很显眼的新疤。这条约15厘米长的伤疤，是他在2020年10月举行的全国锦标赛上留下的。

当时，谌利军在挺举第二次试举中意外受伤，遗憾退赛。立即送医后，诊断为手臂肌腱断裂。

距离奥运不到一年，遭遇如此大的伤病，这道坎要怎么过?

“当时也想不了那么多了，已经吃了这么多年苦，最后只能拼了!”谌利军的回答听起来有些“轻描淡写”，但短短半年左右时间，从受伤到康复到恢复训练，再到重回巅峰，其中经历了多么艰苦的过程，或许只有他自己才知道。

就拿挺举中的“翻杠”这个技术动作来说，对于肌腱受伤的举重运动员而言，恢复期必须要不断用杠铃压腕，那种痛是常人难以想象的。

在队医、教练等整个团队的专业指导和帮助下，慢慢地，谌利军的手可以使劲了，慢慢地，可以加铃片练了……他的信心也跟着回来了。

2021年4月，谌利军以6把全部成功、总成绩333公斤，夺得塔什干亚锦赛冠军!在这个通往东京的关键赛场上，他用近乎完美的表现证明了自己。

对于谌利军而言，奥运赛场并不陌生。里约，他去过，但那是一段苦涩的回忆。因为临场小腿抽筋无法完成动作，成为那届奥运会上一时的“话题”。

“当时希望自己是在做一场噩梦，梦醒来，奥运会其实还没开始。”

太多的起起伏伏、逆流顺境，这 5 年，谌利军明显成熟了。更丰富的大赛经验，也让这个安化小伙练就了更强大的自我。

再战奥运，直面心魔。332 公斤，成功！这一刻，所有的“噩梦”都已过去，28 岁的谌利军，美梦终于成真。

“猴子”出山，“大圣”归来

湖南日报　蔡矜宜

轻松夺冠

桂阳妹子为中国举重军团赢得开门红

“志”夺首金！侯志慧，猴赛雷！

7月24日下午，东京奥运会举重女子49公斤级比赛开战，湘籍运动员侯志慧在比赛中，凭借6把全起的稳定发挥，以抓举94公斤、挺举116公斤、总成绩210公斤夺魁！为中国举重军团拿下开门红！

侯志慧是该级别抓举和总成绩的世界纪录保持者。由于主要对手朝鲜代表团没有参加本届奥运会，侯志慧在该级别可谓独孤求败，只要正常发挥，获得冠军如探囊取物。

抓举较量，侯志慧开把举起88公斤，这个成绩已高于其他选手的三把最好成绩了。随后进入侯志慧的个人表演时间：92公斤，起！ 94公斤，再起！

到了挺举，109公斤、114公斤、116公斤，稳定输出的侯志慧，抓举、挺举6把全部成功！尽管印度名将米拉拜在挺举中也有不俗表现，成绩达到115公斤，但侯志慧在抓举中建立的7公斤优势让她早早锁定冠军。

东京奥运会，是级别调整后举行的首届，因此本次侯志慧的夺冠成绩，也是举重女子49公斤级的奥运会纪录。

赛前还有小插曲

上场之前跑圈减重，保温杯里藏秘方

“今天创造了奥运纪录，开心吗？”“啊？是吗？我创造了吗？”

“今天赛前制定了怎样的战术策略？”“不知道呢，我上去举起来就行了。”

“候场时，你一直喝的保温杯里是什么呢？”“我平时比较喜欢养生，里面具体是什么，你等下采访我们教练吧！”

……

颁奖仪式结束后，混合采访区里一片欢声笑语。侯志慧一连串俏皮反应，引得现场记者直呼：太可爱了！

侯志慧夺下第二金、看侯志慧拿起保温杯就知道稳了……很快，“小猴子”在热搜榜上噌噌上升。

比赛结束，还没来得及看手机的侯志慧，表示并不知情，并又一次展现了其单纯的一面，“上热搜了？哦，但我对这个不是很懂。谢谢大家对中国举重的关注和支持吧！”

赛前，其实还有一个小插曲。称重时，侯志慧的体重超了 0.1 公斤，经验丰富的中国举重军团立刻采取措施。

“赶紧带她到太阳下面跑啊，0.1 公斤很容易下来，跑几分钟就没问题了。”中国女子举重队总教练张国政说，体力是有一点消耗，但“小猴子”整体表现无懈可击。

有“志”者事竟成
终迎属于她的奥运时刻

“小猴子”侯志慧，人如其名，生活中活泼、好动，性格大大咧咧，有她的地方总充满欢笑。

但再怎么乐观的她，一提起 5 年前那段与奥运擦肩而过的往事，眉宇间总逃不开一丝忧伤与遗憾。

2016 年里约奥运会，中国举重队赛前 4 天临时调整级别，由孟苏平替换侯志慧。

“当时的感受很难形容，什么也听不进去，好像一下子从天堂掉入了地狱。”从那时起，侯志慧身上少了一些大开大合、多了许多小心谨慎，她花了一年多时间来消化这次打击。

新的奥运周期来临，日渐成熟的“小猴子”慢慢让自己沉下心来，她只想踏踏实实练好每一堂训练课。

2019年2月的举重世界杯上，侯志慧以抓举94公斤、总成绩210公斤双破女子49公斤级世界纪录；两个月后的亚锦赛，侯志慧又包揽抓举、挺举和总成绩3金……那个时候，还没有疫情；那个时候，东京奥运会仍将在2020年举办。

2020年3月30日，国际奥委会与东京奥组委发表联合声明，确认东京奥运会将推迟至2021年举行。整个3月份，“小猴子”的朋友圈不再像以往那么“活泼、话多”，变成了寥寥数字，意味深长。

一次次考验、一重重难关，侯志慧似乎离奥运舞台已经很近了，却又总是差那最后一步。

“心里始终觉得不甘，我一定要在奥运举重台上拿回属于我的金牌！”终于，属于她的“奥运时刻”来了！而今天的东京，她不再是“小猴子”，她已是“大圣”！

铁骨钢皮的“执桨人”
——记云南省皮划艇名将刘浩

云南日报报业集团　娄莹

2019年8月，刘浩和搭档王浩获得皮划艇世锦赛男子双人划艇1000米冠军，也成为中国皮划艇队第一个获得东京奥运会资格的组合。随后，刘浩几乎包揽了国内锦标赛、冠军赛1000米划艇项目单人和双人的所有冠军，并不断刷新国内最好成绩。此时的刘浩斗志昂扬，钢铁般的肌肉盔甲、深麦色的健康肤色，让这个玉溪汉子成为皮划艇赛场的天之骄子。

然而在聚光灯的背后，刘浩付出了常人不能及的艰辛和汗水，他用自己强大的意志力和永不言败的拼搏精神真正诠释了云南运动员的钢铁傲骨。

训练非坦途　波折勇面对

2007年，14岁的刘浩热爱体育锻炼，尤其喜欢游泳，阳光帅气的他是学校的风云人物。说起和皮划艇项目结缘，刘浩的经历显得顺理成章。玉溪体校的老师去学校挑选皮划艇项目苗子，出众的刘浩第一个就被教练选中了。加上父母的支持，刘浩欢天喜地地在体校训练了一年，随后便被推荐到武汉体院进行专项训练。

2010年，刘浩回到云南松茂水上训练基地备战2013年全运会，可当时的刘浩傻眼了，云南皮划艇队加上教练一共才3个人，每天的训练基本就是教练范继文开一个挂机，刘浩划一艘艇，空旷的水面上回荡着师徒二人的对话。

枯燥清冷的训练生活，让刘浩一度怀疑选择皮划艇项目是否是条正确的道路。“当时心里一直打退堂鼓，别说积极备战了，感觉都没有信心继续走下去。”说起当时的思想波动，刘浩依然记忆犹新。“当时全运会的压力、皮划艇项目的艰难困境，让我的心情十分烦躁，经常和范教练起争执，当时范继文教练每天做得最多的事情就是开导我。”刘浩不好意思地笑了。2013年的冬天昆明格外寒冷，每天早训，划艇上都覆盖着一层冰碴，一堂训练课下来，头发眉毛都结满了冰晶，握桨的双手粘在桨杆上打都打不开，就是这样的“苦”让刘浩幡然醒悟：唯有拿到好成绩，才对得起如此艰难训练的自己，才对得起“口水讲成丸药”的教练。

就这样刘浩的思想发生了变化，也是在那时，刘浩对皮划艇运动有了新的认识，自己也下定决心要在这个项目上做出名堂。2013 年全运会，刘浩不负众望一举夺得男子 1000 米划艇第四名，这个成绩不仅创造了云南历史，更因此皮划艇项目被保留了下来。

病痛突袭来　硬汉不言败

2013 年全运会，虽然没有拿到奖牌，但让刘浩看到了拼搏的希望。同年，刘浩就被征调国家队，国家队拼的是实力，性格坚毅的刘浩在这样的环境下如鱼得水，每天练到站不起来，心里却依然感到幸福。直到 2016 年里约奥运会选拔赛，刻苦肯练的刘浩入选呼声很高，然而命运给他开了一个大玩笑，就在第一次奥运会选拔赛时刘浩突发阑尾炎，巨大的疼痛让他错失了比赛机会，更与里约奥运会擦肩而过。回到云南治疗的刘浩每天大量输液控制炎症，为了不耽误训练，他硬是咬牙没有做手术。两个月病情痊愈后，刘浩立即投入恢复训练，在 2015 年和 2016 年两年他几乎拿遍了全国比赛的冠军，刘浩成了冉冉升起的划艇新星。

正在所有人都给予刘浩掌声和期许的时候，命运又给他开了一个大玩笑。2017 年冬天，刘浩突发脑膜炎，病情凶猛让所有人始料未及，刘浩只得接受手术治疗。就在外界猜测刘浩的运动生涯可能因此而止时，刘浩再次出现在了训练场上。“两场病痛对我来说是不幸的，但是我感觉自己又是幸运的，有太多的人关心我，让我感受到来自各界的温暖。我不能辜负大家对我的期望，不仅要重回赛场，我还要拿更好的成绩。”刘浩倔强地抬高了声调。

全运夺首金　赛场频开挂

重新回到2017年全运会备战训练场，刘浩宛若新生，看着熟悉的船桨和划艇，眼前便浮起“划着命运的小船驶向幸福”的憧憬。没错，命运掌握在自己手中！在仅有的一个月时间里，刘浩开始和时间赛跑，别人练10000米，他就练15000米，手上的老茧磨秃了又长，长了再磨，最终刘浩一举夺得2017年全运会男子双人划艇1000米冠军和单人1000米亚军。也是这一年，刘浩收获了爱情，和同为皮划艇运动员的女朋友结为伉俪。有了明确的奥运梦想和妻子的温柔鼓励，刘浩的训练信心更足，成绩更是一路开挂。

2019年刘浩在世界杯第一站波兰波兹南站勇夺双人男子划艇500米和混合双人划艇500米双料金牌；紧接着世界杯第二站，刘浩再夺男子双人划艇1000米和混合双人划艇500米两枚金牌；2019年8月24日，刘浩一举夺得匈牙利世锦赛男子双人划艇1000米冠军，并和王浩成为中国皮划艇队第一个获得东京奥运会资格的组合。2020年冬天，由于疫情影响，刘浩跟随国家队辗转北京顺义、美国维科和葡萄牙蒙特贝洛进行集训。中国皮划艇队在恶补短板、狠抓体能的道路上一路狂奔，练起来可谓“深入骨髓”，累了刘浩就和妻子儿子视频一下，始终保持高昂的训练状态。一个冬天下来，刘浩的腹肌耐力从58秒提升到120秒；深蹲从142公斤提高到152公斤；最害怕的3000米跑步，从11分20秒提高到10分11秒；而专项耐力，水上3×4公里有氧成绩提高了将近30秒……

有了基础数据的加持，刘浩在国家队队内赛和全运会预选赛上频繁刷新着自己的成绩，在记者采访他时，他正在山东日照跟随国家队进行集训。他说，他现在心无旁骛，在为东京奥运会做最后的备战冲刺。“有了更加明确和美好的奥运梦想在前方，每天的训练都自信满满、心情舒畅。”刘浩不自觉地笑出了声。

【云南健儿出征奥运】

龙佳：龙章凤彩　佳人可期

云南首位出征奥运的摔跤女将

云南日报报业集团　娄莹

7 月 11 日，在国家摔跤队东京奥运会誓师动员大会上，云南 23 岁摔跤女将龙佳一袭红色运动服出现在运动员队伍中。在 11 人的奥运阵容里，龙佳可以说是一匹黑马，在最后一次奥运资格赛上，龙佳一摔定乾坤，抢得宝贵的奥运会入场券，成为云南首位女子摔跤奥运参赛选手。

国家队经历是历练更是启迪

2019 年 11 月，龙佳凭借在全国比赛中的优异表现被召入国家队。然而，进入国家队意味着更残酷的竞争和更艰苦的训练。“当时到国家队的时候，我这个级别（62 公斤级）就有 10 多名运动员。虽然大家吃住训都在一起，但每个人心里都很清楚，我们都是竞争对手。”龙佳说。当时的龙佳并不自信，因为她是队里年龄最小的，加上也没有参加国际大赛的经验，在其他国家队队友面前，龙佳完全是一个初出茅庐的新手。她唯一可以确定的事情就是每天埋头苦练，让自己在国家队逐渐强大起来。

2020年1月，龙佳获得了参加世界摔跤积分赛罗马站的比赛机会，这次比赛是东京奥运会积分赛的第一站，来自世界各国的优秀选手都参加了角逐。第一次走出国门的龙佳心潮澎湃，从没有和其他肤色的选手过过招的她反而斗志昂扬。经过几番缠斗，龙佳获得了女子自由式摔跤62公斤级的第三名。“自己当时没想到能拿牌，后面比完赛就觉得心里有底了，原来国际大赛就是这样的。”龙佳兴奋地说。在此之后，龙佳有了信心也更坚定了自己目标，“那时就想我能行，也许奥运会对我来说不是梦。”2020年10月，龙佳在全国摔跤锦标赛获得62公斤级亚军，紧接着11月，龙佳就获得了全国冠军赛62公斤级的冠军。从名不见经传，到全国夺冠，龙佳仅仅用了1年的时间。

备战奥运会是拼搏更是自我救赎

2021年，摔跤项目亚洲区奥运资格赛定档4月，龙佳凭借着之前两个全国赛的优异表现，无可争议地获得了参赛资格。然而怎么练、怎么突破自我却成了龙佳2021年整个冬训的最大难题。“当时觉得压力太大了，突然奥运会的大门就在眼前，自己反而又不知道怎么练了。”那时的龙佳训练状态并不好，每天训练她都觉得无法完成教练制定的训练计划，“就感觉什么事都做不好，心情很差，每天训练的时候都哭，哭完练、练完哭，就这样恶性循环。”龙佳说得有些不好意思。但是教练根本不给她哭的时间，龙佳经常眼泪还没干就被教练撵上场开始新一轮的动作，“当时就抱怨教练为什么这么残忍，连哭的时间都不给我。”

在困顿黏稠的黑暗时刻，教练陈永良不停地开导她，教她怎么调整心情、怎么分析对手、怎么调整技术。队友们也常常安慰她，跟她说笑话、讲故事，龙佳慢慢找到了训练的节奏，更在周围人的关心和帮助下逐渐走出了低谷。“龙佳这孩子刻苦、听话，和队友关系也非常好，大家都很喜欢她。她对自己要求很高，也很爱动脑子，所以在经历了这次思想波动后，能很快调整过来。”陈永良教练说。

调整后的龙佳训练劲头越来越足，冬训每天 6 个小时的训练她一分钟都不敢松懈。体能和技战术水平眼见着往上冲，龙佳做好了资格赛的准备。按照亚洲区奥运会资格赛的规则，获得各级别前两名的选手才能获得资格。

赛前，龙佳心无旁骛，在心里反复演练着教练教的战术摔法，预赛她胆大心细、敢打敢拼，以 2 胜 1 负的成绩晋级决赛。决赛她放手一搏，面对蒙古选手开场就以潜龙伏虎之势取得场上主动，挑、钩、抱、摔，龙佳反应灵敏、战术犀利，最终以 10 ： 0 的绝对优势淘汰对手，获得冠军。至此，中国女子摔跤队全额打进奥运会，小将龙佳完成了自我救赎，成为全队最后一位挺进奥运会的选手，更成为云南首位获得奥运会参赛资格女子摔跤运动员。

回国后，龙佳心情久久不能平复，云南省体育局领导、家人、朋友祝贺鼓励的电话纷至沓来，“能够代表国家参加奥运会是我无上的光荣，这个机会对我来说非常的来之不易。家里爸爸妈妈都特别支持我练摔跤，也是在云南体育运动职业技术学院、省体工大队领导，家人和教练的支持下我才能义无反顾地练了 10 年”。龙佳激动地说。短暂的喜悦后，龙佳很快就又投入到奥运会的备战中，有了这次资格赛的经历，龙佳的技战术更加成熟，对大赛的临场经验也更加丰富。“我要抓住最后的冲刺计划，再细化技术，调整好的心理状态，在奥运会的赛场上发挥出自己的水平。”

从一个普通的德宏姑娘，到即将身披国家队战袍为国出征的奥运健儿，龙佳用对摔跤的执着和不服输的倔强做到了人生的自我升华。现在，他们即将出征东京，让我们一起祝福这位摔跤佳人，旗开得胜、勇攀高峰！

【云南健儿出征奥运】

张德顺：从大山里“跑”出的世界冠军

云南网　张成

十几年前，张德顺第一次跑赢了男生的时候，她或许不会想到，多年以后有机会站上奥运会的舞台，而且是第三次跑马拉松，就能代表中国出战。这个大理姑娘说，自己运气好，每次都能让好状态遇上大赛。从省运会到青运会，从亚运会到奥运会，这个25岁的姑娘，继续奔跑。

张德顺第一次发现自己的跑步天赋，来源于初中时候的一次“意外”。彼时的她刚刚上初中，在大山里的中学，一节体育课改变了她的生活。“体育老师让我们围着学校跑圈，男生比我们女生提前2分钟出发，但一圈以后我是所有人当中第一个跑回来的。”张德顺说，这是她关于田径的最初记忆。

发现这个田径天才的体育老师迫不及待地询问张德顺是否愿意到更高平台接受训练——到县城里的中学去，那里的田径队每天都训练，条件也更好。对于那时的张德顺来说，这是一个改变的机会，几乎没有考虑，她就去到了县里的中学，两周后校运动会上，她让尘封已久的校运会纪录作古，初露锋芒，张德顺开始考虑是否要把体育变成自己的终身事业。

但家里有人却不这么想。“爸爸担心我，觉得这样不行，希望我还是能踏踏实实上学，不应该把将来寄托在体育上。”张德顺父亲的担忧不无道理，刚到县中学的张德顺并没有一帆风顺。一年的时间，她并没有成功的突围，在代表云龙县参加大理州的比赛时，张德顺取得了第二名，那时候她还不是大杀四方的长跑种子选手，尽管有妈妈和哥哥的支持，但爸爸的反对也让她在那个叛逆的年纪和亲人产生了矛盾。回到学校接着上了一年学后，对体育的热爱以及教练的鼓舞，让她决心再去尝试一次。

“2011 年 3 月 3 日，我来到昆明。”张德顺至今仍然能够脱口而出第一次离开大理前来昆明的日子。那时候，县中学体育老师告诉她，“省里面有个比赛，如果能被省上的教练看得上，你就去。”张德顺如愿进入省体校，并在此后的近 10 年时间里，统治了云南省乃至全国的长跑项目。

2014 年，云南曲靖。云南省第 14 届运动会上，刚刚进入省体校三年的张德顺在这项云南省内最高水平的运动会上冒尖，获得 3000 米、5000 米和 10000 米三项冠军，那时候张德顺刚刚 18 岁，面对前来采访的记者，颇为内向，在 2017 年的全运会赛场上，万米惜败对手后，这个当时还有些生涩的大理姑娘有些不知所措。“太紧张了，最后的时候节奏没有把握住。”张德顺的教练张国伟说。

但好在张德顺并没有被击倒，仅仅 8 天后，张德顺便在家乡的昆明高原国际半程马拉松赛中折桂，此后便又一路延续了好状态。2019 年，在第 30 届世界大学生夏季运动会田径女子 10000 米决赛中，张德顺摘得自己首个世界大赛的冠军。

“我感觉我自己的运气比较好，省运会、青运会、全运会、亚运会、世界大学生运动会，包括奥运会，我都遇到了。”张德顺说。在即将举行的东京奥运会上，张德顺将代表中国参加女子马拉松项目比赛，令人意想不到的是，奥运会的比赛，也仅仅是她个人的第三场马拉松赛事。

“印象最深的就是第一场马拉松，澳门国际马拉松，那也是我第一次参加全马的比赛，没想到第一次就达标东京奥运会。”那场比赛除了好成绩，还有闷热的天气让她难忘。澳门马拉松赛道复杂，从未正式参加过马拉松比赛，也让她赛前对自己的全马成绩没底。“跑进前三，能参加东京奥运会的概率是 99%。”赛前张德顺这样想。

但令人意外的是,她不仅以2小时28分43秒的成绩夺得女子全程冠军,更是首次参加马拉松比赛，就打破澳门马拉松女子纪录。2021 年 4 月，个人的第二场马拉松赛事，在徐州举行的全国马拉松锦标赛暨奥运会马拉松选拔赛上，张德顺又夺冠了，这一次她顺利斩获东京奥运会入场券。两场马拉松，一次达标，一次获选。张德顺看得见的幸运，来自平时看不见的刻苦。

这看不见的刻苦，便是一年只有约 10 天的休息时间。几乎雷打不动的训练时间，哪怕骄阳似火，哪怕暴雨如注，每天几十公里的高强度训练从不间断，也让张德顺逐渐理解了当初父亲的劝阻。但好在张德顺的坚持以及刻苦努力换来的成功，也终究得到了父亲的全力支持。逃不过“真香”定律，那个在十多岁时极力反对张德顺走运动员这条路的父亲，如今也会在每次她比赛前打来嘱咐的电话。“现在爸爸每次比赛前都会和我分析对手了，告诉我要注意什么，要怎么跑，从一个对田径什么都不懂人，也快变成‘专家’了。”张德顺笑称，甚至有时候，爸爸才是比自己更了解对手的那个人。

奥运在即，张德顺依旧在奔跑。不久前，以她为原型的电影《顺子加油》完成拍摄，这个从大山里“跑”出来的姑娘，即将踏上世界最顶尖的赛场。“我的目标是能够闯进奥运会前八，一定要跑出个人的最好成绩！”说这句话的时候张德顺没有丝毫迟疑，在训练场上和比赛场上，她流过泪，遭受过挫折与失败，但她从不灰心，也从未放弃。顺子，加油！

【云南健儿出征奥运】

蔡泽林“走”了 15 年　因热爱而坚持

云南网　龙彦

被延迟了一年的东京奥运会即将开启，和所有日夜兼程、全力投入备战训练的运动员一样，对云南竞走名将蔡泽林来说，备战奥运、不负众望、载誉而归，这或许是 2021 年最值得期待的事情。

进入 2021 年 5 月，云南的天气开始阴晴不定，时而万里晴空，时而暴雨袭来，在云南省呈贡体育训练基地内，运动员们根本不被影响，训练是他们每天铁打不动的流程，也是每天占据他们生活的主要内容。蔡泽林位列其中，每天的训练要走上数十公里，日复一日，每天训练下来全是汗水和疲惫，但是这份坚持，他持续了 15 年。

缘起：懵懂开启竞走人生

蔡泽林是地地道道的云南本土运动员，出生于云南曲靖市会泽县。他说：“小时候调皮捣蛋，爱跑、好动……”在鲁纳乡上小学时，蔡泽林每天往返家与学校之间，好几公里的距离，他走得总比其他孩子快。

小学六年级，蔡泽林被会泽县体校竞走队何亚辉教练“捡到”，成为鲁纳小学选出来的“体育苗子”。在姐夫的引荐下，他获得了试训的机会，在跑步方面的天赋让教练眼前一亮。进入县体校竞走队后，蔡泽林入队一个学期就超过了所有的老队员，那个“有些内向，但个性很强，态度认真、最能吃苦”的年轻队员逐渐被人看到。

身体是运动的“本钱”，虽然蔡泽林拥有竞走的天赋、速度和耐力，进入会泽县体校竞走队的第二个学期，他的表现却和之前判若两人，比赛成绩明显下降，训练时也没有精神。蔡泽林被查出血色素较低，贫血，对于运动员而言，这无疑是一个噩耗。

从县体校到省体校，这是蔡泽林快速成长的时期。通过合理的膳食改善贫血症状，通过刻苦地训练和坚持，蔡泽林在省运会预选赛以优异的表现吸引了云南名帅沙应正的目光。在沙应正的调教下，蔡泽林成长速度飞快，获得职业生涯里第一张通往奥运会的“入场券”。

成就：汗水和坚持书写荣誉

训练竞走到底有多苦？蔡泽林说，哪个运动员不苦、哪项运动不累？所有一切都是因为热爱和不想放弃，如果不热爱它，一天也坚持不下来。

训练时肌肉拉伤、关节扭伤已是家常便饭，训练强度再大点时会出现呕吐和晕厥，连呼吸都疼得要命，但再苦再累他依然义无反顾咬紧牙关继续奋战，没有怨言。训练在酷暑时会晒得掉皮，汗水直流，全身湿透，在严寒时，被汗水浸湿的单薄田径服夹杂在寒风里，寒冷刺骨。训练场上，蔡泽林永远是最能坚持的那一个。长期的力量训练使他变得更加强大，从力量训练、技术训练、跑步机训练再到爬坡训练等，唯有不断的坚持和不停的重复，每一次的突破，都是一次进步。

2010 年 7 月，蔡泽林参加第 13 届世界青年田径锦标赛，在男子 10 公里竞走决赛中以 40 分 43 秒 59 的成绩获得亚军。蔡泽林初尝付出的回报和坚持之后获得的喜悦。2012 年 2 月，初登全国赛场，在全国竞走冠军赛上获得了 20 公里竞走冠军；3 月，在国际田联竞走挑战赛暨奥运会选拔赛上获得 20 公里竞走季军；在伦敦奥运会上蔡泽林排名第四，未能获得奖牌，但获得了不放弃、不言败，奋起直追的勇气和决心。

2016 年 8 月 13 日，里约奥运会男子 20 公里竞走决赛，蔡泽林以 1 小时 19 分 26 秒的成绩获得亚军……这是云南省本土选手在奥运会上个人项目取得的最好成绩。每一次赛场上的奋力奔走，每一次最后阶段的紧咬牙关，蔡泽林凭着每一次的全力以赴，为他的荣誉簿一笔一笔添上色彩。

重启：不负热爱，全力逐梦

2021年3月21日，全国竞走锦标赛暨奥运会选拔赛在安徽黄山落下帷幕。云南省呈贡体育训练基地选派云南省田径二队共46名运动员及保障人员团队参加比赛。经过激烈角逐，蔡泽林以1小时17分38秒打破个人在20公里竞走项目上的纪录，并获得东京奥运会的参赛资格。6月，蔡泽林入选中国田径队东京奥运会参赛名单。

“从里约到东京，等待了5年，所有的努力都在等待踏上赛场的那一天。”蔡泽林说，里约奥运会是以亚军的奖牌结束的，东京奥运会的开启，要做的就是不负对竞走这项运动的热爱，想在自己30岁的年纪赢得一份更好的成绩。

要流干多少次汗水，要走得多么艰辛，要经历多少次激烈角逐才能踏上奥运会的比赛舞台。曾经也有人劝蔡泽林说，竞走没有前途，让他改练其他项目。但从2006年接触到竞走运动的那天起，蔡泽林就觉得竞走这项运动适合他。如今，已在竞走赛场上“摸爬滚打”了15年，目标越来越明晰，经验越来越丰富，凭借着超人的耐力、体力和速度，蔡泽林说，离自己最近的梦想就是，义无反顾、全力以赴，征战东京奥运会。

“每个人都可以做自己心目中的超级英雄，运动员也一样。”遇上赛道上训练的蔡泽林，是一个腼腆、爱笑的云南小伙，他说即使没有更多的掌声和欢呼，坚守着一份热爱去拼、去搏；而赛场上的蔡泽林，沉稳、谦和，心中装着梦想，脚下步伐有序，眼里是拼尽全力将要抵达的终点。

【云南健儿出征奥运】

杨绍辉：人生就是一场马拉松

云南网　张成

2019年10月6日，卡塔尔多哈，尽管开赛时间是深夜12点，但中东炎热的天气还是让这场田径世锦赛的马拉松项目变为一场煎熬。27岁的杨绍辉，顶着30摄氏度的高温、48%的湿度，每一步都比灌了铅更为艰难。“跑完整个人都虚脱了。”让杨绍辉至今难以忘记的这场比赛，是他第一次为国出征，“我心想一定要完赛，一定要完赛！”他没有辜负自己，在2小时15分冲过了终点线，在73个参赛运动员中18人退赛的情况下，杨绍辉最终落位第20名。“人生对我来说，就像马拉松，尽管艰难，但也依然要拼！”这是他的性格使然，让他一路坚持，终于站到了奥运会的赛场。

17岁那年，两场比赛改变了大理巍山紫金乡少年杨绍辉的命运。还在上高中的他代表学校参加巍山县的比赛，这个此前从没有接触过长跑的小伙子一鸣惊人，包揽了3000米和5000米的冠军，代表巍山县去大理州参加比赛，再次将这两个项目的冠军收入囊中。随后顺理成章地被大理体校教练看中，在经过一年的系统训练后，进入省队，“当时因为自己还小，没有想得太多，就跟着教练去练了”。这条路和绝大多数运动员的起步相似，杨绍辉心想，既然去了就好好训练，“我挺能吃苦的”。体育生涯至今已12年了，杨绍辉觉得，正是坚韧不拔的精神，造就了如今的自己。

当然这也离不开家人的支持，杨绍辉至今仍然记得准备开始体育生涯之时，家人对他的叮嘱：“我去体校的时候，父亲就和我说，你上学也好，练体育也好，不管干什么事，只要你用心去做就一定能做出成绩。”如今，这份叮嘱变成了不定期的电话，这也让杨绍辉能一路坚持，“我很感谢家人们这么多年来对我的支持。”

如果说站上领奖台是每个运动员毕生的追求，那么伤病便是那只拉住运动员向上攀登的“无形之手”。2020 年，杨绍辉差点离开了赛道。

原本正在全力备战的杨绍辉因为体内的肾结石进行了一场手术，这让他整整休养了 42 天，这对于一年只有十多天假期的专业运动员来说，几乎提前宣告了“退役”，而时间又恰逢距离奥运会开赛只有一年的时间，“自己什么也做不了，只能干着急”。对于运动员来说，如此重大的伤病，几乎能摧毁他的整个运动生涯。这也是杨绍辉十多年来，第一次那么长时间没有跑步。

但杨绍辉拒绝被伤病拖住后腿，尽管恢复性训练漫长且令人急躁。从最初的跟着女队跑10公里，到逐渐能跟上大部队，杨绍辉只用了3个星期。但身体是诚实的，“别人付出100分，我就要拿出200分”。

漫长的两个月等待，拼了命的努力训练，付出超过队友的刻苦，终于让杨绍辉甩开了“伤病之手”的赘附，2020 年 9 月 26 日特步多伦精英赛，杨绍辉以 2 小时 18 分 44 秒获得第三名。那个永远在努力，永远更刻苦的杨绍辉回来了。

2020 年 11 月 29 日，南京马拉松赛，杨绍辉以 2 小时 8 分 56 秒的成绩达标奥运，如愿获得了东京奥运会的参赛资格。这一刻，杨绍辉已经等了 5 年。

2016 年，当时 24 岁的杨绍辉期待着能代表中国出战里约奥运会，但按照当时的奥运达标成绩，杨绍辉最终未能如愿。回忆那次落选经历，杨绍辉没有太过失落，“胜败兵家常事，当然想着下一届”。

这一等就是5年，在这5年里，杨绍辉和相恋多年的女友步入婚姻殿堂，多了一个父亲的角色。成家立业，这也让杨绍辉在训练和比赛中更加全力以赴。采访当天，恰逢下午即将开展队内篮球赛，从中午开始，杨绍辉就难掩开心。“平时就喜欢打篮球，这个项目更放松，马拉松是一个孤独的比赛，篮球是团队的项目，这两个完全相反。”训练之余，他和大多数“90后”一样，爱“吃鸡”，也爱篮球，但回到训练场，他又变成了对冠军无限渴望的马拉松运动员。

即将而立之年，杨绍辉终于获得了出征奥运的机会，“争取在比赛中跑出自己的最好成绩”。杨绍辉说，这个把人生比作马拉松的“90后”，依然在坚韧不拔地奔跑。期待东京的赛场上，他能再一次达成自己的心愿。

【云南健儿出征奥运】

董国建：老骥伏枥志在千里 期待奥运会创造中国选手最好成绩

云南网　张成

“马拉松就是我自己人生的写照。”董国建在国内马拉松圈被跑友们称为常青树，和他同年龄段的不少运动员都已经选择了退役，但他依然期待着在东京赛场上，创造中国运动员奥运会的最好成绩。董国建说，从六年级开始接触田径，到 2021 年 34 岁，他也记不清究竟跑了多少场比赛，跑了多远的距离。但印象最深刻的，却是 2015 年的一场万米跑。

那时候刚刚进入职业队不久，董国建在一个全国比赛中参与10000米的争夺，赛前被看好的他却发挥失常，没能取得预料的好成绩，“可以说那一次是我的一个转变，我从此更勤奋了，也铆足了劲想要在将来拿冠军。”董国建回忆说。

董国建第一次登上全运会的舞台，是 2009 年。当年第 11 届全运会 5000 米和 10000 米比赛，董国建顺利站上了领奖台，但或许是因为首次征战经验缺乏，他在最后 100 米的冲刺中没有抵挡住对手的反攻，没能首次参赛就捧回金牌。

这个三届全运会老将直到 2017 年，才拿到了自己的全运会首金。那更是云南时隔 30 年后全运会马拉松项目上的再次夺冠。“这枚全运会金牌，是我最渴望的一枚金牌。”董国建赛后累瘫在地上，但经历过低谷的他，一直坚持，终于实现全运会、全国田径锦标赛、全国田径冠军赛、全国越野锦标赛国内比赛“金满贯”。在而立之年，董国建的田径生涯迎来高光时刻。

时间回到2004年，17岁的董国建入选云南中长跑队，开始接受中长跑专业训练，3年后，2007年全国田径锦标赛男子5000米决赛中，他便以14分07秒61的成绩首夺全国冠军。董国建第一次站在了全国冠军的领奖台上，彼时的董国建也许没有想到，接下来的10年时间，他却经历了从低谷再到高峰的漫长蛰伏。

2013年辽宁全运会，董国建经历了职业生涯的低谷。赛前，董国建是夺冠呼声最高的选手之一。但令人意想不到的是，最终董国建甚至都没有站上领奖台。“那是最艰苦的时期，当时练得比较好，所以期望也很高。但遗憾的是，因为练过了，身体没调整好，所以比赛砸了。”董国建赛后心情落到谷底，“我感觉我的人生到了最低点。”回想起那段过往，董国建苦涩地撇撇嘴。

但接下来的几年，董国建没有放弃。成家立业、结婚生子，董国建一边照顾家庭，一边训练。“我妻子也是运动员，她支持我。于是，我又开始训练。家里有了宝宝，我想自己的事业也要有新的起点。”就这样，在家人的鼓励和支持下，董国建重新投入训练。“每当训练特别累，比赛中快顶不住，或者遭遇伤病时，一想到女儿、想到妻子，就能坚持下去了。因为我希望能多拿些好成绩，让她们生活得更好！”董国建说。

34岁，在吃“青春饭”的运动员职业中，已经是“高龄”了，但对董国建来说，从30岁拿下全国马拉松冠军开始，他似乎才真正找到了属于自己的人生赛道。2016年，在里约奥运会的赛场上，董国建获得了马拉松项目的第29名，相比上一届有了明显进步，更重要的是2小时15分32秒的数字，也是中国运动员在奥运赛场上的最佳成绩。2020年，董国建在澳门马拉松创造了 2 小时 12 分 59 秒的成绩，刷新了恩师张国伟保持了 30 多年的中国选手赛会最好成绩。

2021 年，董国建将迎来自己的第三届奥运会，对于一名 34 岁的老将来说，这几乎可以肯定是他的最后一届奥运会了。“希望能创造中国选手在奥运会的最好成绩。”董国建说，日本札幌的赛道上，希望能够见证另一个属于董国建的传奇。

大理伙子杨绍辉出战奥运会马拉松比赛

只有坚持才知道明天会发生什么

都市时报　陈雯韵

“只有坚持下去，才有机会知道明天会发生什么。”8月8日，29岁的大理伙子杨绍辉就将站在东京奥运会男子马拉松赛道上。从18岁接受专业的中长跑训练开始，杨绍辉用踏实谦逊的态度一步一个脚印地向前走，因为他一直笃信：越努力，越幸运。

自小热爱体育的男孩

杨绍辉出生在大理州巍山县紫金乡的农村，“小时候我的学习成绩不是特别好，但特别喜欢体育，不仅是跑步，乒乓球、篮球、羽毛球等运动我都很喜欢”。从初中开始，杨绍辉就会代表班级去参加校运会，“初三的学生都跑不过我”。

17岁时，杨绍辉代表学校参加巍山县的比赛，他一举拿到了3000米和5000米的两个冠军，随后他就获得了代表巍山县参加大理州运动会的资格，结果他再次包揽了两个项目的冠军。突出的表现让杨绍辉得到了大理州体校教练的青睐，18岁的他便开始跟随教练前往大理州体校开始接受更加系统的中长跑训练。

“我去体校的时候，父亲就和我说过一句话，你上学也好，练体育也好，不管干什么事，只要你用心，用心去做就一定能做出成绩的。”杨绍辉至今还记得决定去体校时父母的叮咛，“父母都是农村的，我知道他们特别不容易，既然我选择了这条路，那我一定要走下去，哪怕再苦再累我都要坚持把它走下去。”

在大理州体校练了一年多后，杨绍辉被云南省中长跑队的主教练张国伟看中，从此开启了人生的新篇章，“省运会后和我一起来省队报到的有十多个人，最后只留下了三个人”。杨绍辉补充说，“其实我在那批队员中条件很一般，但我胜在能吃苦”。

为国出战拼尽全力

“初入省队的几年成绩不太好，自己也非常着急，训练的时候非常好，但比赛成绩总是不如意。”杨绍辉说，眼见着云南队的队友们在全国比赛中频频拿奖，自己非常着急，唯有加倍的努力才能赶上别人的脚步。

2017 年开始，杨绍辉的状态慢慢好了起来。11 月，他和杨定宏、朱仁学等队友一起，代表中国队出战第 16 届亚洲马拉松锦标赛，2 小时 16 分 57 秒的成绩和第 7 的排名虽不算出色，但考虑到这只是杨绍辉国家队正式大赛的首秀，起码是不错的起点。此后的全国大赛中，杨绍辉也总是能在前三名中占据一席之地。

但真正让杨绍辉走入大众眼中的，是 2019 年的多哈世锦赛，当时中国队派出了刚刚从肯尼亚外训回来的杨绍辉和多布杰出战男子马拉松的比赛。尽管这场比赛因为当地气温太高而改在了晚上 12 点开赛，但比赛开始后，气温仍然高达 30 摄氏度，湿度也达到了 48%，“那是我代表中国参加的最重要的一场比赛，但也是最难的一场比赛”。

“从第一公里到最后一公里，我一直都是咬着牙在跑。”杨绍辉回忆说，刚出发没多久自己就吐了，但是考虑到比赛才开始不久，如果将吃过的食物和补充进去的能量饮料都吐出来的话，后边的比赛大概率无法完成，“所以我把吐出来的东西又咽了回去。”

这场有 73 人参与的比赛，最终有 18 人退赛，而杨绍辉以 2 小时 15 分 17 秒的成绩完成比赛，排名第 20，“当时我只有一个想法，因为我是代表中国来的，我不想留下遗憾，也不想让大家失望，哪怕是走，也要走出一个成绩来”。

逆境中迸发巨大能量

状态上升的杨绍辉开始有了更大的梦想：代表中国参加奥运会。2019 年的成都马拉松比赛上，杨绍辉的夺冠成绩是 2 小时 11 分 40 秒，距离奥运达标只差了 10 秒，他的原计划是在 2020 年初通过多项比赛冲击奥运达标成绩，结果疫情导致计划落空。

2020 年初，因为疫情的缘故，杨绍辉推迟了原本应该在 2020 年春节期间举办的婚礼，在张国伟的带领下，他开始在呈贡训练基地进行更加系统的封闭训练，全身心的投入，让他的成绩有了很大的提升。

就在杨绍辉状态正佳的时候，意外却发生了——由于体内查出肾结石，他不得不接受手术治疗，“看见别人都在训练，自己却什么也做不了，特别着急”。他曾经尝试去慢跑，但仅仅 1 公里就再次引发了血尿，此后就唯有静静地躺在床上休养，“整整 42 天的时间，这对于每天都要保持运动量的运动员来说实在太漫长了”。

重新回到训练场上，杨绍辉急切地希望赶上失去的时间，但却发现力不从心，“一开始连女队员都跟不上，当时就动过退役的念头，但想到自己还有潜能没有发挥出来，就决定再坚持一下”。杨绍辉开始逐渐给自己加量，一天天的训练，状态逐渐找了回来，“那时候可能别人只需要用 50% 的力就能完成的训练，我要使上 100%”。

2020 年 9 月底的多伦马拉松精英赛，杨绍辉以 2 小时 18 分 44 秒获得季军，虽然成绩距离奥运达标很遥远，但也给受伤后的他注入了很强的信心，“当时国内很多优秀的选手都去了，所以拿到这个成绩是对自己的肯定”。

2020 年 11 月初，杨绍辉的儿子出生，因为比预产期提早了一个多月，妻子和宝宝必须留在医院观察，因为疫情防控的原因，医院只准一人陪护，杨绍辉便独自一人留在医院照顾妻子和刚出生的宝宝。眼看着 11 月底的南京马拉松越来越近，初为人父的喜悦中总是伴着对比赛的担忧，“这是我冲击奥运达标最好的机会了”。每天凌晨三四点的时候，当搞定了孩子的夜奶和看着妻子熟睡后，杨绍辉便穿上训练服到医院外跑上十多公里，以维持每天的训练量，“你不练但别人在练，你不进步但有人在进步，既然当了运动员，训练永远只能靠自己”。

“当了父亲之后立马觉得身上的责任重了，无论训练有多累，只要看见可爱的宝宝就觉得浑身充满了力量。”杨绍辉坦言，孩子的降生给了自己很大的动力，心态成熟了不少，“我总是告诉自己，现在的所有奋斗都是为了给孩子一个美好的未来。”

所有努力终圆梦奥运

2020 年 11 月底举行的南京马拉松上，杨绍辉以 2 小时 08 分 56 秒的成绩获得亚军，成功达标奥运，“比赛跑下来那一刻觉得自己太不容易了，但是很庆幸也很值得，因为这一年我收获了太多，这个过程中的付出只有自己最清楚”。

接下来便是冲击奥运资格了。2021 年 4 月的徐州马拉松暨奥运会马拉松选拔赛，比赛名次将直接决定奥运名额归属，杨绍辉最终以 2 小时 11 分 19 秒的成绩排名第二，成为三个最好的中国选手之一，获得了代表中国参加东京奥运会的资格。

十年努力终于一圆奥运梦，杨绍辉感慨万分，“从体校到现在已经十年了，我坚持了十年，每天都在跑和训练，我的条件和不少队友比起来非常一般，但我特别能吃苦，也愿意为这份事业坚持下去”。他说：“只有坚持下去，才有机会知道明天会发生什么。”

在呈贡训练基地采访当天，杨绍辉是后赶来的。因为妻子要做一个小手术，杨绍辉在队友们还在梦乡的时候就已经独立上田径场完成了当天规定的训练量，然后赶在妻子在病床上醒过来第一时间陪伴在侧。妻子午睡后，他又赶回来接受采访，完成其余的训练。这样的状态几乎就是杨绍辉这十年运动员生涯的缩影，“唯一能让自己变得更好的，就是付出比别人更多的努力”。

谈到即将到来的奥运会，杨绍辉说：“参加奥运会是每个运动员的梦想，到了奥运赛场上就是要追求更好的成绩，突破自我。”

大理姑娘张德顺将出战奥运会马拉松赛

从大山“跑”向世界的女孩

都市时报　陈雯韵

“希望可以突破自我，跑进前八。”北京时间2021年8月7日上午6点，来自云南大理州云龙县的女孩张德顺将站上东京奥运会的马拉松赛道，个人职业生涯的第三场全程马拉松，便是身披国家队的战袍为国而战，她期望自己能再次突破，好似从小到大的每次勇敢跨步一样，只要认定了目标，便能依靠不懈的努力取得最满意的结果。

山村里的体育梦

张德顺1996年出生在云南省大理州云龙县的一个小山村，家里有五口人，她和哥哥要上学，母亲和奶奶体弱多病，因此家里经济的重担都落在了父亲肩上。在这样的成长环境下，张德顺自懂事起便告诉自己一定要帮助家里多分担，“小时候没有能力去挣钱，就只有多做事，在家就多做家务、帮着大人干农活，上学后就是管好自己”。

张德顺所就读的小学距离家有6公里左右，小学三年级以前，天还没亮，年幼的张德顺就要背着书包沿着崎岖的山路去上学，差不多要走上1个小时的路才能到达，“遇到下雨天的时候经常摔跤”。

从小学三年级开始，张德顺开始住校。每周日，张德顺和哥哥就用竹篓背上差不多10公斤左右的柴米油盐和食物步行去学校，“基本都是自家种的青菜和土豆，鸡蛋和肉很少吃”。每天上完课，兄妹俩首先要考虑的不是作业而是吃饭，在他们用红砖堆砌起来的“灶”上，两个年幼的孩子用最简单的办法解决自己的一日三餐，“煮一下，再放点盐”。正是在这样的环境中，张德顺自小便养成了独立、坚韧的品质。

初中时，张德顺第一次发现了自己的跑步天赋。初一上学期的体育课“跑圈”，由于跑道狭窄，体育老师就让男生在女生前两分钟出发，“一圈之后我是第一个跑回来的，比先出发的男生还快”。体育老师对张德顺说：“再跑两圈你行不行？”“行！”

发现了这个女孩的长跑天赋后，体育老师每天出早操时便开始有意识地对张德顺进行锻炼，“别人跑两圈我就跑三圈”。没多久之后，体育老师就问张德顺愿不愿意到县里的云龙二中去接受更专业的训练，她一口就答应了下来，“当时也没想那么多，只是听说练体育考大学时分数要求会稍微低一点，自己本来也挺喜欢跑步的，觉得当体育生也不错”。

但这个决定受到了父亲的反对。“当时我们农村人对体育没什么概念，父亲觉得一旦去了县城花费也会变大，应该专心留下来读书，不要把未来寄托在练体育上。”但拗不过女儿对体育的热情和持续不间断的游说，父亲最终同意了女儿的决定。2009 年，张德顺如愿到了云龙二中，开始了真正意义上的体育训练。

曲折的体育追梦路

在云龙二中的煤渣田径场上，每天早上提前起床一小时练习跑步，每天放学参加一个小时的训练，成了张德顺的固定安排。刚入学第二周，张德顺就打破了学校尘封已久的 800 米纪录，一个月后，她作为云龙县代表被派到大理州参加比赛。在这场赛事中，张德顺凭借在 1500 米和 3000 米比赛中的优异表现获得了大理体校教练的青睐，但由于年纪还小，想以文化课学业为重的张德顺放弃了这次机会。

一年后，还是大理州中小学生运动会，张德顺再夺两个第二名，成绩仅次于专业体校的学生，她再一次被大理体校教练看中。虽然父亲对此还是持反对意见，但是这一次，张德顺不想放弃，她坚持了自己的想法，进入大理体校开始专业的练习。短短半个月后，张德顺便迎来了自己的首个省级比赛，比赛中获得第二名的她随后便被省体校的教练选中，于是她又成为云南省体校的学生。

2012 年，云南省女子中长跑队的教练到省体校挑选队员，结果跑得最快的张德顺因为个子矮没能被挑中，那时云南省只有一个女队，遗憾落选的结果在当时的她看来相当于体育生涯的结束，“如果没有被选上的话，体育这条路可能就到头了，只能回家了”。这是张德顺第一次对自己的目标产生了动摇，“当时失落了好长时间”。

是金子总会发光。2013 年的云南省运会上，张德顺连夺 3000 米、5000 米和 10000 米三项冠军，随后便被云南省中长跑队的主教练张国伟看中，成为这位曾培养出无数冠军的名教头手下的首批女弟子。谈及此事，张德顺内心充满了感恩，“他就是我的伯乐，如果没有他就没有我的今天”。2013 年底，面对男女需要重新分队的情况，张国伟教练执意将两名最为器重的女将留在了自己所带的男队，张德顺正是其一。

国内女子中长跑项目的统治者

“张德顺的天赋非常好，速度能力很强。”进入省队后，张德顺每天都和男队员一起训练，张国伟对于这位天赋极强的女队员也是关爱有加，“老父亲”般地在生活和训练中给了她很大的帮助。

能力的提升也体现在了比赛上。2015 年的首届全国青运会上，张德顺参加了女子 5000 米和 10000 米两个项目，“之前我没有参加过多少比赛，也不知道自己的水平在全国是个什么水平，赛前其实没有对成绩抱太大的希望”。结果抱着既然来参赛了就应该往“死”里跑的决心，19 岁的张德顺先后拿下了两枚金牌，一战成名，她也成为国内中长跑界最年轻的“双冠王”。

进入到成年组级别的比赛后，张德顺依然延续强势，过去的几年间，她在国内的女子5000米和10000米项目上都保持着绝对的优势地位，尤其在万米赛场上，她几乎未尝败绩。

2018年的雅加达亚运会，张德顺以打破个人最好成绩的表现，在女子10000米决赛上为中国队赢得了一枚铜牌，这也为中国的女子中长跑项目重新注入了信心。当时接受采访时，张国伟便表示："我对张德顺的期待值很高，她不仅训练刻苦，善于领会教练意图，而且她在比赛中毫不怯场，相信她将来一定会有很好的发展前途。"

果然，在2019年进行的第30届世界大学生夏季运动会田径女子10000米决赛中，张德顺便如愿摘得自己首个世界大赛的冠军。

马拉松新手的大梦想

场地赛上的出色表现，也为张德顺转战马拉松赛场打下了坚实的基础，张国伟说："她的速度和耐力在国内都是最顶尖的。"再加上有师兄董国建转战马拉松赛场依然大杀四方的成功先例，张德顺的训练重心逐渐从场地赛转移到马拉松上。

转变也意味着必须付出更多，最直观的表现便是伤病多了。张德顺说，自从改练马拉松之后，训练量的增加让她经常累到想大哭一场，"可是真正累的时候是哭不出来的"。同时，大大小小的伤病也纷纷找上门来，"有时候疼到连走路都不行，只能赶紧去找队医按摩、泡脚，我只想尽快回到训练场上"。

2020年底举行的澳门国际马拉松上，张德顺迎来了个人的首场全程马拉松赛事，这是一场途中需要翻越几座大桥的比赛，对选手的肌肉和耐力提出了更高要求，被视作并不容易出成绩。结果，张德顺不仅以2小时28分43秒的成绩夺得女子全程冠军，一举达到东京奥运会参赛标准，同时还打破了澳门马拉松女子纪录。这场比赛也改变了张德顺对于马拉松的认识，“只要是训练到位，有一定的积累，比赛也没有想象中的那么恐怖”。

2021 年 4 月的徐州马拉松，是张德顺个人的第二场全程马拉松赛事，最终她以冠军的身份直接取得东京奥运会的参赛资格，“在奥运舞台上争取更好的名次，是每个运动员的目标和梦想，希望能够有好的表现，冲击个人最好成绩，争取拿到前八名”。

命运不会辜负每一个用力奔跑的人。从当初那个一心想跑出大山为家人带来美好生活的小女孩，到如今这个即将为国而战的中国“一姐”，张德顺依靠刻苦的训练和坚定的内心一步步实现了所有的目标。她的未来，也依然值得期待。

张国伟说：“她的身上还有很多的能量，她现在还很年轻，我们希望她在场地赛和马拉松上都能有更大的突破，最终把马拉松水平提升到一个新的高度，以后在国际赛场上也能拥有一席之地。”

80 分钟斩两金　泳坛开启“蝶后霏”时代

新华日报　记者杨琦　姚依依　王梦然　实习生朱思谕

“我现在心情比 100 米蝶泳决赛前更紧张，但是也希望雨霏放下包袱，真正地享受奥运。”张雨霏的妈妈张敏微笑中透露着一丝紧张，7 月 29 日上午 9 点 30 分，张雨霏的家人们早早坐在屏幕前，等待将近一个小时后才开始的女子 200 米蝶泳决赛。

“第一个 50 米 26 秒 92，雨霏不错！”

“好！节奏很好！张雨霏加油！”

“拿下了！张雨霏第一！中国冠军！”

张雨霏抵达终点的一刻，屏幕前大家悬着的心才渐渐放下，这一刻，在这位中国姑娘的家乡，徐州市体育局的观赛现场内掌声欢呼声震天，张雨霏的妈妈张敏喜极而泣，激动到说不出话来。

7 月 26 日夺银后，张敏给张雨霏发了一条消息：“霏霏你表现得很棒，虽然是一块奥运银牌，但也是非常值得骄傲的，我们下一个项目继续努力，争取能够完成你的梦想。”张雨霏暂时还没回复这条消息，张敏说，她和张雨霏有过约定，大赛期间互不联系，以免影响到张雨霏的竞赛状态。

女子 200 米蝶泳比赛中，张雨霏始终强势，从预赛 2 分 07 秒 50 排名第一，到半决赛中 2 分 04 秒 89 保持第一。目前项目世界排名第一的她，在入水后一直保持着领先，没有给对手任何机会，应了她接受采访时说的那句，“我感觉自己现在在泳池里像‘飞’一样！”

临危受命，主项并非自由泳的张雨霏接下来也没有让大家失望。第一块金牌已到手，也为队友鼓舞了士气，“身体很诚实”，发令哨一响，身着红色泳衣、头戴白色泳帽的中国队员几乎从头到尾保持着领先，赛后杨浚瑄表示，“主要还是一开始前面霏姐拿了200米蝶泳金牌，我们都非常非常开心，也有一个促进我们的作用吧”。

接力比赛后，张雨霏表示，“200米蝶游完其实我都不知道后面接力怎么游，担心自己游不下来”。张雨霏笑着说，“不知道怎么回事，游最后50米，就觉得中国力量从心里燃起来了，就觉得我一定要跟你拼了”。连斩两金后，有网友表示：“时光如梭，距离张雨霏上一次夺得金牌，已经足足过去了80分钟。”

谈到这个“奇迹”，2020年国庆节，记者曾采访身为南京体育学院大四学生的张雨霏，那一天，她激动地告诉记者，她和3名队友以3分38秒41的成绩，获得全国游泳冠军赛男女4×100米混合接力冠军，更打破了该项目的世界纪录，“我对备战奥运会更有信心了，这11个月的封闭式训练，值得！”冥冥之中，似乎早已注定。

出身体育世家的张雨霏，父母都是游泳运动员，她3岁就跟着张敏下水了。一开始，张敏没想着让女儿走职业运动员的道路，“我走过的路，我知道有多苦”。但是女儿展现出游泳天赋后，张敏还是狠心将女儿送去了游泳队，跟着教练孔森开始专业训练。

为什么不自己做女儿的启蒙教练？张敏说，对着自己的孩子，狠不下心来。“雨霏小学一年级时，有大概半年时间很抗拒训练，一去游泳馆就哭，我的做法是把她送去游泳馆转身就走，看不见就不心疼。”张敏说，“我认为做一件事就得坚持到底，不能让她轻易放弃。”张雨霏进国家队前，她的训练和比赛张敏一场都不看，“竞技比赛和训练太残酷太辛苦，我不忍心看。”

张雨霏小时候代表徐州市参加省级比赛，从来都是一个人背着训练包跟着教练出发，“别的小运动员都是爸爸妈妈陪着，可雨霏爸爸在她4岁多时去世，我是一名老师，我必须坚守岗位，只能狠心放手让她独立”。小小的张雨霏练就了独立、坚韧的品格。

目前，张雨霏在东京奥运会已收获两金一银。张敏说，如果满分是100分，她要给女儿打110分，“另外10分给她突破自我的惊喜！”张雨霏夺金后，相关话题纷纷冲上微博热搜。在东京，张雨霏刷新了前辈焦刘洋的奥运纪录。在抛出纪录后，不少网友为她画像，“喜欢雨霏姐姐的笑容，继续加油！”“霸屏”一整天。

“2008年北京奥运会，刘子歌；2012年伦敦奥运会，焦刘洋；如今她完成了中国游泳队的传承。”孔淼为弟子的表现忍不住点赞。

7月29日的女子4×200米自由泳接力最高领奖台上，1998年出生的张雨霏，已经成为队友妹妹们眼中靠谱的姐姐，“三个‘00后’，虽然我是90年代的尾巴，突然就融入‘00后’了。”张雨霏在采访中笑言。中国游泳队的精神在代代“后浪”中，恒久书写着“王牌军”的神话。

这位23岁的姑娘，将自拍修成哪吒作为微博头像，如今她实现自己的愿望，“闹海”成功。张敏说，女儿回国后，最想让她好好睡上两天，好好休息下，“雨霏最爱吃外婆炒的土豆丝、山药肉丝和面鱼儿，还有徐州米线、烧烤这些，外婆已经准备了要给她做一桌子好吃的。我们都想好好陪陪她，让她感受家庭的温暖。”

微博上，除去训练和比赛的花絮照片，张雨霏也和同龄人一样，喜欢发自拍、旅行、美食的照片。张敏告诉记者，训练之外，张雨霏最喜欢音乐，她自学了尤克里里和钢琴，弹得有模有样。“雨霏小时候参加过学校的铜管乐队，吹次中音号，那会就对音乐非常喜欢。她曾经跟我说，如果不练游泳了，她觉得弹钢琴也挺好的。”

7月29日的比赛后，众多外国媒体围住了中国记者，纷纷打探张雨霏的情况，他们也意识到，国际泳坛属于张雨霏的“蝶后霏时代”来了。这位“宝藏女孩”在最好的年纪，宣告成为中国新一代“蝶后”。从5年前里约未能圆上领奖台的梦，到如今一日双金，这仍然是个开始。赛场上笑到最后的她，仍将一路高歌，“飞”向更高的目标。

陪练转正登上奥运大舞台，江苏柔道小将徐仕妍不服输

中国江苏网　吕翔

体育大舞台从来不缺陪练“转正”的故事，江苏奥运会冠军赵帅起初就曾是女子跆拳道国家队的陪练。中国女子柔道队原陪练刘磊磊成了网络热搜，他在16年的陪练生涯中“摔”出了超过20位世界冠军，被网友津津乐道。值得关注的是，参加本次东京奥运会的江苏选手中，来自古城淮安的徐仕妍，也是以陪练身份进入国家队并逐渐成长，最终拼下奥运名单正选资格。徐仕妍出自南京市重竞技运动学校，尽管错失奥运奖牌，但她的励志故事足以激励很多人。

陪练转正　一路拼进奥运大舞台

徐仕妍1997年出生在江苏淮安。从小就热爱体育运动，能吃苦、自律性强。2011年正式进入淮安市柔道队，同年8月即被江苏省柔道队选中。经过多年的刻苦训练，终于功夫不负有心人，于2018年被选拔为国家队队员。

徐仕妍小时候是练田径出身。据她的柔道启蒙教练潘永军回忆，发现徐仕妍也是机缘巧合。有次在田径场带队员进行素质训练，发现一个练投掷的“小胖子”脚下十分灵活，转体速度又快又稳，就有了纳入麾下的念头。经过跟她的田径教练的多番沟通，终于将这个“小胖子”纳入麾下。

值得一提的是， 徐仕妍进入国家队并非是一名正赛队员的身份。徐仕妍的教练、江苏省女子柔道队主教练何华接受采访时告诉记者，“徐仕妍

最初是以陪练的身份进入国家队的。很长一段时间，她还没想过自己能获得参加奥运会的机会。”

2021 年，蛰伏多年的徐仕妍终于迎来了正名的机会。她先后获得安塔利亚世界柔道大满贯冠军、亚洲柔道锦标赛冠军和土耳其世界柔道大满贯第二名。积分赛结束后，徐仕妍最终锁定了奥运会入场券，也因此成为备战东京奥运会的重点队员。在何华教练看来，徐仕妍是幸运的，奥运会延期期间，徐仕妍参加了三站大满贯赛事并取得较好的名次，获得了宝贵的奥运会入场券。“徐仕妍用自己的实力抓住了来之不易的机会，虽然给她的机会不多，国家队教练员都非常看好她。”何华说。

拼尽全力　遗憾与奖牌失之交臂

奥运备战十分艰苦，长期封闭集训、伤病困扰和大运动量的挑战，徐仕妍一直坚持着。每天早上五点开始训练到七点半结束，接着八点半训练到十二点结束，下午两点训练到晚上六点结束，吃过晚饭后接着训练到九点。每天都要进行成百上千次摔打，每天晚上训练结束后，经常要两个人扶着才能站起来。

据介绍，2020 年新冠肺炎疫情发生后，中国柔道队“闭关修炼”，没有参加国际赛事。那个时候徐仕妍作为国家柔道队的一名普通运动员，她也没想过自己能获得参加奥运会的机会。但正是“闭关修炼”这段时间，徐仕妍通过自己踏实刻苦的训练完成了“蜕变”，包括得意技绝招技术、体能和对抗能力等综合实力明显提升。2020 年 9 月，她正式成为备战东京奥运会的重点队员。

本届奥运赛场，徐仕妍是中国柔道队最后一个出场的选手，她连续击败德国选手和突尼斯选手后晋级 8 强，但在四分之一决赛中，她输给世界排名第一的古巴名将奥蒂斯无缘半决赛。复活赛中，徐仕妍的对手巴西选手阿尔瑟曼因伤弃权，徐仕妍直接晋级铜牌争夺战。铜牌赛，徐仕妍面对阿塞拜疆选手伊琳娜－金泽尔斯卡，金泽尔斯卡国际排名世界第 3，徐仕妍仅排名第 13，最终无缘铜牌也是情理之中。赛后，南京市重竞技运动学校校长刘家岭感叹，“这个孩子很不容易。第一次参加奥运会比赛，能比成这样真的尽力了”。

脚踏实地　奥运之路才刚刚开始

参加奥运会是一种荣誉和肯定，但没能拿到奖牌终究是遗憾。然而，失利不代表失望，错失奥运奖牌的徐仕妍并没有沮丧。她表示，“要一步一步脚踏实地地走下去”。

内行看门道，从专业角度，刘家岭点评徐仕妍在本届奥运会上的表现说：“她是中国柔道队最后一个出场的选手，她非常想为中国柔道去证明，顶着巨大的压力。前面两场比赛打得都非常好，但是随着对手实力越来越强，缺乏国际大赛经验就暴露出来了，总的来说她的奥运表现非常出色。”

事实上，刘家岭说的没错，本届东京奥运会，徐仕妍确实敢打敢拼，有种“初生牛犊不怕虎”的冲劲。柔道比赛需要一次次在以柔克刚、出奇制胜的“大智慧”中不断摸索。虽然无缘奖牌，但徐仕妍的出现还是燃起喜欢柔道粉丝们的希望。刘家岭非常看好她的未来，“属于她的舞台才刚刚开始，未来还有很长的路要走，徐仕妍未来可期”。

徐仕妍

中国“姣”傲！

四朝元老终圆梦，巩立姣摘中国田赛奥运首金

现代快报　王卫

巩立姣的一投，投出了自己的第一枚奥运金牌，更投出了中国田赛的一片天。8月1日，东京奥运会田径女子铅球决赛，中国老将巩立姣两刷个人最好成绩，夺得一枚金牌。这是巩立姣四次征战奥运会的第一枚金牌，是中国田径队在东京奥运会的第一枚金牌，更是中国田赛在奥运历史上的第一枚金牌！从2008年北京到2021年东京，四战奥运，巩立姣终于圆梦；从1984年洛杉矶到2021年东京，37年，中国田赛人终于圆梦。

四次征战，终获金牌

东京奥运会，中国派出的431名运动员中，有4人是连续参加过四届奥运会的“四朝元老”，其中就包括巩立姣。出生于1989年的巩立姣，在田径赛场上已经算是不折不扣的老将了，为什么还要再拼一届奥运会？为了一块金牌，为了一块名正言顺的奖牌。

巩立姣的奥运历程充满波折，2008年北京奥运会，由于亚军和季军先后被查出服用禁药，巩立姣递补获得一枚铜牌；2012年伦敦奥运会，巩立姣第二次出征，因冠军涉药金牌被收回、银牌得主药检呈阳性，巩立姣再次递补收获一枚银牌。参加两届奥运会，巩立姣都有奖牌入账，但感觉总有些“名不正言不顺”。

2016年里约奥运会，巩立姣是决赛的夺冠大热门，但她却发挥失常，仅获得第四名。里约失利之后，巩立姣曾把自己锁在屋子里不吃饭，离开

奥运村时在众人面前号啕大哭，她曾说："里约奥运会错失奖牌，我感觉特别难过，那一阵甚至都抑郁过。"里约奥运会后，巩立姣一度想要放弃，但重新站起来的她，几乎包揽了女子铅球所有世界大赛的金牌，包括2017年伦敦世锦赛和2019年多哈世锦赛两个世界冠军。

在巩立姣的职业生涯荣誉册中，就差一枚分量最重的奥运金牌了。所以她决定再战一届，目标只有一个——夺得冠军、收获金牌。8月1日上午的东京奥运会女子铅球决赛中，巩立姣最后两投分别投出20米53和20米58，两刷个人最好成绩，毫无悬念地拿下了她的第一枚奥运金牌，得偿所愿。

"这一刻我等了21年"

从19岁参加2008年奥运会，到如今的32岁终于摘得奥运金牌，赛后，巩立姣泪洒赛场。"我证明了，我是可以的！这一刻我等了21年，这是我训练铅球的第21年。所以说，人一定要有梦想，万一实现了呢？我就实现了！"

在里约，巩立姣原本就有机会夺冠，从里约到东京，5年的坚持对于一名老将来说，意味着什么？"太难了！真的太难了！随着年龄的增长，有很多伤病和意想不到的状况（发生），我觉得特别是2016年里约失利之后，我平复了很长时间，才又站起来。我从失败中站起来了，所以失败和成功我都经历了，现在我什么都不怕了。"

从铜牌到银牌到第四，再到这次的金牌，巩立姣可谓尝遍了酸甜苦辣，"我们这个项目是一个冷门项目，我一直在用热情把我们这个项目带活，今天我做到了！我想证明的是，现在是我们中国的时代！中国女子铅球，是巩立姣的时代！"

巩立姣得偿所愿，未来她将如何选择？"梦想实现了，好多人问我未来会不会退役，但是我觉得，只要祖国需要我，我就会一直练，练到我练不动为止。”巩立姣表示，“我们女子铅球现在比较困难，在我下面的师妹们成绩不稳定，投个 18 米都很困难。只要祖国需要我，我就会上。”

中国田赛奥运首金

相比较于跳水、举重、乒乓球而言，田径一直是我国的弱项。此前，中国历届奥运会在田径赛场上仅拿过8枚金牌，而且都出自径赛，分别是陈跃玲（1992/女子10公里竞走），王军霞（1996/女子5000米），王丽萍（2000/女子20公里竞走），刘翔（2004/男子110米栏），邢慧娜（2004/女子10000米），陈定（2012/男子20公里竞走），王镇（2016/男子20公里竞走），刘虹（2016/女子20公里竞走）。

但在“跳”和“掷”的田赛赛场，中国在东京奥运会之前，金牌“颗粒无收”。在田赛赛场上，中国人从 1984 年洛杉矶奥运会上开始奋斗，那一年，朱建华用自己的惊天一跳，让全世界知道了什么是“中国高度”，获得一枚男子跳高铜牌。在男子跳高之后，女子铅球成了中国田径在奥运田赛项目上的“争金担当”——1988 年汉城奥运会，中国选手李梅素获得女子铅球铜牌；四年后的巴塞罗那奥运会，黄志红获得女子铅球银牌；1996 年亚特兰大奥运会，隋新梅获得女子铅球银牌。

当时的中国女子铅球老“三驾马车”连续三届奥运会夺牌，为中国女子铅球开创了第一个美好时代，但每一次离金牌都只有一步之差。到了新世纪，巩立姣接过了这一棒。四届奥运，巩立姣终于圆梦；37 年，中国田赛终于圆梦！

3 岁下水训练、23 岁斩获金牌！

“小霏鱼”张雨霏加冕“蝶后”

现代快报　王卫　李鸣　胡玉梅

7 月 29 日上午，东京奥运会游泳比赛举行，在女子 200 米蝶泳决赛中，江苏运动员张雨霏以 2 分 03 秒 86 的成绩夺冠，刷新奥运会该项目纪录。这是张雨霏的首枚奥运金牌，是中国游泳队本届奥运会的首枚金牌，更是江苏运动员在本届奥运会上斩获的首枚金牌！ 1998 年，张雨霏出生于江苏徐州，由于父母都是游泳教练，张雨霏 3 岁时就下水训练。在经历了里约奥运会的成长之后，张雨霏终于在本届东京奥运会上斩获了一枚金牌。

出生于游泳世家，3 岁就下水训练

张雨霏年少成名，有泳坛“天才少女”的称号，这与她的家庭早教关系密切。张雨霏的父母都是游泳教练，她很小就与水结缘。张雨霏 1998 年出生于江苏徐州，在 3 岁时就跟着妈妈下水学游泳了，从父母那里顺利完成游泳启蒙后，5 岁时她就被送到徐州市游泳队接受正规训练。家庭的熏陶加上自身天赋出众，张雨霏很快就从同龄人中脱颖而出。

2010年，张雨霏参加江苏省运动会，12岁的她报名参加了6个项目，全部有奖牌入账，收获2金3银1铜。亮眼的表现被江苏省队的领导和教练们看在眼里，之后三年，她完成了从省队到国家队的飞跃。2014年，张雨霏参加了在家门口举行的南京青奥会，收获4金2银。2015年喀山世锦赛，她又夺得女子200米蝶泳铜牌，并以2分06秒51打破女子青年世界纪录。

虽然拿到过很多青年赛和国内赛的冠军，但在国际赛场和绝对成绩上，

张雨霏此前跟世界顶尖选手一直有差距。东京奥运会周期，成了张雨霏证明自己的最好机会。

东京奥运会之前，成绩迎来“井喷”

到了东京奥运会周期，2020年张雨霏的成绩迎来了井喷，所有的转变都始于2020年9月底在青岛举行的全国游泳冠军赛。由于疫情，东京奥运会延期，国际大赛纷纷取消，中国游泳队经历了史上最长的冬训。在此期间，中国游泳队重点抓体能，这给张雨霏的爆发打下了坚实的基础。

冠军赛上，张雨霏在100米蝶泳预赛中游出了55秒62的成绩，刷新了此前由刘子歌保持了11年之久的亚洲纪录，距离舍斯特伦在2016年里约奥运会夺冠时创造的55秒48的世界纪录仅差0.14秒。由此，张雨霏正式进入世界顶尖的行列。

2021年初，在全国游泳争霸赛上，张雨霏在200米蝶泳项目上游出了2分05秒49的个人最佳成绩。时间来到2021年全国游泳冠军赛暨东京奥运会选拔赛，张雨霏在这届赛事中成绩更近一步，摘得5金1银，统治力和稳定性凸显。个人项目上，她摘得100米蝶泳、200米蝶泳和50米自由泳三枚金牌，接力方面则斩获男女4×100米混合泳接力和女子4×200米自由泳接力金牌以及女子4×100米混合泳接力银牌。

成绩方面，主项100米蝶泳三枪中两枪游进56秒（预赛55秒96，决赛55秒73），两个成绩当时在2021年世界排名前两位。200米蝶泳项目上，张雨霏游出了2分05秒44，再次刷新个人最佳成绩。

一步一个脚印，终于收获金牌

在奥运会上，张雨霏一步一个脚印，她代表中国队参加了2016年里约奥运会，虽然没有拿到奖牌，但18岁的她初次亮相奥运，成长了不少。2021年，张雨霏接连通过了四项游泳比赛的奥运资格——女子100米蝶泳、200米蝶泳、男女4×100米混合泳接力和女子4×200米自由泳接力，成为中国游泳队最有力的争金点。

在率先出战的女子 100 米蝶泳比赛中，张雨霏预赛和半决赛都是以第一的身份步步挺进，决赛中以 55 秒 64 的成绩排名第二，仅比第一名的 55 秒 59 落后 0.05 秒，遗憾错失了个人的第一枚奥运金牌。7 月 29 日，张雨霏个人强项 200 米蝶泳上演，张雨霏终于收获了个人的第一枚奥运金牌，加冕泳坛“蝶后”。

拿下 200 米蝶泳的冠军之后，张雨霏还将在本届奥运会上冲击男女 4×100 米混合泳接力和女子 4×200 米自由泳接力赛。在混合泳接力中，张雨霏和队友依然有冲金的实力。在中国泳坛，随着孙杨、宁泽涛、叶诗文、刘湘等明星队员相继因不同原因无法来到东京，中国游泳队在本届奥运会多少有些“星光黯淡”。张雨霏的横空出世，让她有望成为中国游泳队新的领军人物。

带伤出战创造历史

刘洋成为辽宁首位体操奥运冠军

辽宁日报　李翔

“这场决赛，刘洋战胜了自我，如愿拿到吊环金牌，也帮助我圆了培养出奥运冠军的梦想，我太开心了！”刘洋在东京奥运会男子吊环比赛夺冠之后，他的启蒙教练孔繁启动情地说。实际上，刘洋的这枚金牌，对于辽宁体育而言也具有重要意义：这是辽宁运动员在奥运会赛场斩获的第一枚体操金牌。

孔繁启至今还能回忆起第一次见到刘洋时的情形：“当时他才 5 岁，我第一印象就是这个小孩长得真漂亮，大眼睛，圆溜溜的笑脸，特别好看。我还担心这孩子年龄小，力量不够，但他爸爸说这孩子可有劲儿了，然后让小刘洋和我掰了掰手腕，小家伙确实劲儿挺足。”

没过多久，刘洋在训练中展现出的天赋就令孔繁启感到吃惊：刘洋 8 岁就能在吊环上做出十字支撑动作，10 岁时在垫子上倒立单手支撑换手跳，10 分钟跳了 1300 次。尽管天赋惊人，但刘洋并没有放松对自己的要求，在训练中非常刻苦，这让孔繁启十分欣慰。“给他安排什么训练，不用教练操心，他都能完成好。”孔繁启说。

为了这枚奥运金牌，刘洋付出的不仅是刻苦训练的汗水，还有陪伴父母的时光。刘洋母亲杨晓丽告诉记者，刘洋 11 岁就离开家乡去了八一队，几年也难得回来一次。2016 年里约奥运会之后，刘洋回家住了一周，这是杨晓丽记忆中刘洋罕见的“长假”。“此后的 5 年里他一直没有回家，坚持在国家队训练，备战东京奥运会，为了不打扰他，我和他爸爸这两年只去北京看过他一次。”杨晓丽眼中满是对儿子的爱。

鲜为人知的是，奥运会吊环决赛刘洋其实是带伤上场的。“我听教练说，决赛前他在脚踝处打了一针封闭，在带伤上场的情况下能有这么完美的发挥，我真为他骄傲。”杨晓丽说，平时刘洋是一个爱打台球、爱喝咖啡的小伙子，最爱吃的是烧烤和烧茄子。“这次回家，我肯定得给他多做点好吃的。”杨晓丽说。而刘洋父亲刘忠华则提高了嗓门：“儿子回来我先给他包饺子，三鲜馅的。”

刘洋

程玉洁　创造江西游泳历史

江西日报社　李征

“大家训练都很累，为什么就只罚我呢？我做得也不差啊。”这是程玉洁在训练中印象特别深的一幕，因为训练达不到要求被教练罚继续游泳，那一晚她没有吃晚饭。

江西省田径游泳运动管理中心教练胡超对程玉洁的评价是：爱钻牛角尖，骨子里透着不服输的精神。

这个“不服输”的16岁江西景德镇女孩，创造了江西游泳项目的历史。7月25日东京奥运会女子4×100米自由泳接力决赛中，程玉洁与队友奋勇拼搏获得第七名的好成绩，并打破了该项目亚洲纪录。

创造江西游泳历史

7月24日晚，在东京水上运动中心举行的奥运会游泳比赛女子4×100米自由泳接力预赛中，由程玉洁、朱梦惠、艾衍含、吴卿风组成的中国队，游出3分35秒07的成绩并进入该项目决赛。这个成绩刷新了尘封12年之久的亚洲纪录。

7月25日上午，女子4×100米自由泳接力决赛拉开大幕，中国队仍以原班人马出战。10时48分许，程玉洁与三位队友手牵手出现在电视机屏幕中，她们又一起走到比赛泳池边。程玉洁是自由泳接力赛第一棒选手，表情镇定的她稍稍调整了泳镜站上了起跳台。最终，四位中国姑娘拼尽全力，游出了3分34秒76的好成绩获得第七名，再次打破前一天创造的新亚洲纪录。

“祝贺程玉洁，决赛第七名是目前江西游泳运动员在奥运会上取得的最好成绩，程玉洁创造了江西游泳的历史！”比赛结束后，省田径游泳运动管理中心副主任付锋兴奋地说。

“作为教练，我对她这次奥运会上的表现很满意。”电话里胡超的声音透着高兴，他也为程玉洁骄傲。

2015 年 5 月程玉洁进入江西省游泳队陈晨组进行专业训练，2017 年 10 月开始跟随现任教练胡超训练。值得一提的是，胡超和陈晨是夫妻，爱徒程玉洁就像他们的孩子。“刚来省队训练的时候，程玉洁经常哭鼻子吵着要回家。”胡超说，但这个爱哭的女孩却有一股不服输的劲儿，逐渐适应了训练。国家一级运动员、国家健将级运动员、国际健将级运动员，江西省第一、全国达标赛第一、全国冠军赛超奥运 A 标，程玉洁的每一步都有自己的艰辛努力，也离不开教练的辛勤汗水。

一次珍贵锻炼机会

“她非常依赖我和我爱人，这是第一次没有我在旁边陪同的比赛，把她送到飞往东京的机场，小家伙还有点不舍。到了东京后，她每天要和我视频通话，我感觉到她的压力和紧张。16 岁还是个高中生的年龄，第一次出国而且是参加奥运会这样的大型赛事，她是中国队几个队员中年龄最小的，游的又是首棒，对她来说真不容易。所以从预赛到决赛，我对她的表现非常满意。”胡超表示。

对于程玉洁来说，这次的奥运之旅是一次非常珍贵的学习锻炼机会，积累了大赛经验，对自己未来竞技水平的提升也有相当大的帮助。胡超表示，100 米自由泳属于短距离项目，运动员身体机能越成熟成绩提高越明显，他认为年仅 16 岁的程玉洁前途无量。“下一步我将增加对程玉洁的专项训练，为下一届的巴黎奥运会做好充足的准备。”胡超说。

优秀是一种习惯！

河南本届奥运首金获得者吕扬出道即巅峰

大河网　莫韶华

7月28日9时50分，东京奥运会赛艇女子四人双桨决赛，崔晓桐、吕扬、张灵和陈云霞四位姑娘以6分05秒13成功夺冠，击败荷兰、波兰、德国等老牌赛艇强国，斩获中国赛艇队的首金，这也是中国体育代表团本届奥运会的第10块金牌。

对于河南人来说，这枚金牌意义格外重大，因为这是河南队员征战本届奥运会的首枚金牌，相信一定能鼓励其他河南队员再创佳绩。

不同成长轨迹的四位运动员同舟共济　配艇后所向披靡

四位运动员虽然现在同舟共济，但是却有着不同的成长路径，张灵与崔晓桐小学时就被教练发掘走上赛艇之路，而吕扬和陈云霞则是中途改项，吕扬由射箭转练赛艇，陈云霞之前的训练项目是跳远。2019 年，四个年龄相仿的女孩子成为同一条船上的战友，成为中国赛艇队女子四人双桨的新组合。

2019 年，崔晓桐、吕扬、张灵和陈云霞四位姑娘在女子四人双桨项目中开始组队，在赛艇世锦赛中以 6 分 34 秒 65 夺得冠军，赢得了该项目 2020 东京奥运会参赛资格，同时也拉开 2019 赛季全胜的序幕，亨利杯挑战赛、世界杯系列赛和世锦赛冠军都被中国女子四人双桨队夺得。

11 月，在 2019 年全国赛艇秋季冠军赛女子公开级中，吕扬以 17 分 38 秒 9 获得冠军。

历经奥运会延期一年后，她们也如愿站上奥运会的最高领奖台。

优秀是一种习惯　受父亲影响进入体坛

据了解，吕扬的父亲吕大伟曾经是一名运动员，年轻的吕扬深受父亲影响，从小就喜欢体育运动。由于身体条件突出，2005 年，刚上初中的吕扬被市体校射箭教练刘鹏看中，进入了市体校射箭队。

2008 年，吕扬获得了河南省青少年射箭锦标赛第三名。

2008 年底，河南省水上运动管理中心的教练看中了吕扬，从此，她从一名射箭选手转型成为一名赛艇运动员，并到河南省水上运动管理中心接受专业的赛艇训练。

2012 年 9 月，在全国赛艇锦标赛中，吕扬不仅获得 2000 米四人双桨第二名，而且在 2000 米双人双桨比赛中夺得第一名。

2013 年全运会后，吕扬成为国家队队员。

日复一日、年复一年水上和陆上的艰苦训练，需要克服无数的枯燥和艰辛。夺冠后的吕扬也感叹：“感觉所有不容易都变成容易了。”

7 月 28 日上午，在吕扬曾经训练过的漯河市体育运动学校，学校师生和吕扬的家人一同围坐在电视机前，为吕扬隔岸助威！

强势晋级剑指冠军　中国赛艇的最好传承

2008 年北京奥运会，中国赛艇实现了奥运金牌“零的突破”，当时站上最高领奖台的正是女子四人双桨队员。13 年后，中国赛艇女子四人双桨再获殊荣，四位年轻姑娘一路“艇”进，难免令人唏嘘，连央视解说也哽咽了：“这是中国赛艇的最好传承。”

“我们的目标就是金牌。”四位运动员此次参加奥运会目标明确。东京奥运会备战周期，水上专项、陆上有氧、循环力量等训练科目排得满满的，晚上还要接受理疗。艰苦卓绝的训练为她们取得优异的成绩打下了坚实的基础。预赛第一强势晋级剑指冠军，决赛争分夺秒，以大优势收金入囊中，同时打破世界纪录。

正如中国赛艇队的标语“‘艇’中国‘筑’传奇”那样，中国军团将继续优秀下去。

跌倒了站起来，你仍是妈妈的骄傲

中国选手芦玉菲在高低杠项目掉杠，站起来后坚持做完全套动作

大河报　王玮皓

7月29日晚，东京奥运会体操女子全能比赛中，郑州姑娘芦玉菲登场。由于在第一项高低杠比赛中出现掉杠失误，影响了芦玉菲的发挥，最终她仅列第十八名，未能收获奖牌。

7月29日晚，在河南省体操运动中心的会议室中，芦玉菲的母亲吴喜凤以及教练、队友齐聚一堂，在大屏幕前为芦玉菲助威。看到芦玉菲出场，母亲紧握双手，紧张地盯着屏幕。芦玉菲的第一项比赛是高低杠，比赛开始后不久，芦玉菲出现了掉杠失误，但她立即站起来投入比赛，顺利完成了整套动作。

要知道，高低杠作为中国选手的优势，是一个挣分项，这意味着芦玉菲基本退出了奖牌争夺。看到这一幕，母亲吴喜凤伤心地捂住脸，久久没有抬头，眼角流下了泪水。随后，在经过自由操、平衡木、跳马比拼过后，芦玉菲的成绩定格在第十八名。

“孩子确实不容易，这一天等待了17年，能够走上奥运赛场，她已经很棒了，感谢所有支持她的人。”母亲吴喜凤含着泪说，看到芦玉菲从杠上摔下来，她很心疼。“作为妈妈，我只希望她能平安归来”。

在7月27日晚举行的女子体操团体决赛中，芦玉菲就曾在高低杠上发

生掉杠失误，但网友们记住的是她面对镜头比心的俏皮动作，和她甜美可爱的形象。昨晚，芦玉菲的比赛再一次登上热搜，看到她再次出现失误，网友们心疼的同时也纷纷送上鼓励："你们能够站在世界最高舞台上展示自己就说明你们就是佼佼者，不管是否夺牌，不管失误与否我们都支持你。"

芦玉菲已经21岁，在体操界已是一员"老将"，她曾在2015年的第一届全国青年运动会上斩获一金一银两铜，一鸣惊人。但2016年里约周期的备战阶段，芦玉菲由于伤病错过一场又一场全球赛事，与她同一年龄层的队员们已依次在世界舞台上争金夺银。最终，芦玉菲未能前往里约。她的启蒙教练崔成玉告诉记者，当时芦玉菲也一度萌生了退役的念头，但在教练的鼓励下，芦玉菲选择了坚持。由于芦玉菲属于易胖体质，为了控制体重，那些"好吃的、好喝的"，她从来不去碰。

这些年，芦玉菲付出了比别人更多的努力，随着思想不断成熟，成绩也越来越好。在2021年5月的全国体操锦标赛上，芦玉菲终于实现突破，夺得女子个人全能金牌，并斩获女子自由操金牌，这也为她赢得了通往东京奥运会的门票。"作为一名体操运动员，能够成为两个全能选手之一站上奥运舞台，已经非常不容易了。"崔成玉说。

"芦玉菲去东京之前虽然有一些伤病，但整体身体状态还可以，运动员在比赛中的身体状态、心理调节、临场发挥都很重要。芦玉菲是第一次征战奥运会，心理上难免会有些紧张，但整体表现还是不错的，期待她尽快调整好心理状态，比好自由操单项比赛。"河南体操队队医杜冲说。

曲靖竞走小将张俊迎首次奥运

练体育就要站得更高

都市时报 陈雯韵

7月20日，张俊在呈贡体育训练基地度过了自己23岁的生日，他默默许下了心愿："希望能在奥运会上有最好的发挥。"

出生于"竞走之乡"曲靖市马龙县的张俊，是云南竞走队的"后起之秀"，在2021年3月举行的全国青年竞走锦标赛暨奥运会选拔赛男子20公里竞走决赛上，张俊以第三名的成绩抢下了一张奥运会入场券。在他看来，"更快、更高、更强——更团结"不只是一句口号，更是自己成为一名运动员之后不懈的追求。

出生在"竞走之乡"

张俊出生在云南省曲靖市马龙县，这也是云南著名的"竞走之乡"，这里曾走出过黎则文、赵成良等多名竞走名将，距离张俊家不远处的马龙县少体校，更是为云南输送了不少的竞走苗子，但这对于11岁的张俊和他的家人来说并没有什么特别的，"我小时候比较调皮不爱读书，刚好家距离体校比较近，所以父母就想让我换条路走走，练练体育试试，当时并没有想过要成为专业运动员，只是想顺便可以锻炼身体"。

初入少体校时，张俊练的就是竞走，"之前对竞走是没有任何概念的，所以一切都是从零开始学习"。三年的学习和训练下来，张俊对自己的评价是不好不坏，"那个时候自己的成绩就是处于中间水平，在省里面的比赛可以拿到前三"。

真正让张俊崭露头角的是2014年在曲靖举行的云南省运会，在那届比赛中，17岁的他连续收获青少年甲组5000米竞走金牌和10000米竞走银牌，这也被正在场边“挑苗”的云南省队教练陈和林看在眼中。

张俊说：“其实省运会前陈教练就来看过我们的训练，当时他就挑中了我，主要是觉得我的天赋比较好，协调性也不错。”有了省运会的成绩加持，张俊顺理成章地成为了云南省竞走队的一员。

直面困难没有退缩

“每天都铆足了劲去训练，因为练体育、练竞走是我自己选择的路，父母又那么支持我，我根本没有一丝懈怠的理由。”进入省队后，更加专业的训练让张俊提升得非常快，身体内的“竞走基因”似乎也完全被挖掘了出来。

在省队训练了不到一年的时间，张俊便在全国青少年竞走比赛中频频拿奖。2015年7月，张俊便得到了代表中国出征国际大赛的机会，在哥伦比亚举行的2015年国际田联世界少年田径锦标赛上，在克服了时差、天气、饮食、场地等多方面的困难后，初出茅庐的张俊在云集了40余名世界各国顶尖选手的较量中，表现出了强劲的实力，最终拿到了男子10公里竞走银牌，排名他身前和身后的，都是世界竞走强国的选手。

2016年，在意大利罗马举行的国际田联竞走团体世锦赛上，张俊斩获了青年组男子10公里金牌，青少年时期横扫国内外赛场的表现，让张俊对自己的未来充满了信心，“那时候心气特别足，练起来也特别有动力”。

随着年龄的增长，张俊开始跨入成人赛场，青少年时期的优异成绩让他被列为了中国竞走队的重点培养对象，并开始和国家队的师兄们一起接受意大利外教的训练，但面对新的平台、新的教练，张俊却表现出了明显的不适应，“在国外训练的模式完全不同，而且身处人生地不熟的意大利，除了训练其他什么事情都干不了，心情非常郁闷”。

训练时的不适应，张俊的技术和成绩也出现了波动。从国外训练回来的第一场全国比赛，身体极度疲劳的张俊才走出第一圈，就发现跟不上节奏，“那是极其黑暗的一段日子，心理落差感特别强”。张俊坦言，尽管到了至暗时刻，但仍没有过退缩的念头，“我经常会想自己走到今天挺不容易的，这么一步一步的，绝不能遇到挫折就放弃”。

全力以赴为国争光

“我用了快5年的时间才找到了感觉，跟上了外教训练的节奏。”张俊说，一直到2020年的比赛中，他才慢慢找到了比赛的感觉，状态开始逐渐回升。2020年12月，张俊在2020苏州吴中环太湖竞走多日赛暨大运河竞走与行走系列赛太湖站中，获得了男子15公里竞走冠军，重新站在了全国大赛的最高领奖台上。他不好意思地笑说，“还好奥运会推迟了一年，要不我恐怕就没有机会了”。

2021年3月举行的全国竞走锦标赛暨奥运选拔赛上，张俊紧随师兄蔡泽林之后，获得了20公里竞走的第三名，从而拿到了代表中国出征奥运会的资格，“练体育肯定是追求更快、更高、更强，从进队开始，我就期待着进入奥运会，这次终于如愿了”。

云南竞走队一直是国内的一支“王者之师”，虞朝鸿、李建波、赵成良、蔡泽林……他们都先后代表中国站在了奥运会的竞走赛场上，身处其中，师兄们身上那种永不言弃的拼搏精神时时刻刻都激励着张俊，他更因此充满了动力和信心，“我从小就非常好强，我觉得只要别人能做到的，我也可以。从心理来说，我从不惧怕挑战，这也是我的优势”。

“只要心里有一个认定的目标，就可以有多远走多远。”张俊说，既然选择了竞走这条路，那便要一直往前走，不在这个过程中留下任何的遗憾。对于自己的首次奥运征程，尽管注定了充满挑战和未知，但初生牛犊不怕虎的他早已在身体和心理上做好了准备，跃跃欲试，“我会保持好良好的心态，全力以赴为国争光”。